Rainer Raddatz

# Der Gaukler Teil 1

ISBN: 978 179 424 588 4

Rainer Raddatz 14797 Kloster Lehnin / Im Gang 10
rudak@gmx.de
Druck: Amazon Media EU S.à r.l., 5 Rue Plaetis, L-2338, Luxembourg

Rainer Raddatz

# Der Gaukler

das Leben des Willy Ranke

Roman Band 1 „Meineid“

Teil 1

# Kapitel

# Prolog

„Du bist doch Journalist. Sieh dir die Papiere an. Du wirst eine Story entdecken!" Mit diesen Worten überreicht mir mein Freund Günter im Sommer 2014 die Verpackung eines Plattenspielers, noch gekauft zu DDR-Zeit.

´Nachlass Grantke´ steht auf dem Karton. Darin, völlig ungeordnet, Zettel, Fotos, Zeitungen, dutzende Aufzeichnungen von Hand und Schreibmaschine.

Das älteste Schriftstück der Hinterlassenschaft ist vom 31. März 1918. Es bestätigt, dass ein Wilhelm Grantke, geb. am 15. April 1900, in der Keulahütte von 1914 -1918 den Beruf eines Handformers erlernte. Der Vorname Wilhelm ist durchgestrichen und in Willy geändert.

Vergilbte Zeitungen der Kommunistischen Partei Deutschlands und der Nazipartei NSDAP füllen ungeordnet den Karton. Dazwischen ein Formular, nachdem Willy Grantke im Herbst 1945 mehrere Wochen Häftling in einem Gefängnis war.

Ich entdecke einen sorgfältig ausgeschnittenen Artikel der Westberliner Zeitung ´Telegraf-Wochenspiegel´ vom Oktober 1955 mit einem großen Artikel über die Ermordung des Sohnes Wolfgang durch einen Offizier der Kasernierten Volkspolizei.

In einem Schreiben aus dem Jahr 1959 warnen drei Personen die Betriebsleitung der Keulahütte, Willy Grantke in eine höhere Funktion zu befördern. 1960 wird Willy plötzlich entlassen, ist vier Monate im Gefängnis.

Im Mai 1968 beantragt Willy seine Anerkennung als ´Opfer des Faschismus´. Auf einem Jahreskalender von 1972 ist der 10. April angekreuzt, dazu mit Bleistift der Vermerk: ´Willy tot´.

In kleinen Tüten stecken viele Fotos. Eine Person, es ist Günters Onkel Willy Grantke, lacht immer: Groß, mit kräftiger Figur, einem breiten Kopf mit dichten schwarzen Haaren und lustigen Segelohren. Noch im Alter blitzende Augen, stets mit froher Miene.

Ein Foto gefällt mir besonders: Willy, bereits im Rentenalter, imitiert einen Geigenspieler, vielleicht einen Zigeuner, und mein Freund Günter, dem dieses Ständchen gebracht wird, krümmt

sich vor Lachen.
Günters Tochter erinnert sich beim Betrachten des Bildes:

*„Willy hat viel erlebt. Er saß, das erzählte mir Mutti,*
*neben Rosa Luxemburg im Auto.“*

Mein Interesse am Leben des Willy Grantke ist geweckt. Ich stöbere in Archiven, befrage Personen, entdecke weitere Dokumente. Anfangs scheint es, dass es Dokumente verschiedener, politisch völlig gegensätzlicher Personen sind, die zufällig Willy Grantke heißen. Doch dann fügt sich alles zu einem Bild, zum Bild eines Deutschen, der immer wieder, scheinbar zufällig und ungewollt, in den Strudel bedeutender politischer Ereignisse des 20. Jahrhunderts gerät.

# Aufbruch

´In den Krieg ... in den Krieg ... in den Krieg ...´, hämmern die Räder des Zuges über die Schienenstöße. Willy Ranke ist aufgeregt. Endlich, mit dieser langen Zugfahrt von Krauschwitz nach Zossen, beginnt für ihn das richtige Leben. Ab heute, dem 14. Juni 1918, ist er Soldat. Einberufen zur besten Truppe des Kaisers, der 1. Garde-Kavallerie-Schützen-Division. Schon bald wird er als „Jäger zu Pferde" dem Feind beweisen, wie gut er, ein Deutscher, kämpft.

´Jeder Schuss ein Russ ..., jeder Stoß ein Franzos! ...´, hämmern die Räder über die Stöße der Schienen. Das hatten er und sein Freund Fritz immer geschrien, wenn sie nach der Schule auf dem Feld gegen die aufgestellten Getreidegarben stürmen. Willy jubelt auf, denn es gelingt ihm, als erster seinen Dolch in die Garbe zu stoßen. Genau in das Herz des Feindes. In diesem Spiel ist er der Held, der Anführer einer verwegenen Truppe, die nichts und niemand aufhalten kann. Den kleinen Fritz stört es nicht, dass Willy fast immer siegt. Denn Fritz hat etwas, um das ihn alle Kinder des Dorfes beneiden: Opa Franz.

„So hat Opa die Franzosen niedergemacht", ruft er aus, wenn Willy besonders gut kämpft. An der alten Weide hinter dem Dorfteich lehnt eine Bank aus Balkenresten. Auf ihr sitzt Opa Franz. Er hat immer Zeit, wartet auf Kinder, schmatzt dunklen Kautabak oder pafft, wenn er einige Pfennige zusammen hat, genüsslich seine klobige Pfeife. Die Jungen hocken neben ihm auf der Bank.

Wann beginnt Opa endlich, Kriegergeschichten zu erzählen? Der Alte sonnt sich an der Ungeduld der Kinder. Für sie ist er nicht der zahn- und kraftlose alte Mann, der trotz seines hohen Alters von zweiundsechzig Jahren nicht stirbt, der nutzlos auf seinem Altenteil hockt, ewig Essen und Trinken fordert, ohne etwas einzubringen. Endlich spuckt Opa den Kautabak aus und beginnt:

„Damals, im Frühjahr 1871, retteten wir, die Soldaten der glorreichen preußischen Armee, Frankreich vor dem Untergang.

Der hochnäsige Napoleon III. war so dumm, uns im Sommer 1870 den Krieg zu erklären. So konnten wir endlich losschlagen. Nach wenigen Wochen hatten unsere stolzen Truppen Paris umzingelt. Keine Maus kam mehr heraus. Napoleon nahmen wir gefangen. Die Franzosen zitterten vor Angst, dass unsere stolzen Regimenter Paris für immer besetzen. Doch was sollen wir in einer brennenden Stadt mit hungernden Menschen? Wir blieben nur zwei Tage.

Für den Abzug mussten die Franzosen unserem Kaiser ihre Provinzen Elsass und Lothringen voller Erz und Kohlen abgeben. Stellt euch nur vor, unser König Wilhelm I. wohnte damals ganz frech in Versailles. Das hat die Franzosen vielleicht geärgert! Wilhelm aß dort, im riesengroßen französischen Königssitz die feinsten Speisen. Gleich daneben hungerten die Pariser, doch erst im Januar ´71 ergaben sie sich!“

Willy blickt an Opa Franz vorbei in die Wolken, entdeckt dort ein großes Schloss. König Wilhelm sitzt im größten Saal an einer breiten Tafel voller Leckereien. Neben ihm General Moltke und Minister Bismarck. Auf ihren Gabeln große Stücke eines saftigen Bratens. In der anderen Hand halten sie einen glänzenden Pokal mit Wein. Sie stoßen auf ihren erfolgreichen Krieg an. Willy sieht sich in schicker blauer Uniform über den großen Hof zum Schloss reiten. Schwungvoll springt er vom Pferd, übergibt der Leibwache die Zügel und eilt durch lange prächtige Räume zur Festtafel. Stolz, mit einer tiefen Verbeugung, überreicht er seinem König eine neue Siegesbotschaft.

„Danke, mein Held Willy, hier nimm meinen Braten“, sagt der König und überreicht ihm als Dank seine Gabel.

„Wieso Opa, haben wir die Franzosen gerettet, vor welchem Untergang?“, will Fritz genauer wissen.

„Na, vor den Kommunarden. Die übernahmen nach unserem Abzug aus Paris einfach die Macht. Das waren vielleicht neue Herren! Sie stellten die alte heilige Ordnung auf den Kopf, teilten die Fabriken unter sich auf, schickten ihre Frauen arbeiten. Die reichen Pariser flohen vor dem Hunger und der Guillotine mit Heißluftballons aus der eingeschlossenen Stadt.“

„Wie war das nun mit der Rettung?“, will Fritz endlich wissen, der nicht erkennen konnte, warum die Kommunarden so gefährlich waren.

„Ganz einfach. Nach unserem Sieg erlaubten wir den Franzosen nur eine kleine Armee. Die hätte die Kommunarden nie besiegt. Deshalb hat unser König Wilhelm hunderttausend Franzosen aus der Gefangenschaft freigelassen. Die kämpften dann bis Mai 1871, solange, bis die letzten Kommunarden erledigt waren. Fünfundzwanzigtausend Pariser haben die Soldaten hingerichtet. Da ist viel Blut geflossen! Doch es hat sich für uns gelohnt. Die Franzosen mussten für ihre Rettung vor den Kommunarden und den verlorenen Krieg fünf Milliarden Goldfranken zahlen."

„Opa Franz, erzähl uns was von deinen Kämpfen gegen die Franzosen", bittet Willy stets, wenn Opas Gedanken in Richtungen abschweifen, die er kaum versteht und die ihn nicht interessieren.

„Ja, das war so: Mitte September 70, knapp zwei Monate nach Kriegsanfang, beginnt vor Paris auf offenem Feld die alles entscheidende Schlacht: Mann gegen Mann."

Opa Franz spuckt seinen Priem aus, wischt die tropfende Nase am Ärmel seiner Joppe ab und genießt es, wie sehnsüchtig ihn die Jungen anblicken.

„Los, erzähle weiter", drängelt Fritz. Opa holt tief Luft: „Ich erinnere mich genau. Das Schlachtfeld ist eine große Ebene, so groß wie die Äcker hier zusammen. Weit hinten, etwa dort, wo der Wald beginnt, steht unser General mit den hohen Offizieren auf einem hohen Wagen. Weit vorn, am anderen Ende des Feldes, sind die Franzosen aufmarschiert. Nur ihre Fahnen kann der General mit seinem langen Fernrohr sehen.

Jetzt kommt unsere Infanterie auf vielen Wegen aus dem Wald. Es sind viele Regimenter, viele tausend Mann. Fahnenträger halten die großen Regimentsfahnen hoch. Viele kleine Wimpel wehen. So weiß jeder Soldat, wo er hingehört. Vorneweg die Offiziere. Mit jedem Schritt geht es vorwärts, dem Feind entgegen. Keiner weiß, ob er diesen Tag überlebt."

Die Augen von Opa Franz glänzen. Er steht auf, blickt über den Gänsepuhl auf die Felder. In seinem Geist sieht er dort die preußischen Truppen aufmarschieren.

„Da, der Feind kommt! Tausende Franzosen. Von einem langen Hügel kommen sie in breiten Reihen herunter, ihre Gewehre mit dem langen Bajonett sind zum Losstechen gesenkt. Endlich kommen sie in Schussweite unserer Gewehre. Ein Offizier befiehlt:

„Halt, erste Linie knien, Gewehr in Anschlag". Dann: „Salve". Alle Soldaten der ersten Linie geben gleichzeitig einen Schuss ab. Dann feuert die zweite, dann die dritte Linie. Das prasselt! Der Pulverqualm aus tausend Gewehrmündungen versperrt die Sicht. Haben wir getroffen, flieht der Feind oder schießt er zurück? Unser Offizier befiehlt „stopfen". Alle laden ihre Gewehre, stehen dann rasch wieder in Linie. Der Hornist bläst das Signal, der Trommler schlägt immer schneller. Vorwärts, zum Sieg!"
Opa Franz kann nicht mehr. Er muss sich wieder setzen.

„Da geschieht das Fürchterliche! Die feigen Franzosen haben den Qualm und die Pause zum Laden der Gewehre ausgenutzt. Von uns unbemerkt, haben sie ihre Kanonen von hinten auf den Kamm eines breiten Hügels geschoben. Die feuern jetzt über die Köpfe ihrer eigenen Truppen direkt in die Reihen unserer Soldaten. Entsetzlich! Jeder Schuss ein Treffer! Da sinken bei nur einem Schuss gleich drei Mann zu Boden! Dort zerreißt die Granate sogar fünf Mann! Die Franzosen schießen mit einer ganzen Batterie direkt in unsere Reihen!

Wir, die Jäger hoch zu Ross, müssen dieses Gemetzel mit ansehen. Doch nicht lange! Endlich galoppieren wir los. 150 Jäger, jeder das Gewehr auf dem Rücken, die Lanze in der rechten, die Zügel kurz gefasst in der linken Hand, den Säbel noch am Koppel. Unsere Schwadron reitet schlauerweise nicht in den Kugelhagel des Feindes. Wir galoppieren um ein Wäldchen, greifen die Artillerie von der Seite an.

Unser Hornist bläst zur Attacke! Wir stürmten wie ein Blitz auf die Geschütze. Die paar Fußtruppen, die uns den Weg versperren, werden umgeritten. Drei Rothosen habe ich eins mit dem Speer übergezogen, nur ein Stoß hat gereicht, sie zu Boden zu werfen. Doch keine Zeit verlieren! Jede abgefeuerte Kanonenkugel bringt unseren Leuten Tod und Verderben! An jeder Kanone stehen wenigstens fünf Mann. Die gilt es umzuhauen!

Meine Speerspitze ist bald blutrot. Für den Nahkampf ziehe ich den Säbel. Schon tropft von ihm das erste Franzosenblut! Die Kerle versuchen sich zu retten. Sie rennen auseinander, lassen ihre Kanonen im Stich. Einige versuchen, auf den Zugpferden zu fliehen.

Ich fliege von hinten heran, hole aus, krach, der Kopf des Feiglings fliegt ab! Dann rasch zurück zu den Geschützen! Bald haben wir die letzten Rothosen niedergemacht!"

Die Augen von Opa Franz glänzen, Speichel fließt aus seinem zahnlosen Mund. Willy und Fritz sehen sich neben Opa Franz reiten, die Feinde von oben zu töten.

Jeder Schuss ein Russ ... , jeder Stoß ein Franzos! ... , hämmern die Räder des Zuges auf den Schienenstößen. Mit jedem Kilometer kommt Willy seinem Ziel, ein tapferer Soldat des Kaisers zu werden, näher.

´Jeder Schuss ...´, den Spruch hat Willy in den letzten Jahren, seitdem Deutschlands Soldaten gegen die Armeen der ganzen Welt kämpfen, immer wieder gelesen. Er steht auch unter vielen Bildern heldenhaft kämpfender Soldaten, die ihm sein großer Freund Friedhelm geschenkt hat.

Friedhelm ist einige Jahre älter und schon zwei Jahre Soldat. Sein Vater besitzt die große Fleischerei in der Muskauer Straße in Keula. Er hat genügend Geld, um für Friedhelm die Ausrüstung und ein Pferd zu kaufen, damit er als Einjährig-Freiwilliger bei der Kavallerie dienen kann. Jetzt, nach nur einem Kriegsjahr, ist Friedhelm bereits Offiziersanwärter und trägt deren feine Uniform.

Willy ist stolz darauf, dass ihm sein Freund zum Weihnachtsfest 1914 einen langen Brief geschrieben hat. Darin steht, wie kühn er an der Ostfront gegen die Russen zu Felde zieht. So mutig, wie einst Opa Franz gegen die Franzosen. Immer wieder liest Willy diesen Brief:

„Der Befehl unseres Rittmeisters war klar: Den Bahnhof einnehmen. Im direkten Sturm hätten uns die Russen mit ihrem MG aus einem Betonbunker niedergemäht. Also zuerst das MG-Nest vernichten.

Mit fünf Reitern, erfahrenen Soldaten, ziehe ich los. Drei Jägern befehle ich, aus mehreren sicheren Deckungen heraus die MG-Stellung ständig unter Beschuss zu nehmen. Sollen die Russen doch annehmen, dass wir sie von vorn angreifen, wenn ihr MG, ein schweres Maxim, wegen eines Gurtwechsels schweigen muss. Die Russen fallen auf das Ablenkungsmanöver herein. Sie konzentrieren ihr Feuer und ihre ganze Aufmerksamkeit nach vorn, auf unsere drei Leute. Die schießen, was ihre Gewehre nur hergaben.

Mit zwei meiner besten Männer werde ich das MG zum

Schweigen bringen. Von der rechten Seite, die die Russen aus ihrem Bunker nur schlecht beobachten können, nähern wir uns aufrecht, dann in kurzen Sprüngen von Deckung zu Deckung. Plötzlich setzt ihr MG aus. Wahrscheinlich müssen sie den Gurt wechseln, Wasser nachfüllen oder eine Ladehemmung beseitigen.

Das ist unsere Chance! Wir kommen bis auf wenige Meter an den Bunker heran, sind endlich im toten Winkel des MGs. Jetzt kam es auf jede Sekunde an. Mein bester Mann nimmt die aus vier zusammengeschnürten Handgranaten bestehende geballte Ladung. Er robbt, so schnell er nur kann, von der Seite bis unter die vordere Schießscharte.

Jetzt der alles entscheidende Angriff: Ich werfe zwei Handgranaten über den Bunker. Die Explosionen im Rücken verunsichern die Russen. Sie unterbrechen den Beschuss unserer Leute. Ich schwenke als Signal für unsere drei Schützen kurz ein weißes Tuch. Auf diesen Moment hat auch unser Werfer gewartet! Er zieht den Sicherungsstift eines Zünders, erhebt sich kurz und stößt das Granatbündel durch die Schießscharte ins Innere des Bunkers. Mit einem dumpfen Knall detonieren die Granaten. Dann Stille. Aus allen Schlitzen qualmt es."

Willy hält inne. Er sieht den Bunker vor sich, sieht, wie sich die Soldaten katzengleich dem Bunker nähern. Aufgeregt liest er weiter:

„Unser Werfer kommt unverletzt zurück. Ich winke wieder. Unsere Leute kommen aus ihren Deckungen und stürmen direkt auf den qualmenden Bunker. Von dort kein Schuss. Ein Eingang ist von der Detonation aufgerissen. Mit vorgehaltener Pistole gehe ich hinein. Alles ist voller Blut. Einen Russen hat es völlig zerfetzt. Ein Soldat röchelt noch, sein Bauch ist aufgerissen. Ich gebe ihm den Gnadenschuss. Das schwere Maxim MG und viel Munition sind unsere Beute. Wir schleppen alles aus dem Bunker. Rasch zurück, dem Rittmeister unseren Sieg ohne Verluste zu melden!"

Der Zug wird langsamer, fährt in einen großen Bahnhof ein, hält.

„Cottbus", ruft der Schaffner, „Weiterfahrt nach Berlin in drei Minuten! Rekruten nach Zossen hier zusteigen!"

Willys Herz jubelt: Jetzt wird es wahr! Schon bald wird auch er an der Front kämpfen! Endlich raus aus der miefigen Enge der elterlichen Wohnung! Weg vom ewigen Geklage der Mutter, weil das Mehl immer schlechter, die Milch immer dünner werden.

Deutschlands Vorräte sind aufgebraucht. Die Engländer blockieren die Seewege, über die aus den Kolonien Lebensmittel und Rohstoffe ins Land kommen. Den großen Landwirtschaftsgütern, kleinen Bauernhöfen und Fabriken fehlen qualifizierte Arbeitskräfte. Der Krieg hat bereits Millionen junger Männer verschlungen. Frauen, Fremdarbeiter und Kriegsgefangene schuften für Hungerlöhne in der Landwirtschaft und den Rüstungsbetrieben. Die Lebensmittelpreise verdoppelten sich in den letzten beiden Kriegsjahren, während die Löhne kaum steigen.

Willys Lehrzeit als Handformer in der Keulahütte begann am 31. März 1914, einige Monate vor Kriegsbeginn. Geld erhält er in den ersten zwei Ausbildungsjahren nicht.

„Erst wenn du was kannst, gibt es Kohle", sagt ihm der Meister bei der Begrüßung. Das stört Willy wenig. Endlich erwachsen, endlich etwas Handfestes tun und zeigen, was für ein Kerl man ist. Willy will ein guter Handformer werden. Nicht, weil ihm die Arbeit gefällt, einzig deshalb, weil Handformer, die ihre Arbeit beherrschten, zu den am besten bezahlten Arbeitern der Hütte gehören. Wenn alles klappt, wird er nach vier Lehrjahren einen Wochenlohn von 30 Mark erhalten, viel mehr als die Männer, die im Sägewerk arbeiten und keine 25 Mark nach Hause bringen.

Missbraucht und gedemütigt fühlt sich Willy in den vier Lehrjahren. Täglich muss er, als jüngster Lehrbursche der Handformerei, Drecksarbeiten erledigen. Besonders schlimm ist es, wenn er in der Ausputzerei aushelfen muss. Dort werden die am Vortag gegossenen, noch heißen Gussteile aus den Formkästen gebrochen und vom anhaftenden, zu Staub und Kruste verbrannten Formsand befreit.

Willys Haare werden noch struppiger, im schwarzen Gesicht leuchten nur noch die Augen. Ewiger Durst quält. Er muss die groben Späße der Gesellen aushalten, muss wochenlang hölzerne Formen und schwere rostige Formkästen zu den Gussplätzen vor die heißen Kupolöfen schleppen.

Dort arbeiten die Handformer. Sie stampfen Sand um die Holzform des künftigen Gussteils. Erst in das Unterteil, dann in den oberen Kasten. Schließlich werden beide Kästen zusammengeklappt und verschraubt. Exakt müssen die Kanäle für das einfließende Grußeisen geformt sein, ebenso die Luftaustritte. Diese

Arbeit erfordert viel Erfahrung, hierbei zeigt sich das Können des Handformers. In der Tagschicht werden die Formen hergestellt, die über Nacht trocknen. Jeden Morgen sind in den Kupolöfen mehrere Tonnen Grauguss zum Abstich erschmolzen. Mit tonnenschweren Pfannen wird das glühende, über tausend Grad heiße Eisen in die Formen gegossen.

Erst nach einem Jahr, nach seinem 15. Geburtstag, drückt ihm der Altgeselle das Holz zum Stampfen des Sandes um die Gussform in die Hand. Kopfnüsse gibt es zuhauf, wenn er sich ungeschickt anstellt. Das einzige Lernangebot: Zu beobachten, wie die erfahrenen Handformer den Formkasten füllen und die Form mit gleichmäßig gepressten Sand umgeben.

Meister Kohlschmidt ist der Herr über die beiden großen Kupolöfen der Halle. Er nimmt es mit jedem der Herren Ingenieure aus der Betriebsleitung auf, wenn es darum geht, einzuschätzen, welche Koksmengen und Zuschlagstoffe notwendig sind, wieviel Sauerstoff die Lüfter in den Ofen blasen müssen, um einen guten Guss zu erreichen. Kohlschmidt mag den wissbegierigen Willy, erfreut sich an dessen kindlichem Gemüt. Ihm fällt auf, dass Willy stets in der Nähe ist, wenn es gilt, die Ursachen für einen Fehlguss zu entdecken.

Einmal erwischt er Willy nach Feierabend, als dieser eine komplizierte Form ohne Zeitdruck schichtweise mit Sand umgibt und behutsam versucht, eine möglichst gleichmäßige Dichte des Sandes um die Form zu erreichen. Statt der erwarteten Ohrfeige nimmt Kohlschmidt Willys Stampfer und zeigt ihm, wie der Sand an den besonders kritischen Stellen verdichtet wird. „So geht das“, mehr sagt er dazu nicht.

Die Abreibung kommt am nächsten Tag. Ein Altgeselle bemerkt, dass Willy anders als üblich den Sand in der Form stampft. Dafür setzt es Ohrfeigen und einen kräftigen Tritt in den Hintern: „Wir machen das schon immer so. Die Norm versauen, wo gibt es so was“. Der Altgeselle hasst Kohlschmidt, der von Siemens aus Berlin kommt und von dort viele Neuerungen in die abgeschiedene Keulahütte bringt. Auch Zeitungen, vor allem den ´Vorwärts´, die Berliner SPD-Zeitung, borgt Kohlschmidt interessierten Arbeitern. Vor allem die Kriegsberichte über Heldentaten an den Fronten werden gern gelesen.

Kaiser Wilhelm II., zugleich oberster Kriegsherr, hat Anfang 1917 den noch immer kriegsbegeisterten, aber bereits hungernden Berlinern vom Balkon des Stadtschlosses eine neue Form der Kriegführung verkündet: Den uneingeschränkten U-Boot-Krieg. Jedes Schiff der mit Deutschland im Krieg befindlichen Mächte war fortan zur Torpedierung ohne Ankündigung oder Anlass freigegeben. Das stand dem Völkerrecht, der „Haager Konvention", die Deutschland 1907 unterzeichnet hat, entgegen. Die immer moderner werdende U-Bootflotte soll das Zünglein an der Waage sein, um die Vormachtstellung der Kaiserlichen Kriegsmarine auf den Weltmeeren zu erzwingen.

Jedes Gussteil der Keulahütte soll zum Sieg auf den Weltmeeren beitragen. Zerspringt ein Teil, weil es der Belastung nicht standhält, oder muss es wegen erkennbarer Mängel bereits vorher ausgesondert werden, steht der Verdacht der Sabotage im Raum. Herren in Zivil kommen und verhoren die Gesellen und den Meister. Kohlschmidt führt ein strenges Kontrollsystem ein. In sein rotes Büchlein notiert er Zeiten, Nummern und Namen. So kann er nachweisen, wer wann welche Form vorbereitet, sie gestopft hatte, wo und wie lange die Form zum Trocknen stand, wer sie schließlich ausgegossen, zum Abkühlen und Ausputzen geschickt hat. Kohlschmidt entdeckt jeden Pfuscher. Er deckt auch auf, wenn die Altgesellen ihre Nachlässigkeiten den Lehrjungen oder den immer zahlreicher eingestellten Frauen und Kriegsgefangenen zuschieben wollen.

An die große Mitteilungstafel neben dem Hallentor hat Kohlschmidt gleich nach Kriegsbeginn im August 1914 einen Artikel aus dem ´Vorwärts´, gezweckt. Mit einem fetten Rotstift hat er den Satz:

*´Die Sozialdemokraten erfüllen ihre Pflicht und werden sich darin von den Patrioten in keiner Weise übertreffen lassen´,*

unterstrichen. Darunter hat der Meister einige Zeit später einen weiteren Zeitungsausschnitt geklebt, in dem er ebenso die Worte Wilhelm II.:

*´Ich kenne keine Parteien, ich kenne nur noch Deutsche´*

hervor hob. So macht Kohlschmidt allen klar, dass auch er, ein alter Sozi und Gewerkschafter, in der schicksalsschweren Zeit des Krieges hinter seinem Land steht.

Unbeachtet, vergilbt und angerußt hängen die Zeitungsartikel noch an der Tafel, als sich Willy am Freitag, dem 31. Mai 1918, vom Meister mit den stolzen Worten: „Ich ziehe in den Krieg" verabschiedet.

Heute erlebt Willy seine längste Bahnfahrt. In einem kleinen Dorf östlich von Muskau geboren, hat er nur wenige Orte der Oberlausitz kennengelernt. Die einfachen Leute aus Keula fahren nach Weißwasser oder Muskau, wenn etwas Besonderes gekauft werden musste. Etwa eine neue Joppe, weil Willys Kreuz immer breiter, die Arme durch die Arbeit immer muskulöser wurden.

„Kontrolle, Ihre Fahrkarten und Papiere!“, Willy erwacht aus seinen Träumen. War er etwa schon in Zossen?

„Wir sind bald in Königs Wusterhausen. Dort wird umgestiegen. In Zossen werdet ihr abgeholt. Viel Glück mein Junge“, sagte der Schaffner, gibt Willy den Einberufungsbefehl zurück und schüttelt den Kopf über die vor Aufregung strahlenden Augen des jungen Mannes.

# Rekrut

Schnaufend fährt der Zug in den kleinen Bahnhof ein. Auf dem Bahnsteig ein alter Reichsbahnbeamter. Er hat seine Kelle erhoben,

„Zossen, Ausstieg für alle Rekruten", ruft der laut. Willy steht schon auf dem offenen Ausstieg, öffnet die Sperrkette und springt, in einer Hand seinen Karton mit der Wechselwäsche, auf den Bahnsteig. Aus allen Wagons steigen junge Männer, nicht alle mit Willys Eifer.

„Marsch, marsch, antreten!", tönt eine barsche Stimme. Ungeschickt bemühten sich die Rekruten, den Weisungen des kleinen Unteroffiziers zu folgen. Fast verschwindet er in der bunten Traube der Neuankömmlinge. Alle kreisen um ihn. In diesem Moment kommt ein Leutnant mit seinem Pferd auf den Bahnsteig getrabt, blickt von oben auf die bunt durcheinander Wirbelnden.

„Unteroffizier Backe zu mir!" Der Unteroffizier drückt die ihn Umgebenden beiseite, rennt zum Leutnant und salutiert vor Ross und Reiter.

„Lesen Sie die Namen der Neuen vor, lassen Sie die Männer endlich in Linie antreten!" Der Leutnant reicht dem kaum die Kopfhöhe seines Pferdes erreichenden Unteroffizier eine Liste. Backe strafft sich. Jetzt ist alles klar, jetzt weiß er, wie er die Situation beherrschen kann. Rasch geht er den Bahnsteig entlang, weg vom schwatzenden und durcheinander laufenden Rekrutenknäul. Am Ende der weißen Linie, die längs auf dem Bahnsteig aufgezeichnet ist, baut er sich auf und ruft mit lauter Stimme: „Rekruten, Achtung!".

Das Knäul erstarrt. Willy schubst seinen Nachbarn an, der immer noch an seinem Karton fummelt: „Es geht los".

„Rekrut Adam zu mir, marsch, marsch!" Der Aufgerufene blickt suchend um sich, bin ich gemeint?

„Marsch, marsch", ruft ihn Backe ungeduldig heran, fasst ihn an den Schultern und stellt ihn sich gegenüber an die weiße Linie. Dann den zweiten Aufgerufenen links daneben. Jetzt ist alles klar. Kaum ist der Name aufgerufen, rennt der Genannte an seinen Platz. Backe ist zufrieden, ihm gefällt, wie eifrig seine Befehle befolgt werden.

Doch schon bald droht sich die über den Bahnsteig hinziehende lange Reihe schwatzender junger Männer erneut seiner Kontrolle zu entziehen.

„Ruhe, Stillgestanden, das Gepäck in die rechte Hand!“, brüllt der kleine Unteroffizier. Der Befehl wird befolgt. Backe marschiert stramm vor den jungen Männern dem Leutnant entgegen und meldet: „Herr Leutnant, 94 Rekruten wie befohlen angetreten“.

Der Leutnant nimmt die Meldung entgegen. Dann reitet er langsam an den angetretenen Männern vorbei. Einige von ihnen betrachtet er von oben bis unten, anderen blickt er nur ins Gesicht. Was will er, fragen sich die so Gemusterten, ist an mir etwas falsch? Am Ende der Reihe angekommen, wendet der Offizier sein Pferd, reitet zurück, bis zur Mitte der in Linie angetretenen Rekruten.

„Rekruten, ich bin Leutnant Zackwitz, ihr Ausbildungsoffizier. Sie haben das große Glück, für Preußens beste Division, die 1. Garde-Kavallerie-Schützen-Division, ausgebildet zu werden. Unsere Division wurde vor einem Monat nach ruhmreichen Kämpfen an der Ostfront gegen die Russen zur Heeresgruppe ´Kronprinz Friedrich´ an die Westfront verlegt. Wir haben den Befehl, die dort seit Jahren kämpfenden Fronttruppen zu stärken. Deshalb werden Sie vor allem für den Infanteriekampf ausgebildet. Die kommenden sechs Wochen werden hart. Ich verspreche, meine Leute werden Sie nicht schonen. Wenn Sie durchhalten, haben Sie die Chance, an der Front zu überleben. Wer in der Ausbildung versagt, den trifft die volle Verachtung unseres Vaterlandes! Unteroffizier Backe, übernehmen Sie das Kommando zum Abmarsch!“

Leutnant Zackwitz wendet sein Pferd und reitet mit hoch erhobenem Haupt zum Ende des Bahnsteigs, dort über die Gleise, am Bahnhofsgebäude vorbei zur Stadt.

„Rekruten stillgestanden, rechts um, ohne Tritt marsch!“, kommandiert der dicke Unteroffizier. Er geht vor der bunten Truppe durch das Bahnhofsgebäude auf den Vorplatz. Dort bleibt er stehen, tritt einige Schritte beiseite, ruft: „In Marschordnung, in drei Reihen angetreten!“ Laut fügt er hinzu: „Wo ich bin, ist vorn!“

Die Männer stellen sich wie befohlen auf, Backe kommandiert

weiter: „Im Gleichschritt marsch!“. Mit „links, links, links“, gibt er den Takt an.

„Es geht los, wir marschieren“, geht es Willy durch den Kopf. Er bemüht sich, besonders exakt und stramm aufzutreten.

Schon bald kommt ein riesiges, nicht zu überschauendes Militärobjekt in Sicht, das Ausbildungslager Zossen der preußischen Armee. An einem Tor stoppt Backe die Marschierenden. Der Wachsoldat grüßt den Unteroffizier lässig, der für kurze Zeit im Wachlokal verschwindet. Dann geht der Schlagbaum hoch und mit „Im Gleichschritt marsch“ geht es eine lange Straße entlang. An beiden Seiten stehen lange Unterkunftsgebäude. Alle von gleicher Bauart. Einstöckig, an den Stirnseiten die Eingänge. Der längs verlaufende breite Flur teilt die Gebäude in zwei gleiche Teile. Zu beiden Seiten große Soldatenstuben.

Willy sieht sich um. Acht Doppelstockbetten an jeder Zimmerseite, mit der Stirnseite zur Wand. Dazwischen schmale Spinde und ein Besenschrank. In der Mitte ein langer Tisch, mit achtzehn Hockern an jeder Seite. Das ist die Einrichtung jeder Soldatenstube.

Willy sucht sich ein unteres Bett an der Türseite des Zimmers aus, setzt sich darauf, weiß nicht, was als nächstes zu tun ist. Mit einem gebrülltem „Achtung“ stürmt Unteroffizier Backe ins Zimmer.

Die Rekruten erstarren, sitzen steif auf ihren Betten, einige erheben sich von ihren Hockern. Willy springt auf und stellt sich stramm neben sein Bett, so wie er es auf einer Soldatenpostkarte gesehen hat. Ein Feldwebel erscheint in der Tür.

„Herr Feldwebel, zweiunddreißig Rekruten des 1. Zuges zur Ausbildung eingerückt“, meldet Backe. Der Feldwebel macht einen langen Schritt ins Zimmer. Dann sagt er laut:

„Rekruten, wenn ich komme, haben Sie aufzustehen, stramm zustehen und meine Befehle abzuwarten.“

Ein lautes „Jawoll“ rutscht Willy aus dem Mund, der Feldwebel blickt zu ihm.

„Das heißt zu Befehl Herr Feldwebel“, korrigiert er.

„Zu Befehl Herr Feldwebel“, echot Willy.

„Ich bin Feldwebel Schmidt, ihr Spieß. Ich bin für alles zuständig, was zum Innendienst gehört. Ich hoffe, Sie haben keine Probleme mit mir. Wenn es Fragen gibt, tragen Sie diese an Unteroffizier Backe heran. Er entscheidet dann, ob Sie mich behelligen dürfen.“

Dann blickt der Feldwebel auf Willy: „Wer sind Sie, Soldat?“ Die Antwort kommt es wie aus der Pistole geschossen:

„Rekrut Willy Ranke!" Die knappe Antwort gefällt dem Feldwebel.

„Ranke, Sie sind hier ab sofort der Stubenälteste. Sie sind mir dafür verantwortlich, dass hier Ordnung herrscht. Sie haben zu melden, wenn ein Vorgesetzter ihre Stube betritt. Verstanden?"

"Zu Befehl Herr Feldwebel", ruft Willi und presst die Hände an die Hosennaht.

Backe steht hinter dem Feldwebel. Dieser muss den kleinen Unteroffizier fast beiseiteschieben, um die Stube zu verlassen. Beiläufig, doch so laut, dass es der noch immer stramm dastehende Willy hören kann, teilt er dem Unteroffizier mit, dass nach dem Essenempfang die Neuen sofort zur Einkleidung in der Kleiderkammer zu erscheinen haben.

„Bei Pfiff auf dem Flur in Marschordung antreten”, sagt Backe in den Raum.

„Alles klar, zu Befehl Herr Unteroffizier”, ruft der neben ihm stehende Willy laut, beinahe brüllend. Der kleine Backe zuckt unter den auf ihn herunter hagelnden Worten zusammen. Er eilt aus der Soldatenstube.

„Blanke Sahne, das hat gesessen“, ruft einer der Soldaten. Ein hoch aufgeschlossener Blondschopf geht auf Willy zu, streckt ihm die Hand entgegen: „Andreas aus Niesky”- „Willy aus Keula”, antwortet Willy und drückt seinem Gegenüber kräftig die Hand. So entstehen Soldatenfreundschaften, schießt es Willy durch den Kopf.

„Das war ´ne tolle Nummer, wenn dir das der Uffz nur nicht übelnimmt, dass du ihn so angebrüllt hast”, sagt Andreas lachend. Willy ist überrascht, „habe ich etwas falsch gemacht?”, „Nö, alles in Ordnung, nur mag die Dumpfbacke sicher keine starken Männer.”

Dumpfbacke für Unteroffizier Backe! Die Rekruten schütteln sich vor Lachen, die angespannte Stimmung schwindet. Alle reden durcheinander, diskutieren über die Bettenbelegung, warten auf Kommendes. Ein langgezogener Pfiff ertönt auf dem Flur: „Alles raustreten”, brüllt eine Stimme.

„Das ist Dumpfbacke”, sagt einer spöttisch. Willy fallen die Worte des Feldwebels zu seinen neuen Pflichten ein.

„Achtung! Alles raus, in Marschordnung antreten", kommandiert er laut. Seine Zimmergenossen schrecken auf, blicken zu Willy. Der reißt die Türe auf und verlässt die Stube. Alle, auch der Spötter, folgen ihm, treten bereitwillig wie befohlen an. Andreas bewegt mit einem freundschaftlichen Schubs den Letzten aus der Stube und schiebt ihn dort in die Reihe, wo er nach seiner Größe hinpasst. Dann stellt er sich selbst neben Willy, in die erste Gruppe.

Feldwebel Schmidt steht vor seinem Spießzimmer, beobachtet das Geschehen. Er lässt sich nicht anmerken, wie ihn das ungeschickte und unsichere Verhalten der noch ihre Zivilkleidung tragenden Rekruten belustigt. Spätestens morgen flitzen die, als ob es um ihr Leben geht, denkt er.

Einzig das Zimmer des ersten Zuges steht bereits geordnet. Zufrieden lächelt Schmidt. Mit dem neuen Stubenverantwortlichen hat er eine gute Wahl getroffen.

„Na Willy, bereit zur Meldung an Dumpfbacke?", fragt Andreas von der Seite. Da kommt auch schon der Unteroffizier. Willy tritt einen Schritt aus der Reihe nach vorn und ruft mit kräftiger Stimme: „Herr Unteroffizier, 1. Zug zum Essenempfang angetreten".

„Sauerei Ranke", kontert Backe, „zuerst kommt der Befehl Stillgestanden, das üben wir noch." Willy ärgert sich, das hätte er schon wissen können. Andreas stupst ihn in die Seite und flüstert „nochmal".

„Zug, Stillgestanden! Herr Unteroffizier Backe, 1. Zug zum Essenempfang angetreten!",

„Geht doch", schnauzt Backe zufrieden und übernimmt das Kommando. Auf dem weiten Weg zum Speisesaal wird arschieren trainiert. Backe ist in seinem Element. „Vordermann, Seitenrichtung", brüllt er und immer wieder „links, links, links".

Der Nachmittag vergeht wie im Fluge. Noch vor dem Essen werden die ineinander schiebbaren Essbestecke empfangen. Im riesigen Speisesaal langen alle Rekruten kräftig zu. Für jeden gibt es einen tiefen Teller randvoll mit Kartoffeln und Gulasch.

"Da ist ja richtiges Fleisch drin", ruft Karl, einer der Neuen, begeistert, "das schreibe ich nach Hause, die werden staunen."

Jetzt, im 4. Kriegsjahr, ist der Hunger in alle einfachen Haushalte eingezogen. Da spielt es für die Soldaten keine Rolle, ob oder wie schmackhaft das Essen ist, die Hauptsache ist, satt zu werden. Die Küchenbullen an der Essensausgabe wissen um die Wertschätzung ihrer Arbeit. Nur heute, am ersten Kasernentag, sind die Portionen so groß. Morgen werden in der Suppe nur wenige Fleischstückchen schwimmen.

Nach dem Essen geht es ins Uniformdepot. Hier arbeiten viele Frauen. Sie sind mit der Reparatur der Uniformen und der Leibwäsche beschäftigt. Viele Teile stellen sie aus Resten selbst her, da die Fabriken wegen Rohstoffmangel nicht mehr genug liefern. Willy begutachtet misstrauisch seinen neuen Tornister, der ist ja aus Pappe! Und die Klappe sogar aus buntem Hundefell! Egal, er wird schon halten.

Jeder Soldat wird in Windeseile eingekleidet. Fußlappen, lange Unterwäsche, Achselstücke, die neue Dienstuniform, die schon reichlich abgetragene Arbeitsuniform aus grauem verwaschenem Drillich, Stiefel mit Holzabsätzen. Dazu kommen weitere Ausrüstungsgegenstände, einschließlich Patronentaschen, Wasserflasche, Kochgeschirr und Feldspaten. Alles landet auf der vor jedem Rekruten ausgebreiteten Zeltbahn. Schwer bepackt geht es zurück ins Quartier.

Im Flur steht der Spieß, Feldwebel Schmidt, an einem langen Tisch. Neben ihm ein leerer Spind. Die Rekruten treten in Doppelreihe vor dem Tisch an.

„Ich zeige vor", kommandiert Schmidt. Er schafft es in einer knappen Viertelstunde, die Uniformen, die Wäsche und anderen Ausrüstungsgegenstände sauber, auf den Millimeter genau in den Spind einzusortieren. Die Rekruten staunen.

„Ich will, dass morgen früh jeder Spind so eingeräumt ist, verstanden?"

„Zu Befehl", schwach tönt die Antwort aus den Reihen der Soldaten. Da packt der Feldwebel den Spind an der Oberkante, neigt ihn nach vorn und gibt dem jetzt schräg stehenden Schrank einen kräftigen Schubs, die von ihm eben noch mustergültig zusammengelegte und exakt eingeordnete Wäsche, das Essgeschirr, die Stiefel, alles fliegt in hohem Bogen heraus, türmt sich vor dem Spind auf den blankgescheuerten Steinen des Flurs.

„Au Backe", entfährt es Karl.

„Wer hat hier gequatscht?" Drohend blickt der Spieß die vor ihm strammstehenden Soldaten an. Karl wird unruhig, will sich melden. Da macht Willy einen Schritt nach vorn: „Ich, Rekrut

Ranke, Herr Feldwebel", sagt er mit fester Stimme.

„Sie?"

„Zu Befehl Herr Feldwebel", antwortet Willy, jetzt allerdings eine Spur unsicher. Der Feldwebel durchschaut das Spiel sofort. Ihm gefällt die Reaktion von Willy.

„Umfallen, 30 Liegestütze mit Tempo sofort", kommandiert er und tritt einen Schritt zurück. Willy kippt nach vorne und beginnt.

„Soll ich etwa für Sie zählen, von vorn", ruft der Spieß von oben. Willy zählt, sein Gesicht berührt beim Beugen fast die Stiefelspitzen des Feldwebels.

„Tiefer, Kopf hoch", befiehlt der Spieß. Er hat bemerkt, dass Willy starke Oberarme hat und die Strafe spielerisch absolviert.

Der Kerl ist gut, den hebe ich mir für später auf, denkt er. Willy springt auf, steht, tief Luft holend, vor dem Spieß. Der übersieht ihn, wendet sich an den Unteroffizier: „Unteroffizier Backe, Sie schnappen sich nach dem Abendessen einen Mann zum Üben und zeigen so der Truppe, wie ihre Soldatenspinde auszusehen haben. Vor der Nachtruhe will ich nur ordentlich eingeräumte Spinde sehen!"

Backe salutiert. Dann befiehlt er dem immer noch vor der Mannschaft stehenden Willy, die aus dem Musterspind geflogenen Sachen auf eine Feldbahn zu packen und in das Spießzimmer zu bringen und ergänzt: „Zuerst runter mit den Zivilklamotten, der Spieß will Sie ab sofort in ordentlicher Uniform sehen."

Willy rennt in die Stube, sucht aus seinem auf dem Bett liegenden Bündel Hose, Jacke und die schirmlose Soldatenmütze heraus. Andreas hilft ihm die Schulterstücke aufzuknüpfen und die Hosenbeine der Uniform in die Stiefelschäfte zu bringen.

"Los, ab zum Spieß, und vergiss nicht, nach der Meldung die Mütze abzunehmen!" Willy packt seinen Zeltbahnsack auf den Rücken, schiebt sich grußlos an Backe vorbei und geht über den langen Flur zum Dienstzimmer des Feldwebels. Dort nimmt er den Sack von der Schulter, klopft an.

„Herein", ruft der Spieß. Willy öffnet die Tür, stellt den Sack neben sich und baut Männchen: „Rekrut Ranke mit den Effekten wie befohlen zur Stelle". Schmidt bleibt hinter seinem Schreibtisch sitzen, betrachtet in aller Ruhe den stramm vor ihm stehenden Willy.

„Rekrut, räumen Sie die Sachen in den Spind", sagt er ruhig

und deutet auf den links neben der Tür stehenden Spind. Willy wird blass, ich weis doch gar nicht mehr, wo der Spieß vorhin was hin räumte, geht es ihm durch den Kopf.

Zögerlich nimmt er das auf dem Kleiderhaufen liegende Koppel, geht damit auf den Schrank zu. Er öffnet den Spind und entdeckt eine an die Türinnenseite geheftete Zeichnung. Auf ihr ist abgebildet, wo welche Dinge zu liegen haben. Aha, das Koppel kommt zusammengerollt unter die Mütze, erkennt er aus der Zeichnung.

Der Spieß macht hinter seinem Schreibtisch Eintragungen in ein Buch. Für ihn scheint der Soldat nicht zu existieren. Willy steht vor Aufregung der Schweiß auf der Stirn. Wie hat der Feldwebel vorhin die lange Unterwäsche und die anderen Bekleidungsteile zusammengelegt, dass sie in die kleinen Fächer passen? Er blickt hilfesuchend zum Spieß, doch der sieht nicht auf. Zaghaft probiert sich Willy aus, es dauert lange, ehe alles einigermaßen passend an den in der Zeichnung vorgegebenen Stellen liegt.

„Herr Feldwebel, Rekrut Ranke ist fertig", sagt Willy mit möglichst fester Stimme und nimmt vor dem Spind Haltung an. Feldwebel Schmidt blickt auf, erhebt sich, geht zum Spind, blickt flüchtig auf die mühselig eingeordneten Sachen und lächelt zufrieden.

„Fertig? raus damit, auf den Tisch!" Willy wird es mulmig. Ein wenig Hoffnung hat er, hat der Spieß den Spind doch nicht ausgekippt.

„Ich zeige Ihnen letztmalig, wie jeder Soldat seinen Spind zu packen hat. Ich lege zusammen, Sie räumen ein. Ist das klar?"

„Zu Befehl Herr Feldwebel". Willy fällt ein Stein vom Herzen. Wenn der Spieß einem einzelnen Soldaten etwas zeigt, ist das eine Auszeichnung. In der Lehre war es nur Meister Kohlschmidt, der ihm so half.

Schmidt legt die Wäsche bedächtig, fast langsam, zusammen, damit Willy alles sehen und sich einprägen kann. Er weist auf jedes fertig zusammengelegte Stück. Willy trägt es vorsichtig an die vorgegebene Stelle im Spind. Willy staunt: Alle Wäscheteile haben millimetergenau die gleiche Breite, füllen die Fächer gleichmäßig aus. Nicht eine Falte ist zu sehen. Willy ist glücklich. Der Feldwebel ist so, wie Meister Kohlschmidt, nur auf stramme, militärische Art.

„Soldat, Ranke, ich erwarte, dass heute zum Stubendurchgang

alle Spinde ihrer Stube in mustergültiger Ordnung, sind!" Mit dieser Weisung entlässt der Spieß seinen Schüler.
In der Stube des 1. Zuges herrscht heilloses Durcheinander. Alle Soldaten haben ihre neuen Uniformen angezogen, dann auf Befehl von Unteroffizier Backe ihre Zivilkleidung in die mitgebrachten Kartons gepackt und zur Übergabe an die Poststelle aufgestapelt.

„Hat der Spieß dich arg zur Sau gemacht?", fragt Andreas neugierig.

„Überhaupt nicht. Er hat mir genau gezeigt, wie die Klamotten einzuräumen sind. Der Mann ist auf dem Gebiet ein Ass!"

„Und du bist jetzt sein Bube",

„Wieso?"

Willy wird nachdenklich. „Du meinst, heute Abend?"

„Na klar, wenn bis dahin unsere Spinde nicht bestens eingeräumt sind, bis du dran, dann setzt es mehr als nur ein paar Liegestütze!".

Schlagartig wird Willy bewusst, dass er als Stubenältester weit mehr ist, als ein einfacher Achtungrufer. Er ist dafür verantwortlich, dass die Weisungen zur inneren Ordnung, egal von wem, von allen Soldaten ausgeführt werden.

„Achtung", ruft Willy in den Raum. Alle blicken Willy fragend an. „Bis zum Stubendurchgang müssen unsere Spinde 1A eingeräumt sein. Der Spieß macht ein Donnerwetter, wenn das nicht klappt. Wir fangen mit der Unterwäsche an. Jeder legt sein Zeug auf den Tisch, ich zeige, wie es zusammengelegt wird."

Willy ist von seiner ersten langen Ansprache erschöpft, seine Kameraden blicken ihn unentschlossen an. Müssen Sie jetzt auf Willy hören?

„Vorwärts", ruft Andreas, geht zu seinem Spind, nimmt seine Unterwäsche heraus und legt sie vor sich auf den Tisch. Der Bann ist gebrochen. Alle folgen ihm. Willy zeigt, was der Spieß ihm beigebracht hat. Oft gelingt es erst beim zweiten oder dritten Versuch, die Wäsche faltenfrei und in der richtigen Breite in das Spindfach zu legen.

„Mein Vater hat erzählt, dass sie beim Kommiss einfach eine Zeitung in der richtigen Breite in die Wäsche gelegt haben", sagt Friedrich.

„Hast Du eine?",

„Nö",

„dann lass das dumme Gerede!"

Viele Ratschläge schwirren durch den Raum. Endlich ist es geschafft. Es ist fast Nachtruhe, alle Spinde sind eingeräumt. Karl wird auf den Flur geschickt, zu melden, wenn der Spieß auftaucht.

„Schmidt kommt", ruft er und rennt an seinen Platz. Willy springt auf, postiert sich neben der Tür. Die fliegt auf, der Spieß tritt ein.

„Achtung! Herr Feldwebel, 1. Zug bereit zum Stubendurchgang", Willy steht stramm.

„Rühren, Spinde zur Kontrolle öffnen!" Langsam geht der Spieß von einem Spind zum anderen, scheint die danebenstehenden Soldaten kaum zu bemerken. Nichts fasst er an. Dann geht er zurück zur Tür.

„Da hat Ihnen Unteroffizier Backe ja ordentlich Dampf gemacht. Ranke, Sie sorgen dafür, dass diese Ordnung immer herrscht, bis zum letzten Tag, bis Sie ins Feld ziehen!"

„Achtung", ruft Willy, als der Spieß den Raum verlässt. Er ist verärgert. Backe hat die Soldaten einfach sitzen lassen und heimst nun den Ruhm für Willys Arbeit ein.

Die Soldaten sind froh, dass die erste Stubenbesichtigung dank Willys Einsatz gut überstanden ist. Als Stubenältester ist Willy nun anerkannt. In der Nacht wälzen sich viele Soldaten unruhig in ihren Betten. Was wird kommen?

Ein lauter Pfiff ertönt. Unteroffizier Backe saust ins Zimmer: „Zug Nachtruhe beenden! Raustreten in drei Minuten!"

„Raus, Tempo, vorwärts zum Frühsport", so feuert er die Soldaten an. Fast pünktlich steht der Zug im langen Flur. Mit freiem Oberkörper, in neuer Uniformhose und neuen Stiefeln. Backe stürmt mit ihnen auf die Objektstraße.

„Im Laufschritt, links, links, links", kommandiert er.

„Dumpfbacke kann nur links, links, links," spottet ein Soldat.

„Ruhe im Glied", brüllt Backe und erhöht das Tempo. Die ersten Soldaten stolpern, kommen aus dem Tritt.

„Links, links, links". Die ungewohnten Stiefel reiben, ungeschickt gewickelte Fußlappen rutschen. Die Eisennägel der Holzabsätze knallen hart auf das Pflaster. Nach langen zwanzig Minuten ist die Schinderei vorbei. Auch Willy ist froh. Seine Fußlappen haben gehalten, nur eine kleine Wasserblase hat sich am rechten Hacken gebildet. Großklappe Karl leidet mehr. Er läuft ´luftbereift´.

Friedrich, dessen Vater offenbar längere Zeit Soldat war, hat nicht nur den Zeitungstrick parat.

„Hier, das ist Talkum. Mein Vater hat es mir gegeben, kipp etwas in die Stiefel, dann reibt es nicht mehr so", Karl ist dankbar.

Zum Frühstück wird stramm marschiert. Backe ist in seinem Element:

„Links, links, links!". Er grinst zufrieden, als er bemerkt, dass einige Soldaten hinken. Hoch zu Ross empfängt Leutnant Zackwitz die Schwadron am ersten Ausbildungstag im Gelände.

„Was ist die größte Heldentat des Soldaten?", fragt er vom Pferde herunter. Karl reißt den Arm empor: „Zu sterben für Kaiser und Vaterland, Herr Leutnant!"

„Mehr!" fordert Zackwitz weitere Antworten heraus.

„Ein MG-Nest auszuräuchern."

„Unbedingter Gehorsam."

„Jeden Befehl ohne Rücksicht auf das eigene Leben ausführen."

Willy zögert mit seiner Antwort. Jede der Antworten scheint ihm richtig. Doch was ist das Wichtigste im Krieg?

„Den Sieg über den Feind zu erringen", sagt Andreas gerade. Leutnant Zackwitz wendet sich an Unteroffizier Backe: „Was ist die größte Heldentat?"

Als habe er auf diese Frage gewartet, antwortet Backe wie aus der Pistole geschossen: "Der Soldat hat seinen Kampfwert zu erhalten. Der deutsche Soldat ist dem Gegner an Kraft und militärischem Geschick überlegen. Er vernichtet viele Feinde, ehe er sein Leben gibt."

Zackwitz ist zufrieden. Lange hat er Backe diese Worte eingetrichtert, als Begründung dafür, dass dieser fortan die Rekruten bis zur Erschöpfung stritzen muss. Die Antworten der Soldaten bewertet er nicht. Sie sind an seinem Ohr vorbeigezogen.

Zackwitz verkündet das erste Lehrziel: „Stellungsbau". Er blickt zu dem vor den Soldaten stehenden Unteroffizier und befiehlt: „Unteroffizier Backe, Stellung, eingraben."

Backe springt einige Schritte nach vorn, fängt im Fall sein Gewicht mit dem linken Arm ab, legt seinen Karabiner schussbereit rechts neben sich ab, zieht, immer noch auf dem Bauch liegend, den kleinen Feldspaten, den er wie alle Soldaten hinten an der linken Hüfte trägt, aus seiner Lederhülle. Dann rollt er sich auf die linke Seite, packt mit beiden Händen den Spaten am kurzen Stiel und pflügt im Liegen die Erde vor seinem Kopf um. Im Nu ist ein kleiner Damm entstanden, hinter dem der kurze Körper von Backe schon halb verschwunden ist. Backe gräbt, sticht und schaufelt kraftvoll weiter. In wenigen Minuten ist die Schützenmulde fertig. Backe packt seinen Karabiner, nimmt ihn in Anschlag und meldet Zackwitz: „Unteroffizier Backe kampfbereit hinter Deckung!"

„Au, Backe kann was!", entfährt es Karl. Auch Willy ist beeindruckt. Während die Soldaten noch staunen, springt Backe auf, putzt seine Uniform ab und kommandiert die Soldaten in eine lange, auseinandergezogene Linie.

„Ich zeige vor", ruft er. Dann demonstriert er die einzelnen Elemente des Baus der Schützenmulde. Alle versuchen, es Backe gleichzutun. Nur selten klappt das.

„Zu Boden!", schreit Backe die Soldaten an, die versuchen, mehr Kraft durch Emporheben des Oberkörpers aufzubringen. Nur schwer ist der Spaten mit dem kurzen Stiel zu bewegen. Friedrich wühlt ungeschickt. Beim Graben fliegt ihm Erde auf den Kopf, in den Nacken, ins Gesicht. Er schüttelt sich, legt den Spaten kurz beiseite.

„Schanzen, schanzen", herrscht ihn Backe an. Friedrich schaufelt, bedeckt, ohne es zu merken, auch seinen Karabiner mit Erde.

„Soldat Friedrich auf! Waffe aufnehmen, im Laufschritt marsch!" Runde um Runde muss Friedrich um die weit auseinandergezogenen Soldaten laufen. Seine Handgelenke schmerzen, Kies und Sand scheuern unter dem Drillich auf seinem Rücken. Schweiß und Tränen laufen über sein dreckiges Gesicht.

„Friedrich, Stellung, schanzen!", schreit Backe. Friedrich sinkt an seiner begonnenen Schützenmulde zu Boden, greift zum Spaten und wühlt, vor Erschöpfung fast ohnmächtig, in der Erde.

Mit kurzen Blicken verfolgt Willy die Hatz, während er sich bemüht, seine Mulde mit Überlegung auszuheben. Dennoch, er braucht fast dreimal so lange wie der Unteroffizier, ehe er sich mit „Soldat Ranke kampfbereit hinter Deckung" meldet.

Unteroffizier Backe läuft mit stolzem Blick die Reihe der schwer arbeitenden Soldaten ab.

„Den Arsch runter, die Hacken weg, die Brustwehr dicker,

schneller, schneller“, kommandiert er. Wer auffällt, muss wie Friedrich Strafrunden um die sich eingrabende Schützenreihe laufen. Endlich geschafft. Mit dem Gewehr im Anschlag liegen die Soldaten in ihren Mulden.

„Zug Achtung, neben den Stellungen angetreten“, reißt Sie die harte Stimme des Unteroffiziers empor.

„Im Laufschritt vor, bis zum Holzkreuz, marsch, marsch“. Dann:

„Stellung, eingraben.“

Jedes Zeitgefühl kommt abhanden. Nur durch, nur fertig werden, kreist es in den Köpfen der Rekruten. Willy, Andreas und einige andere Soldaten verhalten sich besonnen. Sie teilen ihre Kräfte ein und üben, ihre Schützenmulden immer kraftsparender und schneller auszuheben. Das bemerkt Backe.

„Neuer Ausbildungspunkt: Eingraben unter Feindeinwirkung. Ein Soldat hält den Feind nieder, sein Kamerad gräbt sich unter dessen Feuerschutz ein. Dann wird gewechselt.“

Backe teilt die Gruppen so ein, dass die Leistungsschwächsten sofort wieder schanzen müssen. Willy bemerkt, dass Friedrich, der ihm zugeteilt wurde, nur noch kraft- und ziellos handelt, eben Aufgegrabenes wieder zuschüttet, kurz davor ist, aufzugeben.

„Friedrich, reiß dich zusammen, willst du an der Front krepieren? Dumpfbacke rettet dir mit seinem Drill das Leben. Da musst du durch! Los, jetzt tauschen wir die Plätze!“. Willy schiebt den Erschöpften zur Seite, drückt ihm das Gewehr in die Hand und gräbt, immer mit einem Blick auf Backe, die Schützenmulde für Friedrich.

Backe steht gut fünfzig Schritte von ihnen entfernt hinter einem anderen Schützenpaar. Er putzt diese herunter, weil beide ihre Stellungen nicht schräg, sondern gerade zum Ziel geschanzt haben. Backe bereitet es Freude, diesen Unglücklichen zu beweisen, dass sie aus ihrer Stellung heraus den Karabiner gar nicht richtig in die Schulter einziehen können, um zu visieren und die vor ihnen liegenden Ziele zu treffen.

„Merken Sie sich: Alles was ich befehle, ist zu ihrem Wohl. Der Soldat hat zu gehorchen, basta! In drei Minuten will ich eine hervorragende Feuerstellung sehen!“ Dann stolziert er weiter, ein nächstes Opfer suchend.

Willy zittern die Arme, heftig stößt er den Feldspaten in das Erdreich. Backe kommt auf sie zu. Willy gelingt es im letzten Moment, den Platz mit Friedrich zu tauschen. Backe entdeckt ihn schweißgebadet hinter seinem Gewehr liegend. Er empfindet tiefe Befriedigung darüber, auch den starken Willy an seine Grenzen gebracht zu haben. Dass der völlig verdreckte Friedrich jetzt ruhig in einer musterhaft ausgebauten Schützenmulde liegt, macht ihn nicht misstrauisch. Der Unteroffizier hat bereits vergessen, dass er diesen Rekruten fast bis zum Zusammenbruch getrieben hat.

„Na, Großmaul, geht doch“, schließt Backe seine Besichtigung ab.

Zum späten Mittagsessen geht es im Laufschritt zurück.

„Links, links, links,“ treibt der Unteroffizier die erschöpften Rekruten an. Die Kohlsuppe hat kaum Fettaugen, gierig löffeln die Soldaten. Zum Glück kann sich jede Gruppe dazu ein Kommissbrot teilen. Friedrich reicht Willy sein Stück. Willy nimmt es, beißt ab, dann stockt er, gibt den Brotkanten Friedrich zurück.

„Friss selbst, oder willst du, dass dich Backe morgen wieder zum Affen macht?“, Friedrich schreckt unter diesen Worten zusammen. In Gedenken sieht er bereits, wie ihn Backe weiter schindet.

„Ich wollte mich doch nur ...“, stammelt er.

Die Gefechtsausbildung im Gelände erfolgt stets nach dem gleichen Prinzip: Der Leutnant erklärt, der Unteroffizier zeigt vor, dann üben die Soldaten, bis sie das von Zackwitz geforderte „blind und ohne zu denken“, ausführen können. Rasch bildet sich ein Kern derer heraus, die die täglich steigenden körperlichen Belastungen selbstbewusst ertragen. Andreas und Willy gehören dazu.

„Das Schwein Backe schafft es nicht, uns kleinzukriegen. Sein Schliff macht uns hart. Bevor wir zur Front gehen, rechnen wir mit ihm ab“, verkündet Andreas nach einem besonders harten Ausbildungstag in der Stube.

Friedrich gehört lange Zeit zu den Schwachen. Doch er kämpft bis zum Umfallen. Seine Kameraden registrieren, dass er sich bei Backe nie mit kleinen Gefälligkeiten und übertriebener Diensteifrigkeit einkratzt, um von dessen Gehässigkeiten verschont zu werden. Es gibt noch einen anderen, nicht ganz so uneigennützigen Grund, weshalb Friedrich von vielen Soldaten heimlich unterstützt wird: Sein Vater soll ein hohes Tier in Berlin sein, der sicherlich Einfluss auf viele Dinge, zum Beispiel dem künftigen Einsatz, nehmen kann.

Am Nachmittag ist Waffenkunde durch Leutnant Zackwitz. Willy freut sich, denn er möchte endlich wissen, wie das neue leichte Maschinengewehr, das immer nur Null Acht Fünfzehn genannt wird, funktioniert.

In einem der Abenteuerhefte, die ihm die Gesellen der Formerei für einige Pfennige gern verkauften, hat er gelesen, wie geschickt die südafrikanischen Buren in ihrem Krieg gegen die weit stärkeren Engländer das deutsche Maschinengewehr ´08´ einsetzen.

„Ein MG ersetzt dreißig bis hundert Gewehrschützen“, diesen Satz hat sich Willy fest eingeprägt. Das MG 08 ist groß und schwer, es braucht fünf Soldaten zur Bedienung. Friedhelm hat ihm im vergangenen Jahr, 1917, von der Westfront geschrieben, dass seine Kompanie endlich mit neuen, leichteren Maschinengewehren von Typ 0815 ausgerüstet ist. Friedhelm schwärmt:

´Das neue Maschinengewehr ist so leicht, dass es im Angriff von nur einem Mann getragen werden kann. Der zweite Schütze trägt die Munition. In jeden Munitionskasten passen zweihundert gegurtete Patronen. Wir führen die neuen Maschinengewehre beim Angriff auf feindliche Stellungen in den Schützenlinien ganz vorn mit. Wenn uns der Gegner vor dem Sturm auf seinen Graben durch Dauerfeuer zu Boden zwingt, kommt die neue Waffe zum Einsatz. Das aus kurzer Entfernung geführte Feuer des 0815 verschaffte uns beim Angriff Luft. Der Gegner duckt sich unter den langen Feuerstößen. Wir nutzen diesen Moment und kommen mit kurzen Sprüngen ohne größere Verluste an den Feind heran, schmettern ihm unsere Handgranaten in den Graben. Leider haben die Russen unsere neue Angriffswaffe rasch erkannt. Ihre versteckten Scharfschützen nehmen nicht nur unsere Führer, sondern auch die MG-Trupps in ihr Visier. Viele Männer am 0815 sterben für unseren Sieg den Heldentod`, endet Friedhelms Bericht.

In seinen Träumen nach anstrengender Ausbildung sieht sich Willy oft hinter einem MG liegen, beide Hände an den Holzgriffen der Waffe, den heranstürmenden Feind im Visier. Dann, im letzten Moment, er kann ihre zu Fratzen verzerrten Gesichter bereits erkennen, feuert er lange Garben in die Reihen der Angreifer. Die kommen ins Stolpern, reißen die Arme hoch, sie schreien auf, Blut strömt, wenige Meter vor ihm fallen sie zu Boden. Im Traum schießt er ununterbrochen. Ohne Gnade tötet er sie, alle.

Ein schriller Pfiff reißt Willy aus seinen Traum, schreckt ihn aus der kurzen Mittagspause hoch.

„Schwadron Achtung“, schreit Unteroffizier Backe über den Flur, „Raustreten in drei Minuten!“ Im Eiltempo wird angetreten, im strammen Gleichschritt führt Backe den Zug zur neuen Turnanstalt.

Auf schmalen, zu langen Reihen angeordneten Bänken sitzen im großen Turnsaal bereits hunderte Rekruten. Kaum haben alle ihren Platz gefunden, reißt sie ein lautes „Achtung“ von den Bänken, zwingt zu strammer Haltung. Vorn öffnet sich eine Saaltür. Mit forschem Schritt tritt ein Offizier in den Raum.

„Herr Hauptmann, alle Rekruten der Garde-Kavallerie-Schützendivision sind zum Vortrag eingerückt“, meldet ihm Leutnant Zackwitz. Die Soldaten dürfen sich setzen, alle sehen gespannt nach vorn.

„Der sieht aus, als will er uns die Dicke Bertha vorführen“, witzelt Karl leise. Auch Willy kann sich nicht vorstellen, dass dieser schon etwas ältere Hauptmann ihnen Waffentechnik erklären wird. Zwei Soldaten schleppen eine große Tafel in den Raum und stellen sie an der Stirnseite hinter dem Offizier auf. Zu sehen ist eine große Landkarte mit roten und blauen Linien und Pfeilen.

„Frankreich, die Front“, flüstert ein Soldat aufgeregt.

Der Hauptmann tritt vor die Karte, ruft „Achtung“. Alle springen von ihren Plätzen, nehmen Haltung an.

„Es lebe unser oberster Kriegsherr, der Kaiser von Deutschland und König von Preußen, Wilhelm II. ! Unserem Kriegsherrn ein dreifaches Hurra!“!

Mit donnerndem Hurra antworten die Rekruten. Willy schreit sein Hurra so kräftig er nur vermag hinaus.

„Hoch leben unsere tapferen Frontsoldaten. Im Feindesland verteidigen Sie Deutschlands Ehre!“ Das dreifache Hurra lässt den Saal erbeben. Dann dürfen sich die Rekruten setzen.

„Ich bin Hauptmann Grabowsky, Aufklärungsoffizier in der

Heeresgruppe Deutscher Kronprinz, zu der ihre ruhmreiche und im Feld nie besiegte Garde Kavallerie Schützen Division gehört. Ich informiere Sie heute über die heldenhaften Kämpfe an der Front, dort, wo Sie schon bald eingesetzt werden. Sehen Sie auf die Karte! Bis hierher, nur 60 Kilometer vor Paris, sind unsere Truppen in den letzten Wochen gestürmt. Es ist nur noch eine Frage von Tagen, bis uns die alte Kaiserstadt Reims in die Hände fällt. Vom Norden, Westen und Süden ist die Stadt von unseren Armeen umzingelt. Unseren tapferen Soldaten tief im Feindesland einen Gruß aus der Heimat, ein dreifaches Hurra!"

Die Rekruten springen auf, ihr donnerndes „Hurra" dröhnt durch die Sporthalle.

„Den Franzosen und Engländern sind wir mit unserer Frühjahrsoffensive gewaltig an die Gurgel gegangen. So zeigen wir ihnen, dass wir, Deutschlands Heer, auch im vierten Kriegsjahr stark und in der Lage ist, sie vernichtend zu schlagen! Unsere Feinde wissen, dass wir Frankreich schon in kurzer Zeit zum Frieden, zu einem Siegfrieden nach unseren Bedingungen zwingen werden. Sie, die Rekruten des Jahrgangs 1900, dürfen in dieser letzten entscheidenden Schlacht dabei sein. Von ihren Heldentaten wird in den Schulbüchern ihrer Kinder zu lesen sein! Künftige Generationen werden sich vor den Helden dieses Krieges verneigen", ruft der Hauptmann in den Raum.

„Vor allem vor unseren Gräbern", zischt es einige Reihen vor Willy. Willy entdeckt den störenden Rufer. Es ist ein Rekrut aus dem Nachbarzimmer, der wie er Stubenältester ist.

Der Aufklärungsoffizier hat den Zwischenruf nicht bemerkt. Zufrieden blickt er auf die jungen Männer, sieht deren Augen leuchten, spricht weiter:

„Unsere Gegner sind feige und hinterhältig. Aus ihren Kolonien haben die Franzosen Schwarze geholt, die in den Grabenkämpfen mit Messern und Dolchen auf unsere tapferen Kämpfer gehetzt werden. Auch diesen Wilden haben wir das Fürchten gelehrt! Unser Kronprinz, Generalleutnant Wilhelm, hat befohlen, dass jeder Feuerwalze eine gehörige Portion Blaukreuz beigemischt wird. Unser Gas bekommt den Negern überhaupt nicht. Statt tapfer in ihren Gräben zu stehen und den Kampf Mann gegen Mann aufzunehmen, verkriechen sie sich in ihren Stellungen und Bunkern. Dort erwischt sie das Blaukreuz.

Auch gegen die fetten Engländer haben wir eine neue Waffe. Unsere tapferen Sturmtrupps sind jetzt mit Flammenwerfern ausgerüstet. Damit wird jeder Widerstand beim Aufrollen der Feindstellungen gebrochen. Bevor der Engländer um die Grabenkurve ist und auf unseren Sturmtrupp feuern kann, hat ihn der Feuerstrahl in ein Beefsteak verwandelt."

Die Soldaten lachen, hören begeistert zu. Willy träumt. Er sieht sich in einem solchen Sturmtrupp, der in den feindlichen Graben eindringt. Uniformierte Neger liegen, vom Gas vergiftet, röchelnd am Boden. In ihren großen Auge steht die Angst. Willy steigt, ohne nach unten zu sehen, über sie hinweg. In der linken Hand zum Stoß erhoben einen eroberten Grabendolch, in der rechten eine entsicherte Handgranate, bereit, sie in den nächsten Unterstand zu schleudern.

Sein Nachbar stößt ihn an: „Hör zu, was der vorne sagt". Der Hauptmann ist gerade dabei, den Geländegewinn zu beschreiben, den die deutschen Truppen bei der Kaiserschlacht Ende März erzielt haben:

„Unsere Artilleriebeobachter können mit ihren Fernrohren bereits den Eifelturm sehen", ruft er in den Saal. Er zeigt auf der Karte, wie kurz die Strecke von der Front südlich von Reims bis ins Zentrum von Paris ist. Genüsslich, überzeugt von der Wirkung seiner Worte, ruft er weiter:

„Bei der siegreich beendeten Reims-Offensive haben sich unseren Männern über hunderttausend Franzosen und Engländer feige ergeben. Viele feindliche Divisionen, zehntausende Feinde, sind für ewig auf dem Schlachtfeld geblieben. Bei diesem Großkampf von Ende Mai bis Anfang Juni eroberten wir über siebenhundert Geschütze und zweitausendfünfhundert Maschinengewehre, dazu riesige Berge Munition, jede Menge Kriegsmaterial und viele Nahrungsmittel." Es klang, als ob der stramme Offizier auf der Bühne genüsslich in eine fette Schmalzstulle beißt.

„Besonders die Yankees, die uns vom Norden angreifen, hatten in ihren Stellungen so viele Büchsen, dass es unsere tapferen Frontsoldaten gar nicht schafften, alle einzustecken, bevor sie zum Sturm auf die nächste Grabenlinie ansetzten." Nicht nur Willy lief bei dieser Schilderung das Wasser im Mund zusammen, hörbar knurrte sein Magen.

„Ich würde so viel einsacken, wie ich nur tragen kann und es dann zu Muttern schicken“, flüstert Karl.

„Ob wir auch so ein Glück haben, oder wird der Kampf schon beendet sein, wenn wir an die Front kommen?“ Dieser Gedanke blitzte in den Köpfen vieler junger Männer auf.

Der Aufklärungsoffizier weiß um diese Wirkung seiner Rede.

„Rekruten, wenn Sie Ende Juli zu uns an die Front kommen, bleibt noch genug zu tun, um sich durch Heldentaten der Heimat würdig zu erweisen. Wir, die Frontsoldaten, brauchen Sie, die treuen, unserem Kaiser und ihrer Heimat völlig ergebenen Söhne.“

Der baldige Sieg ist unser! Wir alle hier im Saal dürfen dabei sein! Auf uns schaut ganz Deutschland, die ganze Welt! Bald sind der Hunger und der ewige Mangel vergessen! Von überall wird fette Beute nach Deutschland fließen, zu uns, den Siegern. So denken viele.

Zufrieden sieht der Aufklärungsoffizier in die leuchtenden Augen der Soldaten. Dann dreht er sich um und schreitet zur großen Landkarte an der Stirnwand des Saales.

Die Blicke der Rekruten folgen ihm. Oben auf der Karte erkennen sie die Südküste von Großbritannien. Darunter den Ärmelkanal, dann die französische Küste mit Le Havre. Unten endet die Karte vor Paris. Links reicht sie von Nordfrankreich über das eroberte Königreich Belgien bis zur Grenze des Deutschen Reiches. Köln ist am rechten Kartenrand zu erkennen. Dicke farbige Linien verlaufen von Nord nach Süd. Sie zeigen den seit zwei Jahren kaum geänderten Frontverlauf. Er beginnt an der Küste ganz im Norden, etwa an der Grenze zwischen Frankreich und Belgien. Von dort hat sich die Front mit einem linken Bogen zwischen Amiens und Reims tief nach Frankreich vorgeschoben. Im Süden endet die Front weit unter Verdun an der deutschen Grenze. Einzelne Abschnitte sind besonders gekennzeichnet. Rot ist ein zentraler Abschnitt mit der Bezeichnung „Siegfriedstellung“ hervorgehoben. Weitere Orte, wie Verdun oder der Hartmannswillerkopf in den Vogesen, sind mit roten Kreisen gekennzeichnet. Blau die Küstenstadt Calais, weiter südlich Armins, darunter, wo auch die Siegfriedstellung endet, ist die Stadt Reims hervorgehoben. Ein Abschnitt des Flusses Marne, der unterhalb von Reims, in großer Entfernung parallel zur deutschen Grenze verläuft, ist ebenfalls farbig unterlegt.

Der Aufklärungsoffizier steht neben der Karte. Er gibt den Soldaten Zeit, sie zu betrachten. Unruhe kommt auf. Es wird getuschelt. Viele Soldaten lesen die Namen der französischen Orte halblaut vor und erklären aufgeregt, was sie dazu wissen.

„Der Cornilletberg ist eine unterirdische Festung. Mein Bruder war 1917 dort. Tagelang haben die Franzosen letzten Sommer den Berg beschossen, ehe sie ihn erobert haben. Bei diesem Angriff ist er gefallen."

„Den Heldentod", flüsterte ein junger Soldat dazwischen.

„Heldentod?", zischte der Bruder des Gefallenen und sagt leise: „Ein Kamerad, der mit dem Leben davonkam, weil ihn die Sanis hoch zum Ausgang geschleppt haben, hat uns gesagt, dass über 400 Mann wie Ratten im Bau erstickt sind."

„Was für Gas haben die Franzosen benutzt?"

„Keines, sie haben die Luftschächte mit Sprenggranaten zerschossen, das hat gereicht."

"Dürfen die das?", fragte halblaut der ´Heldentod´-Soldat. Leises Gelächter.

„Wer siegt, hat immer recht, egal was er getan hat", zischte der Rekrut, dessen Bruder so umkam.

„Und die Soldatenehre?"

„Quatschkopf. Wenn du ein Haus erobern musst, wirfst du ´ne Handgranate rein, erst dann steckst du deinen Kopp um die Ecke".

„Und wenn nun auch Zivilisten in dem Haus sind?", der junge Soldat will seine Vorstellungen vom ritterlichen Kampf nicht aufgeben.

„Dann haben sie einfach Pech gehabt. Lieber zehn tote Franzosenweiber als ein toter deutscher Soldat."

„Alles Quatsch", mischte sich ein anderer Rekrut ein, „wenn wir erst in Paris sind, sind mir lebendige Franzosenweiber viel wichtiger."

„Wenn dir nicht vorher die Franzmänner im Grabenkampf dein geiles Ding absäbeln!"

Die Stimmung im Saal wird immer lockerer. Die Gedanken vieler Rekruten kreisen um die angenehmen Dinge nach dem Sieg: Ehre und Anerkennung in der Heimat, eine gut bezahlte Arbeit, jede

Nacht eine Frau im Bett, vor allem: immer genug zu essen.

Hauptmann Grabowsky blickt auf die freudig tuschelnde Soldatenmenge und denkt:

´Was wird von ihrer Begeisterung bleiben, wenn nach dem ersten Angriff jeder vierte von ihnen zerfetzt, vor Schmerzen schreiend oder still, mit toten Augen auf dem Acker liegt? Wenn die ohne Unterbrechung feuernde Artillerie in den Gräben und Unterständen Tag und Nacht ihre Opfer holt? Ich darf nicht so dick auftragen, sie müssen bereit sein, auch Leid und Elend zu ertragen.´ Dann strafft er seinen Körper, tritt mit hartem Schritt nach vorn.

„Rekruten, Achtung“, brüllt er in den Raum. Die Soldaten springen auf, stehen stramm und blicken erwartungsvoll auf den Hauptmann.

„Ich erkläre Ihnen jetzt den Frontverlauf und ihren Einsatz. Setzen!“ Im Saal gespannte Stille. Die Soldaten ahnen, jetzt kommen die wichtigsten Neuigkeiten.

„Sehen Sie auf die rote Linie hier in der Mitte der Karte. Das ist unsere Siegfriedstellung. Sie ist ein tief gestaffeltes System von Betonbunkern und Hindernissen. Die Bunker sind mit fünf Meter tiefen breiten Gräben verbunden. Hundert Meter davor sind Drahthindernisse aufgebaut, die von MG-Nestern gesichert sind. Die schweren Waffen der Stellung erreichen jeden Punkt der vor ihr liegenden zwei Kilometer tiefen Kampfzone. Mit den sich an den Nord- und Südflanken anschließenden Stellungen ist dieser Schutzwall hundert Kilometer lang“. Grabowsky zeigt auf der Karte die sich anschließenden, nicht mehr so stark hervorgehobenen Abschnitte mit germanischen Namen: Wotan im Norden. Alberich, Brunhilde und Krimhilde schließen sich im Süden, in Richtung Verdun, an.

„Soldaten, die Kaiseroffensive im Frühjahr brachte uns einen erheblichen Geländegewinn nach Westen. Was ist das Ziel der nächsten Kämpfe? Im Norden, von hier aus, Grabowsky zeigt auf die Stadt Amiens, müssen wir die Versorgung der britischen und französischen Truppen unterbrechen, also westwärts bis Le Havre vorstoßen. Das ist die Aufgabe einer anderen Heeresgruppe. Vor uns, der ruhmreichen Garde Kavallerie Schützen Division, steht eine ganz besondere Aufgabe. Wir werden von hier aus, er zeigte auf das südliche Ende der Siegfriedstellung, die

Franzosen nach Paris zurücktreiben! Unser Frontabschnitt wird nach den Plänen von Kronprinz Wilhelm zwischen Reims und der Marne liegen. Reims ist der entscheidende Verkehrsknoten. Ist er erst in unserer Hand, können wir genügend Material für den Sturm auf das nächste Ziel, die Überquerung der Marne, heranführen. Dann ist es nur noch ein Sprung über die Seine und wir haben Paris!"

Grabowsky klopft mit seinem Zeigestock auf den dick unterstrichenen Namen der Hauptstadt. Die Begeisterung über seine markigen Worte, die den bevorstehenden Kampf wie einen rasch auszuführenden Katzensprung darstellen, hat selbst ihn erfasst.

„Wenn Sie, die vielleicht letzten Kriegsrekruten unserer Division, am 27. Juli an die Front kommen, ist dieser Großkampf bereits im Gang. Sie werden mit Pauken und Trompeten im Gleichschritt durch Reims marschieren!". Grabowsky holt tief Luft. Er bemüht sich, die folgenden Sätze besonders überzeugend auszusprechen:

„Kaiser Wilhelm II., unser oberster Kriegsherr, ist ein friedfertiger Mensch. Er weiß, dass unsere eigenen Reserven begrenzt sind. Er weiß, dass jede deutsche Familie für den Krieg große Opfer bringt. Deshalb will er den Krieg noch in diesem Jahr beenden. Deshalb wird er auf dem Höhepunkt unserer Siege den Feinden ein Friedensangebot machen. Ein Sieg-Friedensangebot zu unseren Bedingungen! Es wird unseren Kanonen und unserer Diplomatie gelingen, die Franzosen und ihre Vasallen zum Aufgeben zu zwingen. Dann reisen wir die letzten Kilometer nach Paris bequem mit dem Zug. Und unser Kaiser wird in Versailles, wie einst 1871 sein Großvater Wilhelm I., den Franzosen unsere Friedensbedingungen diktieren!"

Der Aufklärungsoffizier steht breitbeinig, die Karte im Rücken, vor den Soldaten. Er reißt den rechten Arm nach oben: „Soldaten, ein dreifaches Kaiserhoch!"

Alles springt auf. Viele Soldaten, auch Willy, recken den Arm wie der Hauptmann empor, brüllen laut: „Hoch, hoch, hoch!"

Leutnant Zackwitz marschiert auf die Bühne, baut sich neben dem Aufklärungsoffizier auf. Der blickt ihn zufrieden an und sagt leise „Leutnant, machen Sie was aus diesen Leuten. Machen Sie sie fit für den schwersten Kampf, der uns bevorsteht. Nur wenige dieser heurigen Hasen werden ihn überleben. Sie kennen die Situation. An der Front läuft vieles schief." Zackwitz befiehlt: „Abrücken, der Rest des Tages ist dienstfrei!"

Dienstfrei! Das gab es in den vergangenen fünf Ausbildungswochen nicht. Selbst sonntags sind Dienste angesetzt. Das ´Große Stuben und Revierreinigen´, sorgt dafür, dass es am Sonntag-Vormittag keine ruhige Minute gibt. Zwischen dem Spieß und Willy findet ein stilles Kräftemessen statt. Willy scheucht seine Stubenkameraden unerbittlich, bis auch die kleinste Ecke von Staub und Schmutz befreit ist. Willy findet immer wieder neue Stellen, die selbst Feldwebel Schmidt noch nicht bemerkt hat.

Am dritten Wochenende erzielen Willy und seine Stubengenossen in diesem stillen Ringen einen Sieg. Dank des kleinen Karl. Der hatte am Samstag-Abend einen alten Soldatenwitz seines Vater erzählt: Der Spieß greift beim Stubendurchgang auf die obere Türkante, wischt mit dem Zeigefinger den dort immer liegenden Staub zusammen, hält den staubigen Finger einem Soldaten unter die Nase, pustet über die staubige Fingerkuppe und sagt „Soldat sehen Sie mich noch"?

Sofort lässt Willy vor der Spießkontrolle sämtliche Oberkanten an der Zimmertür, den Spinden und Fenstern feucht abwischen. Es strengt die in der Ausbildung geschundenen Soldaten an, den seit Wochen dort unsichtbar liegenden Staub zu entfernen. Doch die Hoffnung, ihrem Spieß eins auszuwischen, lässt sie schrubben. Aufgeregt warten sie auf die Kontrolle.

Willy steht an der Tür, bereit zur strammen Meldung. Karl ist auf dem Flur unterwegs und versucht, möglichst ungesehen mitzubekommen, was der Spieß in den anderen Soldatenstuben kontrolliert. Plötzlich kommt er ins Zimmer gerannt: „Leute, die Sache klappt! Eben hat der Spieß den Witz gemacht und ein Donnerwetter losgelassen! Es klappt!" Schon reißt Feldwebel Schmidt die Stubentür auf, tritt ins Zimmer. Willy meldet laut und kräftig:

„Herr Feldwebel, der 1. Zug ist zum Stubendurchgang bereit. Stube gereinigt und gelüftet." Ernst, fast ausdruckslos, nimmt Schmidt die Meldung entgegen. Er schreitet durch das Zimmer, betrachtet jeden Soldaten von oben bis unten, prüft den Festsitz einiger Knöpfe an den Uniformen, schaut in die Zimmerecken, sucht einen Spind zur Innenkontrolle aus. Beim Herausgehen greift er wie zufällig auf den oberen Türrand. Alles erstarrt. Der Spieß nimmt die Hand herunter, betrachtet seine Fingerkuppen, dreht sich langsam zu Willy um.

„Hm, gut, Ranke, lassen Sie rühren“, sagt er betont gleichgültig und verlässt das Zimmer. Die Soldaten jubeln: „Willy, es hat geklappt, wir haben den Alten kräftig ausgetrickst.“

„Doch seine Rache wird furchtbar sein“, unkt Friedrich.

Heute, am dienstfreien Nachmittag, lässt sich Schmidt nicht blicken. Auch Unteroffizier Backe hat sich verkrümelt. Alle Rekruten genießen die unerwartete Freizeit. Viele schreiben Briefe nach Hause. Karl berichtet seinen Eltern über die patriotische Rede und seiner Hoffnung, noch rechtzeitig an den letzten Kämpfen teilnehmen zu können. Friedrich fragt bei seinem Vater nach, ob die Siegfriedstellung auch als Ausgangspunkt für eine Offensive taugt.

Willy betrachtet die vom Freund ererbte Bildersammlung mit Szenen aus dem Soldatenalltag. Ihm fällt auf, dass auf den Zeichnungen, die Frontsoldaten vor dem Sturm auf feindliche Stellungen zeigen, oft zwei an beiden Körperseiten getragene Säcke zu sehen ist.

„Das ist eine Erfindung der Sturmtrupps“, erklärt ihm Andreas.

„Beim Angriff ist es viel zu umständlich, die am Koppel befestigten Handgranaten abzumachen, zu schärfen und zu werfen. Es ist einfacher, in den Sack zu fassen, dort die Murmeln rauszuholen.“ Willy stellt sich vor, wie rasch er aus einem so umgehängten Sack Handgranaten greifen kann. Das begeistert ihn.

„Andreas, ich gehe jetzt zu den Schneidermietzen vom Bekleidungslager und lasse mir zwei Handgranatensäcke nähen.“ Aus Berichten der Soldaten, deren Uniformen angepasst werden mussten, weiß er, dass dort viele junge Frauen arbeiten.

„Lass dich von den Mädels nicht vernaschen! Morgen geht’s zur Hindernisbahn, da musst du fit sein!“, frotzelt Andreas, als Willy, sein borstiges Haar sorgfältig gekämmt, aus der Stube marschiert.

Die Schneiderei ist im Dachgeschoss eines der größten Gebäude des Ausbildungslagers untergebracht. Dort befinden sich in mehreren Etagen Lager für Uniformen und alle Ausrüstungsgegenstände, die Soldaten benötigen. Meterhohe Türme sind aus Kochgeschirren, Besteckteilen, Feldspaten, selbst Stahlhelmen und Seitengewehren errichtet. In langen Regalen stehen getragene Stiefel, akkurat nach Qualität und Größe sortiert. Koppel und Trageriemen liegen in riesigen Kartons. Ebenso tausende Schulterstücke, viel Silberzeug, alle Teile, die zur Kennzeichnung an Uniformen gehören. In anderen Sälen lagert die Wäsche. Tausende langer Unterhosen und Unterhemden in wenigen Größen, gewaltige Stapel mit Fußlappen, Handschuhen oder schirmlosen Soldatenmützen.

In der Schusterei hämmern Kriegsinvaliden. Sie ersetzen die abgelaufenen oder verlorengegangenen Nägel in den nur noch aus Holz bestehenden Absätzen der Soldatenstiefel. Geschlossen ist die einst große Sattlerei. Zu Jahresbeginn 1918 aus Russland zurückbefohlen, musste die Garde Kavallerie Division ihre Reitpferde abgeben. Die Jäger wurden zu Infanteristen für die Westfront ausgebildet. Nur die Offiziere behielten ihre Pferde.

„Was wollen Sie hier, ich habe keine neuen Sachen, die Fabriken liefern nur noch Plunder." Ein heruntergekommen aussehender Feldwebel erhebt sich mühselig von seinem Platz hinter dem Empfangstresen. Willy sieht, dass aus einem seiner Hosenbeine ein Holzstab ragt.

„Rekrut Ranke, 1. Ausbildungszug. Herr Feldwebel, ich will Ihnen keinen Ärger machen. Ich weiß, dass ihre Schneiderinnen fleißig sind, dass sie sogar mit Fäden aus Papier nähen können", versucht Willy die Abwehrhaltung des Invaliden zu durchbrechen.

„Wo waren Sie, wo sind Sie verletzt worden?", setzte er forsch hinzu.

„Scheiß Krieg! Mir haben 1915 die Russen ein Bajonett in den Arsch gejagt. Das linke Bein und das Hüftgelenk sind hin. Mein MG-Zug war der beste des Regiments. Jetzt muss ich dankbar sein, wenn mir die Weiber nicht wegrennen."

„Werner, gib nicht so an! Du warst doch auf der Flucht vor den Kosaken, bist dabei besoffen vom Bock gefallen. Dein wilder Wallach hat dich niedergetrampelt!", spöttisch tönt eine helle Frauenstimme hinter dem Vorhang aus Zeltplanen, der die Sicht in die Tiefe des Raumes versperrt.

„Maria, halt´ dein Lästermaul, deinem Helmut ist es vor Verdun viel schlimmer ergangen", kontert der Holzbeinige. Er muss es ertragen, dass Maria ihn verspottet. Doch er kann auf sie als geschickte Näherin und einem anderen Grund nicht verzichten. Willy wird aufmerksam. Wer mag diese Maria hinter dem Vorhang sein, sieht sie gut aus, was ist mit ihrem Mann geschehen?

Der Feldwebel lässt sich auf seinen Stuhl fallen, schiebt die Beinprothese zurecht, fasst neben sich in ein Regal, greift dort ohne hinzusehen eine Flasche und nimmt daraus einen Schluck.

„Scheiß Krieg! Früher war ich ein schneidiger Kerl. Die Weiber haben sich um mich gerissen. Und jetzt? Letzten Sommer ist meine Alte abgehauen. Sie lässt sich von fetten Etappenhengsten vögeln. Und ich? Ich bin der Eunuch in einem Harem wilder Weiber!", klagt der Feldwebel und nimmt einen weiteren Schluck.

„Was willst du, hat du keinen Dienst, schickt dich dein Spieß?", Marias helle Stimme klingt aufregend. Für Willy scheint sie zu sagen: Na komm doch endlich zu mir.

Willy erstarrt, als zwischen den Planen ein roter Lockenkopf hervor lugt und ihm lebhafte Augen zuzwinkern. Dann geht die Plane ein Stück auseinander. Der üppige Körper des Lockenkopfes kommt Willy entgegen. ´Was für ein Weib´, schießt es ihm durch den Kopf. Noch immer steht er unbeweglich, ist unfähig, passende Worte zu finden.

„Bist du stumm? Hast Du noch nie ´ne Frau gesehen?" Willy blickt hilfesuchend zum Feldwebel. Der blickt ausdruckslos auf seinen Tisch, zeichnet mit dem Finger ziellos Figuren auf die Tischplatte, die leere Flasche liegt daneben. In Gespräche, die Maria führt, mischt er sich nur ungern ein.

„Ich bin Rekrut Ranke vom 1. Zug und möchte, dass Sie mir zwei Handgranatenbeutel nähen", hört er sich sagen. Willy ärgert sich, dass er keine passenden Worte, die sein Interesse an Maria erkennen lassen, finden kann.

„Na komm schon, wollen wir mal sehen, was du für ´nen Beutel brauchst. Werner pennt, der alte Bock wagt schon lange nicht mehr, mich zu stören." Maria greift Willys rechte Hand und zieht ihn hinter die Planen.

Hier, in einem großen Raum, arbeiten Frauen an Nähmaschinen, deren kleine Motoren surren. Um einen großen Tisch in der Mitte des Raumes stehen Frauen und rauchen. Zu ihnen zieht Maria Willy.

„Das ist ein Neuer, ich soll ihm einen großen Beutel für seine Granaten nähen", sagt sie und lacht.

„Na, Maria, da hast du dir ja ein prächtiges Mannsbild eingefangen", kommentiert eine der Frauen das Geschehen. Alles lacht. Eine etwas ältere Frau befühlt Willys kräftige Oberarme.

„Ich nehme schon mal Maß", spöttelt sie. Eine Andere greift ihm von hinten kess in die borstigen Haare: „Mensch, der kann einen ganz toll krabbeln!".

„Schluss, es reicht! Lasst den Mann los, der ist meiner!, geht Maria dazwischen. „Wir können ihn doch nicht alle auf einmal vernaschen." Sie greift nach Willys rechter Hand und zieht ihn in einen Nachbarraum.

„Das sind alles hungrige Weiber. Ihre Männer sind im Feld. Sie haben nur leere Uniformen in der Hand. Los setz dich." Maria weist auf einen hohen Stapel von Decken. Willy setzt sich auf die Kante. Mutig greift er seinerseits nach Marias Hand. Er spürt deren Wärme, die weichen Finger. Entschlossen zieht er sie an sich heran. Doch Maria sträubt sich. Sie bleibt vor ihm stehen, beugt sich, da Willy auch ihre andere Hand erfasst hat, über ihn. Ihr weiter Blusenausschnitt öffnet sich über Willys Gesicht. Zwei volle helle Brüste leuchten ihm entgegen, fast fallen sie aus dem Mieder.

Da verliert Willy die Beherrschung. Er reißt Maria zu sich herunter, greift in ihre roten Haare, fühlt ihre Ohren, fährt mit beiden Händen in ihren Nacken, über die Schultern, landet gierig unter der Bluse an ihren weichen Brüsten.

Maria lässt das geschehen, sie lacht, knöpft die Bluse auf, drückt Willys Gesicht an ihre vollen Brüste. Willy hält Maria weiter umfangen. Seine Hände rutschen tiefer, gleiten über ihre vollen Hüften, den strammen Po, gleiten über den Bauch, berühren ein kräftiges Haarbüschel, erspüren feuchte zarte Haut, kommen wieder nach oben.

„Na, mach schon, los weiter", flüstert ihm Maria mit heißem Atem ins Ohr. Willy zögert, ist hilflos. Soll ich Maria ganz ausziehen, oder erst mich selbst? Maria spürt sein kaum beherrschbares Verlangen, bemerkt seine Unsicherheit.

Oh, der ist noch Jungfrau, schießt es ihr durch den Kopf. Behutsam hebt sie seinen Kopf aus ihrem Busen.

„Komm, ich helfe dir."

Rasch knöpft Maria die Uniformjacke auf, wirft sie nach hinten, öffnet das Koppel, kippt den noch immer auf der Stapelkante sitzenden Willy mit einem kräftigen Schups auf den Rücken. Dann zieht sie ihm die Hosen nach unten, erst streift sie es nur, dann verweilt ihre weiche Hand kurz an seinem steifen Glied. Willy ist außer sich. Kaum kann Maria verhindern, dass er vor

Gier, endlich ihren ganzen nackten Körper zu spüren, Bluse und Rock zerreißt. Dann liegt sie nackt neben ihm auf dem Deckenstapel.

Willy stürmt auf sie ein. Jede Stelle ihres Körpers ist aufregend, alles betastet er, ihre vollen Brüste, ihre unendlich zarten Schenkel. Jetzt muss es passieren! Willy ist aufgeregt. Voller Ungeduld, erst mit ihrer Führung gelingt es ihn, den feuchten Einlass zu finden. Ein Himmelreich tut sich ihm auf. Maria hält ihn fest, krallt sich in seine kräftigen Arme, feuert ihn an. Dann genießt sie Willys wieder ruhiger werdenden Atem. Sie legt seinen Kopf an ihre Brüste, krault sein schwarzes Strubbelhaar. Tränen laufen ihr übers Gesicht.

„War ich gut?", Willy ärgert sich über diese dumme Frage und spürt zugleich, dass ihn die Lust erneut ergreift. Behutsam bewegt er sich. Maria genießt die in ihr neu aufflammende Männlichkeit. Ihre Hände greifen auf seine Schultern, unterstützen seine Bewegung, gleiten an seinen Hüften nach unten, streicheln.

„Ich mach Dir einen schönen Sack", flüstert sie. Willy ist glücklich, zufrieden. Nach einer kleinen Pause schiebt Maria Willy von sich, steht auf. Nackt geht sie zu einer Schüssel, wäscht sich ungeniert. Willy blickt Maria gebannt nach. Sieht auf ihre Rundungen, ihre Scham, ihre Brüste. Ich muss sie haben, immer wieder, hämmert sein Blut.

Maria ist sich der Wirkung ihres Körpers bewusst. Sie freut es, dass Willy keinen Blick von ihr lassen kann und genießt seine Begierde.

„Mach dich frisch, ich habe gleich Feierabend." Sie hilft Willy beim Anziehen. Ihr Duft, ihre Haare, ihr Atem, alles benebelt Willy. Er weiß nicht, wie weiter, drückt Maria an sich. Unbeholfen versucht er, ihren Mund zu küssen.

„Wann kann ich wieder zu dir?"

„Geh zu deinem Spieß und sag ihm, dass bei uns zwei Umhänger bereit liegen. Du holst sie dann. Für Werner, unseren versoffenen Feldwebel, besorgst du eine kleine Flasche. Und für mich ... vielleicht bin ich da." Maria windet sich aus Willys Armen, schiebt ihn aus dem Raum, bugsiert ihn, vorbei an den tuschelnden, neidisch blickenden Frauen, aus der Schneiderei.

Zwei, drei Stufen auf einmal springt Willy die Treppen hinunter. ´Ich habe eine Frau geliebt, ich bin ein richtiger Mann, alles ist herrlich´, summt es in ihm. Auf der Lagerstraße kann er nicht im Schritt gehen. Er rennt, kommt atemlos in der Unterkunft an, knallt die Stubentür hinter sich zu, rast mit leuchtenden Augen um den langen Tisch, hebt Karlchen vom Hocker, stemmt ihn nach oben, wirft ihn auf ein Bett.

Die Soldaten sind fassungslos. Spinnt Willy, ist er verrückt geworden? Andreas hält Willy auf:

"Hast Du den Sack?"

„Meiner ist leer", ruft Willy, noch voller Begeisterung. Da begreifen alle, was geschehen ist. Die Soldaten johlen, schlagen Willy, ihrem Führer, anerkennend, nicht ohne Neid, auf die Schulter.

„Los, erzähle!",

„Wie war es?",

„Ist sie hübsch?",

„Gibt es noch mehr Weiber?"?

Wie MG-Feuer prasseln die Fragen auf Willy herab.

„Ich habe Hunger, gebt mir was zu trinken und ´ne Zigarette." Viele Hände reichen ihm, der wie ein König an der Schmalseite des langen Tisches thront, das Gewünschte. Genüsslich trinkt Willy den schalen Malzkaffee, kaut eine trockene Scheibe des derben, mit Kartoffelmehl gestreckten Kommissbrotes, lässt sich eine Zigarette anzünden, versucht, Ringe zu paffen.

„Los mach schon. Wie heißt sie denn, wie hast Du sie rumgekriegt?" Die jungen Männer sind voller Ungeduld.

Willy sagt nur: „Maria."

„Mehr!" ruft Karlchen.

„Wunderschönes langes rotes Haar."

„Mehr!", rufen nun auch Friedrich und Andreas.

„Und", Willy holt tief Luft,

„eine Bluse mit ganz tiefem Ausschnitt."

„Mehr!", klingt es im Chor.

„So ne Brüste!"

„Mehr!"

„Feine warme Haut."

„Mehr!", schallt es im Raum

„Ich habe Sie ausgezogen!" Willy hält die Luft an, genießt die Spannung seiner Kameraden, sagt langsam: "völlig."

„Völlig", echot es. Andreas stöhnt laut, alle sind aufgeregt.

„Und Du?",

„Jacke aus, Hosen runter, Stiefel weg."

„Und dann?" In der Soldatenstube knistert die Luft. Alles schaut gebannt auf Willy. Der genießt den Ruhm.

„Na was dann? Dann habe ich es ihr gegeben. Drauf und marsch marsch!"

„Und dann?", ruft es erregt von hinten.

„Na, gleich nochmal und volle Ladung!"

Die Soldaten sind begeistert. Willy hat erlebt, wovon sie alle träumen. Er hat es geschafft! Wie schön ist es, eine Frau zu besitzen. Das wenigstens einmal erlebt zu haben, bevor es in den Krieg, an die Front geht, dorthin, wo das Leben rasch mit dem Heldentod enden kann.

Vor der Nachtruhe gehen Andreas und Willy zur Latrine, setzen sich nebeneinander auf den bereits verwaisten Zwölfzylinder.

„Hast ganz schön auf den Busch gekloppt", meint Andreas.

„Ach, lass mich, Maria ist Klasse."

„Ich komme mit, wenn du den Granatsack abholst."

„Willst du mich kontrollieren?"

„Quatsch, du hast aber vergessen, dass nicht alle dumme Kinder sind. Der Feldwebel schon gar nicht."

„Du kennst den besoffenen Werner?"

„Ja. Er ist in Niesky unser Nachbar, mit seinem Sohn war ich in der Schule."

Willy schweigt, raucht langsam. Was will ihm sein bester Kamerad sagen? Wieso kann der Feldwebel gefährlich werden?

„Meinst Du, ich habe vorhin zu sehr auf den Putz gehauen?"

„Hätte ich auch so gemacht", antwortet Friedrich.

„Was ist mit dem Holzbein?"

„Darüber sprechen wir in Ruhe, morgen."

Am nächsten Tag trainiert der Zug das Überwinden von Hindernissen. Unteroffizier Backe ist in seinem Element.

„Machen Sie Tempo, schlafen Sie nicht ein, soll ich Sie persönlich durch den Fuchsbau schieben?", verhöhnt und beschimpft er die Rekruten, die noch nicht wissen, wie die Hindernisse zu überwinden sind. Nur kurz zeigt Backe vor, wie durch Drahthindernisse gekrochen, zwischen den Bäumen gehangelt oder Palisaden überklettert werden. Die fast mannshohe Hinderniswand springt er nicht von vorn, sondern von der Seite an. Der Schwung seines Körpers reicht, um gleichzeitig mit den Armen und einem Bein oben an der Bretterwand zu hängen. Dann ein Ruck und Backe zieht sich flach über das Hindernis, lässt sich an der anderen Seite der Holzwand herunterhängen, muss sich nur noch ein kurzes Stück fallen lassen.

An diesem Tag spielt der Unteroffizier seine Überlegenheit voll aus. Selbst die kräftigsten Soldaten vergeuden ihre Kräfte an den Hindernissen. Immer wieder jagt Backe die Soldaten über den zweihundert Meter langen Rundkurs.

Backe grinst, als er bemerkt, dass auch Willys Kräfte verbraucht sind. Willy hat die Ansprungtechnik zur Überwindung der Bretterwand nicht erfasst. Er springt sie stets von vorn an, stemmt sich mit den Armen empor und schwingt mit dem Oberkörper hinter der Wand nach unten. Der Stahlhelm schlägt ihm dabei in den Nacken, das Holzgewehr knallt ihm gegen die Brust. Die Landung auf dem Boden ist hart. Seine Kraft ist verbraucht, die Konzentrationsfähigkeit erschöpft. Er stolperte beim Anlauf auf den jetzt folgenden Graben, verpasst die glitschige Kante und fliegt unsanft in das Dreckloch. Mit zitternden Knien kriecht er heraus, blieb einen Moment erschöpft liegen.

„Rekrut Ranke auf, weiter, marsch, marsch“, reißt ihn Backe hoch. Willy taumelt zum nächsten Hindernis, klettert kopfüber in die verwinkelten Betonrohre, stößt sich in der Finsternis Knie und Ellenbogen, holt sich schmerzhafte Schrammen.

Dich Schwein erwische ich noch!, Willy hat nur noch Rachegedanken.

Mies ist die Stimmung der Soldaten am Abend dieses Ausbildungstages. Ihre letzte Kraft hat die Reinigung der verdreckten Drillichuniformen gekostet. Müde haben sie den Pfiff zum Raustreten zum Abendbrot befolgt. Endlich, kurz vor der Nachtruhe, zieht Ruhe ein. Einige dösen an den Tischen, andere liegen in ihrer grauen Unterwäsche auf den Betten. Willy und Andreas sitzen über Eck am Tisch, rauchen Manoli.

„Gestern, auf dem Scheißhaus, die Sache mit dem Feldwebel, wie hast du das gemeint?“, fragt Willy.

„Du hast Dich mit einer seiner Schneiderinnen eingelassen. Du sagst, sie hat es freiwillig getan. Lässt sich von einem einfachen Rekruten pimpern, der ihr dafür nicht einmal Geld geben kann. Das glaubt dir doch kein Mensch!“

„Aber sie liebt mich doch!“, Willy wird bei dem Gedanken, seine Maria als Nutte zu sehen, wütend.

„Du hast ja keine Ahnung!". Erregt bläst er Zigarettenrauch in den Raum.

„Wer hat hier keine Ahnung", kontert Andreas.

„Ich sage Dir, wie das so läuft. Der Alte hat deine Maria aus irgendeinem Grund in der Hand. Vielleicht hat er sie beim Klauen erwischt. Damit sie nicht rausfliegt, muss sie ihm zu Diensten sein. Pimpern kann er sie nicht mehr, aber Alk braucht er ständig, vielleicht noch was anderes. Das muss ihm deine Maria besorgen, jetzt auch über dich. Dafür wirst du solange wir noch hier sind, bluten."

„Du spinnst ja, Maria hat einfach gesehen, dass ich ein ... ." Willy stockt, weiß plötzlich nicht, wie er sich, seine Vorzüge beschreiben soll, um Marias Verlangen nach ihm zu begründen. Andreas blickt ernst und sagt: „Ich kenne den Werner über seinen Sohn Eugen genau. Eugen musste um jeden Bleistift und jedes Blatt Papier bei seinem Vater betteln. Er musste jeden Pfennig, den er sich auf unserem Kohlehof verdient hat, seinem Alten abgeben. Nur weil Werner heute ein Krüppel ist, hat sich sein gieriger Charakter nicht geändert. Sicher hat er in der Kantine schon angegeben, wer ihm künftig den Schnaps bezahlt."

Willy ist sprachlos. Das, was ihm sein Freund hier auftischt, passt nicht in sein Bild einer disziplinierten Armee. Statt mit ganzer Kraft für die Heimat und den Sieg zu kämpfen gibt es Soldaten, die bei jeder Gelegenheit den persönlichen Vorteil suchen? Schindet der Schweinehund Backe uns vielleicht, weil er ein Sadist ist, weil er Freude am Quälen hat? Geht es ihm gar nicht darum, uns für die Front stark und unbesiegbar zu machen? Und wie ist das beim Spieß? Was sind seine wahren Beweggründe für die ewigen kleinen Schikanen? Ist es einfach nur Machtbesessenheit? Willy schmerzt der Kopf.

In der Nacht träumt er wild. Maria empfängt ihn. Durch die Wand blickt ihnen dabei grinsend der Feldwebel zu. Maria feuert ihn wieder und wieder an, bis er völlig fertig ist, nicht mehr kann. Backe steht daneben und brüllt: „Rekrut auf, weiter, marsch, marsch". Schweißüberströmt richtet sich Willy auf. Im Nachthemd und auf dem Laken nasse Flecken.

„Gib endlich Ruhe", schnauzt ihn sein Nachbar an. Willy fällt zurück ins Bett, nur schwer gelingt es ihm, den Alptraum abzuschütteln.

Die düstere Prophezeiung von Andreas bewahrheitet sich. Als

es Willy gelingt, kurz vor Feierabend zur Nähstube zu gehen, lässt ihn Feldwebel Werner nicht in die Räume. Er steht auf, humpelt zu einem Regal, dann zum Tresen, vor dem Willy steht: „Hier, das ist ein Handgranatensack.“ Er knallt einen stabilen, großen Umhängesack, genäht aus festen Zeltplanen auf den Tresen. Willy ist begeistert. Er will ihn greifen, gleich umhängen.

„Nix da, Pfoten weg. Der Sack gehört mir. Du kannst ihn nicht bezahlen. Fickst kostenlos meine Maria, das gibt es nicht“, wütend stößt der Feldwebel mit seinem Holzbein auf.

„Aber Maria hat mich doch ... „, stottert Willy.

„Ha, ha“, hämisch lacht ihn Werner an, „die ist doch geil, weil ihr Mann sie nicht mehr besteigen kann. Der ist Irre, seitdem er verschüttet wurde. Er hockt den ganzen Tag im Bett, versteckt sich unter den Federn und hat sogar vor seinem eigenen Weib Angst. Maria geht anschaffen für Fresserei. Da schuldest du ihr noch einiges. Das nächste Fresspaket von Friedrich Jorns lieferst du hier ab. Das kriege ich. Maria bekommt ihren Anteil.“

`Woher weiß der Mann ... ´ geht es Willy durch den Kopf.

„Aber meine Säcke ...“, stottert er.

„Meinst du, jeder grüne Rekrut kann sich bei uns Extraanfertigungen bestellen? Was glaubst du, wer du bist? Schütze Arsch im letzten Glied! Wegtreten!“

Völlig überrumpelt ist Willy. Fast will er aufgeben, geht zur Tür.

„Und das Paket?“, fragt er, eine Hand an der Klinke.

„Habe ich dir doch gesagt. Du bringst es ungeöffnet zu mir, dann sehen wir weiter. Ich weiß, wann der Rekrut Jorns etwas bekommt. Bescheißen kannst du mich nicht. Und noch etwas: Damit ich bei guter Laune bleibe, bringst du mir noch einen Flachmann aus der Kantine mit. Raus, abtreten.“

Mit hängendem Kopf zieht Willy ab. Er springt nicht, wie vor einigen Tagen, die Stufen im Lagerhaus herunter. Er schleicht wie ein geprügelter Hund durch das stickige Treppenhaus. Erst auf der Straße wird er wieder munter, ärgert sich, dass ihn der Feldwebel einschüchtern konnte. Die Aussage des Alten, dass Maria ein leichtes Mädchen ist, berührte ihn wenig.

Kleinlaut berichtet Willy Andreas von der Begegnung mit Feldwebel Werner.: „Du hast recht, für einen Soldaten gibt es hier nichts umsonst.“

Wieso hat der Feldwebel sich meinen Namen gemerkt, woher

weiß er, dass Friedrich Pakete bekommt? Wie kommt es, dass verschiedene Soldaten bessere Uniformen, manche sogar richtige Lederstiefel haben? Dass einige Rekruten, die kürzlich an die Front gingen, Handgranatensäcke trugen? Waren sie alle bei Maria, haben sie alle Schnaps und Essen an den Näherei-Feldwebel geliefert?, Willy schwirrt der Kopf.

„Los, wir gehen zum Zwölfzylinder. Ich hole noch Friedrich, dem schenken wir gleich reinen Wein ein.“ Andreas tuschelt kurz mit Friedrich. Willy steckt ein Päckchen Salem ein. Kurze Zeit später sitzen alle drei in der Latrine, rauchen, können ungestört reden. Friedrich hört sich an, was Willy seinem Freund bereits berichtet hat.

„Was ist der Kern der Sache? Der Feldwebel will mit dir ein Geschäft machen. Er fordert ein Fresspaket und eine Flasche Schnaps, du willst die Handgranatensäcke. Das klingt doch ganz normal, klingt nach einem Tauschgeschäft, von dem alle einen Nutzen haben.“

Willy schluckt seinen Protest zu dieser Auslegung des Geschehens herunter. Er ahnt, dass er missbraucht wurde.

„Und die Sache mit Maria?“

„Das ist eine zweite Geschichte. Du hast von ihr Liebe, ihre Ware, erhalten und dafür nicht gezahlt. Das sieht der Feldwebel auch so. Deshalb stehst du unter Druck. Das nutzt er aus, um den Preis für die Ware hochzutreiben.“

Willy protestiert, doch er vermag diese Argumentation nicht zu entkräften.

„Weshalb regst du dich wirklich auf? Darüber, dass deine Maria keine Heilige ist? Du warst es doch, der sie, um den eigenen Dampf abzulassen, wild bestiegen hat, obwohl du sie nicht einmal fünf Minuten kanntest.“

„Sie wollte es doch auch“, Willy fühlt, dass sein aufgestauter Ärger irgendwo verschwindet.

„Und jetzt mache ich brav, was der Krüppel will? Fragend blickt er erst zu Friedrich, dann zu Andreas.

„Eine Abreibung verdient der Zuhälter, deine Maria soll was bekommen, sonst keiner“, dabei springt Andres fast vom Sitz.

„Bei der Sache steckt noch etwas Anderes dahinter“, nimmt Friedrich das Gespräch wieder auf.

„Du hast dich Maria mit Namen und Einheit vorgestellt?“

„Ja“

„auch dem Alten?“ Willy denkt kurz nach:

„Ja, als ich kam“.

„Hast du in der Näherei von den Paketen erzählt, die ich bekommen habe?“

„Nein.“ Willy ist sich sicher, seine Gedanken hatten sich nur um Maria und seinem Verlangen nach ihr gedreht.

„Woher weiß dann der Feldwebel, dass ich Fresspakete bekomme? Hat er nur gepokert?“ Willy denkt nach, raucht mit tiefen Zügen.

„Ich glaube, dass der Alte genau wusste, dass du Pakete bekommst. Er sagte sogar, dass er weiß, dass noch ein Paket aussteht. Er würde sofort merken, wenn ich ihn betrügen will.“

„Karl hat dann immer ganz traurig geguckt, ob er ...?“, nimmt Willy den Gedankengang auf.

„Quatsch, dann müsste er ja wissen, welches Spielchen der Feldwebel abzieht. Außerdem ist Karlchen scharf auf jedes Stückchen, das ich ihm abgebe.“ Friedrich glaubt nicht, dass ein Zimmerkamerad fähig ist, zu spionieren.

„Wie wäre es mit dem Spieß oder mit Backe?“, erweitert er den Kreis der Verdächtigen.

„Backe ist der Schweinepriester!“, schreit Andreas.

„Der kontrolliert immer die Postabholer und schnüffelt an jedem Paket herum. Ich musste mein Päckchen vor ihm auspacken, weil es angeblich nach Selbstgebranntem riecht.“

„Und der Spieß? Der könnte doch meine Post, noch bevor sie zur Poststelle kommt, lesen“, setzt Friedrich dazu.

„Feldwebel Schmidt, dass der sich für unsere Post interessiert? Das glaube ich nicht“, sagt Willy, doch sehr sicher ist er sich plötzlich nicht mehr.

„Wir müssen wissen, wer von unseren Leuten zum Holzbein von der Kleiderkammer Kontakt habt. Backe sitzt jeden Abend im Kasino. Das weiß ich. Mal sehen, mit wem er sich dort trifft.“

Gemeinsam beschließen die drei, Karlchen mit einigen Kontrollgängen zu beauftragen. Die Latrinensitzung ist beendet, Willy ist erleichtert. Mit Karlchen ist er schnell einig. Warum sich Willy dafür interessiert, ob der Feldwebel Werner Stammgast im Kasino ist und mit wem er dort verkehrt, ist ihm egal. Für ihn ist dieser Auftrag ein gutes Geschäft. Willy gibt ihm Geld für fünf Zigaretten, die er zur Begründung seiner Kasinogänge dort kaufen wird. Zwei Glimmstängel kann er nach jedem Erkundungsgang behalten.

Die nächsten Tage vergehen ohne Besonderheiten. Backe sorgt auf dem Weg zu den Ausbildungsplätzen mit „marsch, marsch" für Bewegung. Das Schießtraining ohne scharfen Schuss ist langweilig. Die Rekruten müssen ihr Gewehr so in einen weichen Sandsack, der in Augenhöhe auf einem Dreibein liegt, eindrücken, dass es die Richtung hält. Die Ausbilder, oft auch Leutnant Zackwitz, blicken, ohne dabei das Gewehr zu berühren, über Kimme und Korn. Sie sehen so, ob die Visierlinie ins Ziel führt. Geduldig machen sie jeden Soldaten auf Zielfehler aufmerksam. Diese stundenlangen Zielübungen strengen Soldaten und Ausbilder gleichermaßen an.

Zur Auflockerung müssen die Rekruten ihr Gewehr, den Karabiner 98, immer wieder in seine Bestandteile zerlegen, dann wieder zusammenbauen, zuletzt nur nach Gefühl unter einer Decke. Zeit für Schikane bleibt nicht. Mit fünf ungefährlichen Exerzierpatronen wird der Ladestreifen gefüllt, dann von oben ins Gewehrmagazin eingeschoben. Es folgt eine kurze Bewegung des Kammerstängels: Die erste Patrone rutscht in den Lauf, der wird verriegelt, der Schlagbolzen gespannt. Nach dem Schuss reicht dieselbe kurze Hebelbewegung, die leere Patrone fliegt heraus, eine neue gleitet in den Lauf, die Waffe ist wieder schussbereit. Um die Mannscheiben in 700 m Entfernung zu treffen, trainieren die Rekruten täglich.

Rasch stellt sich heraus, wer ein guter Schütze ist. Friedrich vermag es, nach dem Lauf durch Stellungen und Schützengräben zur Feuerlinie rasch in Ruhe zu kommen, das Gewehr zu laden, die Ziele zu erkennen und konzentriert auf sie zu schießen. Willy braucht mehrere Tage, ehe er seine Ungeduld, endlich zu kämpfen, so zügeln kann, dass er wenigstens eine durchschnittliche Trefferquote erreicht.

Leutnant Zackwitz bemerkt, dass Friedrich in der Schießausbildung ein Spitzenmann ist. Beim Gefechtsschießen, wo die Soldaten selbst entscheiden, in welcher Reihenfolge sie auftauchende Ziele bekämpfen, beobachtet er Friedrich aufmerksam. Er bemerkt, dass Friedrich die benachbarten Soldaten beim Erkennen der Ziele und der Feuerführung unterstützt. Gemeinsam mit den besten Schützen bekämpft er die in großer Entfernung aufgestellten Ziele, während Willy und andere durchschnittliche Schützen ihre Munition so lange aufsparen, bis näherliegenden Ziele auftauchen, die sie besser treffen.

Nach der Feuereinstellung, die Soldaten sind noch an ihren

Stellungen im Graben, befiehlt er Friedrich zu sich:

„Rekrut Jorns, Sie haben es gewagt, den Vorgesetzten zu spielen. Das steht Ihnen nicht zu. Ich erwarte, dass Sie morgen vollen Einsatz zeigen. Es kann sein, dass ein Unteroffizier ausfällt. Für mich zählt nur das Ergebnis. Wegtreten!" Friedrich ist verunsichert. Was will ihn der Leutnant damit sagen?

Am Abend erfolgt das große Waffenreinigen im Flur der Unterkunft. In langer Reihe, exakt an der Fuge einer Bodenfliese ausgerichtet, stehen die Schemel aus den Soldatenstuben. Darauf ein Fußlappen, eine Ölkanne und die Reinigungsbürste. Die Soldaten mit ihren Waffen dahinter. Feldwebel Schmidt ist in seinem Element. Er befiehlt jeden Handgriff, den die Soldaten zu tun haben. Später geht er mit langen Schritten den Flur entlang, greift tadelnd und erklärend ein, wenn ein Soldat mit dem Aus- und Einbau des Verschlusses nicht zurechtkommt, der Schlagbolzen nicht ordentlich gesäubert und geölt wird. Nachdem die Waffen wieder gefechtsbereit in den Wandnischen stehen, lässt der Spieß antreten.

Leutnant Zackwitz erscheint: „Rekruten, Sie durften heute zum ersten Mal ihre Ziele selbst bestimmen und entscheiden, wie Sie die Ziele bekämpfen. Nur wenige Schützen haben kapiert, wie das läuft. An der Front hätte Sie der Gegner überrannt und im Grabenkampf fertig gemacht. Morgen wiederholen wir die Übung. Rekrut Jorns, vortreten!"

Friedrich tritt vor die in drei Reihen angetretenen Soldaten, marschiert an ihnen entlang zum Leutnant.

„Rekrut Jorns wie befohlen zur Stelle".

„Rekrut Jorns hat kapiert, was Feuerführung ist. Zur Bekämpfung seiner Ziele brauchte er nur einen halben Kampfsatz. Vorbildlich! Ich habe gesehen, dass er auch viele Ziele seiner Kameraden im Visier hatte. Das ist Kameradschaft! Jorns, ich erwarte, dass Sie morgen wieder vollen Einsatz zeigen. Es geht um die Ehre des 1. Zuges. Ich habe Sie zur Scharfschützenausbildung angemeldet. Wegtreten!"

Friedrich bekommt vor Stolz einen roten Kopf. Beim Einrücken stößt ihn Karl anerkennend in die Rippen: „Mensch, du bist jetzt dem Leutnant sein Freund, Dumpfbacke stand ganz dämlich da, als du neben dem Leutnant standest. Der Dämel wird sich jetzt nicht mehr trauen, dich zu schikanieren", dabei bläst Karl sein Gesicht auf, um Backe zu ähneln. Alles lacht.

Willy steht dabei, keiner beachtet ihn. Alles dreht sich um Friedrich. Der erzählt, wie er sich nach dem Lob von Leutnant Zackwitz fühlt. Willy gönnt seinem Freund diese Anerkennung. Doch es wurmt, es schmerzt ihn sogar, nicht mehr als Anführer im Mittelpunkt zu stehen.

„Männer mal herhören", mit kräftiger Stimme zieht Willy die Aufmerksamkeit auf sich: „Nach dem Stubendurchgang bereiten wir uns heimlich auf das morgige Schießen vor. Ich habe da so eine Idee!"

„Was für eine Idee, was willst du machen?", bestürmen ihn die Rekruten. Willy ist wieder glücklich. Er winkt Friedrich zu sich: „Morgen wird unser großer Tag. Zackwitz wird stolz auf uns sein"

„Was ist deine Idee?"

„Ganz einfach. Nachher erklärst du in aller Ruhe, dass es auch der letzte Schlumpschütze begreift, wie du schießt, richtig atmest, die Waffe führst. Dann teilen wir unsere Leute in Feuertrupps ein."

„Feuertrupps?"

„Na, in Gruppen, die ihre Ziele gemeinsam bekämpfen, so wie du es heute gemacht hast. Die besten Schützen schießen auf die schwersten Ziele. Ein Mann, der nicht so gut trifft und erst später auf die Nahziele schießt, beobachtet für alle das Gefechtsfeld und weist die Ziele den passenden Schützen zu."

„Klar, aber das ist Beschiss. Jeder soll selbständig schießen. Das merkt Zackwitz. Der hat auch mitbekommen, dass wir heute gemogelt haben."

„Und was hat er draußen dazu gesagt?"

„Nur, dass es morgen gute Ergebnisse geben muss."

Willy hat noch eine Idee. Er wird den Spieß bitten, ihm die Kladde mit den Schießergebnissen zu zeigen. Dann kennt er, Willy, die besten Schützen und kann sie als Führer der Feuertrupps einsetzen.

Nach dem Abendessen klopft Willy im Spießzimmer an, baut ´Männchen´ und bittet, Feldwebel Schmidt in einer privaten Angelegenheit sprechen zu dürfen. Schmidt ist neugierig, lässt Willy näher treten: „Kommen Sie wegen Holzbein? Das ist ihr Problem. Er hat Ihnen doch eine Lösung vorgeschlagen."

Willy erstarrt. Woher weiß der Spieß?

„Nein, Herr Feldwebel. Er geht um die Ehre des 1. Zuges,

morgen beim Schießen", presst er hervor und konzentriert seine Gedanken wieder auf dieses Thema.

„Oh, sehr gut. Der Herr Schürzenjäger hat erkannt, worum es wirklich geht. Was haben Sie vor?"

Willy erklärt seine Idee zur Bildung von Feuertrupps, die ihre Ziele abgestimmt bekämpfen. Schmidt ist beeindruckt.

„Sie wollen von mir wissen, wer heute die besten Schützen waren, aus der Schießkladde. Warum fragen Sie nicht ihre Zimmergenossen? Sie wollen wohl ein Führer werden, so einer wie Zackwitz? Gewagt, gewagt." Der Spieß blickt Willy aufmerksam ins Gesicht.

„Ihre Idee widerspricht der Ausbildungsvorschrift. Jeder Schütze soll bei dieser Übung selbständig handeln. Das besagt die Theorie. Wir beide wissen, dass an der Front nur der Sieg zählt, egal wie er errungen wird. In zwei Wochen sind Sie dort. Ich muss hier überleben. Für mich zählt nur die Vorschrift, sonst nichts."

„Und für Herrn Leutnant Zackwitz? Muss der nicht an die Front, wenn wir morgen versagen?"

„Zackwitz braucht nicht mehr an die Front. Der hat seit Verdun einen Heimatschein. Aber der Backe, der könnte mal was ordentlich auf den Arsch kriegen."

„Backe?", echot Willy, was kann der Spieß gegen den strammen Ausbilder haben?

„Ranke, Sie wollten mich privat sprechen. Jetzt spreche ich mit ihren privat und Sie haben das anschließend zu vergessen. Ist das klar?"

„Klar, zu Befehl Herr Feldwebel", sagt Willy und steht besonders stramm.

„Es passiert folgendes: Hier liegt die Schießkladde. Vor dem Abmarsch zum Abendbrot sorge ich für eine Spindkontrolle. Ihre gute Uniform hängt schlampig, ihre Hose ist zerknittert." Willy versteht nicht.

„Was noch? Schnauze halten, wegtreten".

Ins Zimmer zurückgekehrt, flüstert Willy Friedrich kurz zu, dass der Spieß ihm irgendwie ermöglicht, unbemerkt in die Schießkladde zu sehen:

„Der will auch, dass wir uns morgen nicht blamieren." Beide beschließen abzuwarten. Willy nimmt seine gute Uniformhose, drückt sie kräftig zusammen und knüllt sie in eine Eckes seines Spinds.

Pünktlich um sechs Uhr marschiert Backe auf. Alle erwarten, dass er den Befehl zum Abmarsch zum Abendbrot gibt. Doch er brüllt: „Spindkontrolle, Rekruten vor die Spinde". Der Unteroffizier lässt willkürlich Spinde öffnen, bemängelt Kleinigkeiten, geht an Willy vorbei:

„Na Rekrut Ranke, alles tip-top?" fragt er und winkt herrisch, damit der Spind geöffnet wird. Sofort entdeckt er die in der Ecke liegende Hose.

„Ranke, Sie Ferkel! Lassen Sie ihre Hose jetzt auch vor Männern fallen?" Backe bückt sich, fasst die Hose mit spitzen Fingern, hebt sie hoch, riecht daran, verzieht das Gesicht, lässt die Hose vor Ranke auf den Boden fallen.

Willy steht wie versteinert. Auch Backe weiß, was in der Schneiderei geschehen ist!

„Rekrut Ranke, Sie melden sich mit ihrer Misthose sofort bei Feldwebel Schmidt. Der wird Ihnen beibringen, wie eine ordentliche Rekrutenhose auszusehen hat. Für sie fällt Abendessen aus. Wegtreten, marsch. marsch!"

Willy schnappt seine Hose, steht kurz stramm und marschiert zum Spießzimmer. Er hört noch, wie Backe „Antreten" befiehlt und der Zug mit „marsch, marsch" zum Essen rennt.

Vor dem Spießzimmer bleibt Willy stehen, legt seine Hose ordentlich über den Arm, klopft an. Kein ´herein´ ertönt. Willy klopft wieder - keine Antwort.

Mutig öffnet er die Tür, tritt in das Zimmer. Schmidt ist nicht da. Auf dem Tisch liegt eine Decke, ein Bügeleisen steht auf einem umgedrehten Teller daneben. Willy geht zum Tisch, fühlt das Bügeleisen, es ist heiß. Er blickt auf den Schreibtisch, dort liegt aufgeschlagen die Schießkladde. Jetzt begreift er die Zusammenhänge. Er sieht, dass Friedrichs Trupp die meisten Treffer erzielte.

Rasch bügelt er die Knitterstellen glatt, legt die Hose ordentlich zusammen, stellt das Eisen auf den Teller zurück.

Kurz lauscht Willy auf Geräusche im Flur. Nichts ist zu hören. Mit leisen Schritten geht er an den Schreibtisch, liest in der Kladde. Leicht kann er sich merken, wer die besten und schlechtesten Schießergebnisse hat. Gerade hat er die Kladde zurückgeschoben, hört er Schritte. Feldwebel Schmidt kommt ins Zimmer.

„Ranke, da habe ich Ihnen eben einen ordentlichen Kursus im Bügeln verpasst. Sie haben alles mitbekommen?" Dabei blickt der Feldwebel auf seinen Schreibtisch, auf die Schießkladde.

„Herr Feldwebel, ich habe alles verstanden und mir gemerkt. Woher wusste Unteroffizier Backe?“

„Raus, bringen Sie ihren Spind auf Vordermann“, unterbricht ihn Schmidt und weist auf die Tür. Willy geht, bringt mit wenigen Handgriffen seinen Spind in Ordnung. Dann setzt er sich auf seinen Hocker und überdenkt das Geschehen. Klar, der Spieß kann jede Unterstützung bei der Organisation des Schießens durch die Soldaten abstreiten. Doch wie ist es mit Backe? Was weiß er? Wie wird der sich morgen verhalten?

Am späten Abend ruft Willy alle Soldaten an den Tisch. Er bittet Friedrich, zu erklären, warum sein Feuertrupp so gute Schießergebnisse erreicht hat. Friedrich holt sein Gewehr aus dem Regal im Flur. Geduldig zeigt er, wie es richtig angelegt wird, wie Kimme und Korn in das Ziel geführt werden:

„Vor dem Schuss tief ausatmen, die Luft anhalten, visieren, den Abzug am Druckpunkt ruhig durchziehen. Den Einschlag beobachten, erst dann neu laden“. Friedrich macht alles in Zeitlupe vor, lässt einzelne Soldaten an seinem Gewehr üben, verbessert ihre Haltung. Alle sind mit Eifer bei der Sache. Willy gesteht sich ein, dass er viel zu rasch geschossen und nachlässig gezielt hat. Er nimmt sich vor, morgen konzentrierter zu schießen.

Kurz vor der Nachtruhe erfahren die Soldaten Willys Plan zu einer abgestimmten Feuerführung. Karl ist begeistert.

„Ich übernehme für einen Feuertrupp die Zielbeobachtung. Die Ziele sage ich so leise an, dass es nur unser Trupp hört. Andreas gibt dann Befehl, wer auf was schießt. Erst zum Schluss, wenn die Handgranatenwerfer ganz vorn auftauchen, lege ich los. Dann treffe ich wenigstens.“

Alle sind einverstanden. Niemand wundert sich, dass Willy die Namen der besten und schlechtesten Schützen kennt und ihnen die passenden Aufgaben zuordnet. Rasch sind die Feuertrupps zusammengestellt.

„Was machen wir, wenn Backe unsere Ordnung durcheinanderbringt und selbst bestimmt, wer an welcher Stelle in der Feuerlinie liegt?“, fragt Friedrich.

„Ich glaube, die da oben wollen, dass wir morgen gut dastehen. Also werden sie unseren Beschiss decken. Zackwitz hat dich ja auch nicht in die Pfanne gehauen. Wenn es hart auf hart kommt, müssen wir Backe irgendwie austricksen. Also abwarten und Tee trinken", sagt Willy.

„Alarm, alles raus, marschbereit antreten." Eine Trillerpfeife gellt. Die Soldaten springen aus ihren Betten in die Uniformen, rennen auf den Flur, greifen ihre Gewehre, treten an. In drei Minuten ist der 1. Zug marschbereit. Auch Zackwitz ist da, in grauer Felduniform. Er hat den Alarm ausgelöst, befiehlt den Abmarsch ins Übungsgelände. Alles klappt, alle beeilen sich, am richtigen Platz zu sein, die Befehle exakt auszuführen. Es gibt keine Pause, zum Nachdenken verbleibt keine Zeit.

Niemand bemerkt, dass ihr ewiger Antreiber, Unteroffizier Backe, fehlt. Im Eilmarsch geht es über die lange Lagerstraße, entlang der Baracken der anderen Ausbildungseinheiten, wo noch Nachtruhe, völlige Stille herrscht, in das kleine Wäldchen, mit dem das Übungsgelände beginnt. Hier wird Halt befohlen. In der Dämmerung erkennen die Soldaten, dass sie nicht allein sind. Durch das über einer Stellung ragende Geäst dringt der Qualm einer Gulaschkanone. Hinter einer Kuschelgruppe scharren Hufe, mehrere Packwagen stehen zwischen den Bäumen, leise Stimmen sind zu hören, Gerät klappert. Karl erfasst als erster die Situation: „Mensch, das sind ja unsere Küchenbullen, wir bekommen hier was zu mampfen", ruft er freudig.

„Klappe halten, hinsetzen", zischt eine, den Soldaten bisher unbekannte Stimme. Ein schlanker Mann in grüner Uniform, genaueres können die Soldaten in der Dunkelheit nicht erkennen, flüstert: „Rekruten herhören, ich bin Oberjäger Harder. Mit mir schließen sie ihre Ausbildung ab. Das Thema heute: Verhalten an der Front. Sie wurden soeben vom Rekrutendepot an das Jägerregiment 2 abgegeben. Wir befinden uns nur drei Kilometer hinter der vordersten Linie. Hier ist ihr letzter Versorgungspunkt. Ab sofort wird nur noch geflüstert. Ich lasse Wachen aufstellen, mit feindlichen Patrouillen ist zu rechnen. Niemand verlässt seinen Platz. Munitions- und Essenholer zu mir."

Da taucht, hoch zu Ross, Leutnant Zackwitz aus dem Dunkel auf. Der grün Uniformierte geht ruhig auf ihn zu, bleibt neben ihm stehen, grüßt flüchtig.

„Oberjäger Harder, sind die Rekruten eingewiesen?"

„Ja, Herr Leutnant, in fünf Minuten ist Essenempfang, die Munitionsholer weise ich gerade ein." Auch dieses Gespräch findet im Flüsterton statt. Willy sieht Friedrich fragend an. Was ist hier los? Kein stur herumbrüllender Backe, kein Strammstehen und lautes Hackenzusammenschlagen?

„An der Front ist alles anders“, flüstert Friedrich. Für den neuen Ausbilder ist die gespenstische Situation normal. Er hat es sich auf einem Baumstamm bequem gemacht, steht nur auf, wenn er leise Befehle gibt. An anderer Stelle sitzen Andreas und Willy:

„Nächste Woche ist unsere Ausbildung beendet. Dann geht es an die Front, dann wird es ernst. Ich habe ganz schön Schiß“, sagt Andreas.

„Quatsch, wir siegen doch“, meint Willy,

„Hauptsache, der Neue versaut uns nicht das Schießen.“

Die Essenholer kommen mit einem großen Kübel. Karl schnuppert: „Hm, dicke Bohnen, fast wie zu unserer Begrüßung.“ Rasch sind die Kochgeschirre gefüllt, jeder Soldat entscheidet selbst, ob er das wenige Wasser seiner Feldflasche zur Reinigung nutzt, oder das Geschirr so in den Tornister packt.

„Zug, Achtung, herhören“, zischt der neue Unteroffizier, der in den Jägereinheiten Oberjäger genannt wird.

„Wir marschieren noch bei Dunkelheit in den ersten Graben. In Reihe zu Einem. Kein Laut. Die Stellungen sind noch von der alten Einheit besetzt, die wir abzulösen haben. Es gibt zwei Unterstände, die erste und zweite Gruppe in den ersten, die dritte und vierte Gruppe in den zweiten Unterstand. Beim ersten Tageslicht geht es raus in die Schützenstellungen. Fertigmachen zum Antreten!“ Alles irrt durcheinander. Friedrich und Willy sorgen dafür, dass die am Abend heimlich aufgestellten Feuertrupps zusammenbleiben und geschlossen in einen Unterstand gelangen.

Dann geht es los. Es ist noch dunkel. In langer Schlange marschieren die zweiunddreißig Soldaten, einer hinter dem anderen, zwischen den Gruppen größere Abstände lassend, aus dem Wald, durch einen Hohlweg auf das ihnen unbekannte Ziel, den ersten Graben, zu. Niemand spricht. Die Nähe des Gegners ist fühlbar. Jeder versucht, leise aufzutreten, nicht mit der Ausrüstung zu klappern. Zu sehen ist immer nur der Vordermann.

Sie kommen auf eine Wiese. Am gegenüberliegenden Hügelsaum sind die Umrisse eines Gebäudes zu erkennen. Da zischt eine rote Leuchtkugel empor. Alles steht wie versteinert.

„Auseinander, Stellung, Deckung nach vorn“, ruft der Oberjäger leise. Die verunsicherten Soldaten rennen durcheinander, gehen irgendwie in Deckung.

„An der Scheune sammeln, Befehl weitergeben", zischt kaum hörbar, der Ausbilder. Die Soldaten rufen sich leise den Befehl zu. Sie stehen auf, orientieren sich, suchen untereinander Kontakt. Wieder zischt eine Leuchtkugel empor. Die in Richtung der Scheune rennenden, laufenden oder gehenden Soldaten werfen gespenstische Schatten. Sie können sich nicht entscheiden, hinlegen und Deckung suchen oder weiter zur Scheune laufen, wie es befohlen wurde.

Plötzlich knallt es, aus dem Dunkel heraus peitschen Schüsse. Jetzt erst wirft sich der letzte Soldat auf den Boden, versucht, sich unsichtbar zu machen.

„In ganz kurzen Sprüngen vor, marsch, marsch, weitersagen." Von irgendwo zischt die Stimme des Ausbilders. Die Soldaten springen auf, rennen einige Meter, werfen sich erneut zu Boden.

Schüsse peitschen, ein MG hämmert Feuerstöße. Erst allmählich bemerken die Rekruten die kurzen Pausen zwischen den Schüssen, nutzen diesen Zeitraum zum Sprung. Nur langsam kommen sie ihrem Ziel, der Scheune, näher. Endlich, völlig erschöpft, verdreckt und nass vom Morgentau, erreichen sie ihr Ziel.

„Wegtreten, Pause, Raucherlaubnis." Alles drängt in die Scheune, Streichhölzer und Feuerzeuge flammen auf.

Bohlen, Strohballen, grob gezimmerte Bänke und Tische werden sichtbar. Einige Hindenburgbrenner flackern. Allmählich gewöhnen sich die Soldaten an die neue Situation. Mit Strohresten reinigen sie ihre Uniform, einige müssen auch ihre Waffe von Dreck und Schlamm befreien.

Willy fühlt sich unwohl. Ihm fehlen die klaren Befehle, das Licht, die Übersicht. Der neue Ausbilder ist ihm unheimlich. Er steht nicht, wie die bisher von den Ausbildern gewohnt, stramm drei Schritte vor den Soldaten, er macht keine klaren Ansagen. Warum hat er nicht einfach ´Stellung, eingraben´ befohlen, als die Schießerei begann? Ist der Oberjäger nicht schuld daran, dass er, wie viele seiner Kameraden, herumirrte, nicht wusste, was zu tun ist? Klar, Backe ist ein böser Schinder, doch bei ihm brauchte man nicht zu denken, nur einfach genau das ausführen, was er gerade befohlen hat. So hat sich Willy das Soldatentum auch vorgestellt. Und heute?

Der Oberjäger sitzt bei einer Handvoll Rekruten am Tisch, sie rauchen. Worüber sie schwatzen, kann Willy aus seiner Ecke nicht verstehen. Ein Soldat aus der Gruppe erhebt sich, ruft Friedrich herbei. Der kommt, setzt sich an den Tisch. Willy empört sich, hat doch Friedrich nicht einmal kurz Haltung vor dem Ausbilder angenommen! Das hätte es bei Backe nie gegeben! Willy hört, dass sein Name genannt wird, der Oberjäger sieht sich nach ihm um: „Rekrut Ranke, kommen Sie zu uns!"

Willy ist froh, aus der Isolation geholt zu werden. Rasch geht er auf den Ausbilder zu, macht Männchen und will fragen, ob er sich setzen darf. Harder unterbricht ihn mit einer Handbewegung, deutet auf einen Platz. Die Soldaten rücken auseinander, Willy sitzt nun direkt dem Vorgesetzten gegenüber. Unter den Soldaten auch Karl. Der weiß also auch, wie man sich einschleimen kann, geht es Willy durch den Kopf. Karl sieht zu Willy, erkennt dessen Anspannung.

"Herr Oberjäger, Willy hat nicht nur die Idee mit den Feuertrupps gehabt, er ist auch ein prima Stubenältester und toller Kumpel", sagt Karl. Willy freut das Lob, doch wieso ist sein Plan dem Ausbilder bekannt? Der blickt jetzt zu Willy: „Ihre Idee zur Feuerführung ist gut. Es kommt einzig darauf an, den Gegner abzuwehren. Doch die Sache hat einen Haken. Jeder Mann ihrer Feuergruppe hat eine Aufgabe. Die Anderen verlassen sich darauf, dass er sie erfüllt. Nur dann können sie ihre Gewehre erfolgreich einsetzen."

Harder macht eine Pause, sieht Willy ins Gesicht: „Ranke, was machen Sie, wenn ihnen der Gegner dazwischenfunkt? Und das wird er. Was wenn er ihnen den Zielzuweiser oder den besten Schützen erledigt?" Willy ist erschüttert. Dass Soldaten der Feuergruppe plötzlich ausfallen, daran hat er nicht gedacht.

„Herr Oberjäger, dann müssen die anderen so feuern."

„Was verstehen Sie unter `so feuern´?" fragt Harder zurück.

„Na, so gut sie können, immer drauf auf den Gegner." Willy ist beleidigt. Der Ausbilder bemerkt, wie es Willy schmerzt, dass seine, eben noch von allen Soldaten gelobte Schießtaktik abgewertet wird.

„Ihre Idee ist gut. So werden sie heute schießen. Mit einer Änderung: Einige Ihrer Kameraden werden ausfallen. Wer, das bestimmt Zackwitz. Doch die Feuerführung muss bestmöglich weitergehen. Also, Sie legen untereinander in den Gruppen fest, wer beim Ausfall eines Mannes dessen Funktion mit übernimmt.

Entscheidend ist, nicht blind draufzuhalten, sondern weiter ein geführtes Feuer zu sichern."

„Und wenn auch der Mann ...", fragt Karl, blickt ängstlich zum Ausbilder.

„Dann übernimmt ein anderer dessen Aufgabe, einer der noch da ist, dazu noch die Kraft hat, bis zum letzten Mann."

Das sagt Harder, in einem Ton, der Karl schaudern lässt. Willy stellt sich die Situation vor: Eine Kugel trifft Friedrich, den besten Schützen. Dann wird Karl getroffen, der bisher die Ziele zugewiesen hat. Zum Schluss bleibt nur er, Willy, übrig. Er muss auch auf die entfernten Ziele schießen, die er schlecht trifft. Seine Munition wird knapp. Schon ist der Gegner am Graben.

Der Oberjäger hat seine Gedanken erraten: „Ranke, heute werden wir die Ziele treffen. Weil vorher keine Artillerie unseren Graben zerschossen hat, weil wir mit voller Mannschaftsstärke loslegen, weil die Pappkameraden nicht zurückschießen. Später, an der richtigen Front, bringt jeder Schlumpschütze seine Kameraden in Todesgefahr."

Alle sind von Harders Worten beeindruckt. Erstmalig wird ausgesprochen, was sie wissen, aber nicht wahrhaben wollen. Auch unter ihnen, den zweiunddreißig Soldaten des ersten Zuges, wird der Tod umgehen, an der Front schon ab dem ersten Tag. Vielleicht noch vor dem ersten Kampf, durch Artilleriegschosse, Gasangriffe, Scharfschützen. Wen wird es zuerst treffen? Den klugen Friedrich, den starken Andreas, die lustige Großklappe Karl, den strammen Mustersoldaten Willy?

In Willy wirbeln die Gedanken: ´Was, wenn er schon am ersten Tag an der Front getroffen wird, vom Splitter einer Granate, von einer herumirrenden Kugel oder Giftgas seine Lungen verätzt? Wenn er gar nicht dazu kommt, wenigstens einen Feind im heldenhaften Kampf Mann gegen Mann zu bezwingen?´ Willy fühlt sich schlecht.

Wie hatte der Aufklärungsoffizier in seiner großen Rede vom Kampf an der Front geschwärmt! In seinen Worten war nur vom Tod der Feinde die Rede, nichts über Tote und Verwundete in den eigenen Reihen. Auch sein Freund Friedhelm hatte immer nur von seinen Heldentaten berichtet, in seinen Briefen waren nur fremde, namenlose Soldaten gefallen.

Es dämmert. Flach strahlt die Sonne über die Ebene. Bäume, Gesträuch und sanfte Hügel werfen lange Schatten. Über die

Wiese ziehen langsam Nebelschwaden. Immer mehr Vögel zwitschern, begrüßen den Morgen. Der rote Sonnenball steigt empor, kündet einen heißen Tag an.

Harder steht an der Tür, seine Pfeife zischt mit hartem, hohen Ton: „Ruhe beendet, alles mitnehmen, hinter der Scheune antreten!"

„Jetzt geht es los", flüstert Willy erregt. Die Soldaten treten an, die Feuertrupps bleiben zusammen. In weit auseinandergezogener Schlange, der Reihe zu Einem, marschieren die Soldaten zwischen Wäldchen und dem offenen Übungsgelände. Niemand spricht. Alle bemühen sich, leise aufzutreten, nicht mit dem Gewehr an den Rand des Stahlhelms oder den Feldspaten zu schlagen. Das gelingt nicht immer.

Plötzlich knallen Schüsse, explodieren Knallkörper. Alle suchen Deckung, versuchen festzustellen, von wo geschossen wird und nehmen ihr Gewehr in Anschlag. Das gelingt schon besser als am Vortag. Der Oberjäger ist überall. Er korrigiert mit knappen Worten, oft nur Gesten, die Fehler.

Immer wieder erklärt er die aktuelle Situation: „Der Gegner hat uns aus Richtung der halblinks stehenden Birke beschossen. Beobachten sie ihn. Visier 700, Feuerbereitschaft herstellen!" Viele Soldaten wechseln, flach über den Boden gleitend, ihre Position, um freie Sicht und ein offenes Schussfeld zur Birke zu haben.

„Auf, schwärmen!", befiehlt jetzt Harder. Wie unter Backe trainiert, springen die Soldaten auf, bilden eine breite Linie, von Mann zu Mann mit wenigstens zehn Schritten Abstand. In drei in der Tiefe gestaffelten Linien streifen die Männer durch das offene Gelände. Die leisen Befehle von Harder werden wiederholt und von Mann zu Mann weitergerufen. Die Soldaten gehen in Stellung, suchen den Gegner, visieren ihn an oder schwenken in eine andere Richtung. Oft kommen die Schützenreihen durchei nander, zielen Soldaten in die falsche Richtung, behindern sich gegenseitig. Immer wieder korrigiert sie der Oberjäger.

Die Sonne steht im Zenit, alle schwitzen. Unterhalb eines langgezogenen Hügels, dessen Kamm sie kriechend erreichen, verläuft ein Schützengraben. Willy blickt von oben auf die gezackt verlaufende Stellung. Wo sind die Soldaten, die wir ablösen sollen?

„Links zur Senke, sammeln", zischt sein linker Nachbar.

„Zur Senke, links, sammeln", gibt Willy den Befehl weiter. Dort wartet Harder, bis alle Soldaten eingetroffen sind.

„Die alte Besatzung ist bereits abgezogen, ich habe den Grabenabschnitt übernommen. Wie festgelegt, beziehen wir die gedeckten Unterstände. Der Feind beobachtet den Graben. Er hat Scharfschützen im Einsatz. Also Kopf runter! Wenn wir entdeckt werden, befeuert uns die Artillerie."

In kurzen Abständen schickt Harder die Soldaten in die befestigten und mit mehreren dicken Balkenlagen gesicherten Unterstände. In ihnen finden die Soldaten kaum Platz.

„Nach dem ersten Gefecht ist hier mehr Platz, dann können wir sogar Skat spielen", sagt jemand mit erzwungener Heiterkeit. Niemand lacht. Allen steckt ein Kloß im Hals. Wer wird fehlen, zuerst fallen? Niemand hat Lust, Gespräche zu führen.

Harder erscheint. „Soldat Ranke und Sie", Harder deutet auf den kleinen Karl, „mitkommen zum Befehlsempfang."

Im Graben warten bereits zwei Soldaten vom anderen Unterstand. Gebückt folgen alle dem Obergefreiten.

Es geht leicht bergan. Der vielfach gewundene Graben endet an einer gut getarnten, von unten kaum erkennbaren Tribüne. Weit einsehbar ist der riesige Schießplatz: Eine sandige tote Ebene, von kleinen Wegen, flachen Gräben und Hügeln durchzogen. Eingeschlagene Pfähle, wenige verkrüppelte Bäume und kaum erkennbare Bunkerkuppen sind Orientierungspunkte.

An der Tribünenbrüstung stehen mehrere Offiziere. Leutnant Zackwitz reicht einem Offizier ein Fernglas und erklärt markante Punkte des Platzes. Am anderen Ende der Tribüne stehen Unteroffizier Backe und mehrere Soldaten des 2. Zuges. Alle tragen graue Arbeitsuniformen aus grobem Drillich. Noch bevor der Oberjäger seine Meldung machen kann, winkt Zackwitz Unteroffizier Backe heran, übergibt ihm ein Papier, zeigt auf eine Stelle im Gelände und lässt ihn abtreten.

„Herr Leutnant, Oberjäger Harder mit vier Mann wie befohlen zur Stelle", meldet Harder ungewohnt stramm, laut und zackig.

„Sorgen Sie für Gefechtsbereitschaft. In einer Stunde erfolgt der Angriff auf ihren Grabenabschnitt. Sie geben nur die wichtigsten Feuerbefehle. Maschinengewehre werden heute nicht eingesetzt, alle Ziele sind unabhängig von ihrer Entfernung, sofort zu bekämpfen. Jeder Schütze erhält zehn Ladestreifen, also fünfzig Schuss. Damit müssen sie auskommen. Das Ziel gilt als vernichtet, wenn die Mannscheiben von wenigstens einem Schuss getroffen werden. Auf den MG-Scheiben müssen wenigstens fünf Treffen zu sehen sein. Oberjäger, Sie dürfen ihr Fernglas zur Zielbeobachtung nutzen."

In einer Nische an der Rückseite des ´Feldherrenhügels´ hat Feldwebel Schmidt eine Munitionsausgabestelle eingerichtet. Laut zählt er den Ankömmlingen die bereits gefüllten Ladestreifen vor. Je fünfzig Ladestreifen sind in einem schmalen Pappkarton aufgereiht. Drei Kartons passen genau in eine stabile Holzkiste mit zwei Tragegriffen. Schwer beladen marschieren die Soldaten in die Unterstände.

Harder lässt die Munition verteilen. Auffallend langsam und belehrend erklärt er, dass auch die besten Schützen nicht mehr als zehn Ladestreifen in den Magazintaschen mitführen dürfen. Scheinbar zufällig greift er einen noch nicht verteilten Ladestreifen und steckt ihn in seine Hosentasche.

„Nach dem Schießen zeigt mir jeder Schütze zehn leere Ladestreifen. So erfolgt auch die Kontrolle von oben!"

Wie zufällig greift er in seine Hosentasche und legt den Ladestreifen zurück. Die Soldaten haben verstanden. Viele geben ein oder zwei Ladestreifen an die besten Schützen, ihre Feuertruppführer ab.

Willy überlegt, soll er Andreas oder Friedrich Munition abgeben? Nein, ich kämpfe für mich allein, wie soll ich sonst den Gegner besiegen, ich will siegen! Oberjäger Harder pfeift. Der ungewohnt hohe Ton zieht leise über die Stellung. Alle Gespräche verstummen.

„Raus in die Stellungen", hören sie ihn flüstern. Wie untereinander abgesprochen, verteilen sich die Soldaten an die vorbereiteten Feuerstellungen. Der Feuertruppführer findet seinen Platz in der Mitte, daneben der Zielbeobachter, seitlich der anderen Schützen. Willy nimmt seinen Platz ganz außen ein.

„Feuerbereitschaft herstellen!" Rasch flüstern sich alle den Befehl zu, fassen das Gewehr mit der linken Hand, drücken mit der rechten den ersten Ladestreifen in die Waffe und laden sie mit kurzer Hebelbewegung. Die erste Patrone steckt im Lauf, die Feder ist gespannt. Wenn der Abzug durchgezogen wird, entlädt sie ihre Energie auf den Schlagbolzen, der knallt nach vorn, schlägt auf das Zündhütchen, das Pulver in der Patrone explodiert, und treibt das Geschoß aus dem Lauf.

Gespannt blicken alle über das hüglige Gelände. Wo wird der Gegner zuerst auftauchen? Da knallt und zischt es kurz vor und hinter ihnen, Rauch steigt empor. Alle sind verunsichert.

„Artillerieüberfall, ab in die Stellung“. Alles rennt, den Kopf eingezogen, die Waffe an den Körper gepresst, zurück in die Unterstände.

„Das ist eine Feuerwalze. Die kommt immer vor dem Angriff, hat mir mein Bruder geschrieben“, sagt ein Soldat.

„Kommt jetzt noch Gas? Dann ersticken wir ja hier unten!“, fragt ängstlich Karl.

„Quatsch, wir haben ja gar keine Gasmasken mit, das hier ist doch nur eine Übung!“ Willy ist verärgert. Da machen sich schon welche wegen der paar Knallkörper in die Hosen, bevor es überhaupt richtig losgeht! Nach langen Minuten ist es wieder ruhig, nur die Rauchwolken der Imitationsgranaten ziehen über das Gefechtsfeld.

„Raus, an die Stellungen“, ruft Harder. Energisch treibt er die Soldaten an ihre Plätze. Hinter dem langsam zerfließenden Granatnebel entdecken sie viele Ziele.

„Schützenfeuer“, ruft Harder. Voller Aufregung schießen alle los. Erst Harders Ruf: „Feuerdisziplin, Visier 600“, beendet das wilde Schießen. Die Feuertrupps finden sich. Friedrich konzentriert sich auf die Ziele, die ihm Karl vorgibt. Die auftauchenden Ziele rücken immer näher. Jetzt schießt auch Willy. Seine Treffer kann er nicht erkennen. Deshalb gibt er wenigstens drei Schuss auf jede Scheibe ab, ehe er das nächste Ziel anvisiert. Harder beobachtet mit seinem Fernglas die Zielscheiben. Er lenkt das Feuer auf die Maschinengewehrscheiben und sagt ´weiter´ wenn er genügend Treffer erkannt hat.

Die letzten Scheiben tauchen nur wenige dutzend Meter vor dem Graben auf. Willy will auch sie treffen. Doch seine Munition ist verschossen. Es ärgert ihn, dass Karl, der jetzt keine Ziele für Friedrich erkennen muss, seine letzten Patronen auf die von Willy zu treffenden Scheiben abfeuert.

„Stopfen“, der Befehl zur Einstellung des Feuers ertönt.

„Ladestreifen vollzählig neben die Waffen“, ruft Harder. Rasch reichen die besten Schützen die zuvor an sie abgegebenen zusätzlichen Streifen zurück. Alle haben ihre Munition verschossen.

„Waffen ablegen, zur Trefferaufnahme vor den Graben antreten, marsch, marsch“, schreit eine bekannte Stimme hinter ihnen. Es ist Unteroffizier Backe, der mit Soldaten des Nachbarzuges den Artillerieüberfall imitiert und dann, in tiefen Gräben versteckt, über lange Seile die Zielscheiben hochgeklappt hat. Im Dauerlauf geht es zu den Scheiben. Dort werden die neuen Durchschüsse gesucht und mit Kreide markiert. Auf einer Zeichnung, die Backe mitführt, sind alle Scheiben dargestellt. Backe markiert darauf die getroffenen Scheiben und trägt die Anzahl der Treffer ein.

Willy will unbedingt wissen, wie er seine Ziele getroffen hat. Dazu muss er auf die Zeichnung von Backe sehen. Doch er findet keinen Grund, sich dem Unteroffizier zu nähern. Erst nach Aufnahme aller Treffer kann er sich beim Rückmarsch durch das unebene Gelände in Backes Nähe bringen. Er sieht, dass dieser an einer bestimmten Stelle des Schießplanes radiert.

Zurückgekehrt, übernimmt Oberjäger Harder das Kommando. Alle sind aufgeregt, möchten wissen, ob sie ihre Ziele getroffen haben. Harder gibt sich zufrieden: „Sie haben ihre Aufgaben erfüllt. Alle MG-Scheiben wurden mehrfach getroffen. Das habe ich mit meinem Fernglas eindeutig erkannt. Ihrer Feuertaktik hat sich bewährt. Gut, das keine Ausfälle befohlen wurden“.

Die Uniformen sind rasch gesäubert. Alle treten vor der Tribüne an. Leutnant Zackwitz wertet die Übung aus:

„Rekruten, sie haben den Angriff zackig abgewehrt. Kaum ein Feind hat ihren Kugelhagel überstanden. Ein feindliches MG im Zentrum des Angriffs wurde nicht vernichtet. Deshalb musste ich die Trefferanzahl um 15 Prozent verringern. Doch das Ausbildungsziel ist erreicht. Ein dreifaches Hoch auf unseren Kriegsherrn, unserem Kaiser Wilhelm II!“ Mit donnernden „Hurra“ antworten die Soldaten. Zackwitz befiehlt: „Wegtreten, Rauchpause“.

Willy, Friedrich, Andreas und Karl treffen sich abseits.

„Ich kapiere das nicht. Wieso hat die MG-Scheibe vor uns keine Treffer?“, fragt Friedrich.

„Karlchen, du hast sie mir doch sofort nach dem Auftauchen gemeldet und ich habe in aller Ruhe fünf oder sechs Schuss auf ´Vater und Sohn´ abgegeben. Harder hat uns doch bestätigt, dass alle MG-Scheiben getroffen wurden!“

„Klaro, da hat uns einer beschissen", sagt Karl.

„Los, gehen wir zu Harder, der hat doch alles gesehen."

Der Oberjäger sitzt abseits, bläst kleine Rauchwolken in den Abendwind. Willy bittet, ihn stören zu dürfen.

„Wegen der verschwundenen Treffer?", fragt Harder.

„Sie wissen, dass wir beschissen wurden?", platzt Karl heraus.

„Ich habe gesehen, dass alle MG-Scheiben mehrfach getroffen wurden. Ich habe Ihnen auch gesagt, dass Sie gut geschossen haben. Ist das nicht genug?"

„Aber die Gerechtigkeit, die Note", mault Karl.

„Alle denken doch jetzt, dass Friedrich geschlampt hat. Das ist nicht wahr!", setzt er nach. Harder schweigt, lässt die Soldaten vor sich stehen und raucht seine Zigarette langsam zu Ende. Dann steht er auf und sagt: „Merken Sie sich:

Erstens: Es gibt keine Gerechtigkeit.

Zweitens: Der Vorgesetzte hat immer Recht.

Drittens, und das ist das Wichtigste: Kämpfe nur um Dinge, von denen dein Leben, oder das Leben deiner Kameraden abhängt."

Mit hängenden Köpfen ziehen die Vier ab. In Willy rumort es. Wer hat warum das Schießergebnis gefälscht? Da erinnert er sich an die Begegnung mit Unteroffizier Backe beim Rückmarsch von der Trefferaufnahme.

„Männer, ich weiß es. Backe hat uns eine reingedreht. Ich habe gesehen, dass er auf der Zeichnung radiert hat. Ich dachte zuerst, er wischt nur herum.", ruft Willy wütend.

„Warum sollte er?" fragt Friedrich.

„Ist doch klar, Backe gönnt dir den Erfolg beim Schießen nicht. Der ist sauer, weil er dich in der nächsten Woche nicht schikanieren kann. Du bist doch ab Montag zur Scharfschützenausbildung kommandiert", kombiniert Andreas und setzt hinzu: „Jetzt reicht es, wir müssen der Dumpfbacke einen Denkzettel verpassen". Doch wie? Die Freunde überlegen, kommen zu keinem Ergebnis.

„Rekruten mitkommen, Munition und Imitationsmittel aufnehmen." Unteroffizier Backe hat die vier Freunde erspäht. Vom Spieß empfangen sie schwere Kisten mit Munition.

„Ranke, Sie sind mir dafür verantwortlich, dass alles vollständig im Munitionsbunker ankommt." Der Spieß zeigt Willy eine Stelle in der Schießkladde: „Unterschreiben Sie hier für die vollständige Abgabe. Ihr Unteroffizier kennt den Weg. Abmarsch."

Unteroffizier Backe befiehlt, aus einem abseits stehenden Gespann zwei Kisten mitzunehmen, die mit ´Imitationsmittel´ beschriftet sind.

Backe geht mit raschem Schritt voran, quer über den Schießplatz durch die aufrecht stehenden Scheiben. Die Soldaten, schwer bepackt, schaffen es kaum, Schritt zu halten. Backe treibt sie an. Plötzlich bleibt Andreas stehen, wirft seine Kisten auf den Boden, direkt neben eine MG-Scheibe. Der Trupp stockt, Backe dreht sich unwirsch um.

„Herr Unteroffizier, kommen Sie, hier stimmt etwas nicht, das müssen Sie sehen", ruft Karl. Er hat sofort erkannt, warum Andreas ausgerechnet an dieser Scheibe stehen bleibt. Backe kommt neugierig näher. Andreas weist auf die Scheibe: „Hier sind sechs frische Einschusse zu sehen. Die sind alle von uns. Warum wurden die nicht gezählt? Bei der Trefferaufnahme habe ich Ihnen diese sechs Treffer angegeben."

Der Unteroffizier stutzt, wittert Ärger.

„Sie wagen es, mich, ihren Vorgesetzten des Betrugs zu bezichtigen? Dafür bringe ich Sie in Arrest, bis vor das Kriegsgericht", stößt Backe voller Zorn hervor, „Kiste aufnehmen, weiter, marsch, marsch." Niemand reagiert.

Alle Kisten liegen auf dem Boden, Andreas und Friedrich stellen sich hinter den Unteroffizier, Willy und Karl stehen ihm gegenüber.

Willys Stimme bebt: „Herr Unteroffizier, Sie haben beschissen. Ich habe gesehen, wie Sie auf der Zeichnung den Treffereintrag ausradiert haben. Das sage ich vor jedem Gericht aus. Dann sind Sie dran!" Zugleich schießt es ihm durch den Kopf: Bist du verrückt, gegen einen Vorgesetzten.

„Meuterei, dafür müssen Sie bluten", schreit Backe. Die vier Männer beeindruckt das nicht. Karl grinst den wütenden Unteroffizier an.

„Sag mal Andreas, kannst du das noch, was wir bei Backe gelernt haben, um einen Gefangenen ganz schnell zum Reden zu bringen?"

„Klar, die Arme an den Handgelenken schön hoch auf dem Rücken zusammenbinden, von dort das Seil straff um den Hals ziehen, dann auf dem Rücken wieder zur Handfessel und weiter zu den zurückgebogenen Füßen. Und dann Freunde, was sollen wir dann mit so einem wimmernden Päckchen tun?", sagt Andreas mit einer so hämischen Stimme, dass es Willy kalt den Rücken herunter rieselt.

„Ihn ablegen in einen Scheißehaufen, auf´ne alte, schön verweste stinkige Leiche, zumindest in einen hübschen Ameisenhügel, wie diesen da", Willy wundert sich, wie freudig er diese Worte spricht. Dann drückt er sein Gewehr Karl in die Hand, tritt ganz dicht vor den Unteroffizier, holt mit seiner rechten zur Faust geballten Hand aus, um den Unterleib des Unteroffiziers zu treffen.

Backe steht unbeweglich, ist von den Soldaten eingekeilt. Er will sich bewegen, versucht auszubrechen. Derb stoßen ihn die Rekruten in ihre Mitte zurück.

„Meuterei", mehr bringt Backe nicht heraus. Willy spürt die zunehmende Angst des Unteroffiziers. Das erfüllt ihn mit tiefer Befriedigung, mit kaum zu bändigender Freude.

„Los, Hosen runter und mit dem nackten Arsch rauf auf den Ameisenhaufen", ruft er voller Begeisterung und zerrt an Backes Koppelschloss.

„Das hat die Dumpfbacke verdient", ruft Karl und stellt sich vor, wie es ist, wenn die Ameisen … .

Da drängt Friedrich Willy energisch zur Seite, steht ganz dicht vor dem Unteroffizier:

„Halt. Herr Unteroffizier haben mir eben etwas gesagt. Er wird bei unserer Rückkehr sofort Leutnant Zackwitz melden, dass er aus Versehen auf der Zeichnung rumradiert hat, aus Versehen an der MG-Scheibe, das habe ich doch richtig gehört Herr Backe?"

„Ja, ja, lasst mich", jammert der Unteroffizier, der sich bereits mit nacktem Hintern auf dem Ameisenhügel sitzen sieht.

„Na, dann ist ja alles gut. Herr Unteroffizier haben uns freundlichst die Treffer auf der Scheibe gezeigt. So können wir auch bestätigen, dass er nur aus Versehen radiert hat, ist das richtig, Herr Unteroffizier?", ergänzt Andreas.

„Ja", mehr bringt Backe nicht hervor.

Ohne auf einen Befehl zu warten, nehmen die vier Freunde die Kisten wieder auf und gehen, ohne auf Backe zu achten, den Weg weiter. Der Unteroffizier sieht sich vorsichtig um. Niemand hat die Auseinandersetzung, seine Blamage, bemerkt.

„Ich gehe voran“, sagt er noch etwas unsicher. Dann eilt er an den Soldaten vorbei, nimmt seine Führungsposition wieder ein.

Der Munitionsbunker liegt am Rand des Schießplatzes. Von weitem ist nur ein runder Erdwall zu sehen. Der umschließt den zum großen Teil im Boden liegenden flachen Bunker. Durch den Wall führt ein tunnelartiger Gang ins Innere. Pioniere haben ihn aus dicken Holzbohlen gebaut. Auch der Boden ist mit Bohlen beplankt. Derbe Stahlkrampen fixieren die Balken untereinander. Am überdachten Bunkereingang stehen kleine flache Rollwagen. Darauf stellen die Soldaten ihre Last.

Backe öffnet die mit Blech beschlagene, durch Schloss und Querriegel gesicherte Bunkertür. Dann verschwindet er im Dunkel. Der Schein seiner Taschenlampe wird schwächer, verlischt. Die Freunde sehen sich an.

„Wenn wir den hier einsperren ... .“ Karl sagt, was alle denken.

„Dann landen wir morgen vor dem Militärgericht, so wie es Backe möchte“, beendet Friedrich den verlockenden Rachegedanken. Nach einer Viertelstunde erscheint Backe, offensichtlich zufrieden. Er befiehlt Willy und Karl je einen Rollwagen mit Munitionskisten und einer Kiste mit Imitationsmitteln in den Bunker zu rollen. Den Weg erhellt Backes schwankende Taschenlampe. Nur schwer gelingt es den beiden, ihre Wagen so zu steuern, dass sie nicht anecken. Viele Hindernisse erkennen sie nicht oder zu spät, stoßen sich mehrfach an Kopf und Schultern.

Unteroffizier Backe ist wieder der Alte. Wie in einer Geisterbahn fühlen sich Willy und Karl. Da tauchen aus dem Dunkel Berge aus Munitionskisten auf, dann leere Regale, zu denen sie Backes Lampenschein führt.

„Halt, ganz unten einstapeln“ befiehlt Backe. Willy und Karl wuchten ihre Kisten vom Karren, schieben sie zu ebener Erde in die Regale.

„Falsch, raus damit, die Kisten gehören hier oben hin“, schikaniert Backe die beiden. Es kostet Kraft, die Kisten im engen Gang unten aus dem Regal herauszunehmen, über Kopfhöhe zu heben und wieder in das Regal einzuschieben. Dem kleinen Karl gelingt es nicht, seine schweren Kisten in einem Schwung nach oben zu befördern. Er kann sie nur bis zur Brusthöhe empor reißen, muss sie im mittleren Regalfach ablegen.

Im zweiten Anlauf zieht Karl die Kiste heraus, um sie mit einem Ruck nach oben zu befördern. Dabei ergießt sich eine dicke Wolke aus Staub und Dreck auf Karl, dringt in Mund, Nase und Augen. Karl verliert die Orientierung, will die Kiste wieder im Mittelfach absetzen. Das misslingt. Karl kann die Kiste nicht mehr halten, sie stößt an eine Regalstrebe, knallt dann mit einer Ecke auf die Bodenbohle. Ihr Deckel springt auf, dutzende Blechdosen rollen heraus.

„Fressereien", ruft Karl fassungslos. Ziellos greift er eine Dose. ´Bohnen´ und ´Eiserne Ration` liest er. Die Staubwolke erreicht auch Willy. Er weicht ihr aus, drückt sich in eine Ecke. Dabei fühlt er mehr, als er sieht, dass Backe sie von irgendwo grinsend beobachtet. Rasch wuchtet er die letzte seiner Kisten nach oben, wedelt mit den Händen Staub beiseite. Dann blickt zu dem mit einer dicken Staubschicht überzogenen Freund, der fassungslos vor den Blechbüchsen kniet.

„Willy, so viele Fressereien, Bohnen, Schmalz, Graupen", stammelt Karl, seine dreckumhüllten Augen strahlen. Mit beiden Händen hält er mehrere Büchsen.

„Los, so viel wie möglich einstecken und dann raus hier", sagt Willy. Beide packen in ihre Uniformen, was nur hineingeht.

„Unteroffizier, Auftrag erledigt, wir zischen ab", ruft Willy ins Dunkel, dorthin, wo er Backe vermutet.

„Vor dem Bunker antreten", brüllt es zurück. Der Rückweg ist erstaunlich kurz. Die Augen der Soldaten haben sich an die Dunkelheit gewöhnt, die schmalen Luftschlitze unterhalb der Bunkerdecke lassen ausreichend Licht zur Orientierung durch.

„Seid ihr auf eine Mehlmiene getreten?", spottet Andreas, als beiden aus dem Bunker treten.

„Quatsch, wir haben eine Goldmine entdeckt", sagt Karl, schüttelt sich und zeigt voller Stolz seine Beute.

„Mensch, Schweineschmalz! Das dick auf ´nen Brotkanten und grobes Salz drauf", Andreas himmelt Karl an.

„Gibt es da noch mehr zu holen, wo hast du es gefunden?", fragt Friedrich. Willy berichtet von Backes Schikanen, auch das er in weiteren Kisten, auf denen Imitationsmittel steht, solche Schätze vermutet.

„Hat Backe etwas mitbekommen?", fragt Andreas. Willy und Karl überlegen. „Wahrscheinlich nicht, die fette Sau hat auf die Staubexplosion gewartet und sich vor ihr in einem anderen Gang versteckt", spekuliert Willy.

„Backe hat Heeresbestände gestohlen. Das ist eine Straftat.

Das bringt ihn an die Front, in die vorderste Linie", meint Friedrich.

„Das Vorkommnis melden wir sofort Leutnant Zackwitz!", ergänzt Andreas.

„Damit Backe nicht abhaut, müssen wir ihn festsetzen, gleich hier im Bunker", meint Willy.

„Mensch, seht mal, Backe hat seinen Schlüssel stecken lassen", ruft Karl, wirft die Bunkertür zu, schließt ab und legt die Querstreben vor.

Rasch sind die mitgebrachten Konserven aufgeteilt, die Kameraden eilen im Sturmschritt zurück.

Als sie eintreffen, ist ihr Zug schon in Ruhestellung, das Waffenreinigen ist beendet.

„Backe soll sich sofort bei Leutnant Zackwitz melden", sagt ein Soldat.

„Backe kommt später, ist noch unterwegs", antwortet Willy.

Dann bekommen die vier aus der Proviantkiste ihre Verpflegung.

„Hier, Brot und Aufstrich. Mehr haben uns die Küchenbullen für euch nicht dagelassen", entschuldigt sich der Essenausgeber.

Es wird dunkel, Oberjäger Harder kommt in die Scheune, befiehlt, jetzt wieder mit leiser Stimme: „Wir marschieren mit Einbruch der Dunkelheit im Eiltempo zurück. Es muss mit feindlichen Patrouillen und Feuerüberfällen gerechnet werden. Deshalb schicke ich jeweils zwei Soldaten als Streife vor. Wenn sie auf Feinde treffen, anhalten, unsichtbar machen, beobachten. Nähert sich der Feind weiter an, kurz hintereinander zwei Schuss abgeben. Liegenbleiben, weiter beobachten. Ich entscheide dann, ob wir den Kampf aufnehmen oder die Marschrichtung ändern."

Harder lässt antreten, der Marsch beginnt. Alles bleibt ruhig. Dann Pferdegetrappel. Aus dem Dunkel taucht Leutnant Zackwitz auf. Er reitet zu Oberjäger Harder, beide tuscheln. Friedrich kombiniert: "Wahrscheinlich suchen die Backe, der hat doch schon beim Hinmarsch mit dem 2. Zug den Gegner gespielt. Der Schinder hockt jetzt im Munibunker und schmiedet Rachepläne."

„Wenn der wüsste, was wir alles wissen", meint Willy und stellt sich vor, wie Backe verzweifelt versucht, die gestohlenen Konserven im Bunker zu vergraben. Der Rückmarsch verläuft ruhig. Harder schickt Melder aus, tauscht die Patrouillen. In einer Marschpause erklärt er, wie die Himmelsrichtung nach dem Sternbild des großen Wagens und des Nordsterns bestimmt werden kann. Kurz vor Mitternacht sind alle zurück in der Unterkunft. Kurzes Säubern der Waffen und Uniformen, dann zieht Nachtruhe ein.

Am nächsten Morgen pfeift Oberjäger Harder, jetzt mit einer normalen Trillerpfeife, zum Raustreten. Es fehlt das von Backe gewohnte „marsch, marsch". Kein Soldat vermisst es. Der Oberjäger befiehlt Andreas, den Zug zum Frühstück zu führen. Willy ruft er zu sich.

„Ranke, was ist mit Backe?" Kurz zögert Willy, beschließt, nichts vom Geschehen auf dem Weg über den Schießplatz zu erzählen. Er meldet Harder den Konservenfund, auch die Entscheidung, Unteroffizier Backe wegen Fluchtgefahr im Bunker einzuschließen und der Absicht, nach der Rückkehr alles Leutnant Zackwitz zu melden.

„Sie marschieren sofort zum Spieß und melden ihm die Sache. Der ist für solche Dinge zuständig. Es ist nie gut, den nächsten Vorgesetzten zu übergehen", begründet Harder seinen Befehl.

Willy marschiert über den langen Barackengang zum Spießzimmer, bleibt davor stehen, lauscht kurz. Er hört die Stimme des Feldwebels und die eines Unbekannten. Was gesagt wird, kann Willy nicht verstehen. Er klopft kräftig an.

„Herein", ruft der Spieß. Willy meldet sich mit der Bitte, den Feldwebel in einer dringenden Angelegenheit sprechen zu dürfen.

„Dienstlich?"

„Dienstlich", antwortet Willy und blickt fragend zu der zweiten Person. Es ist, an der schwarz-weiß-roten Armbinde gut erkennbar, ein Feldgendarm. Der sitzt bequem am großen Tisch. Der Spieß sitzt ihm gegenüber, thront nicht wie gewohnt hinter seinem Schreibtisch.

„Das ist Rekrut Ranke vom 1. Zug. Er erfüllt seine Pflichten als Stubenältester vorbildlich. Er nimmt seine Leute hart ran, überzeugt durch eigene Leistung. Er hat das Zeug zum Unterführer", stellt ihn der Spieß vor. Der Gendarm betrachtet den noch immer stramm vor dem Tisch stehenden Willy wohlwollend. „Kaisertreu?"

„Ohne Frage“, antwortet Schmidt und zu Willy gewandt: „Legen Sie los, was haben Sie zu melden?“

„Herr Feldwebel, wir haben Unteroffizier Backe festgesetzt, um seine Flucht zu verhindern. Er hat Heeresvorräte, vor allem Lebensmittel und Fressereien aus den Päckchen an die Rekruten im Munitionsbunker versteckt.“ Der Gendarm blickt auf, sieht Schmidt erstaunt an.

„Weiß er etwa?“

“Nein“, antwortet der Spieß und fordert Willy auf, ausführlicher zu berichten.

„Sie haben befohlen, die Restmunition in zwei Kisten unter Führung von Backe“, Willy korrigiert sich, „von Herrn Unteroffizier Backe, in den Munitionsbunker zu bringen. Der Unteroffizier befahl, dass wir außerdem zwei Kisten mit Imitationsmitteln von seinem Gespann dorthin tragen. Eine dieser Kisten ist im Bunker beim Umladen heruntergefallen und aufgesprungen. Ich habe gesehen, dass darin nicht Knallkörper und Leuchtraketen, sondern Nahrungskonserven liegen.“

„Was für Konserven?“ fragt der Spieß.

„Heereskonserven mit Schmalz, Wurst, Bohnen und Nahrungsmittel aus Paketen an die Rekruten.“ Mutig setzt er hinzu: „Alles gute Dinge, die Konserven wahrscheinlich aus der Eisernen Reserve.“

„Was hat der Unteroffizier zu ihrer Entdeckung gesagt?“ fragt der Feldgendarm.

„Er hat nichts mitbekommen. Ich habe den Bunker gleich verlassen und die Tür von außen verriegelt.“

„Hat er nicht nach Ihnen gerufen?“

„Wir haben nichts gehört, sind gleich los, um Leutnant Zackwitz“, Willy stockt, „um Herrn Feldwebel das Vorkommnis zu melden.“

„Und da kommen Sie erst jetzt?“, fragt unerwartet scharf der Gendarm. Willy sieht hilfesuchend zum Feldwebel.

„Die Rekruten hatten noch einen Nachtmarsch unter Feindeinwirkung zu absolvieren. Sie waren erst Mitternacht zurück. Und ich war in das Ausrüstungslager beordert, wegen Holzbein, Sie wissen ja“, Schmidt stockt, blickt auf Willy und endet: „Rekrut Ranke hatte keine Chance, mich in der Nacht zu erreichen.“

„Wer weiß, dass Sie den Unteroffizier festgesetzt haben?“, fragt der Gendarm. Willy zählt die Namen von Karl, Andreas und Friedrich auf.

„Friedrich Jorns, der Sohn von Kriegsgerichtsrat Jorns?“, fragt der Feldgendarm.

„Ja“, antwortet Feldwebel Schmidt. Dann blickt er zu Willy: „Rekrut Ranke, Sie haben richtig gehandelt. Das Vergehen des Unteroffiziers Backe wird untersucht. Sie haben zu schweigen, zu allem was hier gesagt wurde. Abtreten!“

Willy zuckt zusammen, er hatte lobende Worte erhofft. Dann grüßt er, macht kehrt, verlässt das Zimmer.
Viele Fragen schwirren durch seinen Kopf: Was hat das alles zu bedeuten? Wieso interessiert sich die Feldgendarmerie für einen einfachen Unteroffizier? Was macht der Spieß nachts im Ausrüstungslager? Wieso kennt der Gendarm das Holzbein, den Feldwebel Werner von der Schneiderei? Und weshalb ist Friedrichs Vater bekannt?

Die letzte Ausbildungswoche ist abwechslungsreich. Willy, Karl, Andreas und Friedrich sehen sich kaum. Willy wird am schweren Maschinengewehr, dem MG 08, ausgebildet. Sein Ausbilder ist ein älterer Gefreiter. Ihn ernst zu nehmen, fällt den Rekruten anfangs schwer. Es sieht sehr komisch aus, wenn er mit einem Auge zur Seite sieht, während das andere Auge, ein Glasauge, stur geradeaus blickt. Auch ist sein Kopf an dieser Seite unnatürlich schmal. Der Gefreite kennt die Wirkung seines Aussehens:

„Ich hatte Schwein. Ein Granatsplitter hat mir das Auge rausgerissen und ein Stück vom Schädeldach. Das war schon 1915, als wir wochenlang den Hartmannswillerkopf belagerten. Doch jetzt habe ich meine Ruhe. Lieber ein Auge als ... .“

Der Gefreite ist froh, dass Willy gern das Kommando über die fünf Rekruten übernimmt, die am MG ausgebildet werden. Rasch hat Willy herausgefunden, welcher Soldat seiner Gruppe über ausreichend Kraft, Geschicklichkeit und Ausdauer verfügt, um das siebenundzwanzig Kilogramm schwere MG durch das Gelände von Stellung zu Stellung zu schleppen, es dann rasch auf den zum Schießen erforderlichen Drehgestell, den ´Schlitten´ aufzusetzen. Der Schlitten ist so schwer, dass im Gefecht zwei Mann notwendig sind, um ihn durch das Kampfgebiet zu transportieren. Schwerstarbeit müssen auch die drei Munitionsträger leisten. Sie haben wenigstens zweitausend Patronen in sechs Gurtkästen zu schleppen. Diese Menge ist notwendig, um ein wirkungsvolles Feuer zu führen.

Willy bereitet es Freude, als erster Schütze hinter dem MG zu liegen und lange Feuerstöße auf den Gegner zu führen. Der Ausbilder staunt, dass Willy darauf drängt, dass alle Soldaten des MG-Trupps in allen Funktionen ausgebildet werden.

„Wie viel Verluste hat ein MG-Trupp bei der Abwehr eines Angriffs", fragt er den Gefreiten.

„Schwere Frage, lange Antwort. Wenn der Feind bis zum Graben durchkommt, regnet es Handgranaten. Wer übrig bleibt, muss sich mit dem Feldspaten wehren. Am Tag, beim normalen Grabendienst, sind es die Scharfschützen, die die Leute wegputzen. Und vor dem Angriff haut die Artillerie ordentlich einen rein."

„Also bringt jeder Tag im ersten Graben dem MG-Trupp Verwundete und Tote?"

„Wenn die Luft heiß ist, ein Angriff bevorsteht, ja. Doch manchmal hat man einfach Schwein."

Die Rekruten sind beeindruckt. Willy will wissen, ob der Gefreite froh ist, statt an der Front hier, im Ausbildungslager eingesetzt zu sein. Der Einäugige mag darauf keine klare Antwort geben.

„Stellungswechsel, das Schussfeld auf die linke Flanke ausrichten", befiehlt er. Für alle Handgriffe am MG gibt der Gefreite Ratschläge, die in keiner Vorschrift stehen: Wie das Einlegen eines neuen Patronengurts besonders rasch erfolgt, wie unauffällige Markierungen mit kleinen Zweigen vor dem MG helfen, nachts die Schuss-Sektoren einzuhalten, wie die Dampfwolke des heißen Kühlwassers verborgen wird, damit sie die MG-Stellung nicht verrät. Immer wieder trainiert der Gefreite mit den Rekruten die Handgriffe zur Beseitigung von Ladehemmungen.

„Eine Sekunde zu langsam und Sie sind tot", mahnt er. Willy lernt, mit einer kurzen Garbe rasch den Auftreffort der Geschosse zu erkennen, um die nächste Geschossgarbe exakt ins Ziel zu führen. Von der Feuermacht des schweren Maschinengewehrs ist er begeistert. Doch so richtig kann sich Willy nicht vorstellen, wie es an der Front ist, wenn täglich Kameraden getötet und verwundet werden, wenn die Feinde angreifen, ihm der Feind im engen Graben gegenübersteht und er mit dem Spaten den tödlichen Schlag ausführen muss.

So locker, wie Harder und der MG-Ausbilder davon sprechen, dass ihre Kameraden fallen, dass trotzdem weitergekämpft wird und der eigene Tod jeden Moment möglich ist, das kann Willy nicht verstehen. Das passt nicht in seine Heldenträume.

Karl ist glücklich. Er lernt Pferde so zu führen, dass sie trotz Gefechtslärm willig den Nachschub möglichst nahe an die vorderste Stellung ziehen. Begierig hört er von seinem Ausbilder, auch ein ehemaliger Frontsoldat, wie das Fleisch getöteter Pferde rasch zerlegt, untereinander verteilt, gebraten oder gekocht werden kann, statt es der Regimentsküche zu überlassen.

Andreas kommt zu einem Sturmtrupp. Er lernt, wie aus Handgranaten und anderen Sprengmitteln geballte Ladungen hergestellt werden, um damit feindliche Panzer und Unterstände zu sprengen. Gleich am ersten Tag der Spezialausbildung gibt es ein furchtbares Unglück. Auf Befehl lassen sich zwei Rekruten im Graben von einem Panzer überrollen. Sie sollen ihn dann von hinten mit einer geballten Ladung vernichten.

Andreas muss zusehen, wie die Abstützung des Grabens unter der Last des Panzers nachgibt, der Panzer rückwärts in den Graben rutscht und die zwei Kameraden zerquetscht. Das grauenhafte Bild der aufgerissenen Leiber hat Andreas noch tagelang vor Augen. Über dieses Unglück mit anderen Rekruten zu reden, ist verboten.

„Es gab einen tödlichen Unfall“, mehr darf er nicht sagen.

Friedrich wird, wie von Leutnant Zackwitz angekündigt, zum Scharfschützen ausgebildet. Sein Gewehr, der Karabiner 98, ist zusätzlich mit einem Zielfernrohr ausgerüstet. Friedrich entwickelt ein gutes Gespür, wohin er den Visierpunkt setzen muss, um die Geschossabweichung durch die Bewegung des Ziels, der Wirkung von Wind, Temperatur und großer Entfernung zu kompensieren. Er lernt auch, wie wichtig gute Tarnung, häufiger Stellungswechsel und der Schutz durch die eigene Truppe sind.

„Denken Sie stets daran, dass der Feind Scharfschützen besonders fürchtet. Werden Sie entdeckt, setzt er alles ein, um Sie auszuräuchern. Scharfschützen werden nicht gefangen genommen.“ Das schärft ihm der Ausbilder schon am ersten Tag ein.

Von Unteroffizier Backe hören die Rekruten nichts. Niemand vermisst ihn. Bei der abendlichen Sitzung auf dem Zwölfzylinder beschließen die Vier, einige der mitgenommenen Konserven als Liebesgaben aus der Heimat zu bezeichnen und mit den Kameraden zu teilen. Karlchen darf eine Schmalzkonserve nach Hause schicken. Die mit ´Eiserne Ration´ gekennzeichneten Konserven verschwinden in den eigenen Tornistern.

„Das Holzbein ist schon zwei Tage nicht ins Kasino gekommen, es fehlt auch der Zivilist von der Feldpoststelle, Backe kommt auch nicht mehr“, berichtet Karl eines Abends.

„Der Zivilist aus der Feldpoststelle schnüffelt in unserer Post herum. Wahrscheinlich kontrolliert er auch unsere Pakete. Am Biertisch erzählt er dann dem Holzbein, wer von uns Fressalien bekommt. Und dann setzt der die schöne Maria ein“, kombiniert Friedrich. Willy stöhnt auf: „Und Dumpfbacke versteckt dann alles“. Andreas schlägt vor, dass Friedrich seinem Vater von diesem Gaunertrio berichtet.

„Wenn der Brief in der Feldpoststelle kontrolliert wird, dann bin ich dran, wegen Verleumdung. Ne, das klappt nicht“, lehnt Friedrich ab. Willy überlegt. Soll er seinen Freunden sagen, dass der Spieß dazu etwas weiß, dass ein Feldgendarm beim Kompaniefeldwebel war? Nein, entscheidet sich Willy, mir wurde ja Schweigen befohlen.

In der letzten Woche ist ein großer Ausrüstungsappell angesetzt. Feldwebel Schmidt kontrolliert den Zustand der Bekleidung, der Waffen, den Inhalt des Tornisters, aller Dinge, die der Soldat mitzuführen hat. Es ist die letzte Chance, beschädigte Dinge umzutauschen. Der Spieß befiehlt Willy, die zu einem Sack geknüpfte Zeltbahn mit der defekten Bekleidung und Ausrüstung des Zuges in die Schneiderei zu bringen.

„Sehen Sie zu, dass Sie endlich ihre Granatbeutel bekommen.“

„Zu Befehl, Beutel mitbringen“, mehr vermag Willy nicht zu antworten.

Es herrscht Hochbetrieb in der Schneiderei. Auch von ande ren Einheiten, deren Ausbildung beendet ist, schleppen Soldaten bergeweise Kleidung heran, die repariert oder ausgetauscht werden soll. Von Feldwebel Werner, dem Holzbein, keine Spur. Statt seiner thront Maria hinter dem Empfangstresen. Ihr rotes Wuschelhaar weht, wenn sie mit kräftiger Stimme kommandiert, was wohin zu bringen ist, was sofort getauscht oder von den Frauen zu reparieren ist.

Willy ist von ihrem Anblick fasziniert. Ein wonniges Schaudern erfasst ihn. Er sieht ihr Gesicht, ihre Brüste, sieht alles so vor sich, wie damals. Und wieder ist er hilflos, steht da, wie versteinert und blickt gierig auf Maria.

„Hallo, du", ruft ihm Maria zu. Sie lacht ihn voller Freude an. „Los, komm´, bring deinen Sack zu mir, du bist ja schließlich angemeldet."

Widerwillig, doch mit bewundernden und neidvollen Blicken lassen ihn die Wartenden vor.

Willy folgt Maria hinter den Planenvorhang. Im großen Schneidersaal sind Tische in langer Reihe aufgebaut. Maria schüttet den Inhalt des Sackes in der Mitte des Raumes auf eine Sortierfläche. Eine Frau legt von dort die einzelnen Teile auf die Tische. Ein kurzer Blick genügt der dort arbeitenden Schneiderin, um über Reparatur oder Aussonderung zu entscheiden. Dann greift sie in das hinter dem Tisch befindliche Regal, legt ein instandgesetztes Teil auf ihren Tisch. Willy staunt, mit welcher Geschwindigkeit die Frauen arbeiten, wie perfekt die Tauschaktion organisiert ist. Es dauert nur wenige Minuten, dann ist Willys Sack wieder gefüllt.

„Ich muss wieder nach vorn. Leider. Du wartest nebenan, bekommst Besuch. Ich hoffe wir sehen uns wieder, nach dem Krieg, nach dem Sieg." Maria drückt Willy einen flüchtigen Kuss auf die Wange und schiebt ihn in einen Nebenraum.

In dem kleinen Zimmer ist niemand. Es ist keine Werkstatt, eher ein Büro. Er sieht sich um. An einem Tisch stehen zwei Stühle, auf dem Tisch zwei Gläser, dazu eine Kanne mit Wasser. Willy ist verunsichert. Wer will ihn besuchen? Jetzt, zwei Tage vor dem Fronteinsatz? Ist zu Hause ein Unglück geschehen? Er geht um den Tisch, kann sich nicht entscheiden, ob und wohin er sich setzen soll. Da hört er Schritte, eine zweite Tür, die er noch nicht entdeckt hatte, geht auf. In der Tür steht der Feldgendarm, den Willy bereits im Spießzimmer gesehen hat.

„Rühren, Jäger Ranke, setzen Sie sich!", sagt der, noch ehe sich Willy vor ihm aufbauen und militärisch grüßen kann. Willy setzt sich. Der Gendarm geht zu der Tür, die in die Schneiderei führt und schiebt einen Riegel vor.

„Sind das ihre Tauschsachen?", fragt er und weist auf den Sack.

„Ja", mehr bringt Willy nicht heraus.

„Die Schneiderin, die Maria, sie hat gesagt, dass ich hier ...",

Der Feldgendarm winkt ab: „Ist gut, vergessen sie die Frau.

Maria ist froh, dass ihr Zuhälter verschwunden ist, dass wir sie hier weiter arbeiten lassen."

Er setzt sich Willy gegenüber an den Tisch. Dann deutet er dem steif dasitzenden Soldaten an, Wasser in beide Gläser zu gießen. Willy ist aufgeregt, fast verschüttet er dabei das Wasser.

„Ich bin Oberwachtmeister Borno, Chef der Zossener Feldgendarmerie. Berichten Sie mir, was Sie über Unteroffizier Backe wissen!"

Angst steigt in Willy auf. Was hat Backe erzählt, als er im Munitionslager gefunden wurde? Hat er mitbekommen, dass wir Lebensmittel mitgenommen haben?

„Alles, was ich zu Unteroffizier Backe weiß?"

„Alles", sagt der Gendarm.

„Backe, Unteroffizier Backe, ist unser Ausbilder. Er hat uns für die Front fit gemacht. Manchmal hat er übertrieben, schwächere Kameraden, wie Friedrich, ich meine Rekrut Jorns, hat er besonders gern geschliffen. Er ist stark, konnte uns alles vormachen, was er von uns verlangte."

„Konnte?"

„Seit der Nachtübung und dem Schießen habe ich ihn nicht mehr gesehen"

„Sie haben ihn ja im Bunker festgesetzt."

„Ja"

„Weiter, was wissen Sie noch zu dem Unteroffizier?"

Willy schluckt, ihm wurde klar, dass es den Feldgendarmen nicht interessiert, wie Backe mit Rekruten umgeht.

„Also", Willy holt tief Luft, „Unteroffizier Backe gehört zu einer Gruppe, die illegale Geschäfte macht."

„Geschäfte?", fragt der Militärpolizist.

„Sie rauben Fresspakete, die wir von zuhause bekommen. Sie wissen, wer wann solche Pakete bekommt. Sie stehlen auch Konserven aus dem Truppenvorrat."

„Wer gehört zu dieser Gruppe?"

„Holzbein, ich meine Feldwebel Werner, ein Zivilist aus der Feldpoststelle, Unteroffizier Backe, vielleicht noch", Willy schluckt, „meine Maria, ich meine die Schneiderin Maria".

„Und ihr Spieß Schmidt?"

„Auf keinen Fall, der würde nie klauen."

„Los, erzählen Sie exakt, was Sie dazu wissen", drängt Borno. Willy erzählt von seinen Begegnungen mit Holzbein und dessen Forderungen. Dann über die geheimen Sitzungen auf dem

Zwölfzylinder und die Erkundungsgänge von Karl im Kasino. Auch dazu, dass Backe von seiner Begegnung mit Maria wusste.

„Sie haben sich nicht an Backe gerächt? Dem hätten wir doch längst einen Sack übergezogen und einen ...“, sagt der Oberwachtmeister.

„Klar haben wir ihm einen Denkzettel verpasst, ohne Sack, ganz offen.“

Willy erzählt jetzt von den Ereignissen auf dem Weg zum Bunker. Der Feldgendarm unterbricht ihn oft, will Einzelheiten wissen, vor allem, wer die Ideen hatte und wie Backe auf die einzelnen Drohungen reagierte. Willy erzählt alles ganz genau. Auch von seinem Versuch, Backe auf einen Ameisenhaufen zu setzen.

„Sie hätten den Mann ruhig für ein paar Minuten mit nacktem Arsch sitzen lassen können, dann wäre er länger zahm geblieben“, sagt Borno und lacht. Willy lacht höflich mit.

Der Feldgendarm richtet sich auf, holt aus der Innentasche seiner Uniformjacke eine Brille, putzt mit einem Tuch bedächtig deren Gläser, setzt sie auf und blickt Willy ernst ins Gesicht:

„So, nun reden wir mal Klartext. Sie haben mit ihren Kameraden eine große Schweinerei aufgedeckt. Illegalen Bordellbetrieb in der Schneiderei und Diebstahl von Privat- und Heereseigentum. Sie haben sich auch ein paar Dosen eingesteckt, gewissermaßen als Lohn, das wissen wir, das ist vergeben. Wir haben die ganze Bande ausgehoben. Das Holzbein sitzt im Knast. Backe war zu feige, mit uns über alles zu sprechen. Der schwule Hund hat sich in seiner Zelle aufgehängt. Er hatte noch mehr Dreck am Stecken.“

„Backe ist tot?“ fragt Willy.

„Mausetot.“

Willy muss grinsen. Das hat das Schwein verdient, denkt er und blickt den Gendarm beinahe dankbar an.

„Ranke, wir haben da noch ein kleines Problem. Mit dem Mann von der Feldpoststelle. Wer war der Zivilist, der im Kasino Holzbein und Backe die heißen Tipps gegeben hat? Können Sie ihn mir beschreiben?“

Willy verneint.

„Wir haben Karl, ich meine Rekruten Karl Sander, nie gefragt, wie der Zivilist aussieht. Soll sich Karl deswegen bei Ihnen melden?“

„So geht das nicht. Die Sache ist viel zu heiß. Sie wissen nur einen kleinen Teil von dem, was hier gelaufen ist." Borno ändert seine Stimme. Er steht auf, geht um den Tisch, stellt sich hinter Willys Stuhl und fasst ihn an den Schultern:

„Jäger Ranke, Deutschlands Schicksal entscheidet sich in diesen Tagen. Hat unser Heer die Kraft, den immer stärker werdenden Gegner aufzuhalten, ihm unsere Friedensbedingungen aufzuzwingen? Oder waren alle Opfer, alle Heldentaten umsonst, müssen wir vor den Franzosen, Engländern und Amerikanern in den Staub kriechen? Wollen Sie das?"

„Nein", Willy stöhnt, auch weil Bornos Griff auf seinen Schultern immer fester wurde.

„Die verfressene Bande, diese Verräter, denken nur an sich. Ihnen ist Deutschlands Schicksal egal. Deshalb werden wir sie ausräuchern, alle."

Oberwachtmeister Borno lässt Willy los, geht wieder um den Tisch an seinen alten Platz.

„Jäger Ranke, wir rennen hier nicht ein paar Konserven oder Würstchen hinterher. Wir schaffen Ordnung, damit wir siegen. Verstehen Sie das?"

„Ja, Herr Feldgendarm, es geht um den Sieg!", ruft Willy mit kräftiger Stimme, springt auf, nimmt Haltung an. Ein Lächeln huscht über das Gesicht des Polizisten. Den Mann habe ich, denkt er.

„Gut. Nur deswegen spreche ich mit Ihnen, deswegen treffen wir uns hier. Zu meinen Aufgaben gehört es auch, Kriminelle im Ausbildungslager ihrer Garde-Kavallerie-Schützen-Division zu entlarven."

Borno blickt auf den noch immer stehenden Willy: „Setzen sie sich. Mein geheimer Auftrag an Sie: Eine Personenbeschreibung des Zivilisten von der Poststelle erarbeiten. Wie sieht er aus, welche Gewohnheiten hat er, wie ist seine Stimme, was raucht er, alles will ich wissen. Sie sprechen dazu mit ihrem Kumpel Karl. Die Begründung dazu denken Sie sich aus. Vielleicht sagen Sie einfach, dass Sie auf dem Rückweg vom Tausch kurz in der Poststelle waren, egal was, Sie sind doch gewitzt! Wiederholen Sie ihren Auftrag!"

„Beschreibung des Zivilisten besorgen, mit allem was dazugehört."

„Und", ergänzt Borno, „gegenüber jedermann zu schweigen, niemand darf wissen, dass wir miteinander gesprochen haben, dass ich Sie kenne."

„Gegenüber jedermann zu schweigen", wiederholt Willy spontan.

Plötzlich fühlt sich Willy als etwas Besonderes. Er ist einer der Auserwählten, die das besondere Vertrauen des Kaisers genießen. Ich darf nicht nur mit der Waffe gegen die Franzosen kämpfen, ich bin auch dabei, wenn es gilt, Kriminellen und Saboteuren das Handwerk zu legen. Willys Augen glänzen.

„Wie kann ich Herrn Oberwachtmeister meinen Bericht übermitteln? In zwei Tagen sind wir weg!"

„Richtig, Sie müssen sich sputen. Sprechen Sie gleich heute Abend mit Karl. Spätestens morgen melden Sie sich bei Feldwebel Schmidt und berichten ihm, was Sie zu dem Zivilisten wissen. Sagen Sie ihm nur, dass Sie eine wichtige Information zum Vorkommnis mit den Konserven haben. Sie sagen nichts zu unserem Kontakt. Schmidt wird Ihnen dazu auch keine Fragen stellen. So, und jetzt gehen Sie."

Borno schiebt den Riegel an der Tür zum großen Schneidersaal beiseite, blickt kurz in die Schneiderei, sieht, dass sich alle Frauen auf ihre Arbeit konzentrieren. Dann schiebt er Willy hinaus, bemüht, selbst nicht gesehen worden zu sein.

Im hellen Licht der Schneiderei muss Willy blinzeln, er öffnet und schließt die Augen. Was hat er eben erlebt? Doch jetzt ist er wieder in der gewohnten militärischen Welt, mitten im Trubel des Umtauschs. Niemand hat sein Verschwinden bemerkt. Maria thront wie bei seiner Ankunft an Holzbeins Platz und dirigiert den Ablauf. Unsicher blickt Willy zu ihr. Darf ich sie noch einmal ansprechen? Was wird sie über mich denken, darüber, was im Nebenraum geschah?

„He, Willy, komm her, hier sind deine persönlichen Säcke", ruft Maria laut, greift im Regal ein Bündel und reicht es Willy.

„Persönlicher Sack", spötteln einige Soldaten mit neidischen Blicken. Eilig verlässt Willy die Schneiderei. Er fühlt sich nicht sicher genug, um zur Poststelle zu gehen. Für den späten Abend vereinbart Willy einen Zwölfzylindertreff.

Andreas berichtet vom tragischen Todesfall bei der Ausbildung:

„Der Fahrer des Tanks hatte keine Übung. Er war aufgeregt

und hat nicht genau verstanden, was ihm der Kommandant befohlen hat. Er hat die Richtung verwechselt und dachte, er soll zurückfahren. Den Graben mit den Rekruten konnte er nicht sehen. Ein Ausbilder hat mir erzählt, dass die Franzosen immer mehrere Tanks schicken. Wird ein Tank von uns gesprengt, beschießen die anderen unsere Leute so lange, bis … ."

„Mensch Andreas, an der Front kann es jeden treffen, selbst mich mit meiner Fourage. Ihr Leute vom Sturmtrupp bekommt schließlich jeden Tag eine bessere Verpflegung, das ist doch auch was wert!", versucht Karl Andreas aufzuheitern.

Die Vier lachen, ziehen tief an ihren Zigaretten, versuchen, mit dem Qualm die miese Stimmung wegzuzaubern.

„Karlchen, du hast doch vorhin Salems geholt. Wer sitzt denn jetzt am Stammplatz von Backe?", Willy staunt, wie leicht es ihm gelingt, das für ihn wichtige Thema ins Gespräch zu bringen.

Andreas greift das Thema auf, hofft, so aus seinen trüben Erinnerungen gerissen zu werden:

„Wer ist von der Räuberbande übrig geblieben? Es wird gemunkelt, dass nicht nur Backe verschwunden ist, auch das Holzbein. Karlchen, hast du den Zivilist, der unsere Post durchschnüffelt, wieder gesehen?"

„Was für ein Typ ist das?", getraut sich Willy zu fragen.

„Ich weiß nicht, der saß immer ganz ruhig da, paffte an seiner Pfeife große weiße Wolken."

„Ein alter Knochen?", fragt Willy weiter.

„Ja, vielleicht ein entlassener Unteroffizier, vierzig ist der bestimmt schon", meint Karl.

„Das kann stimmen, mein Vater hat einmal erzählt, dass bei der Feldpost viele ehemalige Unteroffiziere ihr Auskommen finden", ergänzt Andreas, „dann war das auch so ein Schinder wie der Backe, deshalb passen die zusammen."

„Ne, oder viel früher. Ich glaube, der ist so ein Typ wie Holzbein. Mit einem Frontschaden. Das habe ich gleich bei meinem ersten Kasinobesuch gesehen, wie er vom Pissoir kam."

„Frontschaden?", fragt Willy, plötzlich hellwach.

„Na, vielleicht verschüttet. Beim Laufen zuckt er mit dem Arsch komisch, bei jedem Schritt." Karl stemmt sich mit beiden Armen von seinem Loch im Zwölfzylinder hoch und wackelt kräftig mit dem nackten Hintern. Die Freunde lachen. Sie stellen sich vor, wie der Feldpostmensch ihre Marschordnung durcheinanderbringt und Backe verzweifelt versucht, mit links, links und marsch, marsch, die Ordnung herzustellen. Auch Willy, Friedrich und Andreas stemmen sich aus ihren Löchern und wackeln voller Begeisterung.

„Ich habe was Wichtiges!", ruft Willy in das Gelächter, „meine Maria hat mir zwei Handgranatensäcke gemacht, so wie sie die Sturmtruppen tragen."

„Meine Maria, deine Liebste, hast du sie gut bezahlt?", fragt Friedrich.

„Spinner, sie hat gar kein Geld dafür gewollt. Sie ist froh, dass das Holzbein weg ist. Der sitzt im Knast."

Willy zieht an seiner Salem, hält die Luft an und lässt eine große Rauchwolke gemächlich aufsteigen, macht ein wichtiges Gesicht: „Maria hat mir gesagt, dass sie mich nach dem Krieg, nach dem Sieg, unbedingt wiedersehen will."

„Oh, oh, echte Liebe", ruft Friedrich und spöttelt, „dann heiratet ihr und bekommt viele kleine Willys und Marias."

„Warum nicht, ist doch viel besser als immer nur Handbetrieb", kontert Willy froh.

„Und ihr kranker Mann?, scheiß Krieg", sagt leise Andreas. Das überhört Willy. Er will beim Thema, seinem Auftrag, bleiben.

„Maria hat mir auch geflüstert, dass Dumpfbacke hin ist, futsch."

„Was, etwa tot? Hat er sich überfressen oder im Bunker in die Luft gesprengt?", fragt Karl. „Viel blöder, Backe hat sich in seiner Zelle erhängt."

„Sicher aus Angst, seinen Arsch an der Front hinhalten zu müssen", mutmaßt Friedrich.

Die Freunde sind zufrieden. Sie konnten Andreas aufheitern, sind erleichtert über das Ende ihres Schinders und hoffen auf ein angenehmes Leben nach dem Sieg.

Willy fühlt eine zusätzliche, noch größere Freude. Er ist ein Agent, der seinen ersten Geheimauftrag erfüllt hat!

**25. Juli 1918.** Heute ist ein besonderer Tag. Die Ausbildung ist nach sechs schweren Wochen beendet. Ab heute führen die Rekruten den Dienstgrad ´Jäger´, die Bezeichnung für die Soldaten eines Jägerregiments. Leutnant Zackwitz hält nach dem Frühstück auf dem Flur der Unterkunft eine Ansprache:

„Soldaten, heute fahren Sie in den Krieg nach Frankreich. Sie kommen zum Rekrutendepot unserer Division im Dessauer Lager. Das liegt nördlich vom Pöhlberg. Nur einige Kilometer südlich, in einer Hügellandschaft mit Festungen und Bunkeranlagen, verläuft die Front. Im Frühjahr haben wir den Franzosen dort etliche unserer Befestigungen entrissen, die sie 1917 erobert hatten.

Sie kommen in ein heiß umkämpftes Gebiet. Ihr Einsatz erfolgt im Jägerregiment 2. Ihr Regimentskommandeur ist Major Schön. Ich kenne ihn. Er ist ein Führer voller Tatkraft. Das Regiment hat sich bei seinem ersten Großkampf an der Westfront im Juli heldenhaft geschlagen. Nutzen Sie jede Gelegenheit, von den erfahrenen Kämpfern zu lernen. Ich mahne Sie: Es ist keine Heldentat, blind in den Tod zu laufen. Wir siegen, weil wir besser, geschickter und verbissener kämpfen als der Feind. Ich wünsche Ihnen viel Soldatenglück! Auf den Sieg! Für Deutschlands Ehre ein dreifaches Hurra!" Laut antworten die Soldaten. Auch Andreas donnert sein „Hurra" kräftig hinaus, will damit die Sorgen und Ängste vertreiben, die ihn erfassen, wenn er an den grausigen Tankunfall denkt.

Feldwebel Schmidt lenkt den weiteren Tagesablauf. Er kontrolliert die Vollständigkeit und Funktionsfähigkeit der Bekleidung und Ausrüstung jedes Soldaten. Die Tornister werden für den großen Marsch an die Front geschnürt. Das Kochgeschirr, Essbesteck und die Feldflasche sind außen befestigt. So kann die Verpflegung unterwegs rasch empfangen werden. Die Stiefel werden geputzt, wer fettige Wichse hat, reibt sie damit dick ein, so das das Leder weich und wasserabweisend bleibt. Karl und Friedrich nutzen die Zeit, um nach Hause zu schreiben, mitzuteilen, dass es nach Frankreich geht. Den genauen Einsatzort dürfen sie nicht nennen.

Willy ist unruhig. Wie kann er nur dem Feldwebel, der ständig über den Flur eilt, seine geheime Meldung überbringen? Erst nach dem Mittagessen, kurz vor dem Abmarsch zum Bahnhof sieht Willy, wie der Spieß in seinem Dienstzimmer verschwindet.

„Ich habe die Bescheinigung für meine beiden Granatsäcke vergessen, komme gleich wieder", sagt er zu Andreas, der bereits in voller Montur auf den Befehl zum Antreten wartet.

„Beeil dich, es geht gleich los!"

Willy klopft an die Tür des Spießzimmers, wartet kaum das „Herein" ab.

„Herr Feldwebel, Jäger Ranke bittet Sie, es geht um die Konserven … ."

„Keine Zeit Ranke, schnell, was ist ihre Meldung?"

„Ich will Ihnen mitteilen, wie der Zivilist von der Poststelle aussieht."

„Ja, berichten Sie endlich."

Willy holt tief Luft und sagt: „Der Zivilist ist etwa 40 Jahre alt. Er hat einen auffallenden Körperschaden. Beim Laufen wackelt er bei jedem Schritt komisch mit dem Hintern. Er raucht Pfeife. Seit zwei Tagen kommt er nicht mehr ins Kasino."

„Gut gemacht. Hatten Sie damit Probleme? Ist ihren Kameraden aufgefallen, dass Sie sich für den Zivilisten interessiert haben?"

„Nein", mehr vermag Willy nicht zu sagen. Er ist erstaunt, mit welcher Ruhe der Feldwebel seine Informationen zur Kenntnis nimmt.

„Wegtreten?", fragt Willy mit ungewohnt zitternder Stimme.

„Moment, ich habe Ihnen doch gesagt, gut gemacht. Das berichte ich Oberwachtmeister Borno. Bei Bedarf nimmt die geheime Feldgendarmerie zu Ihnen mit der Parole: ´Conrad, Conrad mit C´ Verbindung auf. Haben Sie das verstanden?"

„Jawohl, auf die Parole ´Conrad, Conrad mit C´ warten."

„Jäger Ranke, ich wünsche Ihnen Glück. Abmarsch!"

Willy grüßt mechanisch, marschiert aus dem Zimmer.

´Wieso braucht die Feldgendarmerie ein Parole, wenn sie mit mir sprechen will?´ Diese Frage kreist in seinem Kopf.

Vor der Unterkunft sind die Soldaten angetreten. Andreas winkt ihm: „Hast du die Bescheinigung?"

„Bescheinigung?" fragt Willy.

„Mensch bist du fertig, deswegen warst du doch beim Spieß!"

„Alles klar. Schmidt hat gesagt, dass mich an der Front keiner danach fragt", antwortet Willy. Er ärgert sich, dass ihn die Meldung zu seinem ersten erfolgreichen Geheimauftrag durcheinandergebracht hat.

Jetzt geht es los! Willy steht stramm an der Spitze seines Zuges. Alle Soldaten haben sich exakt in drei Reihen ausgerichtet, die anderen Züge daneben. Leutnant Zackwitz kommt hoch zu Pferde, hält zehn Schritt vor der Kolonne.

Feldwebel Schmidt schreitet feierlich im Exerzierschritt an den Soldaten vorbei. Er bleibt drei Schritt vor dem Reiter stehen, hebt die Hand an den Mützenrand und meldet:

„Herr Leutnant, 96 Jäger nach erfolgreicher Ausbildung marschbereit zum Einsatz an der Front. Die Meldung an das Rekrutendepot der Division ist erfolgt."

„Danke Feldwebel. Übergeben Sie das Kommando, lassen Sie abrücken. Abfahrt am Bahnhof 10 Uhr." Der Spieß grüßt, macht kehrt und geht mit normalem Schritt zur Kolonne zurück.

„Oberjäger Harder, übernehmen und abrücken".

„Links um, im Gleichschritt marsch!"

Ein Ruck geht durch die Reihen, die Absätze der Stiefel knallen im Takt aufs Pflaster.

Toll, was aus uns geworden ist! Vor sechs Wochen waren wir noch ein stolpernder Haufen Zivilisten, jetzt sind wir richtige Soldaten, denkt Willy und ist Stolz, darauf, dazu zu gehören.

Auf dem Bahnsteig übergibt der Oberjäger die Transportpapiere den Zugbegleitern. Dann schaut er sich um, geht zur Gruppe um Willy: „Jäger Ranke, Sie sind ein Ungestüm. Achten Sie vorn genau auf die Befehle ihrer Führer. Rennen Sie nicht blind ins Feuer. Ein guter Soldat muss leben, seinen Kopf gebrauchen!" Fest drückt Harder Willy, Friedrich, Andreas und Karl die Hand.

# Krieg

Zwei lange Tage rollen die Waggons mit Soldaten des Ausbildungslagers Zossen in Richtung Westfront. Die Fahrt geht quer durch Deutschland. Vor Luxemburg teilt sich der Zug. Der Waggon mit Willy und seinen Kameraden durchquert Belgien im Süden.

**Sonnabend, 27. Juli 1918**. Die Fahrt endet in Rethel. Hier, am Bahnhof der französischen Kleinstadt, enden die Transporte mit Nachschub für das Heer. Fuhrwerke und Lastkraftwagen rollen über die Brücken der Aisne und des Kanals de Ardennen in den Süden, zur nur noch dreißig Kilometer entfernten Front.

„Achtung! Alle Jäger für das Rekrutendepot der 1. Garde Kavallerie Schützen Division zu mir!", ruft eine Stimme.

„Wir sind gemeint. Los Willy, übernimm das Kommando!", Karl stößt seinen Freund, der aus dem kleinen Fenster das rege Treiben auf dem Bahnhof betrachtet, in die Seite. Willy schreckt auf, streckt sich und ruft ins Innere des Waggons:

„1. Zug, Gepäck aufnehmen in Marschordnung antreten!" Rasch verlassen die Soldaten den Zug, stehen geordnet auf dem Bahnsteig. Willy geht zum Rufer und meldet: „Herr Oberjäger, 32 Jäger zum Abmarsch an die Front bereit!"

„Danke, danke, lassen Sie rühren." Willys strammes Auftreten, der Eifer der Soldaten, befremden den Oberjäger. Wollen die mich verarschen, oder sind die wirklich so naiv?

Mit wenigen Worten befiehlt er die Verladung. Die Tornister und weiteres Gepäck kommen auf ein leichtes Pferdegespann, das auf dem Verladebahnsteig steht. Karl nutzt die Gelegenheit und macht sich mit dem Soldaten, der das Gespann führt, bekannt. Ein paar Zigaretten wechseln den Besitzer, dann ist Karl der zweite Mann auf dem Kutschbock.

„Männer", der Oberjäger räuspert sich, sucht den passenden Ton. „Ich bin Oberjäger Machold von Jägerregiment 2 . Wir marschieren direkt zum Rekrutendepot der Division. Es ist beim Dessauer Lager, kurz hinter der Front. Heute geht es bis Heutregiville, das sind gut 25 Kilometer, alles flaches Land. Morgen durch die alte Kampfzone. Das sind nur noch wenige Kilometer, doch die haben es in sich. Vorwärts!"

Willy übernimmt die Führung des 1. Zugs. Im Gleichschritt marschieren die jungen Männer aus dem Bahnhof. Die Eisennägel ihrer Stiefel schlagen laut auf das Granitpflaster. Mit „links zwo drei" am Stadtzentrum vorbei, über zwei steinerne Brücken, die den Fluss Aisne und einen Kanal überspannen, in Richtung Süden. Nach langer Bahnfahrt ist der Marsch willkommen.

„Ein Lied!", ruft Willy. Aus voller Kehle schmettern die Jäger alles heraus, was sie in den letzten Wochen unter der Fuchtel von Unteroffizier Backe gelernt haben.

„Wenn die Soldaten durch die Stadt marschieren ...". Dieses Lied passt besonders gut zu ihrem Marsch durch Rethel. Passanten bleiben stehen, erfreuen sich am Anblick der stolz marschierenden und kräftig singenden jungen Männer. Eine junge Frau in grauer Schwesterntracht lacht und winkt ihnen freudig zu. Jeder glaubt, dass ihr Blick vor allem ihm gilt.

Vor einem Ausschank stehen Männer in Lazarettkleidung. Sie blicken nur kurz auf.

„Dumme Kinder", murmelt einer, „wenn die zurückkommen". Sein Gegenüber: „Vielleicht auch nicht". Dann blicken sie wieder ins Nirgendwo.

Anfangs, bis nach Tagon, marschieren die Männer auf einer breiten, gut befestigten Straße. Dann weiter über unbefestigte Feldwege. Ihr Führer, Oberjäger Machold, ist zufrieden. Ihm ist es angenehm, dass Willy die Truppe so eifrig führt. So kann er ungestört seinen Gedanken nachhängen. Die Neuen schreiten kräftig aus, regen sich nicht auf, wenn ihre Marschordnung durch überholende Fahrzeuge gestört wird.

Je weiter die Soldaten nach Süden kommen, desto öder wird die Landschaft. Viele bäuerliche Siedlungen sind verlassen und zerstört. Auf den kleinen Äckern wuchert Unkraut. In jedes Wäldchen, jeden Hohlweg, selbst in kleinste Senken und Schluchten führen schmale Wege mit kaum erkennbaren Fahrzeugspuren.

„Mensch, hier werden die Feldwege geharkt", wundert sich Karl und genießt den weiten Blick vom Kutschbock.

Nach dreistündem strammem Marsch ist die Hälfte des Weges zurückgelegt. Der Oberjäger hält nach einem Rastplatz Ausschau. Er zeigt Willy den Weg zu einem nahen Wäldchen. Kaum ist der schattige Waldrand erreicht, stoppt sie ein Soldat mit herrischer Stimme: „Halt, Sperrgebiet, trabt woanders hin!“ Der Oberjäger geht zum Posten, verhandelt mit ihm. Schon bald kommt er zurück: „Jäger, hier ist ein Depot unserer Artillerie. Es muss unentdeckt bleiben, sonst hackt es die feindliche Artillerie in Stücke. Für eine Stunde können wir unterziehen. Drei Mann dürfen ins Depot, Wasser fassen. Der Posten hat ein paar Zigaretten verdient! Los, verschwindet unter den Kiefern!“

Die Männer sind froh, rasten zu können. Rasch sind die Feldflaschen eingesammelt, jeder gibt eine Zigarette dazu. Der Posten freut sich über das gute Geschäft. Er steckt die Zigaretten sorgfältig ein, zeigt den Wasserträgern bereitwillig den Weg zu einer ausgebauten Quelle.

„Gibt es hier Spione?“, fragt ein Soldat den Posten.

„Quatsch, das ist alles Tarnung gegen die Feindflieger. Die Franzosen kommen jeden Tag und fotografieren das Gelände. Wenn sie neue Spuren entdecken, wissen sie, dass wir etwas vorhaben. Wenn sie auf den Fotoplatten unser Depot ausmachen, zerschießt es irgendwann ihre schwere Artillerie.“

Ungestört kommen die Marschierenden am späten Nachmittag in einem armseligen Dorf an. ´Heutregiville´ entziffert Willy den Ortsnamen. Alle sind froh, sich in einer Scheune ausstrecken zu können. Posten werden nicht aufgestellt. Ein Feldgendarm taucht aus einer Steinkate auf, lässt sich vom Oberjäger die Marschpapiere zeigen und zeichnet sie kommentarlos ab. Vom Gespann wird Proviant verteilt. Es gibt mit trockenen Kartoffelschnipseln gestrecktes Kommissbrot, dazu aus Pappbechern blasse marmeladenartige ´Schmiere´.

„Das Zeug schmeckt ja noch mieser als in Zossen“, meckert Karl, der bereitwillig die Funktion des Essensverteilers übernommen hat.

„Aufstehen, Essen fassen!“, kaum ist es hell, treibt Oberjäger Machold am Sonntagmorgen die Soldaten aus der Scheune. Dann setzt er sich wieder zum Gespannführer an eine Feuerstelle und raucht. In einem verbeulten Blechkessel blubbert Muckefuck. Ein gefüllter Feldbecher muss jedem Soldaten genügen. Karl zeigt, dass er ein emsiger Gespannführer ist: Er schleppt mit zwei Eimern Wasser zum Tränken der Pferde heran. Viele Männer nutzen die Gelegenheit und füllen ihre Feldflaschen.

„Ihr sauft ja mehr als meine Pferde“, schimpft Karl.

Bald, nach einer halben Marschstunde, ändert sich die Umgebung. Am Horizont wächst ein langgestreckter zerklüfteter Hügelzug empor. Die Straße besteht nur noch aus staubigem Kalkgemisch und losen Steinen. Sie schlängelt sich durch eine wilde, kraterartige Gegend.

„Mensch, das hier hat alles die Artillerie umgepflügt, die Front kann nicht mehr weit sein", Willy ist aufgeregt. Andreas, der neben ihm marschiert, zeigt sich weniger begeistert: „Wenn du hier in so einem Loch sitzt und Tanks kommen auf dich zu ..."

„Mensch, hör auf zu jammern. Dann löchre ich mit meinem schweren Gewehr so kräftig das Blech, dass er abdreht oder als Sieb stehenbleibt", entgegnet Willy. ´Tak, tak, tak,´ im Geiste schickt er lange MG-Salven gegen den feindlichen Tank.

Am Straßenrand tauchen immer häufiger unförmige, von Rost und Schimmel befallene Reste von Fahrzeugen und Kriegsgerät auf.

„Das sind aber keine Tanks vom Franzmann, das sind deutsche Laster", bemerkt Andreas.

„Die können sich nicht wehren, wenn sie Feuer von oben, von den Fliegern, abbekommen", sagt Willy. Er ärgert sich, dass sein Freund seit dem Tankunfall bei der Ausbildung oft in trüber Stimmung ist.

Das Marschieren wird immer schwieriger, Gleichschritt ist nicht mehr möglich. Die Straße hat keine feste Richtung, keine Begrenzung. Sie ähnelt dem Flusslauf in einem sich immer neu verzweigenden Delta. Fuhrwerkspuren führen um große Trichter, in denen grünliches Wasser steht. Große Löcher sind lose mit Geröll und Kalksteinsplitt aufgefüllt. Die wenigen Kilometer bis zur Hügelkette strengen an. Mit steigender Sonne wird es heiß. Die Männer schwitzen.

„Die Gegend nennt sich Lausechampagne. Hier wächst nichts mehr", bemerkt der Oberjäger. Endlich mündet die Straße in einen schmalen Einschnitt der locker bewaldeten Hügelkette, ihrem Ziel.

Aus dem Hügelzug ragen vereinzelt steile Kalksteinkuppen empor. Sie sind völlig kahl. Im Morgenlicht sehen sie wie picklige Eiterbeulen und bleiche Totenköpfe aus. Auch die Bäume am Rand und in den Senken wirken gespenstisch. Äste sind abgerissen, viele Stämme gespalten und abgeknickt.

Willy marschiert an der Spitze. Er lauscht gespannt nach vorn: MG-Salven sind zu hören, auch einzelne Schüsse. Dazwischen, ganz unregelmäßig, helle Detonationen. Der Oberjäger freut sich über das Interesse von Willy: „Der Franzmann versaut uns mal wieder die Sonntagsruhe. Er knallt ein bisschen herum, kommt aber nicht aus dem Graben. Trotzdem heißt es: Kopf runter und Glück haben, dass dich keine Granate erwischt. Mehr kannst du nicht tun."

„Und wenn die angreifen?" Willy ist mit der Antwort nicht zufrieden. Ihn stört, dass der Feind das Geschehen diktiert.

„Niemals ohne Artillerievorbereitung. Das wäre Selbstmord. Wir würden sie alle aus unseren Bunkern heraus niedermachen. Blind ins Feuer rennen, das machen die Franzmänner schon lange nicht mehr", erklärt ihm der Oberjäger. Ein kleiner Hügelzug ist durchquert. Die Jäger kommen in eine schmale Schlucht. Deren Wände sind gelöchert: Überall führen Gänge ins Innere.

´Zum Pommernlager´ steht auf einem Richtungsschild am Hauptweg. Jetzt erst bemerken die Neulinge in vielen Nischen und Ecken kleine Baracken und Unterstände. Alles ist, wie das Artillerielager auf dem Marschweg, gut getarnt. Kaum sichtbar rauchen die Schornsteine mehrerer Feldküchen. Männer gehen mit bloßem Oberkörper zu langen Waschtrögen. Den Weg zur Latrine weist ein Schild. Viele Soldaten sitzen oder liegen an schattigen Plätzen, spielen Karten, dösen vor sich hin.

Da trabt ein Reiter heran. Karl erspäht ihn zuerst.

„Mensch, ist das etwa unser Zackwitz?", ruft er. Doch der Reiter ist älter und ein Hauptmann. Machold übernimmt von Willy die Führung, lässt die Männer antreten.

„Herr Hauptmann, 32 Jäger als Ersatz für das Jägerregiment 2 eingetroffen."

„Danke, Machold. Die Männer bekommen Plätze im Stollen vier, der ist ja fast leer." Mehr zu sich selbst sagt der Hauptmann: „Die paar Mann reichen nicht einmal für die 4. Schwadron, vom Sturmtrupp ganz zu schweigen." Dann sitzt er ab, nimmt den Transportschein entgegen und tritt vor die angetretenen Männer:

„Willkommen in ihrer Einheit, dem Jägerregiment 2. Wir befinden uns nach einem schweren Kampf in Ruhestellung. Es ist sicher nur eine kurze Pause, bis wir wieder nach vorn gehen. Sie hören ja, die Franzmänner trommeln unablässig. Ich bin Hauptmann Breches und vertrete Major Schön, unseren Regimentskommandeur. Oberjäger Machold ist der Zugführer des MG-Zugs der 4. Schwadron. Er bringt sie zu ihren künftigen Kameraden. Nach dem Essen ist Schießtraining angesetzt. Mal sehen, was Sie können."

Rasch teilt Machold die Angekommenen auf. Karl kommt zum Tross, Andreas zu einem Sturmtrupp, Friedrich, als Scharfschütze ausgebildet, muss vor der Hütte warten, in die der Hauptmann verschwunden ist.

Willy und die meisten seiner Kameraden bringt der Oberjäger zum Stollen vier. Vom langen Gang, der tief in den Kalksteinberg führt, zweigen große Räume ab. Dort stehen die Feldbetten in zwei, manchmal drei Etagen übereinander, in der Mitte ein Tisch aus grob behauenen langen Brettern, davor ebensolche Bänke, an den Kalksteinwänden Holzgestelle. Dort hängen Uniformteile, Beutel und andere Soldatenutensilien. Auf dem Tisch flackern Ölbrenner. Die verbrauchte Luft zieht durch einen unsichtbaren Kaminschacht ab.

Rasch sind die Neuen aufgeteilt. Fünf von ihnen, darunter Willy, füllen den MG-Zug der Schwadron auf. Machold führt die Neuen in einen großen Raum. Durch eine schmale seitliche Öffnung sickert Tageslicht. Die Luft ist angenehm.

„Jäger zu mir", ruft Machold. Elf Soldaten wälzen sich von den Pritschen, stehen von den Bänken auf, blicken zum Eingang, wo der Oberjäger mit den Neuen steht.

„Das ist unser Ersatz, gerade mal fünf Neue. Behandelt sie wie goldene Eier. Jeder Mann weniger ist ein MG weniger." Willy blickt neugierig auf die in einer lockeren Gruppe stehenden Männer in abgewetzt und fleckigen Uniformen, sieht in ihre schlecht rasierten müden Gesichter.

„Na, hast´e uns was Feines aus der Etappe mitgebracht?", fragt ein Jäger Willy, auf dessen Beutel zeigend.

„Paul, quatsch nicht so dumm, die kommen doch direkt aus Zossen, wo sollen sie da Proviant abstauben?", sagt der Oberjäger und weist auf den Tisch: „Los setzen."

„Haste nicht mal ´ne Salem?", Paul ist offenbar entschlossen, von Willy etwas zu erbeuten.

„Klar, habe ich, für alle", sagt Willy, holt zwei Schachteln aus der rechten Jackentasche und wirft sie flach auf den Tisch, absichtlich so, dass Paul nicht gleich zugreifen kann. Alle johlen.

„Paule, jetzt hast du deinen Meister gefunden", ruft ein langer Soldat, dem der Jackenärmel beim Greifen nach einer Schachtel fast bis zum Ellenbogen zurück rutscht.

Das Eis ist gebrochen. Alle nehmen sich eine Zigarette, geben sich gegenseitig Feuer, machen sich bekannt. Willy blickt zu Paul, greift sich zwei Zigaretten, gibt eine Paul und reicht ihm Feuer. Das stimmt versöhnlich.

„Ick bin aus Berlin, mittenmang, aus´m Wedding. Woher kommst du?“, fragt Paul nach einigen genüsslichen Zügen.

„Ich stamme aus Keula. Das ist ein Nest bei Muskau an der Neiße, so zwischen Preußen und Sachsen. Ich bin Willy“, antwortet Willy, froh, dass er sich die Großklappe nicht zum Feind gemacht hat.

„Paule ist unser Zugmaskottchen. Wenn der mal fällt, ist unser Zug hin“, sagt der Lange mit den kurzen Uniformärmeln.

„Wenn du irgendwo etwas hochziehen willst, Paule war schon vor dir da“. Alles lacht.

„Los zeig mal, was du neulich bei den Franzmännern erbeutest hast.“

Paul holt aus den Tiefen seiner Uniform eine kleine bunte Blechschachtel hervor. Das Bild auf dem Deckel ist schon abgegriffen. Es zeigt einen Frauenkopf. Neugierig blicken die Neuen auf das Behältnis. Paul drückt auf einen kleinen Knopf, der Deckel springt auf.

„Mensch, ein Kondom!“, ruft einer, „braucht man sowas hier im Lager?“

„Quatsch, hier brauchst du nur deinen Gesichtskondom aus Ziegenleder. Wenn du dein Ding im Graben nicht raushängst, macht ihm das Senfgas nichts aus.“

Wie ein Schatz geht die Schachtel von Hand zu Hand, ehe sie Paul wieder in der Uniform verschwinden lässt.

Willy denkt an Maria aus der Schneiderei des Ausbildungslagers. Ob sie etwa von mir schwanger ist? Ich werde ihr schreiben, gleich nach dem ersten Gefecht, nimmt er sich vor.

Als Essenholer nimmt der Lange vier Neue mit. Er zeigt ihnen, wie die Kochgeschirre an einem langen Holz aufgefädelt, mit Nägeln auf Abstand gehalten und transportiert werden. Willy, der sich mit Paul in eine Ecke zurückgezogen hat, bemerkt, dass an den Stangen mehr Kochgeschirre hängen, als Männer im Raum sind.

„Manchmal klappt es“, entgegnet Paul auf seinen fragenden Blick. Der Lange, alle reden ihn mit „Langer“ an, geht vor den Essenträgern. An der Feldküche behauptet er stur, dass jetzt zum

MG-Zug zwanzig Soldaten gehören, ohne genau zwanzig Portionen würde er nicht abrücken. Es klappt.

Zum Lohn darf der Lange eine zweite Portion mit ´Stacheldraht´, so betiteln die Männer das in der dünnen Suppe schwimmende fade Trockengemüse, allein verdrücken. Die überzähligen Portionen werden gerecht aufgeteilt.

Willy drängt Paul, vom letzten Großkampf, an dem der MG-Zug teilgenommen hat, zu erzählen. Von den Heldentaten der Soldaten im Großkampf hatte der Aufklärungsoffizier den Rekruten in Zossen vor ihrer Verabschiedung berichtet.

„Der Sturm begann in der Dämmerung früh um vier Uhr. Die Franzosen müssen noch gepennt haben, anfangs gab es kaum Gegenwehr. Wir immer ganz vorn, haben unserem Sturmtrupp den Weg freigeschossen, damit die im Nahkampf die Franzosen aus den Stellungen raushauen können."

"Und habt ihr sie?", fragt Willy gespannt.

„Ja, am Anfang, bis in die ersten Gräben der Franzmänner, lief alles wir geschmiert. Wir immer dicht hinter der Feuerwalze unserer Artillerie, die Verluste waren gering. Von unserem Trupp hat es nur Gustav erwischt. Ein Granatsplitter hat ihm den Bauch aufgerissen, dazu das Gas, er hätte nie überlebt.

Alle 20 Minuten hat unsere Artillerie ihr Feuer 200 Meter nach vorn verlegt. Wir dicht hinterher, ehe der Franzmann die Pause bemerkt und seinen Kopf aus der Deckung nimmt, waren wir schon ran. Die beiden Trupps mit den schweren 08-MGs vom Regiment und der Mienenwerfertrupp konnten nicht mithalten. Sie blieben irgendwo hinten im Dreck stecken. Vorn bekamen wir auch noch jede Menge Senfgas ab, mit dem unsere Artillerie die Franzosen belegt hat. Also Maske auf!

„Ihr seid mit Masken gestürmt?", fragt Willy ungläubig.

„Ja. Da fetzt es dir fast die Lungen raus, du glaubst, die Luft reicht nicht. Doch wer Gasleichen kennt, hält das aus. Wir hatten viel Glück. Die Gegenwehr war mäßig. Nur die MG-Nester der Franzosen machten uns arg zu schaffen. Wenn du rasch vorwärts musst, bleibt keine Zeit für große Täuschungsmanöver. Wir haben die Feuerlöcher der MG-Nester solange von vorn bepflastert, bis unser Sturmtrupp ran war. Dann ist alles Glücksache. Drei Mann springen vor. Zwei erwischt das MG. Der dritte kommt ran, kann seine Handgranaten werfen, wird vorher nicht bemerkt, hoffentlich".

„Hat es außer Gustav noch jemand erwischt?", fragt Willy, der an den Brief seines Freundes Friedhelm von der Erstürmung eines Russenbunkers 1914 denkt. Friedhelm hatte immer berichtet, dass nur Feinde gefallen sind.

„Ja. Ein Mann ist bei der ganzen Rammelei in einen Trichter voller Giftwasser geflogen. Dabei ist ihm ein Gurtkasten ins Kreuz geknallt. Wir mussten ihn zurücklassen, haben nichts mehr von ihm gehört. Jetzt steht er auf der Vermisstenliste."

„Und weiter, wann seid ihr in die Stellung der Franzosen eingebrochen?", drängelt Willy.

„Schon nach zwei Stunden, etwa um sechs Uhr früh. Die feigen Franzmänner zogen sich, bis auf die kleinen Trupps in den MG-Nestern, rasch in die zweite Stellung zurück. Paule hat bei dieser Gelegenheit einem Franzmann die Fromsdose abgenommen. Ich bin in einen leeren Bunker und konnte rasch Büchsen fassen. Stell Dir vor, die haben in ihrer vordersten Linie Fleischkonserven und jede Menge Brot! Wir hatten schon keine Lust mehr, weiter zu stürmen. Doch Leutnant Kunz, unser Zugführer, wollte wohl sein EK I erjagen. Kaum hatten wir unsere Gewehre auf der Brüstung eingerichtet, um von hinten den weiteren Vormarsch zu decken, mussten wir auch mit raus.

„Und ihr habt dann die Franzmänner übers offene Feld gejagt?"

„Du bist vielleicht naiv. Die sind doch nicht blöd! Die haben uns auf genau so einen miesen Acker gelockt, wie der vor ihrer ersten Stellung. Schlamm und haufenweise Drahthindernisse. Jeder der hoffte, durch eine Gasse nach vorn zu kommen, wurde niedergemäht."

„Und unsere Artilleriewalze, hat die nicht ...", wirft Willy ein,

„der ist die Puste ausgegangen. Unsere Regimentsminenwerfer reichten kaum über den ersten Graben. Dafür setzte jetzt auf der gesamten Fläche ein wahnsinniger Granatbeschuss ein. Die Franzmänner wussten genau, dass wir da liegen. Sie klopften den Acker doppelt und dreifach ab. Stundenlang, ohne Pause. Wenn du nur den Kopf gehoben hast, sägte ein MG los. An einen geordneten Sturm war nicht mehr zu denken. Wir sprangen höchstens in neue Trichter, in der Hoffnung, dass dort eine Granate nicht zum zweiten Mal einschlägt."

„Und Leutnant Kunz, hat der nicht ...?"

„Der saß genauso in der Scheiße. Zweimal hat er sich aufgerafft, um den Sturmtrupp mit zwei MG zu unterstützen. Einmal sind sie sogar in den zweiten Graben gekommen. Zurück kamen nur vier Mann."

„Und Kunz?"

„Kam nicht zurück. Die Franzosen haben den besetzten Grabenabschnitt von beiden Seiten wieder aufgerollt. Das haben wir an den Rauchwolken ihrer Handgranaten gesehen. Ob der Leutnant noch aus dem Graben kam, wissen wir nicht. Es war Clemens, der in der Nacht völlig fertig mit drei Mann bei uns auftauchte. Das war alles, was von unseren Leuten und dem Sturmtrupp übrig geblieben ist. Vier Mann, von dreißig, die mit dem Leutnant los sind." Paul zieht heftig an seiner Zigarette, wirft sie auf den Boden. „Alles Scheiße".

Willy ist betroffen. So hatte er sich einen Bericht von einem Kampf nicht vorgestellt. „Wie ging es dann weiter, kam Unterstützung, konntet ihr weiter stürmen?", fragt er, auf eine positive Wendung hoffend.

„Wir schmorten bis zum Abend im Dreck. Kein Schatten, wir sind fast verdurstet. So gegen sechs Uhr, kroch von hinten unsere Reserve, die 3. Schwadron, heran. Mit ihr Hauptmann Breches, der in unserem Loch landete. Er wollte genau wissen, warum wir hier in der Scheiße sitzen bleiben, wie viel Mann wir noch sind. Dann schickte er einen Jäger als Melder nach hinten. Wir haben noch gesehen, wie der aus seinem Loch hoch ist und losrannte. Sofort trommelten die Franzosen. Wir knallten wütend zurück, haben nichts getroffen, aber das Feuer auf uns gelenkt. Wahrscheinlich kam der Melder durch. Eine Stunde später meldete sich unsere Artillerie und feuerte kräftig auf die Franzosenstellung. Ich habe gehört, dass auch unsere leichten Minenwerfer schossen. In der Zeit, wo sich die Franzmänner abducken mussten, raste Breches über den Acker, suchte unsere Offiziere und Unterführer zusammen. Der MG-Zug der dritten Schwadron verstärkte uns.

Dann kam das Signal: Fertigmachen zum Sturmangriff! Wir wollten auch los, raus aus dem Schlamassel, vorwärts in eine sichere Deckung!" Paul ist erregt, zündet sich eine neue Zigarette an, will nicht weitersprechen. Er geht zurück an den Tisch, zu den dort Schwatzenden. Willy lässt nicht locker, geht mit, gibt Zigaretten aus.

„Los, wie habt ihr die Franzosen raus gejagt?" fragt er Paul, dabei blickt er auch zu dem anderen Jägern. Die sehen auf, erfassen, worum es geht.

„Scheiße war´s, wie auf dem Schlachthof“, sagt einer, „Paule, erzähl dem Neuen ruhig, was hier abgeht!“ Paul holt tief Luft, senkt den Kopf, seine Hände tasteten ziellos über die Rillen der Tischbalken.

„Auf Pfiff von Clemens sind wir raus, zerren unser MG und die Gurtkästen aus dem Loch. Sofort donnern uns ganze Salven aus MGs und Gewehren entgegen. Dann kamen die jaulenden Granaten steil von oben. Keine hundert Meter kamen wir voran. Kopf hoch - Rübe ab! So war das, das war unser letzter Sturm!“

„ Hat es jemand erwischt?“, fragt Willy leise.

„Jemand? Wir waren alle dran! Nur Glück, der Feldspaten und die Nacht retteten uns. Vom Regiment wurde eingraben befohlen. Wir dachten, jetzt schaufeln wir unser Grab. Vor den Kugeln bist du eingegraben sicher. Doch die Minen orgeln von oben rein. Mit Glück treffen sie deinen Nebenmann und du bekommst nur seine Därme in die Fresse. Hast du Pech, kann der sich deine eiserne Ration holen.

Das ging den ganzen nächsten Tag so. Überall Wimmern und Geschrei. Der eine betet, der andere scheißt sich in die Hosen. Es gibt auch welche, die werden verrückt. Die springen auf und rennen los. Nach ein oder zwei Stunden Dauerbeschuss kam immer eine kurze Pause. Dann schicken die Franzmänner ihre Spähtrupps. Wir feuern zurück und die wissen, dass noch welche kaltzumachen sind. Dann neuer Granatregen. In der nächsten Nacht kam endlich der Befehl zum Rückzug. Wer noch lebte, kroch und stolperte zurück. Erst im ersten Graben der Franzosen fanden wir uns wieder. Dort gab es endlich Wasser und ´nen Kanten Brot!“

„Wie viel wart ihr da noch?“, fragt Willy leise.

„Wir sind mit fünfzehn Mann, mit Clemens sechzehn, zurückgekommen, davon vier Mann ins Lazarett. Gestürmt ist unser Zug mit sechs MG und sechsunddreißig Mann.“

„Was ist aus dem mit dem Splitter im Bauch geworden, habt ihr ihn mit zurück genommen?“ fragt Willy. Niemand antwortet. Dann sagt von hinten ein Mann hart: „Der ist den Heldentod gestorben, noch auf dem Schlachtfeld.“ Wie, das will niemand sagen.

„Wo steckt jetzt der Clemens?“

„Mensch Willy, den kennst du doch! Das ist unser Machold, der euch hergebracht hat“. Paul ist froh, nichts mehr zu den vergangenen schweren Tagen sagen zu müssen.

„Los Männer, Brot raus, ich gebe einen aus!“ ruft er deshalb, greift in einen an der Wand hängenden Sack und zaubert eine Büchse ans Licht.

„Cornedbeef“, buchstabiert ein Jäger, „das ist doch Fleisch! Mensch Paul, du bist der Größte!“ Paul öffnet die Dose mit einem kleinen spitzen Messer. Er stößt die Klinge am Rand in den Deckel bis eine Kerbe in der Klinge auf den Dosenrand trifft. Rasch hat Paul die Dose ein Stück aufgehebelt, bis er den Deckel hochbiegen kann. Jeder erhält einen Klecks Fleisch aufs Brot. Alle sind zufrieden, die schweren Gedanken verfliegen.

Am Nachmittag lässt Machold seine Truppe antreten. Die leichten 0815-Maschinengewehre, Munition, Gurte und Kisten kommen auf Handwagen. Zum provisorischen Schießstand in einer langgestreckten Schlucht sind nur wenige Kilometer.

„Mensch, da kommt ja ´ne Spielzeugeisenbahn!“, ruft ein Soldat, als sie um einen Hügel laufen. Fast wären die Männer über die schmalen Gleise gestolpert, die ihren Weg kreuzen. Leise schnurrt eine kleine Elektrolock heran, im Schlepptau Wägelchen mit Artilleriemunition. „Die bringen sie zum Pöhlberg, da stehen unsere dicken Kanonen“, sagt einer.

In der Schlucht angekommen, lässt Machold wegtreten. Dann befiehlt er die Neuen und einige erfahrene Soldaten zu sich. Die erklären, was beim Einsatz der Maschinengewehre im Angriffsgefecht zu beachten ist. Willy ist enttäuscht. Er hatte gehofft, rasch hinter einem MG zu liegen, die Macht der hämmernden Maschine zu spüren, den Tot in die Reihen der Feinde zu bringen. Doch jetzt wird davon gesprochen, wie das Gewehr beim Kriechen zu ziehen ist, wie der vom Kühler aufsteigende Dampf getarnt wird, wie ein Ziel sparsam angeschossen wird. Und immer wieder Tarnung.

Die Neuen müssen die leichten Maschinengewehre bis ans Ende der Schlucht bringen. Dort suchen sie geeignete Positionen, stellen die MG schussbereit auf die Klappbeine, visieren das von Machold vorgegebene Ziel an und arretieren die Position des MG mit kleinen Ästen. Dann geht es im Schweinsgalopp zurück.

Der Oberjäger entdeckt jede Position, obwohl sie das Gewehr tarnten. Geduldig erklärte er, warum Deckung vor Schussfeld geht, warum markante Geländepunkte nicht genutzt werden. Er zeigt, wie rascher Stellungswechsel vorbereitet und vollzogen wird. Auf ein Gewehr 98 ist ein Zielfernrohr der Scharfschützen montiert. Die Neuen müssen damit dass von ihnen zuvor versteckt aufgestellte MG aufspüren. So lernen sie, im Gefecht zu überleben.

Am Abend kann Willy nicht einschlafen. Vieles geht ihm durch den Kopf. Immer wieder Pauls Bericht von der verlorenen Schlacht. Willy sieht den Gustav vor sich, dessen Bauch von einem Granatsplitter aufgerissen ist. Die Därme quellen heraus, sie pulsieren. Mit großen Augen blickt ihn der Verletzte an, um Hilfe flehend. Wie hat der Kamerad nur die Schmerzen ausgehalten? Was hat der Jäger gemeint, der so bitter vom Heldentod sprach? Wusste er, dass der Verletzte stirbt? Warum haben sie ihn nicht gesucht, als sie beim Rückzug dort vorbeikamen?

Und, das zuckt Willy immer wieder durch den Kopf, wurde Gustav etwa mit einem Gnadenschuss von den Qualen befreit? Einen Kameraden erschießen? Willy wird schlecht. Er steht auf, tappt durch den finsteren Gang ins Freie. Er braucht lange, ehe er sich beruhig hat, ehe er wieder zurück in den Stollen geht, um endlich schlafen zu können.

Der Montagvormittag vergeht mit allgemeinem Ordnungsdienst. Die fronterfahrenen Männer sind froh, hier, im ersten Sammellager hinter der Front, Ruhe zu haben. Machold übergibt seinen Posten als Zugführer an Vizewachtmeister Eggert. Mit Eggert kommen die Reste des aufgelösten MG-Zuges der 3. Schwadron, um wenigstens einen MG-Zug wieder kampffähig zu machen. Eggert ist ein ruhiger Vorgesetzter. Er ist stets darauf bedacht, mit seiner Truppe nicht anzuecken. Er setzt durch, dass im Stollen sichtbar Ordnung einzieht. Er befiehlt die Uniformen gründlich zu säubern, Decken und Matratzen zum ´vergasen´ zu bringen. So wird die Ausbreitung der Läuse eingedämmt.

Rasch bemerkt der erfahrene Zugführer, dass Willy ein guter Organisator für solche Arbeiten ist. Ihm gefällt, dass Willy beim Erscheinen eines Vorgesetzten bereitwillig ´Männchen baut´. Auch dann, wenn die Front vor den Hügelzügen mit stärkerem Grollen und zuckenden Blitzen Unsicherheit verbreitet.

Willy nutzt den Nachmittag und meldet sich beim Vizewachtmeister zum Regimentstross ab. Er will Karl besuchen. Eggert lässt den strammen Jäger mit den pechschwarzen Haaren und blitzenden Augen gern gehen. Er ist sich sicher, dass dieser ein gutes Spiegelbild seines gerade übernommenen MG-Zuges ist.

Der Tross hat Quartier am nördlichen Fuß des Pöhlbergs bezogen. Hier ist der Kiefernwald trotz der Kämpfe im Frühjahr noch dicht und bietet guten Sichtschutz. Feindliche Aufklärer scheuen diese Gegend. Sie erhalten stets kräftiges MG-Feuer von den Befestigungsanlagen im Berg. Um Zielpunkte für ihre Artillerie festzulegen, nutzen die Franzosen die Luftbildaufnahmen, die sie bei den Kämpfen im Vorjahr erflogen haben.

Willy begegnet wieder der kleinen elektrisch betriebenen Munitionsbahn. Emsig schnurrend zieht sie kleine Wagen mit Munitionskisten in Stollen, die zu den Befestigungsanlagen in den Bergen führen.

´Zum Cornillet´ entziffert Willy auf einem Deckel einer Munitionskiste, der als Wegweiser an einem Kiefernstamm genagelt ist. Klein steht darunter

*´Hier starben am 20.5.1917 über 400 Kameraden des IR 476 den Heldentod´.*

Willys Neugierde ist geweckt. Er folgt dem Pfad. Der führt ihn westwärts bis zu einem völlig kahlen, restlos von Granateinschlägen zerstörten Kreideberg. Auch hier entdeckt er ein Schild: ´Cornillet´ und darunter viele kleine schwarze Kreuze. Gleise der Feldbahn führen auch in diesen Berg. Doch sie sind rostig, teilweise bereits demontiert. Willy folgt ihnen in den Berg. Anfangs kommt er gut voran, dann erschweren heruntergefallene Gesteinsbrocken das Vorankommen.

Plötzlich versperrt eine grobe Mauer den Gang. Ob die vierhundert Toten dahinter liegen? Willy glaubt, süßen modrigen Leichengeruch zu riechen. Ihm wird übel. Er rennt aus dem Berg, zurück an die frische Luft.

Karl, den sicher zufriedenen Gespannführer, zu besuchen, hat er keine Lust mehr. Willy beschließt, in einem nördlichen Bogen um die Berge zurück ins Lager zu gehen. So will er dem regen Verkehr um den Tross, der Regimentsküche und der Wäscherei ausweichen.

Unterwegs erinnert sich Willy, dass er den Name Cornillet schon einmal gehört hat: Ein Soldat hatte ihn während der Rede des Aufklärungsoffiziers genannt, als den Ort, in dem sein Bruder starb, erstickt tief im Berg, nachdem die Franzosen die Luftschächte zerbombten. Willy schüttelt sich. ´Heldentod´, wie herrlich, wie ehrenvoll klingt dieses Wort, doch wie elend, wie jammervoll und schlimm sieht der konkrete Heldentod aus!

„Nein. Ich sterbe auf dem Schlachtfeld, im offenen Kampf mit dem Feind, hinter meinem MG oder im Grabenkampf, mit dem Dolch in der Hand!“, zornig presst Willy diese Worte hervor. Sein Weg mündet auf eine vielbefahrene Straße. Fast prallt er an einen Schlagbaum.

„Halt, Parole“, herrscht der Posten Willy an.

„Parole weiß ich nicht, bin erst seit gestern hier, sehe mich nur um.“ Der Posten betrachtet Willys neue Jägeruniform, schultert sein Gewehr und grinst: „Wo hast du deine Waffe?“

Willy ist verunsichert. Hätte er einen von den Karabinern, die im Stollen abgelegt sind, mitnehmen sollen?

„Ich bin MG-Schütze. Muss ich mein Gewehr mitschleppen, wenn ich frische Luft schnappe?“, versucht Willy mit dem Posten ins Gespräch zu kommen.

„Hau bloß ab. Wenn die Herren vom Divisionsstab dich hier ohne Waffe sehen, glauben die, dass du türmen willst. Dann landest du vorm Kriegsgericht und kannst deinen Löffel abgeben.“ Der Posten weidet sich an Willys entsetztem Gesicht und bietet Versöhnung an: „Haste mal ´ne Lunte?“

Willy hat begriffen. Die Zigarette ist das Frontgeld, über das fast alles geregelt werden kann. Er opfert eine seiner letzten Zigaretten aus dem Zossener Kasino. Der Posten sieht sich um, kann niemanden entdecken.

„Pass auf. Du marschierst hier den Weg vor der Schranke immer weiter, bis zu Station 48 der Feldbahn. Dort über die Gleise, immer links am Waldrand entlang. Nach ´ner halben Stunde bist du im Pommernlager, in welchem Stollen?“

„Stollen vier, beim MG Zug der 1. Schwadron.“

„Kenn´ste Paule, Paul Schmidt, lebt der noch?“

„Der mit der großen Klappe?“

„Genau der. Grüß ihn von mir, von Herrmann aus der Wilhelmschule.“

„Du bist auch Berliner?“

„Na das hör´ste doch!“

Plötzlich streckt sich Herrmann, hält den Kopf schräg und bedeutet Willy, ruhig zu sein. Vom Weg ist Hufgetrappel zu hören. Eine kleine Reitergruppe nähert sich. Willy verschwindet im Unterholz. Herrmann reißt den Schlagbaum hoch, steht stramm und grüßt die Offiziere. Die reiten weiter, ohne den Posten zu beachten. Willy kommt aus seiner Buschdeckung, winkt dem Posten zu, geht im Eilschritt zurück ins Quartier.

**Dienstag, 6. August 1918**. In einem durch Granatbeschuss zerfetzten Wäldchen zwischen Moronvilliers und dem Keilberg hat der Stab der GKSD, der Garde Kavallerie Schützen Division, Quartier bezogen. Große Kiefern beschatten die kleine Senke. Dort errichteten die Pioniere aus erbeuteten Wellblechtafeln und grob behauenen Stämmen einen großen Unterstand. Nach oben, gegen Fliegersicht, ist er mit frischem Astwerk und erdfarbenen Planen getarnt.

Vor dem Eingang wacht ein Jäger. Stramm grüßt er die eintreffenden Offiziere. Die kommen zu Pferd aus den im Wäldchen oder wenige Kilometer weiter in kleinen Dörfern verstreuten Lagern ihrer Truppen.

Der Unterstand hat nur einen Raum. Hinten steht auf zwei Böcken eine große Holztafel mit einer Karte. Auf ihr sind Orte, Flussläufe, Wege und Hügel im künftigen Kampfabschnitt der Division zu sehen. Die Offiziere stehen in kleinen Gruppen, rauchen, unterhalten sich, betrachten die Karte.

Unten, im Süden, ist Soissons als großer Ort eingetragen. Durch den Ort schlängelt sich fast waagerecht das Flüsschen Aisne. Rechts oben Laon, der wichtige Umschlagplatz für Kriegstransporte. Rot hat der Divisionszeichner den aktuellen Frontverlauf markiert: Links, vom Westen entlang des nördlichen Ufers der Aisne, dann im nördlichen Bogen um Soissons, um westlich wieder das Nordufer der Aisne zu erreichen. Dort beginnt auch der vom Zeichner besonders hervorgehobene Frontabschnitt, der ´Damenweg´.

Exakt um 07 Uhr erscheint Divisionskommandeur General Heinrich von Hofmann mit seinem Stab. Der erste Generalstabsoffizier der Division, Hauptmann Waldemar Pabst, leitet die Lagebesprechung. Zuerst rapportieren die Stabsoffiziere:

Mit nüchternen Zahlen stellt der ´II a´, wie der Personaloffizier kurz bezeichnet wird, den personellen Zustand der Division dar. Nur hier, im Kreis der Führung, ist zu erfahren, wie stark Tod, Verwundung, Gefangenschaft und Krankheit die Kampffähigkeit der Division geschwächt haben:

„Die Großkampftage vom 15. bis 17. Juli brachten der Division 1.172 Mann Verluste. Vor allem die beiden Jägerregimenter, in der ersten Staffel eingesetzt, sind ausgeblutet. Major Schön zog mit vier Schwadronen, insgesamt 750 Mann, ins Gefecht. 320 Offiziere und Mannschaften hat er in zwei Tagen verloren. Fast die Hälfte seiner Zugführer, zumeist jungen Leutnant, sind gefallen."

Der Kommandeur der Divisionsartillerie beschreibt den Zustand der schweren Waffen:

„Die im Gefecht vorn mitgeführten Mienenwerfer, kleineren Feldkanonen und Haubitzen sind zerschossen oder konnten beim Rückzug über die Trichterwüste des Angriffsgeländes nicht zurückgeführt werden", und setzt hinzu, "schlimmer als der Materialverlust ist der Verlust ausgebildeter Kanoniere."

Der Divisionsveterinär gibt eine düstere Prognose für die künftige Leistungsfähigkeit der Pferde. Die ist besonders wichtig für die Beweglichkeit der Feldartillerie und des Munitions- und Verpflegungsnachschubs.

Mit kurzen Berichten ausgewählter Regimentskommandeure zum Zustand ihrer Truppen enden die Vorträge. Der General fasst zusammen:

„Meine Herren Offiziere, unsere Verluste an Soldaten und Material sind katastrophal. Sie sind aus eigener Kraft nicht ausgleichbar. Das Jägerregiment von Major Schön hat in zwei Wochen Grabendienst ohne direkten Feindkontakt über hundert Mann, fast ein Fünftel seines Kampfbestandes, durch Artilleriebeschuss und Scharfschützen verloren. So geschwächt, waren seine Verluste beim Angriff voraussehbar. Der Angriff vom 15. bis zum 17. Juli hat das Regiment weitere dreihundertzwanzig Mann gekostet. Das ist nicht hinnehmbar!" Von Hofmann holt tief Luft:

„Im Gefecht, ich erinnere Sie an die Kämpfe bei Perthes und St. Hilaire, sind unsere Verluste dreimal höher als die der benachbarten Infanterieeinheiten. Die Ursachen sind klar: Unsere Soldaten und Führer kommen mit den extremen Belastungen im Graben durch den pausenlosen Artilleriebeschuss nicht zurecht. Beim Angriff gehen unsere Leute forsch vor, besonders die Zug- und Kompanieführer mit hohem persönlichem Einsatz. Fast immer erreichen sie die gestellten Ziele. Doch um welchen Preis! Sie achten zu wenig auf Deckung.

Nach den mit viel Blut gewonnenen Einbrüchen in die zweite

Linie, der entscheidenden Widerstandslinie der Franzosen, musste der Kronprinz am 18. den Befehl zum Rückzug geben, weil unser Sturmbataillon und das Jägerregiment 2 so ausgeblutet waren, dass sie einem Gegenstoß der Franzosen nicht standhalten können. Das ist unverzeihlich! So können wir nicht siegen!"

Der General ist erregt, er geht vor der Tafel hin und her, es scheint, als ob er mit seiner Reitpeitsche auf die vor ihm stehenden Offiziere einschlägt.

„Deshalb, meine Herren, mein Befehl für die nächsten Tage in Ruhestellung: Jede Stunde zur Ausbildung nutzen. Zwei Schwerpunkte: Erstens, müssen Sie ihren Männern taktisch richtiges Verhalten im Graben unter ständigem Granatbeschuss beibringen. Zweitens, beim Sturm erkannte Hindernisse, vor allem MG-Nester, erst anzugreifen, wenn sie ausreichend Deckung haben. Statt blind ins Feuer zu rennen, der eigenen MG-Kompanie Deckung geben, den Feldhaubitzen den Weg nach vorn freischießen, immer den Kontakt zum Führer halten."

Die Peitsche des Kommandeurs zuckt. Er holt tief Luft, spricht weiter:

„Meine Herren, in der jetzigen Kriegssituation, der artilleristischen Überlegenheit des Gegners ist ein klug geführter Angriff verlustärmer als der passive Grabenaufenthalt mit seinen unberechenbaren Opfergaben durch Artilleriebeschuss."

Das Gesicht des Generals ist gerötet, Schweißperlen stehen auf seiner Stirn, er muss sich setzen.

Vor die Karte tritt Hauptmann Pabst. Er, der 1. Generalstabsoffizier, hält alle Fäden im Divisionsstab zusammen. Er bereitet mit seinem Stab alle wichtigen Befehle und Entscheidungen vor. Er führt, gleich einer grauen Eminenz, die Division.

„Meine Herren Offiziere, in Ihren Mappen finden Sie die Aufgabenstellungen für die nächsten Tage. Die Kampfeinheiten verlegen sofort nach Pauvres zur weiteren Ausbildung. Maximal zwei Wochen Zeit gibt uns das Generalkommando. Sorgen Sie dafür, dass die Zugänge aus dem Rekrutendepot sofort und ohne Verzögerung in die Ausbildung einbezogen werden." Eine Ordonanz verteilt die Unterlagen mit den Ausbildungsbefehlen, die Offiziere verlassen den Unterstand.

„Na, Albert, da habt ihr gekämpft wie die Löwen, und nun? Statt eines fetten Lobs bezichtigt dich der Alte, deine Leute unnütz zu verheizen“, sagt ein älterer Hauptmann zu Major Schön, dem Kommandeur des Jägerregimentes 2.

„Das war blanke Selbstverteidigung. Hätten sich unsere Nachbarn, vor allem die vom Infanterieregiment 1, auch nach vorn durchgebissen, dann hätten wir vorn alles gehalten und von Hofmann hätte nie die Rückverlegung befohlen, egal wie viele von uns ins Gras beißen.“

„Hätten, hätten!“, entgegnet der Hauptmann seinem Freund. „Der Alte weiß genau, dass die Moral der Infanteristen, die hier seit vier Jahren im Dreck liegen, nur noch vom Kampf ums Überleben bestimmt wird. Du hast mich am Sturmtag bei der 4. Schwadron ganz vorn eingesetzt. Fast im Galopp ging es bis zum ersten Graben der Franzosen, richtig nach Vorschrift, immer dicht hinter der Feuerwalze. Deshalb kam von vorn kaum gezieltes Feuer, unsere Verluste waren minimal. Den 1. Graben haben wir in unserem Abschnitt rasch aufgerollt, dann stürmten wir weiter, allein, ohne wirksame Artillerieunterstützung und ohne Flankenschutz! Die Infanteristen links neben uns blieben im ersten Graben hocken. Statt zu stürmen haben sie die Unterstände der Franzleute nach Brauchbarem, vor allem Verpflegung, abgesucht und die Fressereien in ihre Granatbeutel, Feldplanen und Stiefel gepackt. Ich habe dir das ja alles gemeldet. Steht davon etwas in deinem Bericht an von Hofmann, nein!“

Bitter klingen die Worte eines der dienstältesten Offiziere des Jägerregimentes. Beide reiten ohne Eile zurück zum Lager. Sie genießen die seltene Ruhe. Die Offiziere kennen sich seit Kriegsbeginn. Sie kämpften bereits als Jäger zu Pferde an der Ostfront, wo sie nach Einstellung der letzten Kampfhandlungen gegen Sowjetrussland und der Unterzeichnung des Friedensvertrages von Brest Litowsk am 3. März 1918 abgelöst und in das Lager bei Zossen verlegt wurden.

Major Schön und Hauptmann Breches steigen am Rand einer kleinen Waldlichtung von ihren Pferden, übergeben die Zügel ihren Burschen. Dann setzen sie sich außer Hörweite anderer Personen auf einen Stamm, den eine Granate aus dem Boden gesprengt hat. Mit Ihren grünen Jägeruniformen und dem dunklen Lederzeug verschmelzen sie mit dem Waldsaum. Breches holt aus seiner Kartentasche eine Flasche, öffnet sie und reicht sie seinem Freund.

„Mensch, feiner Cognac, wie der duftet! Ist der von deinem

Bruder aus Charleville? Hat der Herr Intendant sie vom Kronprinz persönlich als Ehrengeschenk bekommen? Trinken wir auf das Wohl unserer hohen Herren!“, Schön nimmt einen großen Schluck, schnuppert noch einmal am Flaschenhals, reicht sie Breches zurück.

„Albert, ich wünsche diese Etappenhengste zum Teufel, auch meinen Herrn Bruder. Erst hat er für die Herren Offiziere vom Großen Generalstab Klaviere und Gemälde akquiriert, dann den reichen Franzosen von Charleville und Mezieres alle guten Möbel abgenommen. Jetzt befehligt er ein ´Sammelkommando´, das den Franzosen sämtlich Wäsche und Sparmetalle abnimmt.“

„Sicher nicht schön, doch wir sind der Sieger. In der Heimat ist alles knapp, da müssen die Franzleute viel opfern“, beschwichtigt Schön seinen Freund. Doch der kommt weiter in Fahrt:

„Unsere Soldaten hungern, sind seit Jahren unterernährt. In Charleville und Mezieres residiert der Generalstab des Kronprinzen wie ein Fürstenhof zu besten Zeiten. Am Tag sind die Herren auf der Reitbahn, am Abend geht es ins Kasino. Wer´s feiner mag, gibt in seiner Residenz Empfänge, bei denen Champagner fließt und die Mieder der Damen aufgehen“, schimpft Breches, spricht weiter:

„Die Stimmung in Charleville wird immer trüber. Unsere Soldaten beschimpfen die feinen Herren. Stell dir vor, da reitet so ein stolzer Oberst mit feiner Uniform und roten Generalstabsbiesen durch den Ort zu einem tête-à-tête mit einer adligen Helferin. Auf dem Weg zu seiner Konkubine kommt er an einem Lazarett vorbei. Die davor herumlungernden Lazarettler grüßen ihn nicht! Nein, die treten ihm in den Weg und beschimpfen ihn als Bluthund und Blutsauger! Weist Du, was mein Bruder sagte, als er mir Frontschwein den Cognac spendierte? ´Wenn nur der Frieden nicht ausbricht´.“

„Du siehst alles zu schwarz, alle ringen doch für den Sieg“, Major Schön will seinen Freund beruhigen, doch der schimpft weiter:

„Du weist gar nichts. Die besetzten Gebiete könnten uns ernähren, wenn wir die Bauern nur machen ließen. Ein reales strammes Soll für Abgaben und fertig. Doch wie sieht es aus? In unserer Gier haben wir, ja wir, schon ab Sommer ´16 das gesamte Vieh abgeschlachtet und die letzten Hühner akquiriert. Nur, damit es in den Kasinos vom Mezieres und Charleville jeden Tag das feinste Fressen gibt und die Herren ihre Familien in der

Heimat versorgen können."

„Richard, gib Ruhe. Ich weiß, dir blutet das Herz bei jedem Granatloch im Rübenfeld. Du bist und bleibst ein Bauer, bist ein guter Gutsherr. Doch im Krieg gelten andere Gesetze. Es siegt auch das Böse. Freue dich auf den Sieg, dann holst du dir ein paar kräftige Franzosen und Belgier aufs Gut. Auch bei dir wird dann wieder Milch und Honig fließen!"

Mit einem weiteren Schluck aus der Flasche beruhigt sich Breches.

Schön denkt: `Wenn ich in der Etappe, im hohen Stab wäre, würde ich dann nicht auch gut leben und mitnehmen, was zu greifen ist?´ Schön schüttelt sich. ´Erst siegen, mit aller Kraft, dem Verlierer dieses Krieges wird es schlimm ergehen!´

Alle Jäger sind froh, als der Befehl zur Verlegung nach Pauvres kommt. Pauvres gilt als sicheres Hinterland. Die Quartiere in den Steingebäuden sollen bequem, die Verpflegung leidlich sein.

Vom Stab der Heeresgruppe „Deutscher Kronprinz" in Charleville ist ein kleiner Trupp mit einem Aufklärungsoffizier nach Pauvres befohlen. Sie haben eine große Scheune mit dem Schild ´Lichtspielhalle´ versehen und als Kino eingerichtet. Jeden Abend werden dort Filme gezeigt. Besonders Lustspiele, wie ´Wollen Sie meine Tochter heiraten?´ und ´Das erste Weib´ finden viel Beifall. Ein Schauspieler tippt auf einer Schreibmaschine einen Liebesbrief. Der den Stummfilm begleitende Klavierspieler hat dabei so heftig auf die Tasten, das es wie das Rattern eines Maschinengewehrs kling. Die Soldaten johlen begeistert.

Propagandafilme werden kaum gezeigt. Sie sind für die Heimat bestimmt. Auch patriotische Reden interessieren im fünften Kriegsjahr die Soldaten nicht. Ihnen gefällt alles, was vom Grauen an der Front ablenkt.

Schon am nächsten Tag findet straffe Ausbildung statt. Schie ßen mit scharfem Schuss wird exerziert. Willy strengt sich an, ist mit Feuereifer dabei. Seine Unerfahrenheit im Umgang mit dem MG versucht er durch zackige Haltung auszugleichen. Darüber lächeln seine Kameraden. Doch Vizewachtmeister Eggert, sein Zugführer, ist froh. Mit Willy kann er den zahlreichen Stabsoffizieren, die hier, im sicheren Hinterland, gern die Truppe inspizieren, einen Mustersoldaten vorführen.

Am Abend liest Willy voller Begeisterung in den überall herumliegenden Kriegszeitungen. Besonders die Berichte über Heldentaten, die unter dem Titel *´Ehrentafel´* erscheinen, gefallen ihm.

„Du bist ein Spinner! Was da steht, ist doch von Leuten erfunden, die noch nie vorn waren", sagt Paul und denkt daran, dass auch er vor zwei Jahren solche Märchen begeistert las.

„Lies doch selber! Hier steht von einem Musketier, der einen Franzosen gefangengenommen hat, dann aber von nachrückenden Franzosen überwältigt wurde. Als die von unserer MG-Kompanie angegriffen wurden, konnte der Mann zu uns fliehen. Er ist sogar noch einmal zurück, um seine Waffe zu holen. Das ist toll!"

„Willy, das ist Quark mit Soße. Was glaubst du, machen die Franzleute mit einem, der ihren Mann in Gefangenschaft nimmt?" Paul hält seinen Grabendolch Willy quer vor die Gurgel. „Noch blöder ist die Stelle, wo geschrieben wird, dass der Mann uns beim Angriff entgegenkam. Das ist Selbstmord! Lies lieber den Artikel ´Überläufer´ daneben. Da steht:

*´wer sich freiwillig dem Feind ergibt, wird mit dem Tod bestraft´*. Das ist die Wahrheit!"

„Meinst du, solche Verräter gibt es wirklich?", Willy erhält keine Antwort.

**Montag, 12. August 1918**. Alle Schwadron- und Zugführer werden vor Dienstbeginn zum Regimentsstab befohlen. Dort warten sie auf ihren Kommandeur, Major Schön. Er wurde in der Nacht zum Divisionskommandeur befohlen. Es geht auf 7 Uhr. Schön kommt mit einigen Stabsoffizieren im Galopp angeritten. Hauptmann Breches will Meldung erstatten. Noch vom Pferd winkt der Major ab: „Keine Zeit, wir müssen sofort los, an die Front! Marschbereitschaft herstellen, in einer Stunde steht das Regiment am westlichen Stadtausgang!"

„Alles raus, Abmarsch in 10 Minuten. Alles mitnehmen, wir verlegen nach vorn, weitersagen", brüllt Vizewachtmeister Eggert schon im Hausflur. Dann rennt er auf sein Zimmer, stopft herumliegende Dinge in einen Lederbeutel, verschließt ihn, stürmt zu seinen Soldaten, feuert sie an.

´Jetzt geht es los. Ich ziehe in den Kampf. Bald erledige ich den ersten Franzosen´, hämmern die Gedanken in Willys Kopf.

Am Ortsausgang wirbelt alles durcheinander. Auch das Jägerregiment 6 ist alarmiert und stellt sich hinter ihnen auf. Befehle werden gebrüllt, Pferde wiehern, Laster rangieren. Nach einer knappen Stunde ist alles geordnet. Für das Gefecht nicht notwendige Dinge sind auf Fuhrwerken verladen. Große Lastkraftwagen, die sonst Artilleriemunition transportieren, werden zum Transport der Jäger eingesetzt. Es ist eng auf den Pritschen. Die Männer sitzen auf Munitionskisten, die Ecken polstern sie mit ihren Tornistern.

Zuerst geht es nordwärts, in Richtung Rethel. Dann fährt die Kolonne mehrere Stunden südwestwärts. Bei Everingcourt wird die Aisne überquert. Dann weiter nach Westen. Bei Craonne am späten Abend die erste Rast. Etwa 100 Kilometer sind im Eilmarsch zurückgelegt. Erst gegen Mitternacht trifft die Bagage ein. Viele Fuhrwerke sind noch unterwegs. Nach wenigen Stunden Ruhe im Freien heißt es in der Morgendämmerung erneut ´Aufsitzen´. Am Nachmittag treffen die Kampfeinheiten der beiden Jägerregimenter in Terny-Sorny, wenige Kilometer nördlich von Soissons, ein.

Major Schön erhält den Befehl, sein Regiment jederzeit zum Marsch in die vordersten Linien bereit zu halten. Stündlich rechnet die Armeeführung mit neuen massiven Angriffen der Alliierten Truppen vom Süden und Westen auf Soisson. Noch gelingt es den deutschen Truppen, den zangenförmigen Angriffen französischer und britischer Truppen standzuhalten. Der deutschen Führung ist klar: Wenn hier die Franzosen gemeinsam mit den Engländern durchbrechen, sind die Alliierten nicht mehr zu stoppen. Der Stoßkraft der von der Atlantikküste vorgerückten britischen und amerikanischen Truppen mit hunderten Tanks und schwerer Artillerie kann das deutsche Heer im August 1918 nichts Gleichwertiges entgegensetzen.

**17. August 1918**. Divisionskommandeur General von Hofmann versucht die Verteidigungspositionen der Division in einem kleinen Frontabschnitt bei Cuffies zu verbessern. Ein nur wenige hundert Meter langer namenloser Hügelzugs soll deshalb ´im Handstreich´ durch ein kleines Gefecht erobert werden.

Das misslingt gründlich. Die klägliche Artillerievorbereitung mit wenigen Geschützen der Division bringt die gut eingerichteten Verteidiger nicht durcheinander. Ihr Abwehrfeuer zwingt die beiden angreifenden Infanteriebataillone zu Boden. Erst im Schutz der Nacht können sich die wenigen Überlebenden zurück in die Ausgangsstellungen retten.

Der Angriff soll wiederholt werden. Doch die Soldaten und Unterführer des Infanterieregimentes 6 verweigern den Befehl. Sie bleiben im Graben.

In dieser gefährlichen Situation greifen die Franzosen, von einem dutzend Tanks unterstützt, an. Die bereits demoralisierten Infanteristen geraten in Angst. Die langsam, aber stetig heran rasselnden Ungetüme sind mit schweren MGs ausgerüstet. Aus kurzer Distanz eingesetzt, eine furchtbare Waffe. Einige Panzer habe ein leichtes Geschütz als Hauptwaffe. Mit Spreng- und Splittergranaten feuern sie auf die Stellungen und MG-Nester des Grabens. Versuche, mit gebündelten Handgranaten die eingedrungenen Panzer zu sprengen, enden fast immer mit dem Tod des mutigen Werfers, denn benachbarte Tanks nehmen die Werfer unbarmherzig ins Visier ihrer MGs oder überrollen sie.

Die Franzosen erreichen die deutschen Gräben. Einige Panzer haben diese bereits überrollt und suchen ihre Ziele im hinteren Abschnitt. Nur das starke Flankenfeuer der benachbarten Einheiten und der Abschuss vieler Tanks durch die Feldartillerie, die für den eigenen Angriff herangezogen wurde, zwingt sie zum Rückzug. Lähmende Panik, die Angst vor neuen Angriffen stoppt jeden Versuch der Bataillonsführer, die Soldaten zu geordnetem Handeln zu bewegen.

Die Schreckensmeldung erreicht den Divisionsstab. Der alle Aktivitäten koordinierende Hauptmann Pabst erkennt die Gefahr. Er befiehlt die sofortige Rücknahme des zerschlagenen Regiments aus dem vorderen Streifen. Über Nacht bleibt der Frontabschnitt unbesetzt.

Im Morgengrauen bezieht Major Schön mit seinem aufgefrischten Jägerregiment die leeren Stellungen. Die Gefahr des Einbruchs erneut angreifender Feinde scheint abgewendet. Hauptmann Pabst hofft, dass die ausgeruhten Jäger genügend Kampfkraft besitzen, um trotz viel geringerer Personalstärke den Frontabschnitt zu halten.

**Am 22. August** stürmen die Franzosen im benachbarten Verteidigungsabschnitt einen Hügel, den ´Pasly-Kopf´ bei Chavigny. Von dort aus können sie tief in die deutschen Verteidigungsstellungen sehen. General von Hofmann ist klar: Damit haben sich die französischen und englischen Truppen beste Voraussetzungen für einen Angriff auf die Stellungen der Division und der benachbarten Truppenteile geschaffen. Er muss, auch wenn es äußerst riskant ist, den Pasly-Kopf zurückerobern. Doch gibt es noch eine Truppe, die, das blutige Desaster des gestrigen Angriffs vor Augen, bereit ist, zu stürmen?

Nur wenige hundert Meter hinter den vorderen Verteidigungslinien hat Major Schön, geschützt durch einen Erdwall, seinen Regiments-Führungspunkt errichten lassen. Pausenlos treffen Melder, oft zu Pferd, ein. Sie überbringen Mitteilungen ihrer Schwadronführer und des Pioniertrupps über den Stand des Ausbaus der Verteidigungsanlagen. Viel Wert wird auf die Tarnung der sechs schweren MG 08 gelegt. Sie sind die wichtigste Waffe zur Abwehr der Angriffe. Fallen die MG aus, ist die Gefahr groß, dass die Angreifer in den nur schwach besetzten ersten Graben eindringen.

Hauptmann Breches nimmt die Meldungen entgegen, befiehlt den weiteren Ausbau der Verteidigungsanlagen. Eine Schwadron postierte er als Regimentsreserve nur wenige hundert Meter hinter dem Führungspunkt in einem kleinen Kiefernwäldchen.

Trügerische Ruhe herrscht in diesem Frontabschnitt nördlich von Soissons. Über die Hügel und kleinen Höhenzüge beschießen die Alliierten mit Mörsern ununterbrochen die deutschen Verteidigungslinien. Die Feuerdichte ist zu gering, um einen Infanterieangriff vorzubereiten. Doch täglich gibt es Tote und Verwundete, wenn eine dieser nahezu senkrecht herabstürzenden Granaten im Graben explodiert, den Eingang eines Bunkers trifft oder in eine MG-Stellung einschlägt. Schutz bieten nur die größeren, tief in die Erde getriebenen Bunker.

Doch die Gräben, mit ihren vielen vor Granaten ungeschützten Stellungen, müssen besetzt bleiben. Besonders Melder, Munitions- und Essensträger werden auf ihren Wegen häufig vom Streufeuer getroffen.

„Scheiß Grabendienst, sollen wir hier langsam verrecken? Lieber stürme ich los, da weiß ich wenigstens, von wo die Kugeln kommen!“, schimpft Paul. Wütend reinigt er seine Uniform von Fäkalien und Kalkspritzern. Er saß gerade auf dem Donnerbalken der Grabenlatrine, wollte eine der knappen Zigaretten rauchen, als neben ihm eine Granate in der Grube detonierte und ihn mit dem stinkenden Grubeninhalt bespritzte. Als Stinkbombe herumzurennen und die höhnischen Bemerkungen seiner Kumpel zu ertragen, das war auch für den fröhlichen Berliner zu viel.

„Paul, Sie scheren sich zum Tross, nehmen in der Wäscherei ein Bad und kommen erst wieder, wenn Sie nicht mehr wie eine ... “, Zugführer Eggert verschluckt die weiteren Worte und endet versöhnlich, „bringen Sie für alle was Brauchbares mit.“

Paul schnappt sich seine Seife, Willy wirft ihm einen seiner großen Granatbeutel zu, dann stürmt er davon, ins Hinterland, wo der Granatbeschuss geringer ist.

Die Sonne geht unter, erste lange Schatten ziehen auf. Major Schön und Hauptmann Breches sitzen abseits des Befehlsbunkers auf einer Bohle.

„Die Stimmung unserer Jäger wird immer mieser. Heute Mittag traf ich einen Jäger der 4. Schwadron, der stand völlig nackt an einem Wasserwagen. Er hat den Leuten vom Tross gedroht, nackt zu dir zu gehen und sich über die Marketender zu beschweren, weil sie ihm keine Unterwäsche und Uniform geben wollten“, erzählt Breches seinem Freund und berichtet grinsend, wie es zu der misslichen Lage des Jägers kam.

„Das hier ist schon kein Spaß mehr. Wir hatten heute acht Tote und achtundzwanzig Verletzte ohne Kampfeinsatz“, und, Schön senkte die Stimme, „beim Infanterieregiment gab es neunzig Vermisste, die haben sich wahrscheinlich zu den Franzosen geflüchtet, sind feige desertiert!“

„Ich habe da eine Idee. Einen Hassartstreich, aber es könnte klappen, wenn von Hofmann mitspielt.“ Breches blickt den Regimentskommandeur fragend an. „Los sag schon“.

„Wenn wir losschlagen, ehe wir uns hier zerbomben lassen und uns die Leute wegrennen, wenn es uns gelingt, wieder etwas Oberwasser zu erringen, dann dreht sich die Stimmungslage auch oben in der Division und wir kommen ehrenvoll aus diesem Sack heraus.“

„Na, welche Heldentat schlägst du vor?“

„Wir erobern den Pasly-Kopf zurück, zumindest zeitweise.“

„Wir? Unser Regiment? Mit den neuen Rekruten? Die verheizen wir doch!“, Schön schüttelt den Kopf. Solche Untergangsideen hat er seinem Freund nicht zugetraut.

„Letzte Nacht habe ich einen meiner besten Männer, den Oberjäger Machold von der 4. Schwadron mit zwei erfahrenen Jägern als Spähtrupp zum Pasly Kopf geschickt. Die Männer waren oben. Sie versichern, dass die Franzosen die Bergkuppe gar nicht richtig besetzt halten. Nicht mehr als ein oder zwei Kompanien stecken dort in unseren alten Stellungen. Schwere Waffen konnten sie nicht entdecken. Ihre Granatwerfer schießen ja über den Hügel zu uns. Lediglich zwei MGs in unseren alten Feuernestern. Ich glaube, die Franzleute haben sich noch nicht entschieden, wie sie hier den Sack zubinden wollen. Dass wir sie noch einmal angreifen, können sie sich gar nicht vorstellen!"

Major Schön ist begeistert. Endlich eine Gelegenheit, sich mit eigener Initiative vor dem General auszuzeichnen!

„Richard, das schlage ich dem Alten noch heute vor. Einen blitzartigen Überfall mit ausgeruhten Leuten, dann rasch Material nachgezogen und den Berg drei Tage halten! Dann sind wir ganz vorn im Tagesbericht des Kronprinzen. Befiehl sofort deinen Oberjäger her, er hat dem Alten alle gewünschten Auskünfte zu geben!"

Über die Regimentsführungsstelle schickt Schön ein verschlüsseltes Telegramm an den Divisionsstab. Keine Stunde später kommt die Antwort: ´Einverstanden. Angriffsplan vorbereiten, mir bis 04 Uhr früh vorlegen, Angriffsbeginn morgen 3 Uhr am Nachmittag.´ Darunter: ´gez. Pabst, Hauptmann im Generalstab.´

Hauptmann Breches befiehlt Oberleutnant von Rost, den Führer der 4. Schwadron zu sich. Er teilt ihm die Idee des Angriffs mit: „Die 4. Schwadron stürmt ohne Umwege, direkt, als erste Welle auf den Hügel. Sie muss ihn in wenigen Minuten, ehe die Franzosen sich zur Abwehr organisiert haben, erreichen."

Von Rost erbittet einen zusätzlichen MG-Zug. „Wenn die Franzosen wach werden, decken sie uns mit ihrer Artillerie völlig zu. Da müssen die schweren MG bereits oben in sicherer Stellung sein. Wir brauchen sie auch, um die folgenden Angriffe abzuschlagen, noch ehe die Franzosen in Handgranatenwurfweite herankommen."

Breches stimmt dem Vorschlag zu. In der Nacht wird die Schwadron vom Grabendienst abgelöst. Die Männer sind froh. Sie hoffen auf einige ruhige Tage ohne ständige Bedrohung durch Granatbeschuss. Um 10 Uhr findet ein Appell statt. Die Ausrüstung wird überprüft, Vorräte, vor allem die Eiserne Ration, ergänzt. Es gibt eine Sonderration Zigaretten.

„Da liegt etwas in der Luft, das sieht nicht nach Heimaturlaub aus!", unkt Paul, der in einer fast neuen, endlich nicht mehr stinkenden, Uniform steckt.

„Mensch unser Paulchen kann wieder lachen! Langer, gib ihm ´nen kleinen Hieb von deinem Desinfektionsmittel!" Der Lange reicht Paul seine Feldflasche für einen kurzen Schluck. Im Nu wandert die Flasche zu den Umstehenden. Jeder schnüffelt, zeigt sich begeistert und trinkt ein wenig. Als der Lange seine Feldflasche wieder am Koppel befestigt, ist sie leer.

„Los Paul, renn noch mal nackt zu den Küchenbullen, dann gibt es für die zweite Schaurunde noch mal ´ne Lage!", ruft ein Soldat und wiegt begeistert seine Hüften. Jeder Spaß ist den Männern recht, sie von dem abzulenken, was kommen wird.

Erst um 1 Uhr am Nachmittag wird der Angriffsbefehl bekannt gegeben. Hauptmann Breches geht mit allen Führern und Unterführern der Schwadronen auf eine kleine Anhöhe. Von dort ist die eigene vordere Linie, ebenso das zu überwindende Gelände zum Osthang des Pasly Berges einsehbar.

Breches erklärt ausführlich die Einzelheiten des Angriffs.

„Wir siegen nur, wenn wir die Franzleute überraschen. Die 2. und 4. Schwadron, verstärkt mit dem 2. MG-Zug, stürmen in der ersten Welle mit vollem Tempo geradewegs über die Talsohle, den Berg hoch und in die Gräben. Mögliche Widerstandsnester werden umgangen, niemand darf sich unterwegs festsetzen. Die 5. Schwadron und die 1. MG-Eskadron folgen als zweite Welle. Sie bekämpfen alle Orte mit hartnäckigem Widerstand. Oben verschanzen wir uns mit zwölf schweren MG und acht Minenwerfern. Die brauchen wir, um die kommenden Angriffe abzuwehren. Im Sturm sind nur die leichten 0815 MG einzusetzen."

Der Hauptmann zeigt, wo die alten MG-Stellungen, jetzt von den Franzosen besetzt, sind. Er erklärt, wie der Sturmtrupp sie einnehmen soll.

„Ich führe den Angriff aus der zweiten Welle. Nach spätestens 30 Minuten will ich oben sein und dem Regimentskommandeur melden, dass der Pasly-Kopf wieder in deutscher Hand ist! Fragen?" Es gibt keine Fragen. Die Führer wissen, was auf sie zukommt. Einer fragt: „Artillerievorbereitung?"

„Kurzes knackiges Feuer von fünf Minuten aus unserer Regimentsartillerie. Mehr ist nicht drin", sagt Breches.

Kurz vor halb drei: Hundert kampfbereite Jäger der 2. und 4. Schwadron schleichen in den vordersten Graben. Das Störfeuer der Franzosen nimmt keiner wahr. Alle Sinne sind angespannt, die Grabenleitern zum Ausstieg angestellt.

Willy zittert vor Aufregung. Jetzt, gleich, sein erster Kampf! Er schaut sich um. Sein leichtes Maschinengewehr 0815 liegt sturmbereit. Das Dreibein bleibt angeklappt, das Kühlwasser ist eingefüllt. Drei Mann stehen bereit, sechs Kästen mit Patronengurten und mehrere Kästen mit losen Patronen zu schleppen. Gut Tausend Schuss hat Willy für sein MG zur Verfügung.

Plötzlich kracht es hinten, Granatwerfern und Feldgeschütze feuern. Vorn, am Hang und von der Kuppe des Pasly Bergs steigen graue Fontänen auf. Die erfahrenen Soldaten wissen: Jetzt rennen die Franzosen in ihre Deckungen. Nach dem Beschuss kommen sie wieder hinaus, in die Gräben, an ihre Stellungen. Sie wissen, jetzt kommt ein Angriff, jetzt kommen wir!

Exakt nach fünf Minuten, die Artillerie feuert ihre letzten Salven, kommt das Kommando: „Sturm vorwärts!"

Der Ruf vervielfacht sich. Willy springt aus dem Graben, hebt sein MG auf, presst es an den Körper, stürmt nach vorn. Seine Kameraden folgen in lockerer Linie. Nur einzelne Schüsse peitschen ihnen entgegen, Willy nimmt sie nicht wahr.

„Stellung, laden, Kuschelgruppe vorn 500, Feuer!" Wie aus dem Nebel erreichen die Befehle Willy. Er funktioniert wie ein Automat. Mit seinem MG überstreicht er den Saum der Kuschelgruppe, aus der Feuer kommt, das er niederhalten soll. Er kann nicht sehen, ob er getroffen hat.

„Feuer halt, Sprung auf, vorwärts." Das gegnerische Feuer wird dichter. Willy kämpft sich durch lose Erde, über kleine Gräben und Gesträuch nach vorn. Sein Herz pumpt, der Puls rast. Mit kurzen Seitenblicken erfasst er andere Stürmende. Seine Männer mit den Munitionskästen folgen sprungweise, von Deckung zu Deckung. Das gegnerische Feuer wird stärker. Ein MG setzt ein, schießt in Willys Richtung.

Willy winkt einem Munitionsträger zu. Es ist der Lange. Der hebt einen Gurtkasten hoch, Willy nickt, rennt in wenigen langen Sprüngen zu einem kleinen Erdhügel, geht hinter ihm in Stellung. Der Lange kommt von der Seite.

Vom Waldrand blitzen Abschüsse. Willy entdeckt den Feind. Er feuert, orientiert sich beim Schießen. Es ist ein Duell zweier Maschinengewehre. Plötzlich fliegt der leere Gurt aus Willys Waffe. Der Lange liegt nur einen Sprung von Willy entfernt. Die

Franzosen feuern ununterbrochen. Willy blickt zum Langen, zeigt ihm den leeren Gurt, ´los komm´. Der Lange springt los, landet mit seinen Kisten neben Willy in Deckung.

„Kasten her, Gurt raus", ruft Willy. Der Lange regiert nicht. Willy stößt ihn an, keine Reaktion. Willy überfällt Angst. Ist sein Kamerad getroffen, verletzt, sogar tot?

Willy legt das MG ab. Unsicher betrachtet er den Langen. Der liegt auf dem Bauch. In der linken Hand den Gurtkasten, um ihn Willy zu reichen. Willy will zugreifen. Da sieht er, wie auf dem Rücken des Langen erst ein Fleck, dann eine Blutlache entsteht. Helles blasiges Blut blubbert heraus, läuft über den Rücken, färbt die Uniformjacke dunkel.

„Sanitäter", schreit Willy. Ihm wird schlecht, das feindliche MG hat er vergessen. Da trifft ihn ein heftiger Stoß in die Seite. Vizewachtmeister Eggert liegt neben ihm.

„Laden, feuern", brüllt er und reicht Willy den neuen Gurt. Willy will schießen. Zitternd führt er den Gurt ein, kaum gelingt es ihm, die Waffe auf die jetzt deutlich erkennbaren, aus Karabinern und MG feuernden Franzosen zu richten. Da trifft ihn ein weiterer Stoß.

„Weg von der Waffe, Kästen fassen, in Deckung bleiben", brüllt Eggert, klemmt sich hinter das MG und hält den Feind mit kurzen gezielten Feuerstößen nieder. Der geht in Deckung, schießt nicht mehr.

„Mir folgen", ruft Eggert, das MG unter den rechten Arm gepresst. So rennt er nach vorn, schreit Befehle, führt die keuchenden Männer bergan.

Willy zögert, ist plötzlich allein. Vorn rennen die Kameraden. Sie erklimmen die Bergkuppe. Die ersten Handgranaten bellen. Das deutliche Zeichen für den beginnenden Nahkampf.

Ich muss stürmen, schießt es Willy durch den Kopf. Das MG braucht Munition. Vorsichtig beugt er sich über den Langen. Der rührt sich nicht. Um an die Gurtkästen zu kommen, fasst Willy unter den Blutenden und dreht ihn um. Ein Kasten ist blutgetränkt.

Willy erbricht sich, alles um ihn dreht sich. Dann, Willy hat kein Zeitgefühl, schnappt er drei Gurtkästen, steht auf und rennt los. Geschosse pfeifen vorbei, Willy hört sie nicht, er sucht keine Deckung. Nur weg, nach vorn, das sind seine einzigen Gedanken. Irgendwann, kurz vor dem ersten Graben am Gipfel, erreicht er den Vizewachtmeister, wirft sich neben ihn in Stellung.

„Hier ihr MG und zwei Mann mit Munition, vorwärts", ruft Eggert. Willy übergibt die Gurtkästen, greift die Waffe und bemerkt nicht, dass er sich am Kühlmantel die Hände verbrennt.

„Gewehr zu mir!", ruft ein Oberjäger. Willy rennt los. Knapp erklärt der Mann: „Wir stürmen links den Graben. Sie halten uns die rechte Flanke frei. Wenn aus der Senke zwischen der Waldkante und dem Berg die Franzosen kommen, scharf draufhalten. Nur gezieltes Feuer." Willy nickt, ist sich unsicher, ob er seine Aufgabe richtig begriffen hat. Zwei Jäger liegen neben ihm. Einer öffnet den Gurtkasten, hält Willy den Gurt hin. Willy greift ihn, rasch ist die Waffe feuerbereit.

„Es ist vorn ruhig, nichts bewegt sich", sagt der Jäger, der die Senke beobachtet. Langsam kann Willy wieder denken, sich orientieren. Über ihnen, auf der Bergkuppe, knallen Handgranaten, wilde Schreie ertönen, eine Miene explodiert. Dann setzt Ruhe ein. Die feindliche Stellung auf dem Pasly-Berg ist erobert.

„Achtung, vorn tut sich was", flüstert der Beobachter. Willy blickt suchend nach vorn, zum Waldrand.

„Weiter nach rechts, in der Senke", Willy kann nichts entdecken.

„Da rechts neben den Birken kommen Tanks!, Ich kann die Türme sehen."

Jetzt hat auch Willy das Ziel erfasst. Langsam schiebt sich ein Tank aus der Senke.

„Entfernung 1000", ruft der Beobachter.

Willy Gedanken wirbeln. Panzerangriff? Was hatte der einäugige Ausbilder in Zossen gesagt? Herankommen lassen, dann vollen Zunder auf die Sehschlitze. Fährt der Tank weiter, raus aus der Deckung, ganz nah an den Tank ran, abtauchen, geballte Ladung, Glück haben.

„Ich schieße ab 300, geballte Ladung bauen", ruft Willy und starrt auf das sich nähernde, immer größer werdende Fahrzeug. Es ist ein FT-17. Seine breiten Ketten schlagen dumpf auf den Boden. Da! Der Tank ändert ruckartig seine Richtung. Gefährlich ragt aus seinem eckigen Turm eine kurze dicke Kanone. Willy sieht die Mündung genau auf sich gerichtet. Dann schwenkt der Turm mit der Kanone nach links, zeigt an Willy vorbei. Der Tank stoppt kurz, es knallt, die Kanone feuert. Willy drückt sich auf die Erde. Das Geschoß zischt vorbei. Der Schütze hat Willys MG-Nest noch nicht entdeckt.

Willy wagt einen kurzen Blick nach hinten. Er sieht, dass die Jäger der zweiten Angriffswelle den Berg erklimmen. Die Feldgeschütze und Mörser sind noch in der Ebene. Pferde bemühen sich, die schwere Last durch die zerfurchte Erde zu ziehen. Dorthin schießt der Tank.

„Wenn ich nicht schieße, bleibe ich unentdeckt, dann rollt er an mir vorbei", durchzuckt es Willy. Am liebsten würde er im Erdboden verschwinden.

„Entfernung 300", ruft der Beobachter. Willy zielt über Kimme und Korn auf den Tank. Er glaubt vorn, knapp über der schmalen Wanne, einen Sehschlitz zu erkennen. Weiter oben, über dem Kanonenrohr, direkt unter der kreisrunden Haube des Turms, vermutet Willy einen weiteren, ganz schmalen Schlitz in der Turmpanzerung.

Langsam, immer größer und bedrohlicher werdend, fährt der Tank auf Willy zu. Die Kanone feuert, das Geschoß zischt vorbei. Das Schlagen der Panzerketten wird lauter. Die breiten Eisenplatten kommen von oben, laufen über große Vorderräder nach unten, verschlingen unter sich unaufhaltsam Erde, Steine, Gesträuch. Dann ein kurzer Halt. Willy erstarrt, der Schuss kracht. Der Tank fährt wieder an, die Ketten dröhnen.

„Schieß endlich", ruft der Jäger neben ihm. Willy erschrickt, zieht das Gewehr fest in die Schulter. Es kostet viel Kraft, den Finger zu krümmen. Endlich schlägt die erste Geschoßgarbe auf das Panzerblech. Funken stieben.

´Zu tief, höher halten, immer nur kurze Feuerstöße´, hämmert es in Willys Kopf. Aufgeregt korrigiert er das Feuer, kämpft gegen die eigene Angst. Willy zielt, schießt nur wenige Geschosse, zielt wieder, kurz nur krümmt er den Finger. Dreimal, fünfmal?

Willy hat kein Zeitgefühl mehr. Alles ist auf den Kampf gegen Goliath konzentriert. Der Tank ist nur wenige dutzend Meter entfernt. Willy hört, wie seine Schüsse auf die Panzerplatten trommeln. Er glaubt er hinter den Sehschlitzen Augen zu sehen, die ihn fixieren. Willy feuert.

Plötzlich geht ein Ruck durch das Fahrzeug. Die Kanone dreht sich seltsam zur Seite, der Tank stoppt. Getroffen? Weiter feuern? Da faucht der Motor auf, der Tank rollt weiter, die hämmernden Ketten kommen jetzt genau auf Willy zu. Willy fühlt schon, wie ihn die Kette in die Erde gequetscht, wie ihn die Stahlplatten breitdrücken, schließlich zerfetzen.

„Zur Seite, hau ab!" brüllt ein Soldat. Willy geht in die Hocke, macht einen möglichst weiten Sprung zu Seite, rennt gebückt weg. Weg, nur weg von dem dröhnenden Ungeheuer! Irgendwo schmiegt er sich an den Boden. Regungslos nimmt er das Geschehen wahr:

Die beiden Munitionsträger bleiben bis zur letzten Sekunde in der MG-Stellung. Kurz bevor der Tank sie überrollt, es fehlen nur noch wenige Meter, springen sie heraus, laufen seitlich weg, rennen um ihr Leben. Im Lauf holt sie die Explosion der geballten Ladung ein. Die Druckwelle schleudert sie zu Boden.

Der Tank bäumt sich auf, droht zu kippen, sinkt langsam in eine aufsteigende Rauchfontaine zurück. Der Motor brüllt auf. Das linke große Kettenrad ist abgesprengt, die Kette zuckt kraftlos auf dem Boden. Qualm steigt empor, dann Stille.

Langsam öffnet sich unter dem Turm die Stahlplatte mit dem Sehschlitz. Ein Soldat klettert mühselig heraus, rutscht über die Panzerung der Platten noch unten, humpelt orientierungslos umher. Da hämmert ein MG auf den Tank ein, seine langen Geschoßgarben tasten sich weiter, erfassen den Soldaten, mähen ihn nieder.

Willy hört Stimmen, vertraute Kommandos. Ein Dutzend Soldaten laufen, die Gewehre schussbereit, vom Berggipfel auf den Panzer zu. Das sind unsere, durchfährt es ihn. Willy will aufstehen. Alles dreht sich. Er vermag nur zu knien, winkt um Hilfe.

„Mensch, da hockt ja Willy, ich dachte schon, ihn hat´s erwischt!" Paul verlässt die Schützenkette und eilt zu Willy.

„Verletzt?" Willy kann nicht antworten. Paul hilft ihm empor, ein anderer Soldat kommt dazu. Der tastet den unsicher Stehenden mit Blicken ab.

„Unser strammer Held hat blos eingeschissen, ´ne Maulschelle reicht, dann läuft er wieder!", ruft er spöttisch und stößt Willy kräftig in die Seite, „los hol dein Gewehr".

Willy wird wach, sieht sich um und stolpert zum Wrack. Die geballte Ladung ist explodiert, als der Tank die MG-Stellung überrollte. Von Willys MG ragt ein Stück Lauf plattgedrückt unter der abgesprungenen Kette hervor. Ein Gurtkasten liegt wenige Meter entfernt im Gras. Willy ist unschlüssig, will den

Gurtkasten bergen. Da hört er im Tank ein Geräusch. Etwas kratzt, stöhnt, scheint sich im Blechkasten zu bewegen. Willy wagt nicht, nachzusehen.

„Deine Flinte kannst du vergessen. Komm, wir sehen uns mal den Tank an!", sagt ein Jäger und geht unbekümmert auf das Fahrzeug zu. „Los komm, schau dir an, wo du das Blech gebeult hast", muntert er Willy auf. Dann betastet er die Dellen und Scharten an den genieteten Blechen.

„Du hast den Sehschlitz des Schützen erwischt, zweimal auch die Kante vom unteren Schlitz", sagt der Soldat anerkennend. Dann klettert er zur geöffnete Luke, schaut hinein: „Da ist ja noch einer drin, los den holen wir raus!"

Willy sieht sich um. Die Jäger liegen geschützt vor einem kleinen Hügel. Ein Posten beobachtet die Senke, die anderen sehen neugierig zum Wrack. Willy fühlt ihre Blicke, rafft sich auf, sagt laut zu dem Soldaten auf dem Tank: „Mein Gewehr ist hin, der Gurtkasten ist noch brauchbar!" Dann klettert er, noch immer ein wenig unsicher, über das abgesprengte Vorderrad zum Turm empor. Der Soldat kennt das Panzermodel: „Steig hinter den Turm. Da sind zwei Luken. Die machst du auf, dann kommt Licht rein und ich kann was erkennen".

Willy klettert über die durchhängende Kette nach oben, ein kräftiger Ruck an den Griffen, die beiden Blechklappen öffnen sich. Jetzt kann er kann ins Innere, in einen mannstiefen schmalen Schacht sehen. Am Boden eine zusammengesunkene Gestalt. Sie bewegt sich, es riecht nach Pulverqualm und Blut. Willy wird wieder übel.

„Los, ich hebe den Mann von unten an und du ziehst ihn nach oben raus, vorwärts, scheiß dich nicht wieder ein!". Der Jäger klettert durch die Fahrerluke in den Tank, hebt die Arme des wimmernden Menschenbündels zu Willy empor. Willy beugt sich in den Schacht, greift den Verletzten und zieht ihn durch die Luke auf den Tank. Der Mann ist bewusstlos, stöhnt leise. Seine Uniform ist voller Blut. Ein Oberjäger, der den Trupp führt, kommt zum Tank:

„Mensch, das ist ja ein Offizier. Den müssen wir lebendig halten. Der ist wichtig. Los, Ranke, melden Sie Eggert, dass wir für Hauptmann Breches einen wichtigen Gefangenen haben. Paul geht mit. Er kennt den Weg zur Stellung. Wir übernehmen hier den Flankenschutz. Die Franzmänner werden bald wieder auftauchen, Abmarsch."

Auf dem Weg zur Bergkuppe berichtet Willy Paul, wie sein MG-Trupp den Tank erledigt hat.

„Mensch Willy, da biste reif für´n Eisernes Kreuz", Paul ist beeindruckt, doch Willy winkt ab: „Das Kreuz hat der Mann verdient, der das Granatbündel geworfen hat".

Paul zögert kurz, sagt dann: „Den hat es doch erwischt, der war doch vorhin gar nicht mehr dabei!" Willy zaudert. Wie soll er das Geschehen, sein Versagen, Vizewachtmeister Eggert, darstellen?

„Paul, du hast Recht. Ich war es, der den Befehl zur Herstellung der geballten Ladung gegeben hat. Also hat der Soldat auf meinen Befehl gehandelt, ist es mein Verdienst, dass der Tank gesprengt wurde."

„Na, siehste, nun biste doch auf dem Weg zum Helden, wenn auch mit voll ...", Paul lacht laut. Willy lacht mit, diese Siegesdarstellung gefällt ihm.

Der Sturm auf den Pasly Kopf gelingt. Der Angriff zu ungewöhnlicher Nachmittagszeit hat die Franzosen völlig überrascht. Der Sturmtrupp des Jägerregiments räumte die Bergstellung rücksichtslos. Wer aus dem Graben flieht, wird von den nachrückenden Jägern niedergeschossen. Viele Franzosen erfassten die Flammenwerfer in den Bunkern. Sie verbrennen und erstickten, bevor sie zu den Waffen greifen können. Gefangene, außer dem Tankoffizier, gibt es nicht.

Die eigenen Verluste sind gering. Leutnant Koch, ein Zugführer der 4. Schwadron und sechs Jäger fielen beim Angriff. Ein dutzend Verletzte und der gefangene Offizier werden sofort ins Hinterland, zur Divisionsstellung gebracht. Major Schön schickt, voller Stolz über den Sieg eine Brieftaube mit der Erfolgsmeldung zum Divisionsstab.

Noch in der Nacht wird eine Drahtverbindung vom Pasly Berg zum Divisionsstab hergestellt. Hauptmann Pabst schickt im Auftrag des erkrankten Generals dem Regiment Glückwünsche zum Sieg und den Befehl: „Festsetzen, die Stellung unter allen Bedingungen halten".

Major Schön gönnt seinen Leuten keine Pause. Er weiß, dass die Franzosen alles unternehmen werden, um diese für ihren kommenden Angriff wichtige Stellungen wieder in Besitz zu nehmen. Nur wenige Jäger besetzen die wichtigsten MG-

Stellungen. Sie haben den Auftrag, jede Bewegung der Franzosen zu melden und sie mit gezieltem Feuer zurückzudrängen. Alle anderen schanzen. Die Laufgräben werden instand gesetzt, Bunker und Nischen von Gefallenen, und deren Resten geräumt und weiter ausgebaut. Noch können Bäume und Astwerk zur Verbesserung der Tarnung beschafft werden. Ein Pioniertrupp des Regiments errichtet am Hinterhang die Regimentsführungsstelle, verbindet sie mit Gräben zu den Verteidigungsstellungen.

Das Vorfeld mit Drahthindernissen zu sichern, gelingt nur teilweise. Die Franzosen setzen Scharfschützen ein, zwingen so die Pioniere, das offene Vorfeld zu verlassen.

Gegen 18 Uhr überfliegt ein feindliches Flugzeug die Bergkuppe. Es wird kaum beachtet.

„Der fotografiert jetzt, damit uns morgen die Artillerie richtig bepflastern kann“, erklärt Paul Willy, der mit Feuereifer dabei ist, die Tarnung seiner Stellung zu verbessern. Willy wagt es sogar, den Graben zu verlassen, um frische Zweige vom Strauchwerk der Umgebung zu holen. Erst als unmittelbar neben ihm ein Geschoss in einen Baumstamm einschlägt, begreift er, welcher Gefahr er sich aussetzt, wenn er sich im Zielbereich von Scharfschützen bewegt. Willy geht in Deckung, schnappt einige Zweige und kehrt mit kurzen Sprüngen zurück in den sicheren Graben.

„Na, dir sind ja die Hacken ordentlich heiß geworden“, spottet Paul, der sich über den Wagemut seines Kumpels ärgert.

Noch vor der Abenddämmerung setzt sich ständig steigerndes Granatfeuer ein. Alle, bis auf wenige Beobachter, verschwinden in den Bunkern, die Treffer kleineren Kalibers standhalten können. Dann plötzlich Stille.

„Alles raus“, brüllt Oberleutnant von Rost, Führer der 4. Schwadron. Willy schleppt das schwere Gewehr durch den Graben zu seiner MG-Stellung. Zur viert machen sie es in weniger als einer Minute gefechtsbereit. Die Waffe wird auf den halb eingegrabenen Schlitten gesetzt, das Kühlwasser aufgefüllt, der erste Gurt eingelegt, durchgeladen, das Visier auf 1.000 Meter gestellt. Aufgeregt schwenkt Willy die Waffe, prüft, ob er in dem ihm zugewiesenen Abschnitt Ziele entdecken und anvisieren kann.

„Da links, neben dem kleinen Hügel, dort kommen sie“, flüstert der neben ihm in der Stellung stehende Soldat und weist auf die kleine Erhebung, die etwa achthundert Meter vor ihnen liegt.

´Tanks?´, zuckt es durch Willys Kopf. Nein, es sind Infanteristen, die sich in lockerer Schützenkette auf den Pasly Kopf zubewegen. Noch ist kein Schuss gefallen, noch gehen die Feinde aufrecht, ihre Waffen am Körper. Willy schätzt, dass es mehr als dreißig Soldaten sind, die geradewegs auf ihn zugehen.

„Visier 500, Feuer", kommt endlich der Befehl. Willy schießt in die Reihen der Angreifer. Die gehen in Deckung, erwidern das Feuer.

„Da, links neben dem hellen Stein, eine ganze Rotte", lenkt der Beobachter Willys Feuer. Willy erkennt die Gruppe, mit kurzen gezielten Feuerstößen gelingt es ihm, das weitere Vordringen der Soldaten zu verhindern.

„Gerade vor uns, auf die Stürmer", brüllt der Beobachter. Willy schwenkt das MG, mit einem langen Feuerstoß zwingt er die Feinde zu Boden, versucht sie dort mit weiteren Feuerstößen zu treffen.

„Rechts, neben dem hohen Baum, ein Geschütz", ruft der Soldat. Willy zielt dorthin, schickt einen langen Feuerstoß. Vom Geschütz ein Blitzen, die Granate detoniert kurz vor Willy in der Deckung. Erde und Steine prasseln in die Stellung. Ein Soldat erhebt sich über die Deckung, will den dicken MG-Lauf von Astwerk und Dreck befreien. Plötzlich sinkt er in die Stellung zurück. Willy kann wieder schießen, konzentriert alle Sinne darauf. Die Franzosen kommen mit kurzen Sprüngen immer näher. Willy feuert, jetzt, auf kurze Entfernung, findet er seine Ziele beim Schießen selbst. Da! Sein MG setzt aus.

„Gurtwechsel", brüllt Willy. Doch es dauert, denn sein zweiter Schütze, der ihm bisher die Ziele zugewiesen hat, muss erst über den am Boden Liegenden steigen, ehe er Willy den neuen Gurt zureichen kann. Die Angreifer bemerken, dass Willys MG schweigt. Mit einem langen Sprung nähern sie sich der MG-Stellung, sind schon in Handgranatenwurfweite. Im letzten Moment, als sich die ersten Werfer aufrichten, kann Willy schießen. Sein Feuerstoß erfasst die Franzosen mitten im Wurf. Getroffen sinken sie zu Boden. In Willy steigt grimmige Freude auf.

„Ihr Schweine erwischt mich nicht, mich nicht", verbissen feuert er auf die vor dem Graben Liegenden.

„Feuer halt, stopfen!", kommt der Befehl von hinten. Willy kann erst auf den Befehl reagieren, als er einen heftigen Stoß in den Rücken verspürt.

„Es reicht, Munition sparen", reißt Zugführer Eggert Willy

aus seinem Schießwahn.

Die Angreifer haben aufgegeben, ziehen sich zurück. Die Franzosen vor Willys MG bleiben liegen, bewegen sich nicht. Willy hat alle getroffen.

Jetzt erst sieht sich Willy um. Gleich neben ihm liegt der 2. Ladeschütze am Boden. Er atmet nicht mehr. Sein Gesicht ist völlig zerschmettert, Willy blickt in blutiges Fleisch, aus dem ein weißes Auge starrt.

„Los, den Toten raus, Feuerbereitschaft herstellen", hart tönt Eggerts Stimme. Willy fasst den Toten an den Beinen, sein Beobachter an den Oberarmen. So schleppen sie ihn aus der MG-Stellung, wuchten die Leiche über die hintere Wand des Laufgrabens. Dort bleibt sie liegen. Willy wagt nicht, dorthin zu sehen. Übelkeit steigt in ihm auf.

„Alarm, Angriff von links!", wird ein Befehl durchgerufen. Die Verteidiger beziehen ihre Positionen. Es gelingt, diesen und zwei weitere Angriffe des Gegners abzuschlagen. Bis zum Einbruch der Dunkelheit versuchen die Franzosen ohne Artillerievorbereitung den Hügel zu stürmen. Vergebens.

Die stundenlangen, fast ununterbrochenen Abwehrgefechte erschöpfen die Kräfte der Soldaten des Jägerregimentes. Die Verluste in den eigenen Reihen schmälern die Kampfkraft. Keine der noch zehn funktionsfähigen schweren MGs kann mit fünf Mann bedient werden. Drei Mann müssen für jede dieser wichtigen Verteidigungswaffen ausreichen. Major Schön, der Regimentskommandeur, hofft, dass im Schutz der Nacht Nachschub und Verstärkung eintrifft, vergebens.

**Sonntagmorgen, 25. August**. Schön sieht, warum er keinen Nachschub erhält: Seitlich des Pasly Berges, im Norden und Süden, rücken die alliierten Truppen vor, drücken mit massiven Artilleriefeuer und hunderten Tanks gegen die deutschen Stellungen. Ihr Ziel ist die Besetzung der Höhenzüge um den Damenweg, der strategisch wichtigen Ost-West-Verbindung.

„Wie lange können wir hier aushalten?", fragt Hauptmann Breches seinen Freund.

„Bis wir zurück dürfen oder aufgerieben sind. Mit Glück, bevor sich die Zange schließt. Solange wir hier aushalten, können die Franzleute ihre Front zu den Engländern im Norden nicht verkürzen. Ich bin mir sicher, der Herr Generalstabsoffizier

Pabst opfert uns, um den Erhalt der Division zu sichern. Er ist ein kalter Stratege und", der Regimentskommandeur seufzt, „er hat verdammt recht!"

„Wir sind Soldaten, ich lasse den Durchhaltebefehl tippen. Sparsamster Umgang mit Munition und Verpflegung. Das Wasser wird weiter rationiert, wir brauchen es für die MGs. Unsere Geschütze lasse ich eingraben. Sie sind ausschließlich zur Panzerabwehr vor den Stellungen einzusetzen", benennt Hauptmann Breches die wichtigsten Punkte des Befehls.

Schön ergänzt: „Allen Jägern einschärfen, dass sie absolute Feuerdisziplin zu halten haben. Wenn ein Führer ausfällt, übernimmt sofort der dienstälteste Soldat dessen Position.

Schreibe vor allem: Wenn wir aushalten, bleibt unsere Garde-Kavallerie-Schützen-Division erhalten, wird sie von der gegnerischen Zange nicht zerdrückt. Nur dann kann sie sich ehrenvoll zurückziehen, bis zur Siegfriedstellung, unserem uneinnehmbaren Verteidigungswall. Das muss jeder Soldat begreifen."

Im Regimentsgefechtsstand diktiert Hauptmann Breches den Befehl in die Schreibmaschine. Mit kräftigem Anschlag schafft es der Schreiber, vier Durchschläge herzustellen. Kaum ist das Papier aus der Maschine gezogen, unterschreibt es Schön. Sofort hasten die Melder mit dem Befehl zu den Schwadronchefs. Auch die Kommandeure der MG-Eskadrons und der Feldartillerie werden informiert. Auf eine zentrale Befehlsausgabe verzichtet Schön. Zu groß ist die Gefahr, dass bei einem Angriff die Führer nicht mehr rechtzeitig zu ihren Truppen kommen.

Es ist 10 Uhr, die Sonne steht hoch, es wird heiß. Plötzlich zerreißt ein Fauchen die Stille. Schwere Granaten und Geschosse fliegen von französischer Seite über den Hügel hinweg, bersten im Hinterland. Dort zerfetzen die Sprenggeschosse die Stellungen, von denen die Soldaten gestern Nachmittag zum Angriff losstürmten. Die Balken ihrer Bunker wirbeln wie Streichhölzer durch die Luft. Nach einer halben Stunde liegt dort alles in Trümmern. Eine tote Trichterlandschaft ist entstanden.

„In Deckung, Mörserfeuer", brüllt es von irgendwo. Alles rennt in die Bunker. Hunderte Geschosse kommen direkt von oben, fallen wie riesige Steinbrocken in die Stellung, detonieren beim Auftreffen, reißen kleine und große Trichter auf. Es wird neblig. Grünlicher Qualm legt sich über die Bergkuppe, kriecht in die Gräben und Bunker.

„Gas“, der Rufer scheint zu ersticken. Alle pressen ihre Masken vors Gesicht, atmen die Luft nur noch durch das Mundstück des Filters.

Nach einer Ewigkeit, doch es sind nicht einmal 20 Minuten vergangen, ebbt der Beschuss ab. Alles drängt nach draußen, hofft, saubere Luft zu finden, endlich durchzuatmen.

„In die Stellung, marsch, marsch“, kommt der Befehl. Alle greifen Waffen und Munition. Willy schleppt, noch mit der Gasmaske vor dem Gesicht, sein MG zur Stellung. Keuchend kommt er an. Er sieht, dass sein Beobachter, der jetzt auch den Ladeschütze ersetzen muss, bereits die Maske abgenommen hat. Jetzt erst traut sich Willy, seine Maske abzunehmen. Es riecht noch eigentümlich nach Senf, doch Willy spürt keine Beschwerden. Rasch wird das MG aufgesetzt und Kühlwasser nachgefüllt. Dann der Gurt eingeführt und durchgeladen. Ein Blick zur Seite, drei Kästen mit gegurteter Munition stehen griffbereit.

„Es geht los, vorn bei den Birken kommen sie!“, ruft sein Beobachter. Willy greift mit beiden Händen fest in die hölzernen MG-Griffe, bereit, mit den Daumen den Abzug zu betätigen. Ganz klein kann er über Kimme und Korn die Heraneilenden erkennen. Wann schießen, wann kommt endlich der Feuerbefehl? Willy erinnert sich, was ihm Vizefeldwebel Eggert nach dem ersten Abwehrgefecht eingeschärft hat:

„Sie schießen nur, wenn Sie sicher treffen. Ihre maximale Schussentfernung ist 300 Meter. Ranke, die Zone vom Graben bis dorthin machen Sie zum Todesstreifen für jeden Angreifer. Prägen Sie sich in diesem Abschnitt jede mögliche Deckung ein, in die der Gegner verschwindet und wieder auftaucht. Sie müssen ihn treffen, noch bevor er sich orientiert hat und Sie ins Visier nimmt! Konzentriert zielen, nur kurze Feuerstöße. Maximal fünf Schuss. Das ist ein Befehl!“

Willy fiebert dem Geschehen entgegen. Noch 200, noch 100 Meter, jetzt haben die ersten den Todesstreifen erreicht! Willy zielt konzentriert auf den ersten Mann der Gruppe, feuert kurz. Getroffen! Der Mann bleibt am Boden, doch die anderen rennen weiter, direkt auf Willy zu.

Zielen, feuern, getroffen, daneben, neues Ziel, andere Gedanken hat Willy nicht. Was um ihn geschieht, nimmt er nicht wahr. Willy ist mit seinem MG zu einer Tötungsmaschine verschmolzen. Ihm gelingt es, alle in seinen Verteidigungsabschnitt eingedrungenen Soldaten zu treffen, zu töten, zumindest zu Boden zu zwingen.

Handgranaten detonieren. Links ist der Gegner in den Graben eingebrochen. Im blutigen Nahkampf wird er mit dem Feldspaten erschlagen oder mit dem Grabendolch abgestochen. Dann flaut der Angriff ab. Wieder setzt Granatwerferbeschuss ein. Alle, bis auf wenige Beobachter, drängen sich in die schützenden Bunker und Unterstände. Willy bemerkt, dass es weniger Soldaten sind, die Schutz suchen. Der Beschuss dauert eine lange Stunde. Mehrfach explodieren Granaten in unmittelbarer Umgebung des Bunkers. Dann wackelte alles, heben und senken sich die Balken, die in mehreren Lagen die Decke bilden.

„Ich will raus, wir sind hier alle hin", ruft ein Soldat entnervt. Kurzerhand wird er an einen Balken gefesselt, dort wimmert er leise. Niemand beachtet ihn. Plötzlich Ruhe. Alle rennen ins Freie, zu den Feuerstellungen. Die Laufgräben sind vielfach aufgerissen, haben sich in flache Kuhlen verwandelt. Kaum eine Schützenstellung ist intakt.

Willys MG-Stellung hat mehrere Treffer abbekommen. Der schwere MG-Schlitten, auf den die Waffe aufgesetzt werden muss, wurde hinter die Stellung geschleudert. Eine Kufe hat sich in den Leichnam des Soldaten gegraben, der beim ersten Angriff am Kopf getroffen wurde.

Kugeln zischen. Die Franzosen greifen an. Willy muss schießen. Das geht nur, wenn die schwere Waffe auf dem Schlitten liegt. Willy muss raus aus der Deckung, das MG-Unterteil holen. Über die halb eingefallene Grabenwand kriecht er zu dem Eisengestell. Er sieht den Toten. Fliegen umkreisen das zerschossene Gesicht. Willy merkt nicht, dass er kotzt. Er schiebt sich über die Beine des Toten, packt mit beiden Händen den Schlitten, zieht ihn mit einem Ruck aus dem Körper. Dann kriecht er, mit dem schwerem Schlitten die Erde aufreißend, zurück in den Graben.

„Los, los, sie kommen", ruft sein Beobachter. Im Feuer des Gegners schieben sie den Schlitten auf die eingedrückte Brüstung, setzen das MG auf, legen den Gurt ein. Der Gegner ist im Schussbereich. Willy feuert. Er braucht mehrere Feuerstöße, ehe er wieder kaltblütig zielen kann. Das MG wippt auf dem in lockerer Erde liegenden Schlitten, jeder längere Feuerstoß drückt die Waffe zur Seite, die letzten Geschosse verfehlen ihr Ziel.

Irgendwo ist der Gegner eingebrochen: Handgranaten bellen,

Geschrei ertönt, Soldaten hasten hinter Willy durch den zerschossenen Graben. Das Wasser der Kühlung des MG kocht, wird knapp. Nur noch ein kleiner Gurtkasten mit 100 Patronen ist in der Stellung.

Endlich ist auch dieser Infanterieangriff abgeschlagen. Es fallen wieder Granaten vom Himmel, schwere Bomben orgeln heran, sprengen Deckungen und Unterstände auf. Vor dem Bunker entdeckt Willy Paul. „Haste dir noch im Griff?", fragt dieser und blickt zu Willys zerschossener MG-Stellung.

„Es geht so, wenn es schlimm kommt, ist mir alles egal. Dann gibt es nur zielen, schießen, treffen. Immer, wenn ich Leichen sehe, muss ich kotzen."

„Das macht nichts, bald haben wir nichts mehr zu fressen, dann kommt auch nichts mehr raus. Sieh zu, dass du was bei den Toten findest. Die Franzleute schleppen oft Fressen mit, manchmal ist in ihren Feldflaschen sogar Schnaps. Ich ziehe heute Nacht los, gehe freiwillig auf Erkundung, da ist bestimmt was zu holen."

Willy schüttelt sich. Leichen fleddern, den Gefallenen etwas abnehmen? Das kann er sich nicht vorstellen. Nach zwei Tagen ohne Versorgung hat auch Willy seine Skrupel vergessen.

Mit einbrechender Dunkelheit enden die Angriffe. Die feindlichen Scharfschützen finden keine Ziele mehr. Das ist die Zeit, um Stellungen wieder sicher zu machen. Zwei Drittel der Jäger sind gefallen. Die Toten und Verletzten werden aus dem Weg geräumt. Wasser für die MG und die Soldaten fehlt. Major Schön schreibt in die Meldung, dass der Berg nur unter größten Opfern zu halten ist. Im Morgengrauen kommt ein Melder. Er überbringt den Befehl:

„Der Pasly Berg ist weiter zu halten, mit allen Kräften, unter allen Umständen." Unterzeichnet vom Divisionskommandeur General von Hofmann.

„Das ist unser Todesurteil", sagt Schön zu Hauptmann Breches. Der nickt und sagt leise, mehr zu sich selbst, „doch manchmal geschehen Wunder."

**Donnerstag, 29.August**. Die wenigen noch kampffähigen Soldaten des Jägerregiments haben sich in die Kuppe des Pasly-Berges verbissen. Sie kämpfen um ihr Überleben. Durchgängige Gräben gibt es nicht mehr. Die Männer hocken in Granattrichtern, zerschossenen Unterständen, notdürftig hergerichteten Stellungen. Tote liegen überall. Wer in der Nähe ist, nimmt ihnen und den Schwerverletzten die Erkennungsmarke ab.

Der Verbandsplatz ist am hinteren Hang des Berges. Nur einen Arzt und wenige Sanitäter hat das Regiment. Sie versorgen zuerst die leicht Verwundeten, die noch kämpfen können. Dann die Verletzten, die noch transportfähig sind. Das Morphium für die Schwerverletzten ist verbraucht.

Bei Artillerieangriffen verkriecht sich jeder, wo er gerade ist. Das Geschehen bestimmt der Gegner. Immer kleiner wird die Fläche, die die Jäger verteidigen. Immer weniger MG sind einsatzbereit, um die Angreifer mit immer weniger und kürzeren Feuerstößen zurück zu treiben. Die knappe Munition erhalten erfahrene Schützen, die an besonders gefährdeten Punkten in Stellung liegen.

Willy wird von Vizewachtmeister Eggert, dessen Zug nur noch ein schweres MG hat, als Melder für den Regimentsstab kommandiert. Eggert befürchtet, dass Willy bei den kommenden Nahkämpfen durchdreht. Seinen Vorzeigesoldaten will er nicht verlieren.

Geschützt durch die Bergkuppe ist die Regimentsführungsstelle unerreichbar für direkten Beschuss. Der Franzose setzt Granatwerfer ein, um dieses Gebiet zu zerstören. Eine große Granate hat die Decke der Führungsstelle durchschlagen. Drei Offiziere und der Schreiber wurden zerfetzt. Major Schön inspizierte Stellungen, das rettete ihn.

Pioniere sind dabei, den zertrümmerten Unterstand zu räumen. Willy greift unaufgefordert zu. Er bemüht sich, geschickt anzupacken, seine Kraft wirkungsvoll einzusetzen. Als die zerfetzten Körperteile aus dem Bunker geborgen werden, wird Willy übel, er muss sich setzen.

„Mach die Technik sauber, hier mit der Bürste“, sagt einer. Willy findet Papierrollen und Zeichengeräte, Karten, Tisch- und Taschenlampen. In einer Ecke gräbt er einen Blechkasten mit Kurbeln und Steckern aus, Teile einer Telefonanlage.

Dann findet er einen stabilen würfelförmigen Holzkasten. Neugierig hebt Willy die Haube ab. Auf der Bodenplatte ist das Heiligtum jeden Stabes, die Schreibmaschine, befestigt.

´Erika´ steht in schwungvoller Schrift über einer Vielzahl von Tasten, die in drei breiten Reihen angeordnet sind. Auf jeder

Taste ist ein Buchstabe abgebildet, darüber eine Zahl oder ein Zeichen. Oben hat die chromglänzende Maschine eine breite Gummiwalze.

Willy betrachtet die Maschine ehrfurchtsvoll. Erst vor wenigen Tagen hat er im Frontkino in Pauvres gesehen, wie ein Mann mit einer solchen Maschine einen Brief schrieb. Vorsichtig drückt er auf eine Taste. Ein schmaler Arm mit einem Buchstaben am Ende hebt sich und schlägt diesen auf die Gummiwalze.

„Männer, kommt mal, unser Jäger will sein Testament schreiben!", ruft einer der Pioniere, die froh über jede Ablenkung sind. Die Bergung der zerfetzten Leichenteile ist auch für sie grässlich.

„Wird aber ein Geheimtext, ganz ohne Papier, du hast wohl was zu vererben?", spottet ein Pionier. Willy, der vor der Maschine kniet, erfasst die Komik der Situation: „Quatsch Testament, das wird ein Liebesbrief an meine Maria, wir wollen doch nach dem Krieg heiraten und viele Kinder ..." Alles lacht.

Ein Pionier findet Papier, reicht Willy einen Bogen, hilft, es hinter die Walze zu stecken, diese zu drehen, bis das Papier von unten vor der Walze auftaucht, dort, wo die Typenhebel aufschlagen.

„Platz, jetzt schreibe ich", kommandiert Willy. Er sucht die Buchstaben auf der Tastatur, drückt sie vorsichtig.

„libemaria", lesen die Männer und lachen.

„Lass unsren Max ran. Der ist Gymnasiast, der kann richtig schreiben", sagt einer der Pioniere. Willy rückt zur Seite. Max zeigt auf die große Taste am linken Ende der untersten Tastaturreihe. Wenn sie nach unten gedrückt ist, schlägt der Typenhebel Großbuchstaben aufs Papier. Unter den drei Buchstabenreihen ist eine ganz breite Taste.

„Damit trennst du die Wörter, das ist die Leertaste", erklärt Max. Willy drückt sie, der Schlitten rückt nach jedem Druck um eine Buchstabenbreite nach links.

„Wenn die Zeile voll ist, musst du mit dem kleinen Hebel links an der Walze den Schlitten nach rechts schieben. Dabei rutscht auch das Papier eine Zeile höher", erklärt Max stolz.

Willy ist begeistert. Rasch hat er die ersten Zeilen getippt. Jetzt sagt jeder einen Satz, den Willy aufs Papier bringt. Niemand stören die Fehler. Für wenige Minuten sind die Männer ihrem Elend entrückt.

Plötzlich ertönen wilde Schreie. Handgranaten detonieren.

„Einbruch rechts, los vor!“, ruft ein Jäger von oben. Die Pioniere greifen ihre Spaten, Willy eine dicke Brechstange. Dann rennen sie zur Bergkuppe. Von oben sehen sie, dass Franzosen im Begriff sind, den halb zerfallen Graben zum Mannschaftsbunker zu erobern.

Zwei Jäger werfen aus einem Granattrichter Handgranaten auf die Eindringlinge. Die weichen hinter einen Grabenknick zurück. Jetzt beschießt ein feindliches Maschinengewehr den Trichterrand, so dass die Jäger nicht mehr werfen können. In diesem Moment stürmen die Franzosen erneut vor.

Die Pioniere rennen seitlich auf den Graben zu. Mit ihren Spaten schlagen sie von oben auf die überraschten Franzosen ein. Willi stößt mit der Brechstange einem Franzosen in den Rücken, dann schlägt er einem Franzosen das Eisen mit aller Kraft auf den Kopf. Es gleitet vom Stahlhelm, zerschmettert die Schulter. Der Mann schreit auf, geht zu Boden. Ein Pionier fällt auf ihn, rührt sich nicht. Willy stutzt. Erst jetzt nimmt er wahr, dass ein feindliches MG auf ihn und die völlig ohne Deckung stehenden Pioniere feuert.

Willy zuckt zusammen, springt in den Graben, sucht dort Schutz vor den Kugeln. Gebückt rennt er den Eindringlingen entgegen, rast um den Grabenknick, sieht direkt vor sich einen Franzosen. Der entsichert eine Handgranate, will sie werfen. Willy rammt ihm mit ganzer Kraft die Eisenstange in die Brust, stolpert, reißt den Franzosen zu Boden. In diesem Moment detoniert die Granate.

„Los, klatsch´ ihm eine, der wird wieder“, wie im Traum hört Willy die Worte. Er spürt einen Schlag ins Gesicht, wird munter. Über ihn beugen sich zwei Pioniere, helfen ihm aufzustehen, suchen ihn nach Verletzungen ab. Willys grüne Uniformjacke ist blutig. Schmieriges Fleisch klebt an seiner Brust. Doch Willy spürt keinen Schmerz. Er blickt an sich herunter, ihm wird schwindlig, er sackt zusammen, merkt nicht, dass ihm die Pioniere die Uniformjacke ausziehen.

„Mensch hat der einen Dusel. Den Franzmann hat seine eigene Handgranate zerfetzt und unser Liebesbriefschreiber hat nur die Gedärme abbekommen“, sagt einer der Pioniere. Max schaut sich um, rasch findet er einen toten Jäger, dessen Jacke Willy erhält.

Dann macht sich der Truppe wieder an die Arbeit. Willy ist noch schlecht, doch er fasst mit zu, hilft, die Balken für den Unterstand neu aufzusetzen. Max sagt Willy mit wenigen Worten, wohin er Balken und Bohlen zu bringen hat und zeigt, wie diese mit großen Eisenkrampen verbunden werden. Willy ist in seinem Element. So exakt, wie er in der Keulahütte den Sand um die Formen stampfte, schlägt er mit der stumpfen Seite der Pionieraxt auf die Krampen, kräftig genug, dass sie in das Holz eindringen, ohne es zu verschieben.

„Mensch, du solltest Pionier werden", ruft Max ihm zu.

„Dann bau ich uns ´nen granatsicheren Feldpuff", antwortet Willy, stolz über das Lob. Es sind nur noch drei Pioniere, die am Unterstand arbeiten. Zwei überlebten den Grabenkampf nicht, ein Pionier ist schwer verletzt. Eine MG-Garbe traf ihn in den Bauch.

Mit Einbruch der Dunkelheit ist die Führungsstelle des Regiments wieder nutzbar. Die Pioniere ziehen ab. Willy stapelt die Kisten mit der Nachrichtentechnik in einer Ecke, stellt die Schreibmaschine auf den provisorischen Bohlentisch.

Hauptmann Breches kommt, besichtigt den Unterstand, legt sich erschöpft auf ein Feldlager, das die Pioniere aus einem Holzrahmen und Maschendraht gezimmert haben. Willy nimmt er kaum wahr. Wenig später poltert der Regimentskommandeur mit einigen Offizieren in den Raum. Er entdeckt Willy am Schreibmaschinenkasten.

„Aufmachen, Meldung an die Division", befiehlt der Major. Willy steht auf, nimmt Haltung an, sagt, dass er als Melder zum Stab kommandiert wurde, er kein Schreiber ist.

„Keine Zeit für Fisimatenten", schneidet ihm der Major das Wort ab. „Lesen und Schreiben können Sie doch!" Willy wagt nicht zu widersprechen. Er stellt die Haube des Schreibmaschinenkasten als Sitz unter sich, nimmt aus einer Papphülle ein Blatt, spannt es, wie eben erlernt, in die Maschine ein.

„Fertig?", fragt der Regimentskommandeur.

„Fertig", echot Willy.

„Meldung an den Divisionskommandeur persönlich. Kopf wie üblich", Willy blickt hilflos zu Hauptmann Breches. Der öffnet seine Kartentasche, reicht Willy einen beschriebenen Bogen: „Los abschreiben, so wie hier, mit heutigem Datum, 28. August 1918, 8 Uhr am Abend."

Mühselig fabriziert Willy den Meldungskopf. Der Kommandeur beachtet ihn nicht. Er spricht leise mit Hauptmann Breches.

„Fertig Herr Major", meldet Willy.

„Ich diktiere", sagt Schön.

„Wie befohlen hält das Jägerregiment 2 den Kopf des Pasly Bergs besetzt. Der Feind greift am Tage mehrfach aus nördlicher und westlicher Richtung an. Den Angriffen seiner Infanterie geht massives Granatfeuer voraus. Unsere Stellungen sind zerschossen. Die Abwehr der Angriffe erfolgt aus Granattrichtern. Eindringende Feinde werden im Nahkampf zurückgeschlagen. Alle Granatwerfer und Geschütze des Regimentes sind ohne Munition. Sechs schwere MG sind einsatzbereit, die gegurtete Munition wird zur Abwehr der Angreifer im Nahbereich eingesetzt. Die Verluste: 450 Mannschaften und Unterführer, 12 Offiziere. Die Grabenstärke des Regimentes: 120 Jäger und Unterführer, 10 Offiziere. Alle Reserven sind erschöpft. Die Eiserne Reserve wurde vor zwei Tagen zur Verpflegung befohlen. Alle Trinkwasserreserven sind aufgebraucht."

„Absatz", befiehlt Schön den unsicher auf die Tasten drückenden Willy. Dann diktiert er weiter:

„Mit der Einnahme des Pasly Berges durch die Feinde ist am kommenden Tag zu rechnen. Wir sterben für unseren Kaiser und für Deutschland! Albert Schön, Kommandeur der Jägerregimentes 2 ."

Willy tippt unsicher auf den Tasten herum. Den Inhalt dessen, was er schreibt, erfasst er nicht. Hauptmann Breches nimmt das Papier, schüttelt den Kopf, korrigiert die vielen Fehler. Er zeigt, wo Absätze zu stehen haben. Willy schreibt die Meldung noch einmal. Das gelingt besser. Mit Einbruch der Dunkelheit wird ein Melder mit dem Schreiben zum Divisionsstab geschickt. Es ist Paul, ausgesucht von Vizewachtmeister Eggert. Ihm hat Breches befohlen, einen besonders zuverlässigen und geschickten Jäger zu schicken.

„Albert, das war unsere letzte Meldung an von Hofmann", sagt Hauptmann Breches zu Major Schön. Willy sitzt erschöpft und still an der Schreibmaschine. Er weiß nicht wie er sich verhalten soll.

„Irgendwo habe ich Sie schon gesehen. Sind Sie der Mustersoldat vom Vizewachtmeister Eggert?", fragt ihn Hauptmann Breches. Willy wird rot: „Herr Vizewachtmeister hat mich hierher als Melder befohlen!"

„Gut, jetzt sind Sie Regimentsschreiber. Sie haben noch viel zu üben! Melden Sie sich im Bunker nebenan beim Tross-Spieß.

Feldwebel Schuld soll Ihnen was zum Trinken und zu essen geben. Sagen Sie ihm, dass das ein Befehl von mir ist. Bei Alarm kommen Sie sofort hierher, Gewehr und Handgranaten immer am Mann. Wegtreten!"

Willy ist froh, aus der Führungsstelle, der ungewohnten Nähe zu hohen Offizieren, herauszukommen. Er ist stolz, das ihm, einen jungen Soldaten, das Vertrauen geschenkt wurde, Regimentsschreibers zu sein.

Im Tross führt Feldwebel Schuld das Kommando. Rasch hat er erkannt, dass der junge Jäger beim Chef des Stabes, Hauptmann Breches, ein Stein im Brett hat. Willy bekommt einen Kanten Brot, dazu seine Feldflasche voll mit Wasser.

Gierig schlingt Willy das Brot herunter, genießt das Trinken, schafft es sogar, etwas für den nächsten Tag in der Flasche zu lassen. Das Gewehr, ein Karabiner 98, ist schnell besorgt. Handgranaten sind knapp, doch der Feldwebel weiß, welche Reserven der Munitionsunteroffizier hat.

Kurz vor Mitternacht. Trüb flackern die Hindenburglichter im Führungsbunker. Major Schön leert mit den Offizieren des Stabes die letzte Flasche Cognac aus dem Vorrat seines Bruders aus Charleville. Alle wissen, dass sie den bevorstehenden Angriff der Franzosen am kommenden Morgen nicht überleben.

Im Unterstand der Jäger versucht Max die Gedanken seiner Kameraden vom kommenden letzten Gefecht und unvermeidlichen Tod abzulenken. Er erzählte von den Heldentaten seines Vaters, dem ´Goebenadmiral´ Wilhelm Souchon.

Bei Kriegsbeginn 1914 rettete der mit viel Mut und List Deutschlands größten Panzerkreuzer im Mittelmeer vor der Versenkung durch englische Kriegsschiffe. Dann übernahm er vom türkischen Bündnispartner die Führung der maroden Kriegsmarine, führte in der türkischen Kriegsmarine `deutsche Disziplin und Ordnung` ein und eroberte für Deutschland das Rote Meer mit den begehrten russischen Erdöllagern. Die Soldaten hören kommentarlos zu.

„Warum müssen wir gerade hier verrecken?", fragt ein Soldat. Eine Antwort erwartet er nicht.

Aus dem Dunkel stolpert ein Melder in den Unterstand des Stabes. Er reicht, ohne Meldung zu erstatten, Major Schön einen

Umschlag. Hastig öffnet er ihn und liest vor:

„Sofortige Beendigung der Besetzung des Pasly Bergs. Getarnter Rückzug des Regimentes hinter die Frontlinie westlich von Lelong. Jeden Feindkontakt vermeiden. Sprengfallen aufstellen. Unverzügliche Vollzugsmeldung nach Eintreffen am befohlenen Standort. Pabst, Hauptmann im Generalstab."

Die Offiziere jubeln. „Kein Tod, keine entehrende Gefangenschaft!"

Der Rückzug ist rasch organisiert. Von hundert Soldaten jeder Schützen-Schwadron leben noch zwanzig bis dreißig Jäger. Noch größer sind die Verluste der beiden MG-Eskadrons. Nur ein dutzend Soldaten haben überlebt. Die Hoffnung, dass der nächtliche Rückzug alle rettet, wenn er vom Feind nicht bemerkt wird, mobilisiert die Kräfte. Rasch sind mit Handgranaten Sprengfallen gebaut und die wenigen noch nutzbaren Unterstände vermint.

Aus den Waffen, die nicht mitgenommen werden, nehmen die Soldaten Schlösser und andere bewegliche Teile heraus. Die Leichtverletzten müssen gehen, einige Verletzte werden auf Tragen, kleinen Schlitten und handgezogenen Wagen mitgenommen. Die im Feldlazarett verbleibenden Schwerverletzten sind auf die Humanität des Feindes angewiesen.

Das Vorhaben gelingt. Der Rückzug in den Nachtstunden wird vom Feind nicht bemerkt. Ein kleiner Trupp bleibt zurück. Mit flackernden Lampen und Geklapper gaukelt er besetzte Stellungen vor, bis der Trupp vor dem Morgengrauen verschwindet.

Ab 4.30 Uhr, mit Tagesbeginn, belegt die feindliche Artillerie den Kopf der Pasly Berges mit heftigem Granatfeuer. Um 07 Uhr stürmen die Franzosen den Berg.

In ihrer Siegesmeldung steht, dass der Widerstand der Deutschen rasch gebrochen wurde, es kaum Verluste gab, Gefangene nicht gemacht wurden.

Am späten Vormittag des 30. August erreichen die Reste des Regiments, einhundertzwanzig von fast sechshundert Soldaten, erschöpft den Sammelraum zwischen Lelong und Javigny. Sie sind glücklich, am Leben zu sein.

Hauptmann Pabst befiehlt das nicht mehr kampffähige Regiment hinter Laon in Ruhestellung und von dort zur Neuaufstellung per Bahn ins sichere Hinterland. Der Regimentsstab bezieht am 10. September in Lonny nordwestlich von Charleville Quartier. Die fünf Schwadronen, die beiden MG-Eskadronen und die Reste der Regimentsartillerie beziehen feste Unterkünfte in den umliegenden Dörfern.

Für die Divisionsführung ist die Besetzung des Pasly Berges ein Erfolg: Die GKSD wurde für die Rückeroberung des Berges am 26. August wie erhofft im Kriegsbericht der Obersten Heeresleitung lobend erwähnt. Major Schön wird vom Divisionsstab dem Chef der Heeresgruppe Kronprinz Wilhelm zur Auszeichnung mit dem ´Pour le Merite´ vorgeschlagen.

Willy findet in Harcy seinen Kumpel Max Weber vom Pioniertrupp. An einem ruhigen Nachmittag gelingt es beiden, mit der Schreibmaschine einen Brief an Maxens Vater zu schreiben. Max diktiert, Willy, der sich noch immer als Regimentsschreiber fühlt, drückt eifrig die Tasten.

Max berichtet von der Eroberung und Verteidigung des Pasly Berges durch das Jägerregiment. Max beschreibt, welche Leistungen die Pioniere unter Beschuss im Stellungsbau vollbracht haben. Auch Willy erwähnt er, den großen, kräftigen Jäger, der mit viel Geschick sofort zugriff, als es galt, Stabsoffiziere aus der verschütteten Führungsstelle zu bergen und im Nahkampf die Franzosen aus der eigenen Stellung zu vertreiben. Willy ist stolz, dass sein Kamerad ihn erwähnt und der furchtbare Kampf so heldenhaft dargestellt ist.

Das Blatt faltet Max geschickt zu einem Brief, den er sorgfältig verklebt. Die Anschrift in Kiel ist eine Feldpostnummer, darüber schreibt er ´Konteradmiral Wilhelm Souchon´ , darunter in Klammern und etwas kleiner ´persönlich´. Dann steckt er ihn sorgfältig in die Innentasche seiner Uniformjacke.

„Morgen nimmt den Brief unser Regimentskurier nach Charleville mit. Der bringt ihn direkt zum Heeresfeldpostamt. Übermorgen ist er in Kiel. Die Ordonanz legt ihn dann meinem Vater auf den Schreibtisch. Natürlich ungeöffnet."

Willy ist beeindruckt. Er ist sich sicher, dass dieser Brief nicht kontrolliert wird und die private Nutzung der Regimentsschreibmaschine unentdeckt bleibt.

Willy beneidet Max um seinen Vater. Auch darum, welche tollen Geschichten von dessen Heldentaten auf den Weltmeeren Max erzählen kann. Beschämt gesteht Willy seinem neuen Freund, dass sein Vater nur ein einfacher, aber sehr geschickter

Handformer war. Dass er am Suff gestorben ist, sagt er nicht.

Auch Max verrät ihm ein großes Geheimnis: Seine Mutter ist nicht die Ehefrau des Admirals.

„Wilhelm hat meine Mutter sehr geliebt. Als Kind eines einfachen Kaufmanns passt sie aber nicht in die Ahnentafel der Souchons. Mein Vater musste natürlich standesgemäß heiraten. Doch er hat sich zu mir bekannt, auch das Gymnasium bezahlt. Er hat auch nichts dagegen, das ich zu Hermann Souchon, dem Sohn seines Bruders, Kontakt habe. Hermann ist Leutnant zur See und wird bestimmt Admiral!"

Max verspricht, Willy bei nächster Gelegenheit mehr davon zu erzählen, wie Vater Wilhelm 1914 mit dem Schlachtkreuzer Goeben das Rote Meer für Deutschland eroberte.

Zum Abschied schenkt Max Willy einen Radiergummi: „Wenn du dich vertippt hast, drückst du einfach in der oberen Tastenreihe rechts die Rücktaste. Dann kannst du den falschen Buchstaben ausradieren. Nach unserem Sieg bekommst du mein Übungsheft zum Maschineschreiben", verspricht er.

Aus dem Rekrutendepot kommt ein neuer Schreiber in den Stab. Damit endet Willys Kommandierung. Er ist wieder MG-Schütze in der 4. Schwadron des Jägerregimentes 2. Für seine Kameraden, selbst dem durchtriebenen Paul, ist Willy jetzt eine wichtige Persönlichkeit.

„Los erzähle, wie es ist, wenn du für Regimentskommandeur Major Schön Befehle schreibst!" Darauf antwortet Willy besonders gern. Bald glauben seine Kameraden, dass Willy mit Major Schön und Stabschef Hauptmann Breches fast befreundet ist. Wenn er bei seinen Erzählungen zu sehr übertreibt, stößt ihn Paul in die Seite, bringt ihn so in die Realität des Soldatendaseins zurück.

Intensiv wird das Regiment auf den erneuten Einsatz an der Front vorbereitet. Aus dem Rekrutendepot kommen junge, kriegsunerfahrene Soldaten des Jahrgangs 1900. Aus aufgelösten Regimentern werden ältere Soldaten und Unterführer zuversetzt.

Die gedienten Soldaten haben oft nur einen Wunsch: Den Krieg überleben. Ihr Frust wendet sich zunehmend gegen die eigenen Offiziere, vor allem gegen die jungen, auf den Kampf drängenden Leutnants.

Vizewachtmeister Eggert bereitet mit intensiver Ausbildung

die unerfahrenen Soldaten seines MG-Zugs auf die kommenden Gefechte vor. Er hofft, dass es nur noch einer letzten, gewaltigen Anstrengung bedarf, um die Feinde aus Frankreich, England und Amerika zu einem baldigen Sieg-Frieden zu zwingen.

An dienstfreien Abenden lesen und schreiben viele der älteren Soldaten Briefe. Sie schreiben ihren Frauen, wie angenehm die Zeit der Ruhe ist. Von den blutigen Kämpfen berichten sie kaum.

Willys neuer Zielbeobachter ist Fred Konzak, ein erfahrener Soldat. Er hat den Krieg in einem Infanterieregiment von Anbeginn mitgemacht. Erst an der Ostfront, dann, ab Januar 1918, in Frankreich. Bei Soisson erwischte ihn ein Streifschuss am Arm. Seit drei Wochen ist er wieder ´kv´, kriegsverwendungsfähig, geschrieben.

Fred sitzt gern auf der Eingangsstufe vor der Unterkunft des Zuges, einem großen Bauernhaus. Es ist warm, die Abendsonne scheint. Fred liest in einem Brief, dann blickt er auf, entdeckt Willy und sagt aufgewühlt: „Hör´dir an, was meine Alte schreibt:

„Mein lieber Fred, ich hoffe, dass du noch lebst und dein Arm wieder heil ist. Ich habe jeden Tag Angst, wenn ich von der Arbeit in der Muni nach Hause komme. Liegt ein schlimmer Brief unter der Tür? Oft höre ich Nachbarinnen weinen. Halte durch, schone dein Leben! Dieser furchtbare Krieg muss doch bald enden! Wir schuften jetzt auch am Sonntag zehn, manchmal sogar zwölf Stunden. Wie viele Menschen müssen noch mit unserem Pulver getötet werden?

Zum Essen kann ich Dir nichts schicken. Beim Kaufmann gibt es ohne Marken nicht einmal Mehl. Die Metzgersfrau schüttelt mit dem Kopf, wenn ich frage.

Unser Wilhelm ist ein frecher Junge geworden. Er schwänzt die Schule, geht ´klauben´. Ich weiß, dass er bei den Bauern stiehlt, doch wovon sollen wir leben? Ich bin froh, wenn er ein paar Kartoffeln, Rübenzeug, Äpfel oder Eier anschleppt. Wilhelm braucht dringend einen strengen Vater, hoffentlich kommst du bald!“

Fred blickt wütend auf, sagt mehr zu sich selbst, als zu Willy: „Das hier ist doch alles Scheiße, ich muss nach Hause.“ Willy versteht den Soldaten, der fast sein Vater sein könnte, doch er schüttelt den Kopf:

„Erst müssen wir unsere Feinde schlagen, unser Vaterland beschützen. Wir kämpfen bis zum Letzten, wir sind nicht daran schuld, dass der Krieg solange dauert. Was wird aus uns, wenn wir Deutschland an die Feinde verlieren?"

Fred blickt ihn kopfschüttelnd an: „Was weist du schon? Die Russen haben im Frühjahr mit dem Kaiser, mit Deutschland, Frieden geschlossen. Ihr Lenin hat die adligen Offiziere, die weiterkämpfen wollten, einfach davon gejagt. Seine Rotarmisten haben das Zarenpack kurzerhand erschossen. Jetzt regieren in Russland die Arbeiter und Bauern. Die wollen nur Frieden."

Willy erschrickt. Er steht auf, macht sich lang: „Das ist üble Feindpropaganda. Unsere Offiziere kämpfen für Deutschland und unser Kaiser steht treu über uns allen!"

Böse blickt Willy auf seinen Kameraden, dreht sich um, geht ins Haus und legt sich auf seinen Strohsack. `Der Lenin ist ein gefährlicher Verbrecher, ein Bolschewik. Das steht in jeder Frontzeitung. Friedhelm hat mir damals von der Ostfront geschrieben, dass mit den Roten nicht verhandelt wird. Sie sind Mörder, die selbst vor der Zarenfamilie nicht halt machen. Den Fred hat das rote Fieber angesteckt. Er ist gefährlich. Ich muss auf ihn achten. Mit diesen Gedanken schläft Willy ein.

**Sonnabend, 21. September.** Das Regiment verlegt im Eilmarsch per Zug und Lkw nach Süden. Die 4. Schwadron verstärkt die Hauptwiderstandslinie am Cornillet. Nackt, tief zerfurcht erhebt sich der weiße Kalksteinberg des Cornillet über das Grün des schmalen Waldzuges. Willys MG-Trupp hat sich am Ausgang eines eingefallenen Schachtes verschanzt. Der Schacht führt tief in den Berg.

Mit Grausen erinnert sich Willy an seinen Ausflug vor wenigen Wochen vom Pommernlager in den Berg. Jetzt kämpft er oben und unter ihm liegen hunderte Leichen. Ständig beschießt die französische Artillerie den Berg. Nur in der Nacht wird es etwas ruhiger.

Als Willy im Morgengrauen nach kurzem Erschöpfungsschlaf erwacht, vermisst er Fred. Auch sein zweiter Schütze hat Fred seit Mitternacht nicht mehr gesehen. Mit den Essensträgern inspiziert Vizewachtmeister Eggert die MG Stellung.

„Mein Beobachter Fred Konzak hat sich davongeschlichen, ist feige desertiert", meldet Willy aufgeregt.

„Sind Sie sicher? Vielleicht irrt er hier unten im Berg herum. Sie wissen doch, Deserteure werden erschossen." Der Vizewachtmeister will keinen Deserteur in seiner Truppe.

Willy berichtet vom Gespräch mit Fred in Harcy und der fatalen Wirkung des Briefes seiner Frau.

„Fred hat sich hier irgendwo in einem Stollen versteckt. Wenn die Situation günstig ist, wird er rauskommen und sich den Franzosen ergeben. Er ist ein Verräter!"

Eggert erschrickt über die Härte des Urteils, dass Willy über seinen Kameraden fällt.

„Wir warten noch. Kommt ihr Beobachter bis Mittag nicht zurück, schreiben Sie eine ausführliche Meldung. Auch, dass Sie mir ihren Verdacht bereits am Morgen mitgeteilt haben", befiehlt der Zugführer.

Nach zwei weiteren Tagen mit pausenlosem Beschuss durch schwere Artillerie, ohne dass es zu einem einzigen Infanterieangriffe kommt, wird überraschend der Befehl zum Rückzug gegeben. Erst am Sammelpunkt des Regimentes erfährt Willy den Grund: Es gab ohne offenen Kampf schwere Verluste. Viele Soldaten hat das ständige Bombardement auf die Bergkuppe in den Tod gerissen.

Fred Konzak bleibt verschwunden. Er wird als vermisst gemeldet. Das empfindet Willy verlogen und ungerecht.

Das geschwächte Regiment bezieht eine neue Verteidigungslinie. Ersatz für die Gefallenen gibt es kaum. Der tägliche Kampf ist aufreibend und ungleich. Die Artillerie des Gegners beschießt pausenlos den Frontstreifen. Das ständige Streufeuer beschleunigt die Erschöpfung der schlecht versorgten, oft hungernden Soldaten.

Feindliche Flugzeuge jagen kaum behelligt über die deutschen Schützengräben und Stellungen. Nur wenige Jäger bieten ihnen Paroli. Die Feinde fliegen in wenigen Metern Höhe, machen Jagd auf einzelne Soldaten. Vor allem die Essens- und Munitionsträger sind häufig Ziele der Piloten. Täglich müssen Angriffe, bei denen die Infanterie immer öfter von Tanks verstärkt wird, abgewehrt werden. Selbst anzugreifen, dafür ist keine Kraft, sind keine Reserven mehr vorhanden. Nach langen Tagen ununterbrochener Kämpfe ist das Jägerregiment aufgerieben, muss es den Verteidigungsabschnitt aufgeben.

**29. September 1918**. Englische und französische Divisionen dringen in die für uneinnehmbar gehaltene Siegfriedstellung ein. Die Festungen des Verteidigungsstreifens vor Deutschland werden mit massiven Material- und Menschenaufwand erobert.

Die Verteidiger kämpfen verzweifelt. Doch ihre Ausrüstung ist verschlissen, die Munition knapp. Was bisher niemand aussprach, wird immer mehr sichtbar: Es ist nur eine Frage der Zeit, bis die dürftig besetzten Verteidigungslinien zerbrechen.

Fahnenfluchten zum Gegner und ins Hinterland nehmen zu. Viele der längere Zeit an der Front eingesetzten Soldaten kämpfen nur noch um den Erhalt ihres Lebens. Galt bisher die Losung von einem ´Siegfrieden´, bleibt nun die Hoffnung, irgendwie ehrenhaft den Krieg zu beenden.

**2. Oktober 1918.** Generalquartiermeister Ludendorf, der geistige Kopf der Heeresleitung, teilt den Volksvertretern im Reichstag mit, dass der Krieg nicht mehr zu gewinnen ist, die Front stündlich zusammenzubrechen droht. Die Parlamentarier sind entsetzt. Sie glaubten noch an ein stabiles deutsches Heer. Wenige Tage später sind die letzten Befestigungsanlagen der Siegfriedstellung vom Feind erobert.

Die Oberste Heeresleitung hofft, dass die Alliierten auf die deutschen Angebote für einen ehrenhaften Waffenstillstand eingehen. Deshalb soll die Front so lange als möglich in Feindesland gehalten und zäher Widerstand geleistet werden.

Die Garde Kavallerie Schützen Division, und damit auch die Reste des Jägerregiments 2, werden als Feuerwehr der Heeresgruppe Deutscher Kronprinz überall dorthin geschickt, wo die Front ins Wanken gerät.

**4. Oktober 1918**. Das Jägerregiment 2 hat ein letztes Angriffsgefecht zu bestehen. Es soll bei Hauvine einen Keil zwischen die benachbarten amerikanischen und französischen Truppen treiben. Die Vereinigung der Alliierten Truppe soll verhindert, zumindest verzögert werden.

Willy schleppt mit drei Mann das schwere MG und die zugeteilte Munition im Angriff. Sie kommen kaum zum Einsatz, da sich die Gefechtssituation zu schnell ändert. Es dauert zu lange, bis der Schlitten in Stellung gebracht, die schwere Waffe darauf montiert und schussbereit ist. Um die Mittagszeit wird Willys letzter Mann von einem Granatsplitter getroffen.

Der neue Führer der 4. Schwadron, Leutnant Dippe, macht Willy zu seiner Gefechtsordonanz. Beide stürmen nach vorn, dringen in ein Gehöft ein. Doch kein Soldat folgt ihnen. Leutnant Dippe schickt Willy zu den umliegenden Granattrichtern und anderen Deckungen, um festzustellen, ob sich dort Soldaten verschanzt haben. Sein Befehl: Rückzug hinter eine Bodenwelle. Nur ein Dutzend Jäger kann Willy lebend finden. Der junge Leutnant sammelt eine Handvoll Soldaten. Es sind zu wenige, um weiter anzugreifen. Dippe schreibt eine Meldung zur Kampfstärke der Schwadron. Willy soll sie zum Regimentsstab bringen und von dort mit neuen Befehlen zurückkommen.

Die Ereignisse überschlagen sich: Panzer tauchen auf, rollen über den gerade eroberten Geländestreifen. Dippe und seine Soldaten werden zusammengeschossen. Willy kann die Meldung im Stab nur übergeben. Er trifft die Regimentsführung beim eiligen Rückzug ins Hinterland.

Erst nach vielen Kilometern Flucht gelingt es, Abstand zu den nachrückenden Amerikanern zu gewinnen. Die rasch errichtete Auffangstellung bietet nur kurzzeitig Schutz. Das ohnehin geschwächte Regiment hat bei diesem Gefecht 150 Soldaten, unter ihnen fast alle Jäger der im Sturm eingesetzten 4. Schwadron, verloren.

**5. Oktober 1918**, vier Uhr am Nachmittag. Der Kommandeur des Jägerregimentes Major Schön und sein Stabschef Hauptmann Breches reiten vom Regimentsgefechtsstand in Rethel südwärts zum Flüsschen Aisne.

Hier sollen das Jägerregiment und zwei Infanterieregimenter, die nicht einmal Bataillonsstärke haben, den von Süden und Westen anrückenden Gegner am Überqueren des Flusses hindern. Alle Brücken sind gesprengt, am Nordufer haben sich die Jäger eingegraben. Hinter dem Uferwall steht Feldartillerie bereit, das gegnerische Ufer beim Auftauchen von Feinden zu beschießen.

Die beiden Offiziere genießen die seltenen Stunden der Ruhe. Sie blinzeln in die untergehende Sonne, setzen sich am schmalen Uferstreifen auf einem nicht mehr benötigten Ponton und sehen über den Fluss.

„Na, Richard, wie oft werden wir solche Stunden noch erleben?“, fragt Albert Schön seinen Freund. Der holt eine Cognacflasche aus dem Mantel: „Die kam mit dem letzten Gruß meines Bruders aus Charleville. Der feine Herr ist jetzt in Berlin, hat sich einem Herrn Ebert angedient.“

„Dem Friedrich Ebert, dem Obersozi aus dem Reichstag, den wir am liebsten eingelocht hätten?“ Major Schön ist überrascht.

„Was will der denn mit einem stramm-kaiserlichen Offizier anfangen?"

„Der braucht uns, die zuverlässigen Reste des großen Heeres. Wir sind die einzige Kraft, die für Ruhe und Ordnung in Deutschland sorgen können. Mein Bruder ist mit den Obersten und Generalen der Heeresleitung dabei, das dem Genossen SPD-Vorsitzenden beizubringen. Mein Etappen-Brüderlein hat eine feine Nase, nicht für gefährlichen Kampf, mehr für Chancen in der Politik. Er meint, es war ein genialer Schachzug von Ludendorf, jetzt, wo alles am Boden liegt, die Macht an die Sozis zu übergeben.

Mein schlauer Bruder ist davon überzeugt, dass nach einem Waffenstillstand und der Ohnmacht des Kaisers dem hungernden Deutschland Chaos und Anarchie, eben bolschewistische Verhältnisse, drohen.

Wer soll dann den Pöbel im Zaum halten? Das können nur wir. Das hat der Sozi Ebert begriffen. Er braucht uns, auch wenn er uns nicht liebt."

„Damit stellt er sich ja gegen seine eigenen Leute, dann ist er ja ein Verräter an seiner eigenen Partei!", sagt Schön verächtlich und nimmt einen Schluck aus der Flasche.

„Er ist unsere Chance, auf ihn hören die Massen. Er wird meine Äcker vor der Enteignung durch den Bolschewismus retten!", meint Breches und Schön ergänzt: „Dann kann ich aktiver Offizier bleiben. Es wird neue Kämpfe gegen den Feind im eigenen Land geben!"

„Wagst du es, mit deinen Leuten auf Deutsche zu schießen?"

„Wenn es Lumpen, Marodeure, eben Rote sind, immer", antwortet Schön.

So endet am Ufer der Aisne, noch auf französischem Boden, gut 200 Kilometer von Deutschland entfernt, der Gedankenaustausch zweier preußischer Offiziere. Sie hoffen, nach dem unvermeidlichen Ende des Krieges einen standesgemäßen Platz im politisch neu zu ordnenden Deutschland zu finden.

Divisionskommandeur General von Hofmann gelingt es, die Disziplin in seiner Elitedivision aufrecht zu halten. Deserteure werden erschossen, auch mit Feiglingen wird kurzer Prozess gemacht. Nachschubschwierigkeiten werden den Streikenden in der Heimat, roten Banditen und Wegelagerern angelastet. Sie seien es, die der Front mit ihrem ´Dolchstoß´in den Rücken fallen.

Willy erlebt den Rückzug kämpfend. Die beiden Jägerregimenter der Garde-Kavallerie-Schützen-Division gelten wegen der Treue ihrer Offiziere als besonders zuverlässig. Immer wieder aufgefüllt, werden sie zur Deckung des Rückzugs der Heeresgruppe Deutscher Kronprinz aus Frankreich und Belgien eingesetzt. Für die Soldaten bedeutet das tägliche Gefechte, kräftezehrende Märsche. Fast immer bei schlechter Versorgung und ständigem Materialmangel.

Willy wird zur Divisionswache kommandiert. Froh verabschiedet er sich von Paul, einer der wenigen noch lebenden Soldaten, die er vor gut zwei Monaten im ´Pommernlager´ kennenlernte.

„Mensch, du hast die goldene Fahrkarte in die Heimat erwischt. Grüß meine Eltern in Berlin, wenn ich im Endspurt um den Sieg verrecke“, sagt Paul neidisch.

„Quatsch, du bist doch immer da, wo die anderen nicht sind, da wo es was zu holen gibt. Hier, nimm meinen Granatbeutel. Den hat mir Maria in Zossen genäht. Füttere ihn gut, dann beschützt er dich!“, tröstet Willy seinen Kameraden.

Willys Leben als Wachsoldat ist eintönig, dafür ungefährlich. Hauptmann Pabst sorgt dafür, dass die Stellungen des Divisionsstabs vom Feind nicht entdeckt werden. Gefahr droht nur, wenn französische oder britische Flieger die Stellungen aufspüren und sie mit MG-Feuer oder Granaten belegen.

„Hallo Willy, du hier bei den Schlagbaumhebern! Da hast du ja das große Los gezogen, aber mit dem EK I wird jetzt nichts mehr!“, begrüßt ihn Max, der Pionier vom Pasly Berg, Willys Schreibmaschinenfreund. Sein Pioniertrupp hat die ständig wechselnden Stellungen für den Divisionsstab auszubauen. Max kommt nur zur Ruhe, wenn die Front einige wenige Tage nicht in Bewegung ist.

Schlimmes berichtet der ´Buschfunk´ aus der Etappe: Versorgungslager werden geplündert, aufständische Arbeiter verbünden sich mit desertierten Soldaten, die gewalttätig gegen ihre Offiziere sind. Anfang November erreichen Gerüchte von meuternden Matrosen die Front.

Willy versteht das Geschehen nicht mehr. Warum meutern Soldaten? Wieso streiken in Berlin hunderttausende Arbeiter? Wieso wird ein Sozialdemokrat Reichskanzler, warum verschwindet der Kaiser einfach nach Holland? Was steckt hinter

´Räterepublik´ und ´Rat der Volksbeauftragten´? Wer ist der Zivilist Erzberger, der mit dem Feind Marschall Foch einen ehrlosen Waffenstillstand aushandelt?“

Diese Fragen kreisen Willy im Kopf, wenn er stundenlang am Schlagbaum steht, exakt die vorbeireitenden Offiziere grüßt und die Papiere der Transportführer kontrolliert. Hier, an seinem Posten, ist die Welt noch in Ordnung. Hier gelten klare Befehle, hier bestimmt das Militär!

Wenn immer möglich, verabreden sich Willy und Max. An einem ruhigen Fleck genießen sie kleine Liebesgaben, vor allem Zigaretten und Essbares. Sie versuchen, Erklärungen für die sich überstürzenden Ereignisse in Deutschland zu finden.

„Kannst du dir vorstellen, wie sich mein Vater, der Konteradmiral, fühlte, als seine Matrosen Ende Oktober meuterten und es nicht einmal half, die Rädelsführer standrechtlich zu erschießen? Die Feiglinge verhinderten unsere letzte Gelegenheit zur Revanche, zur großen Seeschlacht gegen die englische Armada. Jetzt herrschen diese Meuterer mit roten Armbinden auch an Land! Stell dir vor, der Sozi Noske von der SPD ist ihr Anführer!“

Zornig berichtet Max diese Neuigkeiten, die er aus der Kriegszeitung und, das betont Max besonders, aus einem Brief seines Stiefbruders Hermann erfahren hat.

„Sie sind von den Bolschewiken mit dem Lenin aufgehetzt“, weiß Willy und Max meint: „Viele Offiziere werden nach dem Rückmarsch in die Heimat nicht nach Hause gehen. Sie überlassen Deutschland nicht den bolschewistischen Horden. In Berlin gibt es geheime Wehren gegen die Roten, zum Schutz der Bürger vor Willkür und Plünderungen. Wenn es mich nicht noch erwischt, gehe ich auch zu so einer Bürgerwehr.“

„Du kannst dort vielleicht als Schreiber anfangen, Pioniere brauchen die nicht. Ich komme mit, als Wache. Rote kommen bei mir nicht durch.“

**9. November 1918**. Der SPD-Vorsitzende Friedrich Ebert wird zum Reichskanzler ernannt. Ebert ist jetzt, nach der erzwungenen Abdankung des Kaisers Wilhelm II, Deutschlands höchster Regierungschef. Jetzt erst sind die Alliierten zu einem Waffenstillstand bereit.

**11. November 1918.** Der ausgehandelte Waffenstillstand beginnt.

Nur wenige Tage verbleiben dem deutschen Heer für den Rückzug aus Frankreich und Belgien. Die Soldaten marschieren täglich bis zu dreißig Kilometer in Richtung Heimat. Nur wertvollste Ausrüstung und private Beute hoher Offiziere rollen auf dem Schienenweg nach Deutschland. Versorgungsdepots werden in Eile aufgelöst, oft sind sie von Etappentruppen und Marodeuren geplündert, ehe die zurückflutende Fronttruppe verpflegt werden kann. Zehntausende Soldaten verlassen ihre Einheiten, ohne die angekündigte planmäßige Demobilisierung abzuwarten. Sie wollen schnellstmöglich zu ihren Familien.

Am 16. November steht Willy zum letzten Mal in Feindesland auf Posten. Am nächsten Tag hat auch die Nachhut die Grenze zu Deutschland erreicht. Alle älteren Soldaten der Division werden demobilisiert. Die Rückverlegung des harten Kerns der Garde-Kavallerie-Schützen-Division, es sind weniger als dreitausend Soldaten, Unteroffiziere und Offiziere, erfolgt nach einigen Tagen Fußmarsch per Zug in Richtung Berlin.

Am Potsdamer Kaiserbahnhof hält der Zug. Die Wache steigt aus, steht mit geschultertem Gewehr an den Waggons. Willy steht vor dem Stabswaggon, dem Hauptmann Pabst entsteigt. Auf den Bahnsteig kommen Zivilisten mit roten Armbinden. Ihr Anführer ist Emil Barth, ein Vertreter der neuen Regierung, die sich ´Rat der Volksbeauftragten´ nennt. Hauptmann Pabst kann sich nicht vorstellen, dass ihm ein Zivilist Weisungen erteilt. Als Barth sogar das Kommando über die Division fordert, reißt ihm der Geduldsfaden.

„Abhau´n, sonst gibt's Dresche!“, ruft er. Willy und die anderen Wachsoldaten reißen ihre Gewehre von den Schultern, laden durch und nehmen sie in Anschlag. Damit haben die Zivilisten nicht gerechnet. Sie rennen vom Bahnsteig. Waldemar Pabst lacht, ein Offizier schießt mit seiner Pistole in die Luft.

„Ab durch die Mitte!“, ruft jemand aus dem Zug. Dann beginnt unter dem Kommando der Trossoffiziere die Entladung. Die Mannschaften marschieren durch Potsdam nach Wannsee. Einige Tage später verlegt die Division nach Lichterfelde. Hier empfangen hunderte wohlbetuchte Bürger die Soldaten mit Hochrufen. Das macht auch Willy stolz. Im Gleichschritt marschieren die Soldaten zur Hauptkadettenanstalt. Willy ist mit Eifer dabei, rote Fahnen, die aus den oberen Fenstern des Hauses hängen, einzuholen und zu zerreißen. Am Abend ist großer Appell. Der Divisionskommandeur, General von Hofmann, tritt vor die Truppe:

„Unser Auftrag in der Heimat ist klar: Die Befreiung der Reichshauptstadt von den Schrecken der Spartakisten. Ein dreifaches Hurra!" Auch Willy schmettert sein Hurra heraus, so kräftig wie damals, zum Abschluss der Ausbildung in Zossen, beim Vortrag des Aufklärungsoffiziers Hauptmann Grabowsky im großen Turnsaal.

Willy ist froh, nach den Schrecken der Front wieder in der Heimat zu sein. Seine Heimat, das ist die deutsche, die preußische Armee. Hier ist alles klar geregelt, hier hat Willy Ranke seinen Platz gefunden.

# Berlin

Max und Willy gehören zur Stabswache. In ihrer Freizeit sind sie gern in der von Unruhen geplagten Stadt unterwegs. Mit ihrer grünen Jägeruniform fallen sie auf. Das genießen die jungen Männer. Willy reicht Max bei sich bietenden Gelegenheiten übertrieben höflich Feuer, hält ihm den Weg frei, öffnet ihm die Türen in Lokale und Geschäfte. So machen sie ihrer Umgebung Glauben, dass Max eine wichtige Persönlichkeit ist, die sich, um Auseinandersetzungen mit Spartakisten oder revolutionären Soldaten zu vermeiden, mit einer Soldatenuniform tarnt. In Kneipen und Restaurants bekommen sie stets gute Plätze.

„Heute Abend gehen wir ins Zooeck. Vorn gibt es prima Weiber und hinten zocken die Geldsäcke. Den Laden mischen wir ein bisschen auf!", schlägt Max an einem dienstfreien Januarabend seinem Freund vor.

„Zu teuer, habe gerade noch 20 Mark, das reicht höchstens für eine von der Straße", winkt Willy ab.

„Du hast doch noch den Grabendolch vom Franzmann, der unter dir explodiert ist. Der bringt uns was ein, lass mich nur machen", versichert Max.

In der Eckkneipe sichern sich beide einen guten Platz. Nicht zu weit vom Ausgang, im Rücken eine Wand, freien Blick zur Theke, vor allem jedoch zu einer Tür, die in die hinteren Vereinsräume führt. Bei einer Molle beobachten sie, dass der Wirt einige der eintreffenden Gäste kennt und sie sofort in ein Hinterzimmer führt.

„Wenn wir den erwischen, der dahinten beim Poker gewinnt ...", sagt Max und klopft Willy in die Seite, wo der Grabendolch verborgen ist.

Plötzlich wird die Kneipentür aufgerissen, mehrere schwer bewaffnete Soldaten mit aufgesetzten Stahlhelmen, die Pistolen und Karabinern im Anschlag, drängen in den Raum.

„Ruhe, Kontrolle, jeder bleibt an seinem Platz", brüllt einer von ihnen, fuchtelt mit gezogener Pistole umher und baut sich vor dem Tresen auf.

„Ganoven vom Regiment Reichstag", raunt Max. „Die heben

hinten die Spielhölle aus.“

Der Wirt hat die Absicht der Uniformierten erkannt. Hastig schließt er die Hintertür auf. Die Männer stürmen hinein, der Ordnungsrufer bleibt im Gastraum, sichert den Rückzug. Die erstarrten Kneipenbesucher im Blick, geht er rückwärts von der Theke zur Wand, steht dann neben dem Tisch von Max und Willy.

Die verständigen sich mit Blicken. Max steht leise auf, schiebt sich an der Wand hinter den Soldaten. Willy zieht noch im Sitzen mit der linken Hand den Dolch und drückt die spitze Klinge kräftig in den Rücken des neben ihm stehenden Soldaten. Der zuckt zusammen. Diese Schrecksekunde nutzt Willy: Er steht auf, lässt den Dolch fallen, greift mit der nun freien Hand von hinten über den Kopf des Soldaten in die vordere Stahlhelmkante. Ein Ruck, Helm und Kopf fliegen nach hinten. Dann führt er mit der Handkante einen harten Schlag auf das rechte Handgelenk des Mannes. Der schreit auf, seine Pistole fliegt zu Boden. Max angelt sie mit dem Fuß. Noch ehe Willy den Kopf loslässt, drückt Max seinen Arm um den Hals des Soldaten, greift nach dem vom Schlag getroffenen Handgelenk und zieht den Arm des Soldaten kräftig auf dessen Rücken nach oben. Der Soldat schreit auf.

„Bleib ruhig du Depp, kein Wort! Gleich kommt ´ne echte Streife, dann zieh´ste mit deinen Kumpels in Moabit ein, da gibt's dann nur noch Läuse zu knacken“, zischt Max dem Überwältigten böse ins Ohr. Willy hat den Dolch wieder gegriffen und drückt dessen Spitze kräftig in die Hüfte des Soldaten. Schmerzhaft eingekeilt, wagt der Überrumpelte keine Gegenwehr.

„Los, zur Tür und raus“, kommandiert Max. Die Kneipengäste wagen nicht, sich zu bewegen. Niemand sagt ein Wort, während die drei die Kneipe verlassen. Draußen schieben sie den Gefangenen auf die andere Straßenseite, verschwinden mit ihm im Schatten einer Wand.

„Ihr Lumpen seid vom Regiment Reichstag. Fette Beute abgreifen. Wer ist euer Führer?“, zischt Max dem Mann ins Ohr und Willy zieht die scharfe Klinge des Dolches so kräftig über dessen Uniformmantel, dass er einreißt.

„Leutnant von Strehm“, stößt der Zitternde hervor.

„Ihr rückt eure Beute raus, oder du bist ein toter Mann, klaro?“ zischt Willy dem Verängstigten ins andere Ohr, „Wenn der Leutnant raus kommt, bleibst du schön artig neben uns stehen, sagst kein Wort, sonst ..." Zur Bekräftigung drückt er den Dolch stärker in die Rippen. Lange Minuten vergehen, der Gefangene wagt keine Bewegung. Endlich kommen die Plünderer aus der Kneipe, sehen sich um, suchen ihren Sicherungsposten.

„Alles halt! Leutnant von Strehm zu mir!", brüllt Max und tritt mit harten Schritten aus dem Schatten. Der Leutnant blickt überrascht zu ihm.

„Herkommen! Meldung erstatten!", ruft Max erneut. Willy schiebt mit dem Dolch den Gefangenen ein wenig nach vorn, so dass dieser im fahlen Licht der Laterne zu erkennen ist.

Die List gelingt, der Leutnant kommt allein. Er kann, vom Licht geblendet, nur erkennen, dass die Uniformierten lange grüne Mäntel und Schirmmützen tragen. Deshalb grüßt er militärisch, teilt mit, die Kneipe nach bewaffnetem Mob und roten Spartakisten durchsucht zu haben.

Leise, mit drohendem Unterton entgegnet Max: „Quatsch nicht so blöd. Ihr habt ganz privat ´ne Spielhölle ausgenommen. Wir haben euren Posten gekrallt. Wenn du den wiederhaben willst, muss´te die Beute rausrücken. Ganz einfach: Mann gegen Monné oder toter Mann vor der Spielhölle und viel Ärger für dich." Der Leutnant zögert, blickt zurück zu seinen Leuten. Die warten ab, können das Geschehen nicht deuten.

Langsam geht Max auf den Leutnant zu, blickt ihm dabei fest ins Gesicht. Plötzlich greift er nach dessen Pistole, zieht sie aus dem Holster, lädt sie durch, eine Patrone fliegt zu Boden. Max zielt auf den Gefangenen.

„Zehn, neun, acht ...", fast tonlos, langsam und gleichmäßig zählt Max. Der Leutnant verliert die Nerven. Er greift in seine Taschen, holt lose Stapel von Geldscheinen hervor. Willy nimmt sie ihm ab, lässt ihn weitere Taschen leeren. Dann sagt er zu Max: „Fertig".

„Jetzt marschierst du brav zu deinen Leuten zurück, dann haut ihr ab, rechts um die Ecke. Wenn ihr verschwunden seid, schicke ich deinen Mann hinterher. Wenn du Faxen machst, lege ich ihn mit deiner Pistole um!", Max schwenkt die Pistole jedoch gegen den Leutnant. „Los abtraben!"

Der Leutnant gehorcht, auch mit Blick auf Willys Grabendolch, mit dem dieser den Gefangenen bedroht.

Kaum sind die Räuber um die Hausecke verschwunden, stößt Willy den Gefangenen nach vorn. Der rast seinen Kameraden hinterher, wagt nicht, sich umzusehen. Max und Willy suchen

Deckung. Sie verschwinden durch die nächste offene Toreinfahrt in einem Hinterhof. Greifen an Türen, bis sich eine öffnet. Die Tür führt in einen feuchten, nach Schimmel riechenden Keller.

Willy versucht, im Dunkeln etwas zu erkennen. Es ist ein Waschkeller. Rasch packen beide zwei Zinkblechtröge übereinander, schieben davor einen langen Holztrog. Dann kauern sie sich dahinter. Das Warten, die Stille, zehrt an den Nerven. Immer wieder hält Max Willy zurück, wenn dieser los will. Zweimal sind oben Stiefelschritte zu hören, jemand zerrt an der Tür, reißt sie auf, blickt ins Dunkel. Dann knallt die Tür ins Schloss, die Schritte verklingen.

„Jetzt sind sie weg", hofft Max. Beide schleichen zur Kellertür, alles ist ruhig. Langsam öffnet Max die Tür. Die bietet Widerstand, er muss kräftig drücken, ehe sie aufgeht.

Direkt vor ihnen steht, vor dem Bauch einen Korb voller Wäsche, eine Frau. Willy schiebt die Fassungslose zur Seite. Noch ehe sie um Hilfe schreit, drückt er ihr einen Geldscheine in die Hand und raunt: „Pst, sei still. Du hast nichts gesehen, vergiss uns."

Ohne weiter aufzufallen können die Freunde den engen Hinterhof verlassen. Ein vorsichtiger Blick in die Straße: Alles frei, niemand zu sehen. Erst im Quartier finden die Freunde Zeit, ihre Beute zu sichten. Fast dreitausend Mark teilen sie unter sich auf.

„Na, das war doch was", sagt Max.

„Hättest du geschossen, wenn der Leutnant nicht pariert hätte?", fragt Willy.

„Klar, in dieser Banditentruppe sind doch keine echten Frontsoldaten, nur hergelaufene Taugenichtse. Den Leutnant hätte ich zuerst umgelegt. Das hat der auch gespürt. Nur deswegen war er artig", antwortet sein Freund.

# Mord

**15. Januar 1919.** Der Stab der Garde-Kavallerie-Schützen-Division bezieht mit 60 Offizieren und deren Bediensteten sein neues Quartier im noblen Eden-Hotel. Das Hotel füllt am Berliner Zoo das Straßendreieck, wo die Kurfürsten- und Nürnberger Straße auf den Beginn des Kurfürstendamms treffen.

Nur wenige zivile Gäste bleiben nach dem Einzug der Truppe im Eden. Es sind vermögende Geschäftsleute. Sie erhoffen sich Schutz vor den täglich durch die Stadt demonstrierenden Massen und marodierenden Banden. An die Divisionskasse zahlen sie Geld, damit zuverlässige Soldaten ihre Villen und Betriebe bewachen.

Auch im Eden fallen Willy und Max auf. Gertrud, die hübsche Kellnerin des Cafés, in dem die Wachsoldaten ihre Freistunden verbringen, hat bereits ein Auge auf den feschen Jäger Willy geworfen. Das ´Diener und Herr´ Spiel der Freunde amüsiert sie. Gern geht sie darauf ein, bedient Max und seinen Burschen Willy mit auffallender Höflichkeit. Das honoriert Max ihr mit großzügigem Trinkgeld und Willy mit schelmischen, vielversprechenden Blicken.

Dieses neue Leben genießt Willy. Hier in Berlin ist er nicht der einfache Handformer aus der Lausitzer Keulahütte, ein vom klebrigen Formsand verdreckter Arbeiter, der für kargen Lohn in der heißen Gießerei schuftet.

Hier, im Deutschen Heer, als Soldat mit dem stolzen Titel ´Jäger zu Pferde´, fühlt sich Willy geachtet und geborgen. Er ist stolz darauf, zu einer exakt funktionierenden preußischen Elitedivision zu gehören. Der Wachdienst im Divisionsstab ist ungefährlich und bequem. Mit fünf Mark pro Tag gut bezahlt, dazu freie Kost und Unterkunft.

Alle Zugänge des Hotels sichert die Wache mit Doppelposten. Willy patrouilliert am Abend des 15. Januar mit Jäger Schulle in der Nürnberger Straße. Es ist dunkel, die Gaslaternen werfen fahle Lichtkreise auf die breiten Fußwege des Nobelviertels. Mit festen Schritten marschiert das Postenpaar. Es umrundet das

Häuserviertel mit dem Hotel. Von der Kurfürstenstraße kommen gelegentlich Autos, fahren vor das Hotel. Uniformierte und Zivilisten steigen aus, betreten und verlassen das Haus. Für Willy und Schulle ein gewohntes Geschehen. Die neuen Prachtbauten, wie das Tauentzienkino und das dem Hotel gegenüber liegende Zooaquarium sind interessanter. Die Posten haben sich fest in die langen Jägermäntel gehüllt. Es ist feucht und kalt, nur wenige Grad über dem Gefrierpunkt.

„Mistwetter, wann kommt endlich die Ablösung, es ist bald Mitternacht!", schimpft Schulle und stapft mit Willy zum Ablösepunkt vor dem Haupteingang des Hotels. Dort herrscht Unruhe. Um ein Auto steht ein Pulk von Uniformierten. Ein Mensch wird durch die johlende Soldatenmenge zum Auto geschleift und hineingezogen. Willy vermutet, dass es eine Frau ist, denn vom Kopf fällt ein Damenhut. Befehle werden gerufen, das Auto fährt langsam los. Ein Mann rennt hinterher, ruft etwas, schlägt von hinten in das Innere des offenen Wagens. Das Auto verschwindet im Dunkel. Dann knallt dumpf ein Schuss. Der Platz vor dem Eingang leert sich, es wird wieder ruhig. Jetzt erst kommt die Ablösung. Müde gehen Willy und Schulle ins Hotel.

Im Wachlokal wirbelt alles durcheinander, wild wird diskutiert.

„Drei Spartakistenführer sind verhaftet. Den Liebknecht hat eine Offizierseskorte gleich weggebracht. Als sie zurückkamen, sagte einer, dass sie ihn auf der Flucht erschossen haben. Dem anderen Spartakisten, der heißt wohl Pieck, hat unser Posten, der Otto Runge, ordentlich Angst gemacht. Den Karabiner in Anschlag und so. Der war froh, hier lebend rauszukommen. Das Weib, die Bolschewistin Luxemburg, hat Hauptmann Pabst verhört. Bevor sie weggebracht wurde, hat ihr unser Otto eine mit dem Kolben übergezogen. Ihr habt das Auto doch wegfahren sehen!", berichtet aufgeregt ein Soldat. Willy blickt sich um, niemand nimmt ihn zur Kenntnis. Max kann er nicht entdecken. Deshalb geht in den Ruheraum und legt sich hin. Kaum ist er eingeschlafen, weckt ihn lautes Stimmengewirr.

„Willy steh auf, es gibt was zu feiern! Die Spartakisten sind wir los! Die Luxemburg, die alte Judensau, haben wir in den Kanal gekippt und den Liebknecht haben unsere Offiziere erschossen, ordnungsgemäß auf der Flucht!", Max ist aufgeregt, schüttelt Willy wach. Alles wirbelt durcheinander. Zigarettenschachteln liegen auf den Tischen, Bier- und Weinflaschen stehen herum.

„Los, Ranke, trink! Das ist unsere Belohnung fürs Mitmachen“, ruft ein Soldat Willy zu. Im Mittelpunkt der Aufmerksamkeit steht Otto Runge, ein älterer schnauzbärtiger Soldat.

„Otto, du hast dir die Liebesgabe von Hauptmann Petri ehrlich verdient. Ich habe noch gehört, wie der rumgebrüllt hat ´mach das Schwein fertig´. Hast´ dem Liebknecht und der Luxemburg ordentlich eine verpasst“, lobt ihn ein Soldat.

„Runge, was hast du mit dem anderen Mann, dem Pieck gemacht?“, fragt ihn ein anderer.

„Den durfte ich nur bewachen, nicht anfassen, bis ihn Hauptmann Pabst in seinem Zimmer scharf ins Verhör genommen hat. Der Pieck hat viel rumgeschrien, er sei nur ein harmloser Journalist, seine Festnahme sei eine Verwechslung. Nach dem Verhör war er ganz ruhig. Unsere Offiziere mussten ihn wegbringen, ich durfte ihm keine überbraten. Musste auch runter, mir das Geld von Petri verdienen.“

„Poppe und ich, wir haben die Luxemburg in den Landwehrkanal gekippt, da war die aber schon ´ne Leiche“, zieht Max die Aufmerksamkeit der Soldaten auf sich.

„Von Runges Hieb?“, fragt einer.

„Ne, Leutnant zur See Souchon, mein Cousin Hermann, hat die Alte endgültig fertiggemacht. Mit ´nen Fangschuss direkt in den Kopf“, berichtet Max stolz.

„Weist du das genau?“, Willy ist neugierig.

„Klar, ich saß ja rechts neben der Alten. Hermann, also Leutnant Souchon, ist nach ein paar Metern Fahrt auf das linke Trittbrett gesprungen und hat sie von dort aus mit seiner Pistole erledigt.“

Willy ist beeindruckt. Er dreht sich zu Poppe um: „Und an dir ist die Kugel vorbeigezischt?“

„Ich habe mich einfach nach vorn runtergebeugt. Der Arm des Leutnants hat von Oben bis zur Luxemburg gereicht. Er hat ihr die Pistole direkt an die Schläfe gesetzt. Das war für mich völlig gefahrlos“, beschreibt Poppe den Tathergang.

„Aber an mir ist die Kugel ganz knapp vorbei gepfiffen“, bringt sich Max wieder ins Gespräch.

„Die alte Sau hat dann auch mächtig geblutet. Ich habe ihr eine Decke über den Kopf gezogen, damit sie nicht das ganze Auto und meine Uniform versaut.“

„Und warum habt ihr die Leiche ins Wasser geworfen?“

„Das hat unser Transportführer, Oberleutnant Vogel, befohlen. Der hatte wohl Schiss, mit ´ner blutenden Leiche durch Berlin zu kutschieren. Vielleicht hatte er Druck, wollte noch ´ne dringliche Besorgung erledigen ... .“, Max steht auf, schwingt grinsend mit den Hüften.

Die Männer lachen. Sie stellen sich vor, welchen Schreck die Huren und ihre Zuhälter bekommen, wenn ein Auto mit einer blutigen Frauenleiche vor ihrem Freudenhaus hält.

Dann, es ist nach zwei Uhr, zieht in der Wache Ruhe ein. Der Bereitschaftsdienst lümmelt am Tisch, die abgelösten Posten verschwinden im Ruheraum, neue Wachen ziehen auf.

**Donnerstag, 16. Januar.** Nach der aufregenden Nacht zieht es alle wachfreien Soldaten in das Hotelcafé. Ein Fotograf taucht auf, alle setzen sich in Positur. Otto Runge kommt als Held in die Mitte. Gertrud, die Kellnerin, ziert sich, doch sie wird mit ins Bild gezogen.

Immer wieder muss Runge berichten, was er als Posten, zuerst in der oberen Etage bei der Bewachung von Wilhelm Pieck, dann als Türposten am Hotelausgang, getan und erlebt hat.

„Der Liebknecht muss ja einen dicken Schädel haben, wenn er nach deinem Kolbenhieb noch gehen und vor unseren Offizieren fliehen konnte“, meint einer der Soldaten. Alles lacht.

„Das mit dem Fluchtversuch, das war doch nur Mache“, meint ein Soldat. Niemand widerspricht.

„Haste dem Dräger von Petris Geld was abgegeben?“, fragt ein anderer.

„Klar, ehrlich geteilt“, versichert Runge.

„Hat Oberleutnant Vogel euch auch was gegeben?“, fragt Willy Max, der in einer Ecke mit Hermann Poppe tuschelt.

Max blickt auf: „Nee, Vogel war völlig aufgeregt und wollte nur, dass die Leiche rasch verschwindet. Wenn Hermann, also mein Cousin Leutnant Souchon, nicht gehandelt hätte, wäre die rote Rosa schon lange wieder frei. Der Vogel hat doch keinen Arsch in der Hose, ist ja auch nur Reserveoffizier, war sicher ein Etappenhengst, kein Frontsoldat.“

„Klar, hier hat unser artiger Poppe“, dabei weist Willy auf den am Tisch Sitzenden, „die Gelegenheit verpasst, die Luxemburg selbst zu erledigen, sich noch das Eiserne Kreuz zu verdienen.“ Alles lacht. Die Soldaten stellen sich vor, wie Poppe dem zitternden Oberleutnant Vogel die Pistole aus dem Halfter zieht, sie gegen den Kopf von Rosa Luxemburg führt und abdrückt.

Ein Soldat lehnt sich auf seinem Stuhl zurück und spielt die von Runges Kolbenhieb bewusstlos geschlagene Frau. Ein anderer zielt mit der Hand auf den Kopf und macht ´peng´. Der Soldat bäumt sich auf und zuckt zusammen.

„Das war´s, eine Rote weniger“, kommentiert der Schütze das Geschehen. Die Szene gefällt allen, sie spielen sie mehrfach nach.

„Los, erzähle mal genau, wie dein Cousin die Luxemburg fertiggemacht hat“, fordert ein Soldat Max auf. Der setzt sich stolz in Positur, sucht passende Worte.

„Wache Achtung! Einrücken in den Wachraum, marsch, marsch“, schreckt Leutnant Sander, der Wachleiter, alle auf. Verwundert blicken ihn die Soldaten an.

„Alarm, ausrücken?“, fragt einer halblaut.

„Schnauze, Befehl ausführen“, raunzt ein Unteroffizier zurück.

Alles drängelt sich im Wachlokal. Auch die Türposten und Patrouillengänger mußten ihre Posten verlassen und kommen in den Raum.

Ein Zivilist tritt ein. Leutnant Sander meldet, dass die Divisionswache vollständig versammelt ist. Jetzt erkennt Willy den Mann. Es ist der Mann, damals noch ein Offizier, der vor einem halben Jahr, im Juli 1918, im Turnsaal des Ausbildungslagers in Zossen vor allen Rekruten eine große Rede gehalten hat, es ist Hauptmann Fritz Grabowsky.

„Was will der hier?“, fragt Willy leise.

„Mensch, der ist vom Stab, Chef der Presseabteilung. An den musste ran, der hat bestimmt ´ne Schreibmaschinen in seinem Büro stehen“, flüstert Max zurück.

„Soldaten, ich spreche im Auftrag der Divisionsführung. Unser erster Stabsoffizier, Hauptmann im Generalstab Waldemar Pabst ist zur Regierung in die Reichskanzlei befohlen. Er erstattet dort Bericht über die Geschehnisse der vergangenen Nacht. Sie sind informiert?“, fragend blickt der Zivilist in die Runde.

„Ja, die Spartakistenführer Liebknecht und Luxemburg sind erledigt“, spontan antwortet Willy. Er hofft, dass ihn der ehemalige Hauptmann erkennt.

„Soldat, wer sind Sie?“, fragt der zurück.

„Jäger zu Pferde Willy Ranke, Jägerregiment 2, kommandiert zur Divisionswache.“ Mit kräftiger Stimme antwortet Willy. Das gefällt dem Zivilisten.

„Lassen Sie rühren“, befiehlt er dem Wachleiter. Der gehorcht. Leutnant Sander weiß, dass dieser Zivilist im Divisionsstab viel zu sagen hat.

„Soldaten. Sie wurden Zeugen eines historischen Ereignisses. Treue Offiziere unserer Division haben dafür gesorgt, dass die gefährlichen Kommunistenführer Liebknecht und Luxemburg unser Volk nicht mehr verhetzen können. Was geschah, geschah für Deutschland. Dafür, dass in unserem Land die Bolschewisten nicht an die Macht kommen.“ Langsam und mit Bedacht spricht Grabowsky diese Worte. Forschend blickt er dabei in die Gesichter der Soldaten.

„Sie wurden ohne Urteil erschossen, das ist Mord“, sagt leise ein Soldat von hinten.

Grabowsky liest ihm die Antwort mehr vom Mund ab, als dass er sie versteht. ´Den merke ich mir, der muss sofort verschwinden´, denkt er und nickt Leutnant Sander kurz zu.

„Soldaten, die Freiheit unseres Volkes steht auf dem Spiel. Die Roten wollen Deutschland an das bolschewistische Russland verkaufen. Die Roten haben uns mit ihren Streiks in der Heimat den Dolch in den Rücken gerammt. Deswegen konnten wir den Krieg nicht ehrenhaft beenden. Jetzt haben die Siegermächte in Versailles freie Hand, um uns, um unser deutsches Vaterland bis zum letzten Blutstropfen auszusaugen. Daran Schuld sind die Roten, allen voran die Spartakisten“, eifert Grabowsky. Dann schweigt er kurz, blickt in die Gesichter der Soldaten.

„Deshalb mussten wir, die stolze Garde-Kavallerie-Schützen-Division, der roten Hydra den Kopf abschlagen, ohne lange zu fackeln, sofort!“, beschwörend blickt Grabowsky in die Augen der Männer.

„Wer ist gegen diese Tat fürs Vaterland?“
Niemand, auch nicht der Soldat mit dem Zwischenruf, meldet sich.

„Ich teile Ihnen jetzt den Befehl unseres Divisionskommandeurs, General von Hofmann mit: Die Geschehnisse der letzten Nacht unterliegen der militärischen Geheimhaltung. Niemand hat sich dazu zu äußern.“

Grabowsky sieh sich um, weist schließlich auf den stramm dastehenden Willy:

„Sie melden sich um ein Uhr bei mir in der Presseabteilung. Ich gebe Ihnen die Meldung, die unsere Division heute früh zu den Ereignissen der letzten Nacht an das Telegraphenbüro für alle Zeitungen gegeben hat." Dann blickt er zu Leutnant Sander: „Allen Soldaten der Wache ist der Text der Pressemitteilung vorzulesen. Alle Fragen zum Geschehen sind genau so zu beantworten, wie es dort geschrieben steht."

„Am Besten, Sie wissen von nichts, dann quetscht Sie die Presse auch nicht aus. Haben Sie das verstanden?", sagt der Pressechef zu den Soldaten.

„Zu Befehl Herr Hauptmann", ruft Willy voreilig, dann korrigiert er sich, „Herr Grabowsky".

„Leutnant Sander, Sie übergeben mir morgen vor ihrer Ablösung die Liste mit den Namen der Soldaten, die es nach Hause zieht, die entlassen werden wollen. Ich garantiere, dass sie bis zum Wochenende ihre Dokumente, eine gute Beurteilung und Sold bis Ende Januar bekommen."

„Jawohl Herr Grabowsky, wer sich bei uns nicht wohlfühlt, darf gehen!", antwortet Sander und blickt dabei zu dem Zwischenrufer. Der Presseoffizier verlässt die Wache. Die lockere Siegesstimmung der Soldaten ist getrübt. Geheimhaltung, nur das sagen, was vorgeschrieben ist, missfällt.

„Komm, wir gehen einen trinken", fordert Willy Max auf. Beide gehen zurück ins Café, sind froh, dass die hübsche Gertrud gleich zu ihnen kommt.

„Meine Herren Jäger, was für einen Wunsch haben Sie, was darf ich Ihnen, Herr Weber und ihrem Burschen Willy servieren?", fragt Gertrud spöttisch.

„Für mich einen französischen Cognac und für Willy", Max gibt sich nachdenklich, „nun gut, mein Willy hat sich heute auch einen guten Tropfen verdient. Bringen sie ihm einen kleinen Klaren". Alle lachen, die Kellnerin bringt beiden einen doppelten Korn.

„Mensch Max, mit deinem Gequatsche bringst du Hermann in Schwulitäten. Der möchte bestimmt nicht, dass morgen in der Zeitung steht, dass ein Sohn des Bruders vom Heldenadmiral Souchon eine wehrlose Frau erschossen hat."

Max stürzt den Schnaps hinunter, denkt nach.

„Willy, du hast recht. Doch ohne klaren Befehl hätte Hermann nicht geschossen. Er wurde ausgewählt, die Hinrichtung zu vollziehen, für unser Vaterlands, für unsere Rettung vor der roten Gefahr."

„Dein Hermann ist ein Held. Auch die Sozis in der Regierung hassen die Spartakisten. Ihr Häuptling Ebert traut sich aber nicht, sie wegzufegen. Die Drecksarbeit bleibt wie immer an uns, den Soldaten, hängen.“ Willy hebt seinen Kopf, trinkt den Klaren aus.

Beide sind ratlos, schweigen sich an. Bisher fragten sie sich nie, ob das, was sie als Soldaten taten, erlaubt ist. Der Feind stand immer auf der anderen Seite der Front, war aus einem anderen Land. Er musste mit allen Mitteln, bei jeder Gelegenheit bekämpft werden. Entweder er oder ich. So einfach ist sie, die Soldatenmoral. Wer siegt, hat Recht.

Doch darf man einen politischen Feind, der keine Waffen hat, sogar eine wehrlose Frau, einfach erschießen? Wer glaubt schon, dass der Liebknecht, nachdem ihm Runge mit dem Gewehrkolben niedergeschlagen hat, in der Lage war, vor einem bewaffneten Offizierstrupp zu fliehen? Diese Fragen quälen die Freunde. Gertrud merkt, dass Max und Willy schlecht aufgelegt sind. Schweigend bringt sie beiden einen echten Kaffee, beugt sich dabei zu Willy: „Morgen Abend bei mir?“ Willy flüstert: „Ab 08 Uhr komme ich raus“.

Pünktlich zur Mittagszeit, drei Minuten vor ein Uhr, steht Willy im zweiten Stock des Hotels vor der Tür mit dem Schild: Presseabteilung, darunter etwas kleiner: Dr. Fritz Grabowsky. Willy klopft an. Niemand antwortet. Er hört erregte Stimmen. Klopft noch einmal, lauter. Eine herrische Stimme ruft „herein.“

Willy tritt ein, erschrickt. Im Raum steht ein hoher Offizier: Der Stellvertreter des Divisionskommandeurs, der Hauptmann im Generalstab Waldemar Pabst. Willy weiß, dass dieser Mann alle wichtigen Entscheidungen der Division trifft. Damals, im Krieg, stand seine Unterschrift hinter dem erlösenden Befehl zum Rückzug vom Pasly-Berg. Heute unterzeichnet er die Einsatzbefehle der Truppen zu Durchsuchungen und Festnahmen in Berlin.

Verärgert blickt der Hauptmann Willy an. Willy fühlt, dass er stört. Stramm in der Tür stehend, blickt er hilflos zu Dr. Grabowsky. Der nimmt ein Blatt Papier vom Schreibtisch, winkt ihn heran, drückt es ihm in die Hand: „Los, raus, Sie wissen ja Bescheid.“

Willy grüßt zackig Hauptmann Pabst und verlässt den Raum. Unten übergibt er Leutnant Sander die Pressemitteilung.

„Da oben brennt die Luft?“, fragt der Wachleiter Willy. Der nickt: „Gewaltig.“

Alle Soldaten der Stabswache, es sind fast 40 Mann, werden zusammengetrommelt. Leutnant Sander liest die Pressemitteilung, eine Darstellung des Geschehens der vergangenen Nacht, vor. Runges Tat wird nicht erwähnt. Knapp wird mitgeteilt, dass der Spartakistenführer Karl Liebknecht beim Versuch, nach seiner Festnahme zu fliehen, erschossen wurde. Das akzeptieren die Soldaten. Zu Rosa Luxemburg wird mitgeteilt:

*„... es drängte sich eine zahlreiche Menschenmenge an den Wagen heran, sprang auf die Trittbretter und zerrte unter den Rufen: Das ist die Rosa! den Körper der Frau Luxemburg aus dem Wagen heraus. Die Menge verschwand mit ihr in der Dunkelheit. ...“*

„Det globt doch keen Mensch“, sagt Jäger Schulle. Er spricht aus, was die meisten von ihnen denken.

„Wem das nicht gefällt meldet sich bei mir. Ihr habt gehört, Doktor Grabowsky hat jedem, der jetzt gehen will, einen ehrenvollen Abgang und die volle Löhnung für den Januar versprochen.“

Leutnant Sander blickt über die ernsten Gesichter der Soldaten: „Schulle, Sie schreiben sich als erster auf die Liste. Dann tragen Sie die anderen ein, denen der Boden zu heiß wird. Vor dem Wachaufzug am Abend um sechs Uhr bekomme ich von Ihnen den Zettel. Das ist eine Chance!“

**Donnerstag, 16. Januar,** drei Uhr am Nachmittag: Der amtierende Kommandeur der Division, Hauptmann Pabst, befiehlt zu sich: Den Chef des Stabsbüros und zugleich seine Ordonanz, Hauptmann von Pflugk Harttung, den Verbindungsoffizier zur Regierung, Kapitänleutnant Wilhelm Canaris, den Leiter der Divisions-Presseabteilung Dr. Fritz Grabowsky und Oberleutnant der Reserve Kurt Vogel, den Führer des Luxemburgtransportes.

Bereits anwesend ist ein Vertreter der Divisionsgerichtsbarkeit, Kriegsgerichtsrat Jorns. Der Beamte ist deutlich älter als die Offiziere. Er sitzt im Hintergrund in einem Sessel, raucht bedächtig eine Zigarre, beobachtet still das Geschehen.

Die zum Rapport Befohlenen sind in einer Linie vor dem Generalstabsoffizier angetreten. Der erhebt sich hinter seinem Schreibtisch, tritt, auf Distanz achtend, vor die Offiziere. Die Narbe auf seiner Wange glüht:

„Meine Herren, das, was letzte Nacht geschehen ist, ist eine

Sauerei! Ich hatte ausdrücklich befohlen und im Einzelnen festgelegt, wie die Hinrichtung der Kommunisten zu erfolgen hat. Diskret, ohne Zeugen. Eine saubere Tat für Deutschland, ein eiserner Schlag gegen den Bolschewismus. Zugleich ein Signal, dass unsere Division treu und entschlossen zur Heimat steht, dass sie fähig ist, den linken Mob von der Straße zu fegen!

Deshalb habe ich die Verantwortung für die Exekution von Liebknecht und Luxemburg übernommen. Reichspräsident Ebert hat mir stillschweigend vertraut. Die Sozis erwarten, dass wir ihre Gegner geschickt und unangreifbar aus dem Weg räumen. Heute Morgen musste ich mich in der Reichskanzlei für das Geschehen rechtfertigen, von Schleicher hat mir sogar den Rücktritt nahegelegt!" Wütend blickt Hauptmann Pabst in die versteinerten Gesichter der vor ihm Stehenden.

„Meine Herren! Wir geben uns nicht geschlagen! Egal, was die Linkspresse schmiert. Ich erwarte ihre Vorschläge, wie wir die Sache wieder in den Griff bekommen!" Wie Schüsse knallen die Worte des Hauptmanns. Die roten Generalstabsbiesen seiner Hosen zittern.

„Wer hat es gewagt, einen Soldaten so scharfzumachen, dass der mit dem Kolben auf die beiden eindreschen konnte? Von Pflugk, es ist ihre dringlichste Aufgabe, den Kerl zu finden!

Jetzt zu Ihnen, Oberleutnant Vogel. Weshalb haben Sie meinen ausdrücklichen Befehl, die Leiche der Luxemburg in der Rettungsstelle abzuliefern, nicht befolgt? Wieso kamen Sie auf die abwegige Idee, die Luxemburg in den Landwehrkanal zu werfen? Ihre Antwort, jetzt, sofort!"

„Eine Kontrolle, das Auto wurde gestoppt, ich dachte, das sind Rote", stammelt Vogel.

„Von vorn, exakt der Reihenfolge nach", herrscht ihn der Generalstabsoffizier an. Oberleutnant Vogel holt tief Luft:

„Am Anfang lief alles normal. An der vereinbarten Stelle ließ ich langsam fahren. Leutnant zur See Souchon sprang auf das linke Trittbrett, schoss der Luxemburg in den Kopf, sprang wieder ab. Wir fuhren, jetzt schneller, weiter".

„Wohin weiter, was haben Sie als Fahrziel befohlen?" drängt Pabst.

„Der Kraftfahrer hat gesagt",

„Was höre ich? Sie haben sich vom Fahrer den Weg weisen lassen?"

„Ja", antwortet Vogel. „Der meinte, wir sollen über die Corneliusbrücke zur Rettungsstelle fahren, wegen der Straßenkontrollen ...",

„Oberleutnant, Schluss mit dem Geschwafel. Sie haben meine eindeutigen Befehle zur Ausführung ihres Auftrags nicht befolgt. Als Transportführer haben Sie versagt, sich von Unterstellten beeinflussen lassen. Ihr Entschluss, die Leiche in den Landwehrkanal zu werfen, zeigt ihr Unvermögen. Ab sofort stehen Sie unter Hausarrest. Sie vermeiden jeden Kontakt mit den Begleitmannschaften. Das Eden-Hotel haben Sie nicht mehr zu verlassen. Sie gehen sofort auf ihr Zimmer. Um 18 Uhr liegt Ihr schriftlicher Bericht mit allen Details zum Geschehen meiner Ordonanz vor. Wegtreten!"

Oberleutnant Vogel gelingt kaum die Kehrtwendung. Er flieht aus dem Raum.

„Meine Herren, setzen Sie sich." Pabst weist mit einer Geste zum Konferenztisch. Dann geht er einige Schritte auf den im Hintergrund Sitzenden zu.

„Darf ich Herrn Kriegsgerichtsrat bitten, an unserem Gespräch teilzunehmen?" Der erhebt sich ruhig, geht zum Tisch, nimmt den vom Adjutanten angebotenen Platz ein.

„Herr Kriegsgerichtsrat Jorns ist von der Regierung beauftragt, die Untersuchung der Vorkommnisse zum Tod von Liebknecht und Luxemburg zu führen. Bitte, Herr Kriegsgerichtsrat, ihre Sicht auf das Geschehen." Pabst setzt sich. Jorns blickt sich um, sieht forschend in die Gesichter der Anwesenden:

„Nach der bisher bekannten Sachlage, das muss ich als Jurist hier, unter uns, ganz eindeutig aussprechen, ist ein zweifacher Mord geschehen. Nichts hat ihre Offiziere legitimiert, zwei wehrlose Menschen zu erschießen. Der Öffentlichkeit wird das nicht verborgen bleiben. Zu viele Personen haben Kenntnis von den Vorgängen. Die Beweislage ist eindeutig. Ein Prozess zur Aufklärung der Tatumstände und Bestrafung der Todesschützen ist unabwendbar. Diesen Prozess vorzubereiten und zu führen, das ist meine Auftrag."

Betroffenheit herrscht. Mit einem Nicken erteilt Hauptmann Pabst Dr. Grabowsky das Wort: „Danke Herr Kriegsgerichtsrat für diese offenen Worte. Ich akzeptiere ihre Sicht als Jurist. Bitte bedenken Sie: Unsere Offiziere handelten als Patrioten. Sie haben der Hydra den Kopf abgeschlagen. Nicht aus Eigennutz oder dumpfer Rache, sondern aus ihrer Verantwortung gegenüber unserem Vaterland. Mit ihrer Tat haben Sie verhindert, dass in Deutschland der Bolschewismus Fuß fassen kann. Herr Jorns, Sie sind auch Patriot! Können Sie es mit ihrem Gewissen vereinbaren, unsere besten Offiziere, die sich freiwillig für diese Tat entschieden, dem Henker zu überlassen?“ Der Kriegsgerichtsrat erhebt sich:

„Meine Herren, was ich sagte, ist die offizielle Seite meines Auftrags. Selbstverständlich bin ich national eingestellt, hasse ich die Bolschewiken ebenso wie Sie. Bitte halten Sie sich meine Äußerungen stets vor Augen. Ohne eine gut abgestimmte, streng vertrauliche Zusammenarbeit zwischen mir und Ihnen sind die Tatbeteiligten verloren. Einen ersten kleinen Erfolg darf ich bereits verkünden: Der Mordprozess, bitte gewöhnen Sie sich an diese harte Bezeichnung, wird von einem noch zu bildenden Feldkriegsgericht unserer Division geführt. Nur so ist unser Einfluss gesichert. Die eigenen Kameraden werden das Urteil zu fällen haben, unsere eigenen Justiz-Offiziere führen die Ermittlungen.“ Alle sind erleichtert.

„Das bekommen wir in den Griff!“, versichert Kapitänleutnant Canaris und blickt in die Runde.

„Pflugk, Sie sorgen dafür, dass Herr Kriegsgerichtsrat noch heute sein Büro gleich nebenan, möglichst im kleinen Salon, einrichten kann. Alle den Fall betreffenden Korrespondenzen gehen über ihren Tisch. Nur Sie haben Zugriff, sorgen dafür, dass diese durch unsere Melder zuverlässig befördert werden.“, befiehlt Pabst. „Einverstanden, Herr Jorns?“

Jorns nickt. „Zur Anfertigung von Abschriften meiner Protokolle benötige ich einen zuverlässigen Mann.“

„Darum kümmere ich mich“, verspricht Grabowsky. „In meiner Schreibstube sind zuverlässige Leute“.

„Ich werde im Justizministerium erwartet, die Formalien für den Prozess absprechen.“ Jorns drückt seine noch immer glimmende Zigarre aus. Von Pflugk Harttung geleitet den Kriegsgerichtsrat zur Tür, geht kurz in sein Büro, gibt Anweisungen.

Hauptmann Pabst, Dr. Grabowsky und Kapitänleutnant Canaris stehen auf, vertreten sich die Beine.

„Wer hat uns nur diesen Vogel und den Kolbenschläger untergeschoben?“ spricht Grabowsky in den Raum, „wenn die nicht so dämlich … „

„Genug“, unterbricht ihn Pabst. „Die Aktion ist schief gelaufen. Niemand wird uns abnehmen, dass Liebknecht nach einem

Kolbenhieb zu einer Flucht fähig ist, die unsere Begleitoffiziere nur mit Waffengewalt verhindern konnten. Doch das können wir weiterhin behaupten. Nur unsere Leute sind Zeugen der Exekution.

Doch wie erklären wir die Vorgänge zum Verschwinden der Leiche der Luxemburg? Irgendwann wird die auftauchen! Kaleu Canaris, Sie sind doch ein Mann für ungewöhnliche Lösungen, was schlagen Sie vor?"

„Wir müssen verschleiern und vernebeln, neugierigen Spürnasen Futter geben, sie auf falsche Fährten locken. Im Fall des Kolbenschlägers könnte das eine unpolitische, ganz persönliche Abrechnung mit Liebknecht sein. Etwas, das wir nicht wissen konnten und selbstverständlich verurteilen."

„Und im Fall Luxemburg?"

„Ebenso. Viele Möglichkeiten und Tatmotive offen lassen, wenn sie noch so verrückt erscheinen. Als Täter sollte ein Mann ins Gespräch kommen, der nicht zu unseren Kreisen gehört, der Neffe von Admiral Souchon gehört geschützt. Der Reserveoffizier Vogel gehört nicht zu uns. Er hat die Sache verbockt, er muss dafür bluten! Ich habe da eine Idee ... ."

„Gut Canaris, aus Ihnen spricht der Verschwörer. Achten Sie auch auf die Stimmung in der Reichskanzlei. Zu Noske haben Sie gute persönliche Beziehungen. Mit Ebert komme ich zurecht. Diese Herren sollten immer den Eindruck haben, dass wir an der Aufklärung der Umstände des tragischen Todes der Luxemburg und der Kolbenschläge auf Liebknecht interessiert sind. Also bereiten Sie passendes Futter für die Regierungsmitglieder vor."

Hauptmann Pabst ist wieder ruhig. Er fühlt, dass er die Geschehnisse wieder in den Griff bekommt. „Dr. Grabowsky, wie werden Sie mit der Presse umgehen?"

„Das Wolffsche Telegraphenbüro habe ich fest im Griff. Von dort werden unsere Pressemitteilungen unverändert an alle Zeitungen in Deutschland geschickt. Alle bürgerlichen und nationalen Blätter von Berlin drucken unsere Darstellungen ab. Zu einigen Redakteuren habe ich persönlichen Kontakt, die sorgen dann für das passende Umfeld, bringen Kommentare zu den Hetzartikeln der Luxemburg oder erinnern an Liebknechts Schuld am Blutbad beim Aufstands des Spartakisten-Mobs vor einer Woche."

„Was machen wir mit der Roten Fahne, dem Kommunistenblatt?"

„Schwierig, die lassen sich kaum bestechen. Dem Pieck haben Sie ja ordentlich Dampf gemacht, der wird sich in den nächsten Wochen hüten, über uns zu hetzen. Doch der Jogiches, ich habe gehört, dass er mit der Luxemburg auch privat liiert war, ist ein harter Brocken. Der Mann hat überall seine Leute, ich befürchte auch bei uns. Kaleu Canaris will das herausfinden und den Spieß umdrehen. Wir haben dazu schon kurz gesprochen. Alles recht gewagt, doch wenn das funktioniert ...", ergänzt Dr. Grabowsky.

Pabst ist mit der Antwort zufrieden, vor allem darüber, dass seine Männer Ideen entwickeln, um mit dieser schwierigen Situation zurecht zu kommen.

„Pflugk, Sie reiten noch heute ins Quartier ihres Bruders. Allen an der standrechtlichen Erschießung Liebknechts beteiligten Leutnants seiner Eskadron überbringen Sie meinen persönlichen Dank. Ihre Tat fürs Vaterland wird nie vergessen. Sorgen Sie dafür, dass die jungen Männer keine Kopfschmerzen bekommen. Ihrem Bruder obliegt es, sich um die Zivilisten, den Fahrer und Beifahrer des Liebknechttransports zu kümmern. Eine fette Prämie wird deren Gewissen beruhigen. Sie sollen aber auch wissen, dass es Ihnen nur dann gut geht, wenn sie uns weiter verbunden bleiben! Danke, meine Herren, auf uns wartet viel Arbeit."

**Freitag, 17. Januar 1919**, 09 Uhr am Vormittag. Im Wachlokal des Eden-Hotels bestellt Wachleiter Sander Willy zu sich: „Jäger Ranke, Sie kennen den Weg zur Presseabteilung. Sie bringen Herrn Dr. Grabowsky die Liste mit den Namen der Entlassungskandidaten. Er will Sie Punkt 10 Uhr haben. Hat er Fragen, antworten Sie ordentlich! Vollzug melden Sie morgen meiner Ablösung. Das ist Oberleutnant Grützner vom Stab ihres Jägerregimentes. Er weiß, dass Sie als Läufer in der Stabswache bleiben. Bis morgen früh 06 Uhr haben Sie dienstfrei."

Willy jubelt, einen ganzen Tag frei! Am Abend geht es zu Gertrud! Davor genügend Zeit, mit Max im Café zu quatschen.

Der Pressechef der Garde-Kavallerie-Schützen-Division, Dr. Fritz Grabowsky, hat im Eden, gleich neben dem kleinen Salon im ersten Stock, drei Zimmer belegt. Ein massiver großer Tisch steht in der Mitte seines Büros, dahinter, an der dem Eingang gegenüberliegenden Stirnwand, ein wuchtiger Schreibtisch mit einer modernen elektrischen Tischlampe. Sie strahlt auf viele, zu kleinen Stößen geordneten Zeitungen. Etwas versteckt, in einer Fensternische zur Nürnberger Straße, ist eine kleine Sitzecke aus zwei gepolsterten Stühlen und einem Rauchtisch platziert.

Dr. Fritz Grabowsky sitzt am Schreibtisch, sein graues Sakko, geschickt aus feinem Offiziersstoff gearbeitet, hat er aufgeknöpft. Vor ihm liegen die wichtigsten Zeitungen des Tages von Berlin: Die bürgerliche ´Vossische Zeitung´ des Ullstein-Verlags, der ´Vorwärts´, das Blatt der SPD, und die ´Freiheit´ von der USPD. Grabowsky schneidet Artikel aus, deren Inhalte er in der Führungsbesprechung vortragen wird. Die Ermordung von Karl Liebknecht und Rosa Luxemburg ist auch zwei Tage nach dem Geschehen das aktuelle Thema.

*´Richter Lynch´* titelt die Vossische Zeitung ihren Artikel, in dem Grabowsky unterstreicht:

*´Keine noch so berechtigte Empörung des Volkes gegen die Urheber der letzten traurigen Ereignisse vermag die Lynchjustiz zu rechtfertigen, wie sie an Liebknecht wenigstens versucht, an Rosa Luxemburg aber in der abstoßendsten und fürchterlichsten Grausamkeit verübt worden ist.´*

Im ´Vorwärts´ äußert sich Philipp Scheidemann:

*´Ich bedauere den Tod der beiden aufrichtig und aus gutem Grunde. Sie haben Tag für Tag zu den Waffen gerufen und zum gewaltsamen Sturz der Regierung aufgefordert. Sie sind selbst Opfer ihrer eigenen blutigen Terrortaktik geworden.´*

Weit weniger gefällt Dr. Grabowsky, was die ´Freiheit´ unter der Überschrift:

*´Nach dem Mord die Lügen! Die Verwischung der Spuren´*

schreibt:

*´Eine nichtswürdige Zumutung ist es, die Untersuchung einem Kriegs ´gericht´ zu übertragen, das natürlich nur die Wahrheit zu verhüllen und zu verwirren trachten wird.´*

Willy klopft kräftig an, will mit soldatischer Exaktheit beeindrucken. Deshalb grüßt er den Zivilisten wie einen Offizier. „Herr Dr. Grabowsky, Jäger Ranke mit der Aufstellung der zur Entlassung vorgesehenen Soldaten."

Dr. Grabowsky bleibt hinter seinem Schreibtisch sitzen. Er weist auf die Sitzecke im Erker: „Legen Sie die Liste dort hin, setzen Sie sich."

Willy setzt sich und beobachtet, wie Grabowsky die aus den Zeitungen ausgeschnittenen Artikel auf Schreibmaschinenpapier klebt und die Seiten mit Notizen versieht. Dann legt er alles in einen Ordner, steht auf und setzt sich Willy gegenüber. Dann nimmt er die Liste mit den Namen der Soldaten, die zum Wochenende um ihre Entlassung bitten. Aufmerksam liest er die Aufstellung. Willy wird unruhig. Soll er etwas sagen? Doch was? Endlich blickt Grabowsky auf:

„Jäger Ranke, woher kennen Sie meinen früheren Dienstgrad?"

„Sie haben vor uns im Juli letzten Jahres eine große Rede zur Situation an der Front gehalten. Im großen Turnsaal des Lagers Zossen."

„Und?", fragt Grabowsky.

„Das war eine tolle Rede. Wir waren alle begeistert",

„Alle?"

„Fast alle, Miesmacher gibt es immer", antwortet Willy.

„Miesmacher?"

„Na Soldaten, die feige sind und nicht an den Sieg glauben."

„Aber wir haben doch nicht gesiegt!", entgegnet Grabowsky.

„Weil wir in der Heimat verraten wurden. Unsere Division hat immer durchgehalten", versichert Willy.

„In der Heimat verraten?", fragt Grabowsky.

„Ja, durch Streiks und Plünderungen. Das alles haben die Roten, die Bolschewisten und Spartakisten angezettelt. Jetzt haben sie ihren Denkzettel bekommen", stellt Willy seine Sicht auf das Kriegsende und die daran Schuldigen dar. Dr. Grabowsky sagt nichts dazu. Das ermutigt Willy weiter zu sprechen:

„Max, ich meine Jäger Max Weber, war dabei, als sein Cousin die Luxemburg fertiggemacht hat. Er hat uns genau erzählt, was in der Nacht passiert ist."

Dr. Grabowsky zuckt wie unter einem Stromschlag, stemmt die Hände auf die Tischplatte, beugt sich, halb aufgerichtet, Willy entgegen.

„Stopp! Welcher Cousin, wer ist Max Weber?"

Willy ist erschrocken. Habe ich etwas falsches gesagt? Dann findet er die Erklärung: Der Doktor weiß nicht, dass Max mit Leutnant Souchon verwandt ist und beide befreundet sind.

Der Presseoffizier blickt weiter fragend auf Willy, der holt tief Luft:

„Max ist ein tapferer Soldat und mein Freund. Wir lernten uns beim Gefecht auf dem Pasly-Hügel kennen, haben dort den zerschossenen Regimentsstand aufgebaut. Jäger Max Weber ist mit dem Leutnant zur See Hermann Souchon verwandt. Hermann ist sein Cousin, der Sohn des Bruders von Admiral Souchon, dem Göbenadmiral, Sie haben bestimmt von ihm gehört!"

Dr. Grabowsky lässt Willy nicht erkennen, ob ihm diese Zusammenhänge bekannt sind.

„Jäger Ranke, berichten Sie mir genau, was Sie, was alle Soldaten der Wache zum Tod der Frau Luxemburg wissen!"

Willy erzählt ausführlich, was Max von den Geschehnissen nach der Abfahrt des Fahrzeuges mit Rosa Luxemburg berichtete:

„Zuerst hat unser alter Otto, ich meine Jäger Otto Runge, dem Liebknecht und dann der Luxemburg im Hotelausgang eins mit dem Kolben seines Gewehrs übergebraten. Das hat die Luxemburg bewusstlos gemacht. Max und Jäger Poppe mussten sie zum Auto schleppen und auf den Rücksitz ziehen. Poppe saß dann links und Max rechts neben ihr. Oberleutnant Vogel, der Transportführer, kommandierte von oben alles. Er saß auf der Lehne des rechten Fahrersitzes. Er hat auch befohlen, langsam zu fahren, damit Leutnant Souchon aufspringen kann. Max hat noch erzählt, dass gleich nachdem der Priamus losgefahren ist, ein Matrose hinten aufsprang und der Luxemburg einen Faustschlag auf den Kopf versetzte. Dann ist Leutnant Souchon auf das Trittbrett des Wagens gesprungen und hat die Luxemburg mit seiner Pistole erledigt. Mit einem aufgesetzten Kopfschuss. Mehr weiß ich nicht. Max kann Ihnen das viel genauer erklären."

„Wissen das alle Soldaten der Wache?"

„Ja mehr oder weniger. Es ist viel gequatscht worden in der Wache und am Morgen im Café. Das war noch vor dem Redeverbot von Ihnen", verteidigt Willy das Geschehen.

„Was wurde noch geredet?"

„Na, das Runge von Hauptmann Petri Geld erhielt, um die beiden Kommunistenführer mit seinem Gewehrkolben niederzuschlagen. Der Faustschläger, ein Matrose in einer Pelzjacke, kam am nächsten Morgen zu uns ins Café und hat einen ausgegeben. Fast eine ganze Stange Astor! Wir haben alle über diesen komischen Vogel gelacht. Ein Pressemann hat von uns sogar ein Foto gemacht, mit Otto Runge und Gertrud, der Kellnerin, in der Mitte." Willy bemüht sich, alles exakt zu erklären.

„Warten Sie, bleiben Sie hier sitzen, ich muss rasch etwas erledigen", Grabowsky legt Willy die ´Vossische Zeitung´ auf den Tisch und verlässt den Raum.

„Kaleu Canaris, wir müssen sofort handeln. Es gibt ein weiteres Problem: Unter den Wachsoldaten ist der Cousin von Leutnant Souchon, Jäger Weber. Ausgerechnet der hat die ganze Misere beim Abtransport der Luxemburg erlebt und in der Wache ausgequatscht!"

Dr. Grabowsky ist aufgeregt. Er stellt sich vor, was in den Zeitungen stehen wird, wenn diese Einzelheiten einem Pressemann bekannt werden.

„Immer mit der Ruhe. Jetzt wissen wir endlich, was alle wissen. Wer hat Ihnen das geflüstert?"

„Ein strammer Soldat aus der Wache, Ranke heißt er wohl. Scheint ein deutsch-nationaler zu sein. Auf keinen Fall von den Sozis oder Spartakisten verseucht. Er ist ein Freund des Cousins von Leutnant Souchon."

„Und was für eine Figur ist der Weber?"

„Scheint ein Angeber zu sein, der stolz auf seinen Admiralsvater und Leutnant Souchon ist. Ich habe noch keinen persönlichen Eindruck von ihm. So oder so, er ist eine Gefahr."

Canaris zündet sich eine Zigarette an, reicht eine Dr. Grabowsky. Beide gehen zum Fenster, Canaris öffnet es, kalte Luft strömt ins Zimmer. Sie denken nach.

„Der Weber muss verschwinden, den anderen, den Ranke, kann ich gebrauchen. Vielleicht wird das unser Mann, um unsere Version vom Tathergang ohne Souchon an die Presse zu bringen!", sagt Canaris. „Wo steckt der Jäger jetzt?"

„Der sitzt wie auf Kohlen in meinem Büro. Soll ich ihn dir rüberschicken?"

„Nein. Vergattere ihn, dass er die Schnauze hält. Aber danke ihm auch für seine Offenheit. Er soll alles dransetzen, dass der Weber nichts mehr ausquatscht. Wieso kommt der Mann überhaupt dazu, zu behaupten, dass er ein Cousin von Leutnant Souchon ist? Mir hat Souchon nie etwas von einem Weber erzählt!"

Die Offiziere verabreden, dass der Jäger Willy Ranke im Stab verbleibt. Max Weber wird auf die Liste der zu Entlassenden gesetzt.

´Den Ranke mache ich zu meinem Burschen, der wird uns keine Schwierigkeiten machen´, beschließt Grabowsky auf dem Rückweg in die Räume der Divisions-Presseabteilung.

Willy ist unruhig, fühlt sich in der fremden Umgebung nicht wohl. Mehrfach hat er in der Zeitung den Artikel *'Richter Lynch'* gelesen. Es fällt ihm schwer, zu verstehen, was dort steht. Eines hat er verstanden: Die Hinrichtung von Rosa Luxemburg ist ungesetzlich, mehr noch, sie ist Mord.

„Zu welcher Einheit gehören Sie?", fragt ihn der Pressechef noch beim Eintreten.

„Zur 4. Eskadron des Jägerregiments 2, Herr Doktor. Ausgebildet als MG-Schütze am MG 08. Jetzt schiebt unsere Eskadron hier Wache. Doch es heißt, dass wir bald Pferde bekommen und dann draußen für Ordnung sorgen."

„Was haben Sie gelernt?"

„Ich bin Handformer, gelernt von vierzehn bis achtzehn in der Keulahütte. Dann Einberufung und nach Zossen zur Ausbildung. An der Front war ich MG Truppführer und Regimentsschreiber, habe die Befehle und Berichte unseres Kommandeurs Major Albert Schön mit der Schreibmaschine getippt."

„Sie können mit einer Schreibmaschine umgehen?"

„Ja. Abschreiben geht ganz gut. Max Weber hat mir das beigebracht." Willy hofft, auf Dr. Grabowsky einen guten Eindruck machen zu können. Hatte Max ihm ja bei der Rede des Doktors gestern zugeflüstert, dass in der Presseabteilung Schreibmaschinen stehen.

„Jäger Ranke. Sie gefallen mir. Ich werde Sie zu mir versetzen. Dann erwarte ich, dass Sie topp schreiben!" Willy wird rot, sieht sich bereits in wichtiger Funktion. Besonders zackig grüßt er beim Verlassen des Raumes. Dr. Grabowsky lächelt, ist zufrieden.

# Verschwörung

**Freitag, 17. Januar 1919**, 03 Uhr am Nachmittag. Der amtierende Kommandeur der Garde-Kavallerie-Schützen-Division (GKSD), Hauptmann im Generalstab Waldemar Pabst, blättert in der Postmappe. Besonders interessieren ihn die Antwortschreiben der Staatskanzlei zu seinen Vorschlägen, einzelne halbmilitärische Vereine, wie die in vielen Berliner Stadtbezirken gebildeten Bürgerwehren, der GKSD zu unterstellen.

Die Unterschrift des Wehrministers Gustav Noske auf einem dieser Dokumente lässt Waldemar Pabst erstrahlen: Endlich kann er den ausgeuferten Spionageapparat des ´Regiment Reichstag´ seiner Führung unterstellen. Pabst hebt die kleine Ordonanzklingel vom Schreibtisch: „Pflugk, rufen Sie rasch Kaleu Canaris zu mir, für den Mann habe ich eine Überraschung!"

Minuten später stehen, nach höflicher Grußerweisung an der Tür, Hauptmann Heinz von Pflugk Harttung und Kapitänleutnant Wilhelm Canaris vor dem Schreibtisch des Chefs.

„Setzen Sie sich, ich habe gute Neuigkeiten: Der Anfang vom Ende des wilden SPD-Regiments im Reichstag ist gemacht. Noske hat mir dessen Spionageabteilung unterstellt. Die werden Sie, lieber Canaris, für unsere Zwecke zurechtstutzen. Wie immer, als graue Eminenz, nicht offiziell. Im Regiment Reinhard ist mir ein Oberleutnant, Eugen von Kessel aufgefallen. Der Mann hat eine politische Streifkompanie aufgebaut, die ausgezeichnete Informationen aus allen Lagern liefert. Ihm werde ich die ´gebürstete´ Mannschaft des Sozi-Nachrichtendienstes zur Eingliederung übergeben. Pflugk, Sie erstellen rasch eine Entlassungsliste für diese Schleudertruppe. Wer geeignet erscheint und von Canaris befürwortet ist, muss sich neu bewerben, der Rest verschwindet. Kaleu Canaris, wann kann von Kesssel beginnen, Ordnung zu schaffen?

„Heute noch bespreche ich mit Noske die Angelegenheit. Er wird meinen Beurteilungskatalog und die Modalitäten zur Bewerbung dem Auflösungsbefehl der Spionagetruppe hinzufügen."

Hauptmann Pabst ist zufrieden. Ein Versagen seiner Truppe, wie der misslungene Sturm am 24. Dezember auf das von der

Volksmarinedivision besetzte Stadtschloss wird es nicht mehr geben. Jetzt, wo es gilt, den Gegner im eigenen Land aufzuspüren und zu vernichten, ist die Erkundung und Beeinflussung aller Aktivitäten der Linken, egal KPD, USPD oder der Revolutionären Obleute die entscheidende Voraussetzung für den späteren militärischen Sieg. Nach dem Aufruf der Linken am 6. Januar zum Sturz der Regierung haben Lockspitzel des Stadtkommandanten zur übereilten Besetzung des Zeitungsviertels beigetragen und gleichzeitig dafür gesorgt, dass die Linken in dieser kritischen Situation keine entschlossen handelnde Führung hatten.

„Herr Hauptmann, heute Abend entwerfen wir unseren Schlachtplan zur politischen und juristischen Offensive im kommenden Liebknecht-Luxemburg-Prozess", lenkt Canaris das Interesse von Pabst zurück auf die aktuelle Situation. Pabst blickt auf, fühlt sich in seinen Gedanken gestört: „Meinen Segen haben Sie. Pflugk, morgen früh erwarte ich dazu ihren Bericht. Danke, meine Herren, ich habe zu tun."

Kaum haben die Männer das Zimmer von Pabst verlassen, fragt Pflugk Harttung: „Wen meinst du mit wir?"

„Na, wir beide, deinen Bruder Horst und Hermann Souchon. Vom Stab brauchen wir nur Doktor Fritz Grabowsky. Sei um sieben Uhr ´In den Zelten 9a´, im Tierpark. Die Restauration kennst du ja. Du gehst hinein, aber nicht in die Gaststuben, sondern nach hinten bis vor die Hoftür. Links ist ein Dienstbotenaufgang, dort hinauf. In der dritten Etage läutest du bei Löwenherz. Die junge Frau, die dich begrüßen wird, ist eine meiner Freundinnen. Mach sie mit einer Kleinigkeit glücklich, dann schmilzt sie dahin!" Heinz von Pflugk Harttung bewundert die Fähigkeit seines Freundes, unauffällige Treffen zu organisieren, denen stets auch etwas Geheimnisvolles anhaftet.

„Ist im Salon Staub gewischt, der Kamin angefacht, die Gläser poliert?", bombardiert Olga Löwenherz ihr Zimmermädchen Lisa. Die attraktive Offizierswitwe ist stets aufgeregt, wenn der elegante Kapitänleutnant zur See Wilhelm Canaris seinen Besuch ankündigt. Auf seinem Billet schrieb er mit schwungvoller steiler Schrift, dass er heute, pünktlich ab sieben Uhr am Abend, mit einer Herrengesellschaft den Salon ihrer herrschaftlichen Wohnung für eine diskrete Zusammenkunft erbittet.

Für Olga sind solche Offerten, wie die Nutzung ihres Salons

durch gut zahlende Gäste, wichtig. Sie hofft, so einen Mann kennenzulernen, der ihren Lebensstil sichert. So einen, wie Kapitänleutnant Canaris, besser jedoch einen der reiferen Offiziere, die sich bereits einen Posten in der neuen Reichswehrverwaltung unter Noske sichern konnten. Jetzt, drei Jahre nach dem Tod ihres Mannes vor Verdun, hofft Olga inständig, dass es ihr rasch gelingt, erneut zu heiraten. Auch Kinder zu bekommen, als Unterpfand für eine sichere Ehe. Noch sind die Erträge aus den geerbten Staatsanleihen ihrer Eltern hoch, kann sie damit ihren gewohnten Lebensstil finanzieren. Doch was, wenn die Roten mit ihrer ´Sozialisierung´ beginnen?

Es schellt. Der erste Gast: Kräftig gebaut, in schicker Uniform der Kaiserlichen Marine, Kapitänleutnant Horst von Pflugk Harttung. Ihn begleitet ein hoch aufgeschossener, noch kindlich aussehender Soldat, der seine Marineuniform unter einem langen grauen Soldatenmantel verbirgt. Olga vermutet, dass er zu der nebenan einquartierten Freiwilligen-Offizierseskadron gehört, deren Kommandeur der dreißigjährige Kapitänleutnant ist.

Olga strahlt die Männer an, begrüßt sie mit einem angedeuteten Knicks: „Sie sind Gäste des Herrn Canaris? Wunderbar! Sie sind mir herzlich willkommen! Darf ich Sie bitten, in meinem Salon Platz zu nehmen?“ Olga geht zur Seite, damit sich die Herren im Vorraum frei bewegen und umsehen können. Ihr Mädchen Lisa hilft ihnen aus den Mänteln. Dann führt sie die Männer durch eine breite Doppeltür in den Salon, dem größten Raum des Hauses. Die Gäste blicken sich um, entdecken vor dem Kamin zwei tiefe Sessel, setzen sich, genießen das ruhige Spiel der Flammen.

„Horst, hast du gelesen, was die Schmierfinken der USPD in ihrer ´Freiheit´ geschrieben haben? Sie behaupten, dass es Zeugen gibt, die genauestens wissen, wie alles abgelaufen ist.“ Fragend blickt der junge Mann zu seinem Eskadronführer.

„Warte es ab, wir stopfen diesen Bolschewiken schon bald das Maul, nur der passende Anlass fehlt uns noch. Mein Bruder meint, die Division steht bereit, überall in Berlin aufzumarschieren und die Roten auszuräuchern. Es fehlt nur noch der Befehl von oben, von Noske.“

„Ein Anlass lässt sich immer finden“, fügt Souchon hinzu, „doch bis dahin … “, der Leutnant unterbricht seine Rede, hebt den Kopf, hört vom Vorraum Stimmen. Die Salontür öffnet sich.

Olga führt einen Zivilist und den Bruder von Horst, Hauptmann Heinz von Pflugk Harttung, in den Salon. Die Männer begrüßen sich, treten an das Feuer, genießen die Wärme des Kamins. Die Ankömmlinge reiben die vom Ritt kalt gewordenen Hände über der Glut.

Für solche Begegnungen ist der Salon eingerichtet. Die Feuerstelle fällt kaum auf, ihre braunen Kacheln sind der Farbe der übrigen Möbel angepasst. Dunkelbraun, kaum gemasert steht gegenüber der Fensterfront ein großer Bufettschrank mit verglastem Aufsatz. Das flackernde Licht des Kaminfeuers bringt die dort stehenden Vasen, Kelche und Krüge zum Leuchten, haucht ihnen Leben ein.

Im Zentrum des Raumes steht ein runder Tisch, groß genug, um den Mittelpunkt für ein halbes Dutzend gut gepolsterter Lehnstühle zu bilden. Von der Decke prangt ein goldfarbener Kronleuchter, dessen Gaskerzen mildes Licht verbreiten. Eine Kommode ziert den Raum zwischen den großen Fenstern. Auf ihr steht ein silbernes Tablett mit blinkenden Gläsern.

Das Mobiliar des Salons wird ergänzt von einer großen, fast bis zur Decke reichenden Standuhr. Deren langes Pendel schwingt ruhig, kaum merkbar bewegt sich der Minutenzeiger.

„Meine Herren, darf ich Ihnen einen Aperitif anbieten?“, fragt Olga. Die Männer wenden sich ihr zu, erfreuen sich am Anblick der schönen vom Schein des Kaminfeuers sanft beleuchteten Frau. Die Aufmerksamkeit der Männer gilt in diesem Moment nur Olga. Das genießt sie. Dann tritt sie zur Seite. Lisa nimmt das Tablett von der Kommode, geht zu den Gästen und bietet in langstieligen schlanken, sich nach oben öffnenden Gläsern Martini an. Das Getränk hat Olga, in Anbetracht der allgemeinen Notlage und der horrenden Preise, in der Küche aus Gin und Wermut gemixt. Gern greifen die Gäste zu. In dieser stilvollen Umgebung, hofiert von zwei anmutigen Frauen, fühlen sich die Männer wohl.

Der Zivilist, Dr. Grabowsky, hebt sein Glas, will als Ältester einen Trinkspruch zelebrieren, in diesem Moment ertönen dunkle Stundenschläge der Standuhr. Alles horcht auf, die Blicke der Männer gehen zur Uhr. Beim siebten, dem letzten Schlag, öffnen sich beide Flügel der Salontür. Ein zierlicher, schlanker Mann mit hellem, fast weiß scheinendem Haar, in maßgeschneiderter Marineuniform aus feinstem Stoff, tritt ein.

„Ein Zauberer“, flüstert Lisa ehrfürchtig. Dann besinnt sie

sich ihrer Pflichten. Sie geht mit dem Tablett auf Kapitänleutnant Canaris zu, macht einen tiefen Knicks. Canaris lächelt das Mädchen an, greift das dort stehende letzte Glas: „Zum Wohl meine Herren, trinken wir auf die Schönheit unserer reizenden Gastgeberin Olga!"

Alle lachen, Olga gibt sich verlegen: „Ich danke Ihnen und wünsche Ihnen in meinem Haus angenehme Gespräche. Hier, in meinem Salon, sind Sie ungestört. Wenn sie etwas vermissen, läuten Sie bitte." Lisa huscht mit roten Ohren, das Tablett an die Schürze gepresst, in die Küche. Olga schreitet aus dem Raum. Der süße Duft ihres Rosenparfums verbleibt.

„Wilhelm, du bist und bleibst ein großer Charmeur. Die harte Zeit als U-Boot Kommandant hat dich nicht verwildern lassen! Deine Schüsse landen immer. Auf See im Bug, auf Land in den Herzen!", lobt Horst von Pflugk Harttung des gekonnte Entrée seines Freundes. So geschmeichelt, macht der Gastgeber eine weite Handbewegung, bittet damit die Männer, um den Tisch Platz zu nehmen.

„Meine Herren Offiziere, lieber Fritz, wie müssen wir uns künftig verhalten, wie erwehren wir uns der Angriffe auf unsere Ehre, auf unsere nationale Tat? Ich bitte um eure Ideen!"

„Haben wir es überhaupt nötig, uns für unsere nationale Tat zu rechtfertigen? Ich stehe offen zu meiner Tat, der Vernichtung der Spartakistin Luxemburg!", platzt es aus dem jungen Leutnant heraus. „Ich habe mich freiwillig gemeldet. Ihr alle wart dabei. Hauptmann Pabst hat mir dafür gedankt. Mit meinem Vater konnte ich gestern telefonieren, er, die ganze Sippe der Souchons, sind stolz, sie stehen zu mir!" Trotzig blickt Hermann Souchon zu Canaris. Der nickt verständnisvoll:

„Hermann, niemand will dir die Ehre abschneiden. Doch um unsere uneingeschränkte Macht müssen wir noch kämpfen. Noch gelten alte Gesetze, die wir zu akzeptieren haben. Noch werden edle Taten für das Vaterland ebenso geahndet, wie die Verbrechen Krimineller. Kriegsgerichtsrat Jorns hat uns das gestern ausdrücklich dargestellt. Eine wehrlose Frau ohne Urteil zu erschießen, ist nach dem geltenden Gesetz Mord. Egal von wem, egal warum. Diese Tatsache, lieber Hermann, ist der Anlass und Ausgangspunkt für unser Treffen." Canaris geht auf den Leutnant zu, umarmt ihn.

„Wir müssen vor allem die Presse in den Griff bekommen. Das, was einmal gedruckt ist, wird geglaubt. Wenn schon die Vossische Zeitung mit Enthüllungen droht, was werden dann der Vorwärts und die anderen linken Blätter schmieren? Dem müssen wir etwas entgegensetzen!"

Dr. Grabowsky zeigt den Offizieren die für den Tagesrapport ausgeschnittenen Texte. Alle lesen.

„Deine Pressemeldungen werden zwar abgedruckt, die Herren Redakteure setzen ihre Zweifel an unseren Darstellungen jedoch gleich daneben. Wir müssen stärkere Geschütze auffahren", sagt Heinz Pflugk Harttung und blickt vom Pressechef zu seinem Bruder: „Du solltest mit deiner Sturm-Eskadron dem Vorwärts mal einen Besuch abstatten und den Herren Redakteuren erklären, dass ihr den Laden ausräumt, wenn ...",

„was wenn?", unterbricht ihn Wilhelm Canaris,

„na wenn die wieder was über unsere Rache an Spartakisten schmieren", beendet die Ordonanz von Hauptmann Pabst den Satz.

„Kameraden, einfach draufhauen hilft nicht. Lasst es uns so machen, wie Noske in Kiel: Nicht mit Erschießungen, wie sie davor Admiral Souchon befahl. Noske war klüger. Er hat sich an die Spitze der Aufständischen gestellt. Von dort konnte er das Ruder herumreißen und die ungebremste Herrschaft der Räte verhindern", versucht Canaris, die Handlungsideen der Offiziere in die von ihm gewünschte Richtung zu lenken. „Wir stellen uns wie Noske an die Spitze der feindlichen Flottille, wir liefern unseren Feinden die Informationen, die uns passen. Wir führen das Presseschiff auf den Kurs, den wir vorschreiben."

„Also machen wir unseren Leutnant zur See zum Chefredakteur des Vorwärts!", ruft Horst von Pflugk Harttung. Hermann Souchon schreckt auf, blickt verständnislos, alle lachen.

„Also", Wilhelm Canaris hält die Luft an. Die Blicke der Männer, auch ihre Gedanken, gelten nur noch ihm: „Hier ist meine Idee:

Unser gefährlichster Gegner ist die Rote Fahne, das Schmierenblatt der Spartakisten und ihrer neuen KPD. Wir setzen dem Oberschmierer, dem Jogiches, eine Plaudertasche vor die Schnüffelnase. Die wird er versuchen zu melken. Und wir bestimmen, welche Milch da fließt."

„So wie bei Pabst angedeutet, mit Vogel als Täter?", fragt Dr. Grabowsky, der sich an die Rüffel des Generalstäblers erinnert.

„Genau. Wenn das gelingt und die Rote Fahne den Vogel als Mörder ihrer roten Rosa präsentiert, wird diese Darstellung der Geschehnisse auch von den anderen Blättern übernommen."

„Und die Ermittlungen des Kriegsgerichts?", wirft Heinz von Pflugk Harttung ein.

„Müssen genau in diese Richtung geführt werden." Dann erklärt Canaris, dass es darauf ankommt, die Tätigkeit der Ermittler so lange zu verzögern, bis sich das öffentliche Interesse auf andere Themen konzentriert und die Presse ihre erste Seite mit anderen Geschehnissen füllen will.

„Kriegsgerichtsrat Jorns muss diese, unsere Ziele, nicht genau kennen. Wir lassen ihn spüren, dass uns Vogel als eigenverantwortlich handelnder Täter genehm ist, weil er nicht zu unseren Kreisen gehört.

Unser tapferer Hermann sollte völlig verschwinden, nicht mehr für Befragungen oder Gegenüberstellungen erreichbar sein. Wer nichts sagen muss, der muss nicht lügen. Die Souchons sind eine saubere Familie, das bleibt so."

„Da sind aber noch der Schläger Runge und sein Auftraggeber, der Hauptmann Petri", wirft Heinz von Pflugk Harttung ein.

„Dem Runge muss beigebracht werden, dass die Kolbenschläge eine ganz persönliche, private Abrechnung mit den beiden waren. Er muss glauben, dass er dann milder verurteilt wird, als für eine bezahlte Auftragstat", vervollständigt Wilhelm Canaris seinen Plan.

Die Männer sind zufrieden. So wird der Prozess die Ehre der obersten Offizierskaste nicht beschädigen. Heinz von Pflugk Harttung fasst die wichtigsten Punkte zur Verschleierung der Tat zusammen:

„Oberleutnant der Reserve Kurt Vogel wird schon vor dem Prozess als Mörder der Presse, zuerst der Roten Fahne, präsentiert. Die Ermittlungsführung der Anwälte wird in diese Richtung gelenkt. Alle Dokumente, die zur Rekonstruktion des tatsächlichen Tathergangs durch die Ermittler benötigt werden, sind beiseite zu schaffen. Der Personenkreis, den das Gericht zum Tatgeschehen befragen kann, ist klein zu halten. Deren Aussagen kontrollieren und beeinflussen wir. Unzuverlässige Personen sind zu entlassen oder in schwer zu erreichende Truppenteile zu versetzen. Über mein Büro läuft der gesamte Schriftverkehr des Kriegsgerichtsrats. Ich kann ihn einsehen. Von internen Absprachen, wie zum Verbleib unseres Hermanns, erfährt er nichts. Hauptmann Pabst informiere ich über alle wichtigen Entscheidungen, er nickt sie ab."

„Danke Heinz, du bist ein gewissenhafter Stabsarbeiter, wirst bald rote Biesen tragen. Ich tauche für einige Tage nach Süddeutschland ab. Pabst weiß Bescheid. Dort ein paar Vorträge vor der Industrie, wir brauchen wieder Geld für unsere Truppe. Vor allem werde ich für unsere Idee der Bürgerwehr werben. Die hat uns schließlich den großen Erfolg, die Festnahme der Kommunistenführer, eingebracht." Außerdem, Canaris lächelt schelmisch, "ich habe da noch eine junge Frau zu umwerben."

Canaris geht zur Kommode, greift eine dort liegende Feder, schreibt eine kurze Notiz auf eine seiner Visitenkarten. Die steckt er in einen Umschlag, dazu einige Geldscheine und bittet Leutnant Souchon, zu warten, bis alle gegangen sind, um dann Olga den Umschlag zu überreichen.

„Darin ist auch noch eine kleine Freude für dich, Olga kannst du blind vertrauen." Souchon hofft, die Worte des Kaleus richtig verstanden zu haben. Ob die schöne Olga ...?

Die Männer verabreden, wer sich um welche Einzelheiten zur Realisierung ihres Vorhabens kümmert.

Eskadronchef Horst von Pflugk Harttung veranlasst, dass Hermann Souchon ins Ausbildungslager der GKSD nach Zossen versetzt wird. Dort ist er immer erreichbar, vor allem ist nicht zu befürchten, dass er versehentlich von Zeugen der Tat erkannt wird.

Dr. Grabowsky übernimmt es, eine geeignete Person zu finden, die die Falschinformation zu Vogel als Todesschützen der Roten Fahne glaubhaft übermitteln kann.

„Ich bekomme morgen früh die Unterschrift von Pabst für eine sofortige Versetzung des Runge in das Husarenregiment 8. Bis dahin nimmt ihn unsere Ordonanz Leutnant Liepmann auf, der hat in Charlottenburg ein ruhiges Quartier", legt Hauptmann Pflugk Harttung fest.

Uneinig sind sich die Männer darüber, was mit Herrmanns Cousin Max Weber geschehen soll. Alle befürchten, dass dieser so plötzlich aufgetauchte Cousin bei der Vertuschung des Tathergangs stört.

„Hermann, da soll es einen unehelichen Sohn von Admiral Souchon geben, einen Max Weber, der bei uns als Jäger dient.

Kennst du den genauer?", fragt Wilhelm Canaris möglichst beiläufig.

„Max Weber? Kenne ich nicht. Den soll mein Onkel per Seitensprung gezeugt haben? Nie etwas davon gehört". Der Kapitänleutnant nickt und deutet mit einer Geste an, dass dazu kein weiterer Gesprächsbedarf besteht. Dr. Grabowsky meint, einen Soldaten zu kennen, der den Weber beeinflussen und kontrollieren kann.

Canaris mahnt alle zur Vorsicht: „Unser Plan darf unkontrollierbaren Kreisen, weder dem Hotelpersonal, noch den Wachmannschaften bekannt werden. Fritz, lass uns sprechen, bevor du einen Mann auf die Rote Fahne ansetzt. Im Moment reicht es, zu wissen, was von wem gesprochen und verbreitet wird."

Willy ist glücklich. Am Sonnabend früh, bei Wachbeginn um 06 Uhr, wurde ihm mitgeteilt, dass er auf unbestimmte Zeit zur Presseabteilung der GKSD versetzt ist.

„Packen Sie ihre Sachen, melden Sie sich bei Unteroffizier Knopf vom Schreibbüro. Der muss wissen, wohin er Sie künftig steckt. Seien Sie froh, dass Sie nicht nach Hause geschickt werden wie ihr Busenfreund Weber. Der durfte schon seine Sachen packen, steht heute seine letzte Wache. Abmarsch.", verabschiedet ihn der neue Wachleiter, Oberleutnant Grützner.

Willy stört wenig, das er sich nicht von seinem Freund verabschieden kann. Max hatte ihn am Freitag mehrfach geärgert, als er mitbekam, dass Willy sich am Abend mit Gertrud treffen wird.

„Mensch, die ist doch schon Ende Zwanzig, könnte fast deine Mutter sein! Sei nur vorsichtig, vielleicht hat die ´nen starken Bruder und ´ne fesche Schwester, die machen dich dann zu dritt fertig!", frotzelte Max. Für Willy ist klar, dass Max sich damit für den verlorenen gemeinsamen ´Der Diener und sein Herr´ Ausgang rächt, auch dafür, dass ihn Willy mehrfach mahnte, nicht so großspurig mit der Tat seines Cousins zu prahlen. Dass Max tatsächlich auf der Entlassungsliste steht, glaubt Willy nicht. Sicher hat sich Grützner im Namen geirrt oder wollte ihn, Willy einfach erschrecken.

Unteroffizier Knopf, der Leiter der Schreibstube der Pressestelle, zeigt Willy seinen künftigen Arbeitsplatz. Es ist ein kleiner niedriger Tisch. In der Mitte steht eine Schreibmaschine, links und rechts davon flache Holzkästen; hinter der Schreibmaschine liegt eine Mappe.

„Sie melden sich mit dem Dokumentkasten Punkt zehn Uhr hier, an der Ausgabe. Ich gebe Ihnen die Manuskripte oder Zeitungsausschnitte, die sie abschreiben. Dazu Papier, wenn nötig, auch Kohlepapier. In der Mappe auf ihrem Tisch finden Sie die Schreibanweisungen. Sie sind exakt einzuhalten. Ihre fertigen Abschriften kommen in den rechten Kasten. Das Original obendrauf. Wenn ihre Abschrift wie das Original aussehen muss, gebe ich Ihnen die Texte in einer extra Mappe. Der Unteroffizier zeigt auf eine grüne Pappmappe, auf der ´Kopieren´ steht. Nach Dienstende melden Sie sich bei mir ab und geben alles zurück. Nichts bleibt auf ihrem Tisch liegen!“

„Zu Befehl Herr Unteroffizier, Dokumente abholen, abschreiben, am Abend alles zurückbringen.“ Willy brennt darauf, seine Schreibmaschine auszuprobieren.

„Sie schlafen im Souterrain, Zimmer neun. Bringen Sie ihre Sachen dorthin. Ich erwarte Sie nachher mit pieksauberer Uniform und blanken Händen.“

Willy schnappt seinen Tornister und einen Beutel, geht in der unteren Etage am Café vorbei, dann über eine kleine Treppe zu den halb in der Erde liegenden Kellerräumen. Die Türen sind mit Nummern oder Namen beschriftet. Vor der Tür mit der Nummer neun stellt Willy sein Gepäck ab, klopft kurz, niemand antwortet, Willy tritt ein. Der Raum ist schmucklos. In der Mitte ein Tisch, an den Seiten stehen je zwei Feldbetten und schmale Spinde. Vom kleinen Fenster gegenüber der Tür ist ein Fußweg zu sehen. Von einer Ecke strahlt ein Kanonenofen Wärme. Am Tisch lümmelt ein Soldat.

„Soll´ste hier pennen?“, fragt er Willy.

„Ja, Unteroffizier Knopf hat das befohlen.“

„Da“, der Soldat zeigt auf ein Bett, „die Koje ist frei, auch der Spind daneben. Da kann´ste dich einrichten. Als Einstand musste ´ne Lage schmeißen, sonst wird hier nischt. Ich bin Willy, Willy Hoffmann.“

„Und ich bin Willy, Willy Ranke“

„Ab sofort Willy zwo!“

„Klar, Willy eins, Willy zwo wird was besorgen, ich stemme ´ne Kiste Kindl.“

„Und was Scharfes zum Zischen“, rundet Willi eins das Einstandsangebot auf.

„Haste auch genug Zaster?“,

„Hab ich von meiner Mama ... “, beide Willys lachen.

„Wer besorgt uns was zu beißen? Morgen muss ich wieder grade gucken können, wenn ich für Dr. Grabowsky was schreibe.“ Willy will sich von Willy eins nicht unterbuttern lassen.

„Das besorgt Karl, der trabt mit seinen Pferden immer zwischen dem Proviantamt und der Offiziersküche hin und her. Für uns fällt immer ´ne Stulle und ´ne Bulette ab“.

„Karl, etwa Jäger Karl Sander?“, Willy ist aufgeregt.

„Kennst ihn, etwa von Zossen? Mensch, Willy zwo, dann musst du der Rekrut Willy, der Liebling vom Spieß sein!“ Willy eins schraubt sich empor, geht auf Willy zu, betrachtet ihn von allen Seiten: „Ja, das ist er. Ordentlich angezogen, sauber gewaschen, stramme Haltung, der Mustersoldat!“ Willy eins deutet auf einen Stuhl, Willy setzt sich.

„Mensch Willy, Karlchen schwärmt oft von dir, wie du damals das Weib in der Schneiderei umgelegt hast, vor allem, wie ihr es der Dumpfbacke gegeben habt! Hosen runter, Arsch frei und ab auf den Ameisenhaufen!“

Willy grinst: „Ganz so wild war das damals nicht. Wir haben zusammengehalten. Karl, Friedrich, Andreas und ich. Das war das Wichtigste!“ Willy fühlt, dass er sich hier, in dem kleinen Kellerzimmer wohlfühlen wird. Dank Karlchen und dessen Schwärmereien.

„Wer gehört denn noch zu uns?“

„Anton, der ist Bursche oder Adju vom Leutnant von Kessel. Ist aber nicht mehr lange da, der Kessel will zur Polizei und Anton bestimmt auch.“

Beide Willys beschließen, Karl zu überraschen. Willy eins geht zur Offiziersküche und lässt Karl ausrichten, dass es am Abend etwas Besonderes zu feiern gibt. Karl weiß, welcher Beitrag von ihm für ein Soldatenfest erwartet wird.

Willy hofft, von Gertrud einige Flaschen Bier zu bekommen. Das klappt nicht, Gertrud ist nicht da. So holt er ein dutzend Flaschen vom Händler um die Ecke; verstaut sie unter dem langen Jägermantel. Die Flasche mit dem Klaren hat kein Etikett. Der Kaufmann behauptet, es sei sauberer Kartoffelbrand. Er verlangte für den Schwarzbrand fünf Mark. Das ist viel, für Willy die Löhnung für einen Tag.

Um zehn Uhr meldet sich Willy wieder im Schreibzimmer der Presseabteilung. Dort klappern Schreibmaschinen, Papier raschelt, wird leise gesprochen. Fünf Soldaten tippen an Schreibmaschinen. Willy findet kaum Beachtung. Als Neuer steht er auf der untersten Stufe einer strengen Hierarchie. Sie bestimmt, wer was wissen, also einsehen, lesen und abschreiben darf. Der Chef, Dr. Grabowsky, ist viel in Berlin unterwegs, schreibt per Hand stundenlang irgendwelche Berichte. Viele von Ihnen darf nur Unteroffizier Knopf lesen und abschreiben.

Stundenlang hämmert Willy auf seiner Schreibmaschine. Es ist ein neues, stabiles Modell der Marke Kappel. Sie hat, anders als die ´Erika´ der Regimentsführung, auf der Willy im Krieg schreiben musste, getrennte Tasten für Buchstaben und Zahlen. Es ist auch einfacher, den Schlitten zu bedienen. Er wird mit einem einzigen großen Hebel bewegt, der gleichzeitig die Zeilenschaltung auslöst. Wenn Willy sich verschreibt oder die Formvorgaben, etwa die exakte Breite der Ränder, nicht einhält, gibt es Rüffel. Willy kämpft. Die Inhalte der Texte, die er abschreibt, erreichen ihn nicht. Das bemerkt der Unteroffizier, es ist ihm recht. Ein Soldat hat wie eine Maschine zu funktionieren, mehr nicht!

„Mensch, der Ranke! Willy, du lebst, der Krieg hat dich nicht gefressen, Klasse!“ Karl Sander ist außer sich, als Willy nach sechs Uhr in das Kellerzimmer kommt. Beide umarmen sich, klopfen sich auf die Rücken. Willy spürt, dass Karl dabei zittert.

„Mensch Karl, was hast du, dass du zitterst. Regt dich meine Nähe so auf? Das war doch früher nicht so, da hast du doch heimlich von meiner Maria geträumt!“

„Lass man, unser Karl bekommt immer das Zittern, wenn ihn was aufregt. Is´n Kriegsschaden“, wirft Willy eins ein, erspart so Karl die Antwort. Willy gibt sich zufrieden, stellt die Bierflaschen auf den Tisch, die Männer stoßen an. Karl holt aus seinem Spind ein dickes Päckchen, legt es in die Mitte des Tisches. Willy eins und zwei schnuppern: „Hm, riecht gut! Frisches Brot, Gebratenes, vielleicht Buletten, richtiges Schmalz?“

Karl faltet das graue Packpapier auseinander. Mehrere Enden Kommissbrot und vier gebratene Schweinefüße kommen zum Vorschein.

„Mensch, Spitzbein, heute ist Fettlebe angesagt!“, freut sich Willy eins.

„Karlchen, wo hast du das her?“

„Das ist so runtergefallen von der Offiziersfourage. Die Herren vom Stab feiern heute wieder die Befreiung eines Viertels von den Spartakisten.“ Dann sagt er, mehr zu sich selbst, „Ist ein dreckiges Geschäft, gegen Frauen und Kinder. Soll wenigstens für uns was Gutes abfallen.“ Willy bemerkt, dass seinem Freund dabei die Arme zittern.

„Becher her, jetzt gibt´s was Scharfes“, ruft Willy, drängt damit Karls bittere Worte zur Seite. Jeder holt seinen Feldflaschenbecher, Willy die nackte Schnapsflasche. Er beißt in den halb aufgesteckten Korken, zieht ihn mit einer kurzen Kopfbewegung heraus und gießt jedem einen großen Schluck ein.

„Los, aufstehn! Zur Mitte, zur Titte zum Sack, zack zack“, ruft er. Die Männer stoßen an, trinken den Fusel auf Ex. Dann wird gegessen. Das Fett lässt ihre Gesichter glänzen, tropft auf den Tisch, wird von Zeitungen aufgesogen. Nach einigen genussvollen Bissen wieder „zack zack“. Für die Männer, die Jahre hungern und von faden Ersatzmitteln lebten mussten, ist dieses Schlemmen, sind die knusprigen Spitzbeine ein großes Vergnügen, ein Hochgenuss.

Viel zu rasch ist die Schnapsflasche leer, das Bier alle. Karl freut sich, seinen Kameraden eine so große Freude zu bereiten.. Nur noch selten überkommt ihn das Zittern. Als Willy ihn tröstend umarmt, fühlt er sich sicher und geborgen.

„Es war Scheiße, damals am Cornillet. Ich lag fast zwei Tage verschüttet in einem Trichter. Direkt neben mir der Gaul. Wie mich seine Augen angeguckt haben, bis er endlich verreckt ist.“

Irgendwann, es ist bald Mitternacht, kommt Anton, beäugt kurz Willy zwo, freut sich über das Bier, was Willy ihm hinstellt und genießt seinen Anteil am reichlichen Abendmahl.

„Mensch, wir leben gut. Was ich heute gesehen habe ... ne“, murmelt er, klopft seinen glückseligen Kameraden auf die Schultern. Die stehen schwerfällig auf, verschwinden zum Klo, gehen schlafen.

Die erste Woche im Schreibzimmer vergeht für Willy im Galopp. Bis in die Nachtstunden sitzt er an der Kappel, um seine Schreibarbeiten möglichst fehlerlos zu erledigen. Wenn Unteroffizier Knopf nicht mehr da ist, packt Willy die Originale und seine Abschriften in einen Umschlag, den er verschlossen beim Diensthabenden des Stabes hinterlegt. Unteroffizier Knopf nimmt ihn dort am Morgen in Empfang.

An Max denkt er nicht. Nur selten geht er nach Dienstschluss eine Etage tiefer ins Café, hofft auf ein kurzes Gespräch mit Gertrud. Die beachtet ihn kaum. Sie ist höflich, bedient ihn ordentlich, meidet aber jeden persönlichen Kontakt. Voller Neid beobachtet Willy, dass Gertruds Interesse einem älteren, dicken Oberwachtmeister der Feldgendarmerie gilt. Der Feldgendarm erinnert ihn an das heimliche Gespräch im Nebenraum der Schneiderstube am Ende seiner Rekrutenzeit in Zossen. ´Conrad, Conrad mit C´, mit dieser Parole würde ihn ein Feldgendarm ansprechen und ihm einen geheimen Auftrag geben. Ob dieser Oberwachtmeister die Parole kennt? Doch Willy getraut sich nicht, zu Gertruds neuem Freund Kontakt aufzunehmen.

Beim Bezahlen der Molle beugt sich Gertrud über ihn, so wie damals, als sie ihn zu sich einlud: „Kleiner, dein heimlicher Herr hat Sehnsucht nach dir. Du sollst ihn nach acht Uhr in der Kneipe besuchen, dort, wo ihr damals so viel Glück beim Spiel hattet. Max will dir einen ausgeben“, flüstert ihm Gertrud ins Ohr.

Willy hat plötzlich das Gefühl, vom Feldgendarmen beobachtet zu werden. Er bemüht sich, gelangweilt zu wirken, spielt noch einen Moment mit seinem Schultheiss-Bierdeckel, erhebt sich dann und geht hinaus, bemüht, nicht zum Gendarmen zu sehen.

„Mensch Willy, siehst ja richtig nobel aus. Bist´e schon ein Schreibstubenhengst?“ Max steht in gewohnter Jägeruniform, jedoch ohne Einheitsbezeichnung auf den Schulterstücken, an der Theke des ´Zooecks´. Er winkt Willy freundlich zu. Die Freunde knuffen sich, Max haut Willy in die Seite: „Heute ohne Grabendolch?“

Willy lacht: „ Allein fette Beute machen, geht schlecht. Bist du wirklich entlassen? Der Grützner hat mir das vor meiner Versetzung gesagt. Ich dachte, der will mich nur ärgern.“

„Es stimmt. Die Oben haben mich auf die Entlassungsliste gesetzt. Von wegen Betrug und Verleumdung des Marineoffizierskorps. Ich glaube, denen geht es um was ganz anderes, die haben nur einen Anlass gesucht, mich loszuwerden.“

„Was hast du denn verbrochen, ist unser kleiner Fischzug aufgeflogen, hat der Strehm sich gerächt?“

„Mensch bist du naiv. So´n kleiner Taschenraub bei der Konkurrenz ist doch kein Grund für eine Entlassung. Ich habe ihre Kreise gestört.“

„Welche Kreise, von wem?“ Willy ärgert sich, dass Max nur in

Andeutungen spricht und versucht, das alte Spiel zwischen beiden, bei dem Willy der artige Diener und Max der allwissende Herr ist, aufzunehmen.

„Erwin, lass mal zwei Kurze einlaufen, besser drei, gehörst ja auch zu uns", sagt Max zum Gastwirt. Max tut so, als ob er schon seit Jahren Stammgast im Zooeck ist. Kleine Gläser kommen, ihr Inhalt wird auf ´ex´ herunter gekippt, mit einem Bier nachgespült. Dann nimmt Max das Schnapsglas von Erwin, stellt es neben sein Glas und schnippt mit einem Finger daran. Das Glas schlittert über die glatte Theke bis zum Rand der Spüle. Erwin hat verstanden. Er geht dorthin, damit Max und Willy ungestört reden können.

„Du glaubst, dass ich ein Sohn von Admiral Souchon bin. Das ist Angabe. Ich kenne den Admiral überhaupt nicht, habe ihn nie gesehen. Mein wahrer Vater ist Küster in der Stralauer Vorstadt, ein Pazifist ganz ohne Schneid, der seinen Jesus mehr liebt als meine Mutter. Das ist kein Vater für mich, einen deutschen Soldaten. Deshalb habe ich mir den Goebenadmiral gesucht."

Willy ist baff. Sein Freund, ein Hochstapler?

„Aber wir haben damals nach dem Kampf um den Pasly Berg an deinen Vater, den Admiral, einen Brief geschrieben. In der letzten Nacht auf dem Berg hast du uns doch genau erzählt, wie dein Vater im Mittelmeer mit seinem Schlachtschiff die Feinde ins Bockshorn gejagt hat und dass der Sohn seines Bruders, der Leutnant Hermann Souchon, dein Cousin ist. Das ist alles nur Spinne?" Willy wird wütend: „Ich habe dir jedes Wort geglaubt und du hast mich, hast alle Kameraden schamlos belogen! Und das mit dem Brief war auch nur Mache!"

„Mensch Willy, wem habe ich denn geschadet? Alles was ich erzählt habe, damals vor dem Rückzug, ist wahr. Admiral Souchon ist ein Held. So steht es in dem Buch ´Deutsche Seehelden´. Dort las ich auch, dass sein Bruder einen Sohn hat, der in der Kaiserlichen Marine als Leutnant dient."

„Und woher wusstest du, dass es ausgerechnet dein angeblicher Cousin ist, der die Luxemburg erschossen hat?"

„Das kam von Oberleutnant Vogel. Uns sagte er, dass er den Befehl hat, am Anfang so langsam zu fahren, dass Leutnant zur See Souchon aufsteigen und die Luxemburg mit seiner Pistole hinrichten kann. Nach dem Schuss hat Vogel kalte Füße bekommen. Deshalb mussten wir die Tote aus dem Auto nehmen und in den Landwehrkanal werfen. Vogel hat uns vergattert, nichts davon zu sagen. Erst da hat es bei mir gefunkt und ich habe begriffen, dass mein Traumcousin der Todesschütze der Luxemburg ist! Nur blöd, dass ich in der Nacht damit rumgeprotzt habe. Willy, das ist der wahre Grund, warum ich rausgeflogen bin."

„Und jetzt ist wieder alles gut? Du belügst deinen besten Freund, spielst jeden Tag den großen Macker, haust mit deiner Heldenverwandtschaft auf den Putz. Du hast mich jeden Tag belogen. Pfui Deibel! Und jetzt sagst du, dass das alles nur ein Spielchen ist! Ich habe dir geglaubt, ich habe dich wegen deines Vaters beneidet, nur deswegen war ich gern dein Diener. Ne, Maxe, da mache ich nicht mit!"

Willy knallt eine Münze auf den Tresen, blickt verächtlich zu seinen Freund und verlässt die Kneipe.

Pünktlich meldet sich Kapitänleutnant Wilhelm Canaris von seiner Dienstreise nach Süddeutschland bei Hauptmann Pabst zurück.

„Pflugk, für eine Stunde keine Störung. Wenn Ebert anruft, ich bin bei der Truppe", ruft der Generalstabsoffizier vom Schreibtisch aus seiner Ordonanz im Vorzimmer zu. Dann deutet er Canaris an, die Tür zu schließen. Aus dem Schrank nimmt Pabst zwei Cognacschwenker. „Erfolg gehabt?"

„Alles bestens, die Großindustrie steht zu uns, die Idee der Bürgerwehr wird angenommen", antwortet Canaris.

„Dann nehme ich den Delamain, der ist noch vor unserem Einzug in der Champagne gereift."

Bedächtig hebt Pabst den Kork ab, genießt das aufsteigende Aroma, gießt ein, reicht Wilhelm Canaris ein Glas.

„Auf unsere Zukunft",

„auf unser Deutschland!"

Im Stehen genießen die Offiziere das edle Getränk. Canaris berichtet, dass Hugo Stinnes zuversichtlich ist, weiterhin bedeutende Summen zur Finanzierung der Division und der gerade geschaffenen ´Antibolschewistischen Liga´ von seinen Freunden aus der Großindustrie zu erhalten.

„Hugo Stinnes lässt Sie herzlich grüßen. Er freut sich auf ein Treffen am 28. Februar anlässlich ihrer Eheschließung", ergänzt Canaris seinen Vortrag.

„Und bei Ihnen, junger Freund? Wie sieht es bei Ihnen an der

Heimatfront aus?“

“Ich bin nicht ganz so schnell. Habe mich gerade mit Erika Waag verlobt, alles mit Ruhe, wie heißt es doch so schön: ´Sicherstellen und weiter suchen´. Die Männer lachen.

„Los, Kaleu, welche Pläne haben Sie für die Rote Fahne geschmiedet? Wer soll der Schwätzer aus unserem Haus sein?“, bringt Waldemar Pabst die Unterhaltung wieder in dienstliche Bahnen.

„Sie, verehrter Herr Pabst. Kein geringerer wird den durchtriebenen Jorgiches auf die falsche Fährte hetzen. Was wir dem Mann servieren, muss absolut glaubwürdig sein, damit er nicht weiter bohrt. Eine mündliche Indiskretion aus der zweiten Reihe wird uns dieser Mann nicht abnehmen.“

„Bitte ihren Plan“, Pabst wird ungeduldig. Er mag es nicht, wenn Canaris sich mit Andeutungen interessant macht.

„Ich schlage vor, eine heimlich gefertigte Kopie ihres Berichtes vom 16. Januar an Noske und die Herren der Regierung zum Tathergang der Erschießung der Luxemburg der Roten Fahne zukommen zu lassen. Natürlich mit kleinen Änderungen zum Geschehen, wie dem Namen des Todesschützen.“

„Klug gedacht. Grabowsky kann das technisch realisieren, die Textänderungen besprechen nur sie beide. Ich unterschreibe das neue Original, das dann verschwindet. Ein Durchschlag wird vielleicht geklaut und dem Jogiches ... ach, Canaris, für solche Dinge sind Sie da“, beendet der amtierende Divisionschef die Unterhaltung. Nach kurzer Pause fügt er hinzu:

„Sie geben dem Jogiches die Bestätigung aller Informationen, die sowieso bekannt sind, auch wenn es uns, wie zu Liebknecht, nicht schmeckt. Das macht die Sache glaubhaft. Gut, Canaris, schreiten Sie zur Tat. Das Kommunistenblatt hat sich von unseren Heimsuchungen erholt, wird seit Montag wieder gedruckt, zumindest sind einige Exemplare in der Stadt verteilt worden.“

Die Offiziere verabschieden sich, Kapitänleutnant Canaris eilt in die Presseabteilung.

Dr. Grabowsky lässt Unteroffizier Knopf eine Kopie der Stellungnahme von Pabst vom 16. Januar holen. Rasch hat der Pressechef auf einem Blatt die notwendigen Änderungen notiert und mit Bleistift auf dem Original Korrekturzeichen gesetzt.

„Lassen Sie das sofort vom Neuen, dem Jäger Ranke, mit einem Durchschlag abschreiben. Dann soll er alles zu mir bringen.. Der Jäger soll nur wissen, dass das eilig ist, mehr nicht!“, befiehlt

Grabowsky seinem Schreibstubenchef.

Willy bemerkt kaum, dass Knopf ihm einen weiteren Auftrag in die Ablage legt. Dass er als Schriftdatum das Datum des Originals einsetzen soll, macht ihn nicht stutzig. Nur kurz wundert er sich darüber, dass der sonst übliche Vermerk ´Abschrift´ nicht gefordert wird.

Plötzlich begreift er, was er abschreibt: Die Meldung des Divisionskommandeurs zum Tod von Karl Liebknecht und Rosa Luxemburg an die Regierung. Willy stutzt: Die Änderungen betreffen die Person des Todesschützen von Rosa Luxemburg. Statt, wie im Original geschrieben und Willy auch von Max bekannt, den Leutnant zur See Souchon zu nennen, wird jetzt der Transportführer, Oberleutnant Vogel, als Todesschütze genannt.

„Sie sollen abschreiben, mehr nicht", herrscht ihn Unteroffizier Knopf an, der plötzlich an Willys Arbeitsplatz steht: „Dann bringen Sie das Schreiben mit allen Durchschlägen sofort zum Chef, die anderen Abschriften auf meinen Tisch. Vorwärts!"

Erst auf dem Weg zum Chef begreift Willy, dass er ein brisantes Dokument erstellt hat. Willy ist unwohl. Er holt tief Luft, bevor er an Dr. Grabowskys Zimmer anklopft. Steif, militärisch exakt, meldet er sich und hält dem hinter seinem Schreibtisch Sitzenden die Mappe mit den Schriftstücken hin. Grabowsky nimmt sie entgegen, öffnet sie, legt die Blätter nebeneinander auf seinen Schreibtisch. Genau prüft er, ob Willy alle Änderungen vorgenommen hat. Zwei Tippfehler, die Willy vergaß zu korrigieren, stören ihn nicht. Das sieht Willy, er ist erleichtert

„Na, Ranke, sind Sie mit ihrem Einsatz im Schreibzimmer zufrieden? Knopf hat mir berichtet, dass Sie kräftig in die Tasten hauen und von Tag zu Tag weniger Fehler machen. Doch mit ihrer Schreibkunst, da hapert es noch?"

„Ich versuche jeden Tag, schneller zu schreiben. An der Front war keine Zeit zum Üben, und richtig mit allen Fingern zu tippen. Max, ich meine den entlassenen Jäger Weber, wollte mir sein Schreibmaschinen-Übungsbuch schenken, damit ich fit werde. Doch jetzt", Willy findet nicht die passenden Worte, „Unteroffizier Knopf hat dazu noch nichts gesagt."

„Sie wissen, dass ihr Freund Weber ein hemmungsloser Angeber ist, der es gewagt hat, sich einem der höchsten Offiziere unserer Kaiserlichen Flotte als uneheliches Kind anzuhängen?"

„Ja. Max hat es mir vorgestern gebeichtet. Ich habe ihm die Freundschaft aufgekündigt. Mit Hochstaplern, die die Ehre unserer Offiziere beschmutzen, will ich nichts zu tun haben!" Willy ist selbst erstaunt, wie leicht es ihm fällt, seiner persönlichen Enttäuschung einen patriotischen Anstrich zu verleihen.

Grabowsky lächelt: „Na, ein bisschen Kameradenenttäuschung war doch auch dabei? Wissen Sie, wo sich Jäger Weber jetzt aufhält?"

„Ja. Max ist Berliner, stammt aus der Stralauer Vorstadt. Sein Vater lebt dort, ist ein elender Küster. Max will nicht zurück in das Elendsviertel. Max will wie ich Soldat bleiben. Jetzt hängt er hier in der Nähe herum, solange sein Geld reicht. Er wird versuchen, bei einem Freikorps unterzukommen, bis dahin ..."

„Was bis dahin?", unterbricht ihn Dr. Grabowsky. Willy ärgert sich, was soll er nun antworten? Seinen Gönner anlügen, vielleicht weiß der schon alles?

„Max macht Saaldienst in einer Kneipe", Willy hofft, dass diese Antwort genügt. Doch Grabowsky bohrt weiter: „Saaldienst, genauer, in welcher Kneipe, für wen?"

„Für den Kneiper vom Zooeck. Der unterhält ´ne Spielhölle. Und damit die nicht ausgehoben wird, braucht er Max."

„Und Sie sind mit von der Partie, um rasch nach Dienstschluss ´ne schnelle Mark zu machen?"

Willy zuckt zusammen, wie ein Blitz durchfährt es ihn: ´Der Grabowsky weiß alles, ob der den Leutnant von Strehm kennt´?

„Seitdem ich kommandiert bin, war ich kaum im Ausgang. Jetzt habe ich gar keine Zeit mehr. Unteroffizier Knopf ...", Willy versucht sich herauszureden.

„Also", Dr. Grabowsky blickt Willy ernst an, „Sie bemühen sich, ein ordentlicher Soldat zu sein, wollen richtig Maschineschreiben lernen und unserer Division treu dienen?"

„Ja", Willy steht stramm, fast hätte er die Hand zum militärischen Gruß erhoben.

„Dann habe ich für Sie einen geheimen Auftrag. Damit kennen Sie sich doch aus?" Willy weiß nicht, was er antworten soll.

„Auskennen?" fragt er verunsichert.

„Klar, Sie haben uns doch schon einmal unterstützt, damals in Zossen. ´Conrad´ ... kennen Sie den Rest der Losung?"

„Conrad, Conrad mit C“, platzt es aus Willy heraus.

„Richtig. Wir arbeiten eng mit der Sicherheitspolizei und der Feldgendarmerie zusammen. Heute bekommen Sie von uns einen wichtigen Auftrag. Wenn es klappt, sind wir bereit, die Entlassung ihres Freundes Max zurückzunehmen. Doch der muss uns beweisen, dass er ein treuer Soldat ist. Wird er das wollen?“

„Dafür macht Max alles!“, versichert Willy. „Was soll ich ihm ausrichten?“

„Sie haben heute einen Bericht mit Änderungen abgeschrieben. Was ist Ihnen dabei aufgefallen?“

„Der Mann, der auf die Luxemburg geschossen hat, ist nicht mehr Leutnant Souchon, sondern Oberleutnant Vogel, der Transportführer. Jetzt verstehe ich ... “,

„Was verstehen Sie?“, hakt Grabowsky ein.

„Herr Oberleutnant zur See Hermann Souchon, seine Familie, vor allem der Admiral, sollen nicht als“, Willy weiß nicht, ob er das ihm auf der Zunge liegende Word gebrauchen darf, „als Mörder bekannt werden.“

„Richtig“, lobt Dr. Grabowsky, „deshalb geben wir unseren Feinden eine Falschinformation. Die sollen glauben, dass der Durchschlag, den Sie mit meinen Änderungen geschrieben haben, von der Originalmeldung unseres ersten Generalstabsoffiziers an die Regierung stammt. Jetzt brauchen wir noch einen Mann, der bereit ist, diese Meldung unauffällig an den Feind zu bringen. Das könnte ihr Freund, der Jäger Weber, sein.“

„Wenn er dafür zurück kann?“ fragt Willy,

„Ja. Wir schicken ihn dann auch aus der Schusslinie unserer Feinde.“

Ausführlich erklärt Dr. Grabowsky, wie Willy mit Max noch heute Abend sprechen soll. Dann drückt er Willy eine dünne, mehrfach zusammengefaltete Zeitung, ´Die Rote Fahne´ in die Hand.

„Die Zeitung darf hier niemand sehen. Die übergeben Sie mit dem eingelegten Durchschlag ihrem Freund. In der Zeitung steht auch die Adresse der Redaktion. Diese Papiere soll Weber dort abgeben. Persönlich, in Jägeruniform, wenn möglich dem Schriftleiter, einem Jogiches. Er soll sagen, dass er das Schriftstück von einem Freund aus dem Divisionsstab hat. Der Freund will, dass die Wahrheit bekannt wird.“

Grabowsky macht eine Pause, blickt auf Willy, will wissen, ob dieser alles verstanden hat. Willy nickt. Dann erklärt Grabowsky das weitere Verhalten von Max: "Weber muss sich so verhalten, dass die Männer seine Angst spüren. Deshalb will er sofort wieder weg. Deshalb traut er sich nicht, mehr zu sagen. Auf keinen Fall darf er Geld für diesen Botendienst verlangen! Abgeben und voller Angst wieder abhauen! Das müssen Sie ihrem Freund einschärfen. Klappt das nicht," Grabowsky lächelt böse, „kann er Ihnen gleich seine Jägeruniform mitgeben. Auch sein Saaldienst im Zooeck ist dann passé."

„Wann soll Max zu der Redaktion gehen?"

„Gleich nach ihrem Gespräch. Wir wissen, dass in der Redaktion die ganze Nacht Licht brennt. Sie gehen mit, aber so, dass man sie vom Haus aus nicht sieht. Max sagen sie, dass sie ihm Rückendeckung geben und ihn raushauen, falls er nach fünf Minuten nicht wieder draußen ist. Ihr Auftrag: Beobachten, wie sich Weber verhält. Ihn außer Sichtweite der Redaktion wieder in Empfang nehmen und auf dem kürzesten Wege zurück ins Eden. Dort zum Diensthabenden Stabsoffizier, mich verlangen. Alles klar Jäger Ranke?"

„Zu Befehl Herr Doktor Grabowsky, Auftrag verstanden."

Willy steckt die zusammengefaltete Zeitung mit dem Durchschlag der veränderten Meldung in seine linke Jackentasche. Grabowski gibt ihm die leere Mappe zurück. Unteroffizier Knopf nimmt sie ohne Kommentar entgegen.

„Ab Morgen üben Sie täglich eine Stunde Blindschreiben. Hier ist ein Übungsbuch. Ich erwarte, dass Sie mir jeden Tag wenigstens zwei Übungsseiten vorlegen. Heute machen Sie pünktlich um sechs Uhr Feierabend. Wegtreten." Willy ist beeindruckt, ein unsichtbarer Geist scheint alles zu steuern.

Das Wiedersehen mit Max im ´Zooeck´ verläuft harmonisch. Max ist froh, dass ihm Willy nicht mehr böse ist. Das Angebot, für eine gute Tat seine Entlassung rückgängig zu machen, nimmt Max ohne Zögern an. Der Auftrag, ein Schriftstück in der Redaktion der Roten Fahne persönlich abzugeben, erscheint Max ohne Risiko.

„Denen spiele ich den großen Angsthasen vor. Die glauben bestimmt, dass ich mich einschiffe, wenn ich nicht schnell wieder rauskomme. Bin dann mal nicht dein Herr, sondern dein kleines Angstwürstchen, wieder Frieden?"

„Frieden", antwortet Willy. Ihn wundert, dass sich Max für den Inhalt des zu überbringenden Schreibens nicht interessiert. Die Zusage, beim Erfolg der Aktion in das gewohnte Soldatenleben zurückkehren zu können, fegt bei Max jedes Interesse am Inhalt der Botschaft beiseite.

Gegen 9 Uhr am Abend marschieren die Freunde durch die lange Wilhelmstraße. Hier, inmitten herrschaftlicher Palais und großer Regierungsgebäude, soll sich die Redaktion der Kommunistenzeitung befinden? Das verunsichert beide. Dann finden sie das Haus 114. Der stumme Portier verrät, dass hier die KPD Zentrale ist, dass sich die Redaktion der Zeitung ´Die Rote Fahne´ im hinteren Quergebäude befindet.

„Du gehst hoch, ich warte gegenüber im Hauseingang. Wenn du nicht kommst, alarmiere ich eine Streife, wir hauen dich dann raus", macht Willy seinem Freund Mut. Dann drückt er ihm die Zeitung mit dem gefälschten Regierungsbericht in die Hand.

Max zupft an seinem Uniformmantel. Er knöpft ihn erst auf, dann um eine Knopfhöhe versetzt, falsch zusammen. Seine Mütze zieht er tief in die Stirn herunter. Ein wenig schlurfend, sich ab und zu umblickend, geht Max durch die Torbögen zum Hinterhaus

Willy überquert die Straße, stellt sich in den Schatten eines Hauseingangs. Wie wird es Max ergehen? Was wenn niemand öffnet oder Max eingesperrt wird? Hätte ich Max den Grabendolch mitgeben sollen? Willy versucht, in den schwach erleuchteten Fenstern des Vorderhauses etwas zu erkennen. Einmal glaubt er eine Bewegung wahrzunehmen. Hat da jemand auf die Straße geblickt? Willy tritt tiefer in das Dunkel des Eingangs. Die Zeit scheint stehen zu bleiben. Der Schlag einer Glocke ertönt. Wann kommt endlich Max? Da, die Haustür öffnet sich, Max kommt! Er blickt nicht über die Straße, gibt nicht das kleineste Zeichen. Unsicher, leicht gekrümmt, hastet er auf dem Fußweg in Richtung Zentrum.

Wird Max beobachtet? Willy beschließt, solange zu warten, bis Max im trüben Licht der Gaslaternen nicht mehr zu sehen ist. Dann tritt er aus dem Dunkel, geht auf seiner Straßenseite immer rascher, dann rennt er, hofft, Max nicht zu verlieren.

„Halt, Papiere!" Ein Uniformierter stellt sich ihm in den Weg.

Willy erschrickt, betrachtet den Mann: „Mensch Max! Hast du mir einen Schreck eingejagt!“ Max grinst: „Befehl ausgeführt! Jäger Weber zurück vom Feindeinsatz.“

„Und?“, fragt Willy, „hat es geklappt?“

„Jawohl. Feiger Soldat wurde kaum beachtet. Die haben sich um dein Papier regelrecht gerissen. Es waren zwei Mann, der Chef Leo, fein mit Schlips und Kragen und sein Aufpasser, wohl ein Arbeiter aus der Druckerei.“

„Dann melden wir die Sache gleich Dr. Grabowsky und du fragst, wann du wieder ins Eden Hotel einziehen kannst.“

Dr. Grabowsky ist zufrieden. Max versichert, dass sein Angstspiel gewirkt hat, er nicht einmal nach seinem Namen gefragt wurde. „Die wissen nur, dass mich mein Freund geschickt hat. Woher er das Schreiben hat, wollten sie nicht wissen. Ich bin auch gleich wieder abgehauen.“

„Gut gemacht, Herr Weber. An Ihnen ist ein Schauspieler verloren gegangen. Im Krieg ein tapferer Pionier und illegitimer Admiralssohn, in Friedenszeiten Kneipenabzocker und schlotternder Angsthase. Wer sind Sie wirklich?“, fragt Dr. Grabowsky.

„Soldat, um meinem deutschen Vaterland zu dienen, gegen die Bolschewiken“, antwortet Max bestimmt. Dabei denkt er: ´das haben sie mir doch versprochen´.

„Gut, wir reaktivieren Sie. Pflichtbewusste Männer mit Fähigkeiten zur Schauspielerei kann ich gebrauchen. Hier, für ihren Auftritt bei der Roten Fahne.“ Dr. Grabowsky zieht ein kleines Büchlein aus der Innentasche seiner Anzugjacke, entnimmt ihm einen Zehnmarkschein, gibt ihn Max. Dann deutet er auf eine Seite im Notizbuch. Max liest: ´Kuriereinsatz am 10. Februar in die Wilhelmstraße 114 - 10 Mark.´

„Hier unterschreiben“, sagt Grabowski und deutet neben den Text. Max unterschreibt.

„Sie melden sich in der nächsten Woche, am Mittwochnachmittag, im Stab bei Hauptmann Pflugk Harttung. Er teilt Ihnen alles Weitere mit. Berlin dürfen Sie nicht verlassen, das ist doch kein Problem?“

„Kein Problem, Herr Doktor Grabowsky“.

**Mittwoch, 12. Februar 1919**. 11 Uhr im Eden Hotel. Die Befehlsausgabe bei Hauptmann Pabst ist beendet. Die Ordonanz verteilt an die Kommandeure der Einheiten die Befehle zur weiteren Ausbildung. Das Ziel: Überfallartig, in kürzester Zeit, die großen Berliner Arbeiterviertel in beherrschbare Abschnitte aufteilen, diese abzuriegeln und nach Waffen jeglicher Art zu durchsuchen. Verdächtige Personen sind festzunehmen. Die Stabsoffiziere haben exakte Anweisungen mit vielen Skizzen erarbeitet. Das Vorgehen der Soldaten im Stadtkampf wird im Lager Zossen und an anderen Standorten intensiv geübt.

„Herr Hauptmann, hier das Ergebnis unserer Vertuschungsaktion." Dr. Grabowsky reicht Hauptmann Pabst eine Mappe und bemerkt: „Der Jogiches hat den Köder geschluckt. Heute steht in der Roten Fahne, dass Oberleutnant Vogel der Mörder der Luxemburg ist. Vogel soll auch das Mordkomplott ausgeheckt und die Kolbenschläge von Runge geplant haben."

Hauptmann Pabst nimmt die Zeitung. Er liest laut die große Überschriften auf der ersten Seite:

*´Der Mord an Liebknecht und Luxemburg´*, darunter *´Die Tat und die Täter´.*

„Zu Liebknecht wissen die alles, unsere Linie bleibt: ´Auf der Flucht erschossen.´ Doch woher weiß der Kerl, dass Liebknecht beim Transport von einem unserer Männer gefragt wurde, ob er gehen kann? Canaris soll forschen, woher diese Einzelheit kommt. Ich will wissen, ob es unter unseren Leuten eine undichte Stelle gibt".

Laut liest Pabst im zweiten Teil des Artikels:

*„... Denn Runges Tat, entsprach seinem, Vogels, Plan. ... Der Oberleutnant Vogel hat unterwegs der Leblosen alsdann die Pistole gegen die Schläfe gehalten, ihr noch einmal eine Kugel in den Kopf gejagt. .... Das Auto hielt, die Soldaten nahmen die Leiche in Empfang und wohin sie sie gebracht haben, das war bis heute nicht zu ermitteln. ... Wir klagen an: ...Den Oberleutnant Vogel des Mordes an Rosa Luxemburg. Die Jäger Runge, Träger, Göttinger des Mordversuchs, Mordes und Beihilfe dazu."*

„Gut geschrieben. Der Mann ist voller Hass. Da glaubt niemand, dass da was von uns dabei ist. Kriegsgerichtsrat Jorns soll das sofort lesen und seine weiteren Untersuchungen danach ausrichten. Sagen Sie Canaris, dass sein Plan aufgegangen ist." Hauptmann Pabst gibt Dr. Grabowsky die Zeitung zurück.

Um aus den Schlagzeilen der Presse zu kommen, verzögern Kriegsgerichtsrat Jorns und Staatsanwalt Dr. Ortmann die Ermittlungen zum Mordfall Liebknecht / Luxemburg. Wochenlang lassen sie nach Personen suchen, die Angaben zum Geschehen in der Nacht vom 15. zum 16. Januar machen können. Das Wachbuch mit den exakten Daten zum Dienstablauf der vierzig Soldaten des Eden Hotels ist verschwunden. Viel Zeit vergeht zur Rekonstruktion des Wachablaufs, notwendig, um Zeugen für das Geschehen zu finden. Willy wird am 2. Februar von Kriegsgerichtsrat Jorns vernommen. Im Protokoll steht dazu:

*'Am 2. Februar wird der Jäger Willy* Ranke*18 Jahre, von Beruf Former, jetzt aktiver Soldat im 4. Esk. Jäger-Rgt.2 von KGR Jorns in Anwesenheit von Dr. Ortmann, St.A. Rusch und Struwe vernommen. Er gibt an, er habe erst am nächsten Tag (16.01.19) gehört, daß Liebknecht und R.L. im Edenhotel gewesen seien. Er habe seines Wissens am 15.01.1919 von 9 – 11 Uhr Patrouille gehabt und nichts Auffälliges bemerkt. ... `*

**26. Februar 1919**. Unteroffizier Knopf befiehlt Willy zu sich: „Kriegsgerichtsrat Jorns will Sie morgen noch einmal vernehmen. Pünktlich 11 Uhr im kleinen Salon."

Exakt um 11 Uhr meldet sich Willy zur Vernehmung. Der Kriegsgerichtsrat sitzt hinter seinem Schreibtisch, Willy steht in strammer Haltung vor ihm.

„Sie sind aktiver Soldat, sind von der 4. Eskadron des Jäger-Regimentes 2 zur Schreibstube von Dr. Grabowsky kommandiert?"

„Jawohl, Herr Kriegsgerichtsrat."

„Sie haben am 2. Februar ausgesagt, dass Sie erst am Morgen des 16. Januar erfahren haben, was in der Nacht geschehen ist? Sie bleiben bei dieser Aussage?"

„Jawohl, Herr Kriegsgerichtsrat."

„Gut, das wollte ich bestätigt haben. Haben Sie mir sonst noch etwas zu sagen?"

Willy zögert. Doch der vor ihm sitzende Mann blickt freundlich, Willy fasst Mut: „Herr Kriegsgerichtsrat, in der Rekrutenausbildung war ich mit einem Friedrich Jorns zusammen. Wir haben uns gut verstanden. Er wurde zum Scharfschützen ausgebildet, ich habe nichts mehr von ihm gehört. Ist Friedrich ihr Sohn?"

Der Kriegsgerichtsrat steht auf, geht zum Fenster, blickt hinaus. Leise sagt er: „Friedrich ist gefallen, am Cornillet. Ein Flieger hat ihn von oben in seiner Scharfschützenstellung aufgespürt, Friedrich war mein einziger Sohn ..."

Willy hat Mitleid, er möchte den jetzt müde erscheinenden Mann trösten: „Friedrich war immer ein tapferer Soldat und guter Kamerad. Er hat nie versucht, Sonderrechte zu bekommen. Wir haben ihn vor einem Ekel von Ausbilder beschützt. Uns hat

Friedrich geholfen, wenn wir Mist gebaut haben. Er wusste immer Rat. Friedrich ist, war klug. Er hat Sie nie vors Loch geschoben. Auch nicht, als ... ." Willy ist sich unsicher. Was darf er, ein einfacher Soldat, einem hohen Beamten der Militärjustiz erzählen?

„Seien Sie froh, dass Sie den Krieg unbeschadet überstanden haben. Jetzt braucht Deutschland wieder zuverlässige Männer. An uns liegt es, dass endlich wieder Ruhe und Ordnung einzieht. Der Tod von Friedrich darf nicht umsonst sein", sagt Jorns nach kurzem Schweigen. Mit einer Handbewegung deutet er Willy an, den Raum zu verlassen. Dann setzt sich Jorns wieder an den Schreibtisch. Ins Protokoll notiert er, dass der Jäger Ranke seine Aussage vom 2. Februar bestätigt. Dann fügt er hinzu: ´zuverlässiger Soldat`.

**Sonntag, 10. März 1919.** Im Eden Hotel sind die Führer der Regimenter zur Befehlsausgabe des Divisionskommandeurs General von Hofmann angetreten.

„Meine Herren, der Generalstreik in Berlin ist nach vier Tagen zusammengebrochen. Den Kopf der Roten Hydra, 120 Spartakisten, konnten wir bereits am 4. März abschlagen. Dafür meinen persönlichen Dank den Männern der Brigade Reinhard, die zuerst die Redaktion und die Druckerei der Roten Fahne vernichtet haben. Der Führer der dritten Streifkompanie, Leutnant Hans von Kessel, hat die neue Taktik des Stadtkampfes konsequent angewandt. Er leistete in den zurückliegenden Tagen Hervorragendes. Seine Männer spüren zuerst in Zivil die gut getarnten Verstecke der Spartakisten auf. Erst dann kann die bewaffnete Truppe rücksichtslos zugegreifen. Am Alexanderplatz und um das Polizeipräsidium zeigte sich, dass die Roten entschlossen handeln. Nur mit Mühe und unter beachtlichen Verlusten ist es uns gelungen, die Spartakisten zurückzudrängen. Solange die Roten führungslos sind, können wir sie schlagen. Das muss mit äußerster Konsequenz geschehen. Meine Herren, ich erinnere an die Ziele unserer Feinde. Sie sind gegen jeden von Ihnen auch ganz persönlich gerichtet. Hier, die letzte Ausgabe der Roten Fahne vom 3. März. Ordonanz, lesen Sie vor:"

Hauptmann von Pflugk Harttung nimmt die Pressemappe, tritt neben den General, schlägt die Mappe auf und liest vor:

*´Die Ebert-Scheidemann-Noske sind die Todfeinde der Revolution. Sie haben um ihrer Ministersessel willen Euch an die Bourgeoisie verkauft …*

*Seid Euch bewußt! Die Revolution kann nur voranschreiten über das Grab jener Mehrheitssozialdemokratie. Nieder mit Ebert, Scheidemann, Noske! Nieder die Verräter! Nieder mit der Nationalversammlung! Die Kapitalisten wanken! Die Regierung ist am Stürzen!... ‚Alle Macht den Arbeiterräten!´*

Von Hofmann ruft, voller Wut über diese Ungeheuerlichkeiten: „Das ist Verrat an Deutschland! Unsere Antwort darauf ist klar! Erster Generalstabsoffizier, tragen Sie meinen Befehl vor!" Hauptmann Pabst öffnet die Befehlsmappe.

"Das meine Herren ist unsere Antwort. Ich verlese Ihnen den Leitsatz:

*„Wer sich mit Waffen widersetzt oder plündert, gehört sofort an die Mauer. Das das geschieht, dafür ist jeder Führer mir verantwortlich. Ferner sind aus Häusern, aus welchen auf unsere Truppen geschossen wurde, sämtliche Bewohner, ganz gleich ob sie ihre Schuldlosigkeit beteuern oder nicht, auf die Straße zu stellen, in ihrer Abwesenheit die Häuser nach Waffen zu durchsuchen; verdächtige Persönlichkeiten abzusuchen, Personen bei denen tatsächlich Waffen gefunden werden, zu erschießen!"*

Die angetretenen Offiziere, Kommandeure der der Division unterstellten Regimenter und Freikorps, schweigen, sind beeindruckt. Für sie ist klar: Der Befehl ist ein Freibrief für alle Maßnahmen, um jede Form des Widerstands in den Arbeitervierteln von Berlin zu brechen. In 14 Punkten haben Hauptmann Pabst und seine Fachoffiziere exakt dargestellt, wie die Truppen bei der Durchsuchung der Arbeiterviertel vorzugehen haben:

*´Die zu durchsuchenden Abschnitte sind abzuriegeln , von der Schußwaffe ist rücksichtslos Gebrauch zu machen , Gefangene an die Mauer zu stellen, sofort zu erschießen.´*

"Diese Chance, rasch und radikal abzurechnen, gibt es nur einmal. Jetzt zeigen wir dem Mob, wer in Deutschland das Sagen hat. Wir schlagen zu, konsequent, schnell, ohne langen Prozess", sagt Major Schön, der Kommandeur des Jägerregimentes 2 zu Hauptmann Breches, seinem ältesten Stabsoffizier. Der entgegnet: "Mensch Albert, so einen Freibrief gab es noch nie. Das geht weit über das Kriegsrecht der Haager Landkriegsordnung hinaus."

"Jetzt nur keine Fisimatenten. Du schlägst mit deinen Jägern zu, dann ist endgültig Ruhe. Dann sind dir deine Güter für immer sicher".

„Hallo Willy, Jäger Weber meldet sich zurück aus der Verbannung. Bin jetzt in Berlin im Einsatz." Gut gelaunt empfängt Max seinen Freund im Zooeck, wo sich Willy mit einer großen Molle die nötige Bettschwere verschaffen will. Unbeschwert, als ob es zwischen ihnen nie einen Streit gegeben hätte, sitzen sie an der Theke, genießen ihr Bier.

Willy berichtet Max, dass Friedrich Jorns, sein Freund aus der Rekrutenzeit, als Scharfschütze gefallen ist. „Stell dir vor, sein Vater ist der Kriegsgerichtsrat unserer Division. Er führt die Untersuchungen wegen der Morde. Hat er dich schon vernommen?"

„Hat er. War ein lasches Ding. Ich habe gesagt, dass jemand auf die Luxemburg geschossen hat. Dass das Leutnant Souchon war, natürlich nicht. Auch Oberleutnant Vogel habe ich nicht reingeritten. Ich hatte gerade nicht hingesehen, als der Schuss krachte, fertig. Der Jorns hat das so aufgeschrieben. Auch der andere, ein Staatsanwalt, ein Doktor soundso, hat mir keine weiteren Fragen gestellt."

„Warum stellen die nicht einfach ihre Fragerei ein? Es waren doch Spartakisten, sogar jüdische Bolschewisten, hat Unteroffizier Knopf gesagt. Die haben doch nur für Unruhe gesorgt."

„Mensch Willy, du hast keine Ahnung, was draußen los ist. Du sitzt den ganzen Tag im sicheren Eden, tippst auf deiner Maschine herum. Ich bin jetzt draußen im Einsatz. Ich gehöre zu einer ganz besonderen Truppe von Leutnant von Kessel. Wir sind die ´Fliegende Kraftfahrerstaffel´ und immer da, wo was los ist. Trotzdem schaffen wir es nicht immer, den Brand zu löschen."

„Spielt ihr Feuerwehr?"

„Ja, wir löschen politische Brände, wie Demonstrationen, Versammlungen, Haus- und Fabrikbesetzungen, illegaler Waffenbesitz."

„Und wie löscht ihr die?"

„Die kleinen mit eigenem Hagel, Kugelhagel aus zwei Maschinengewehren 0815 und unseren Karabinern. Bei Saalveranstaltungen löschen wir mit Handgranaten. Ganz fette Dinger beobachten wir nur und bestellen dann bei euch ´ne große Mannschaft, so ab Schwadron aufwärts. Die machen dann Razzia, bei der das Standrecht gilt. Das wirkt immer."

Willy ist beeindruckt, auch ein wenig neidisch. Max ist wieder vorn, darf sich auszeichnen. Und er? Immer fein tippen, was ihm der Unteroffizier vorsetzt.

Es wird spät. Erwin, der Kneiper, will seinen Laden dichtmachen. Deshalb spendiert er seinen letzten Gästen zwei Flaschen Bier für den Heimweg. Willy lädt Max ein, das Bier in seiner Unterkunft im Eden zu trinken.

„Willy zwo, wen bringst du uns jetzt noch angeschleppt?", fragt Willy eins vom Bett.

„Das ist Max, mein Freund, ein Pionier vom Pasly-Berg. Er hat damals die Leichen aus dem zerschossenen Regimentsunterstand geborgen. Ich musste die verschütteten Telefone und die Schreibmaschine vom Dreck befreien", antwortet Willy.

Karl und Willy eins wollen wissen, wie Willy und Max die letzten Kriegswochen erlebt haben. Gern erzählen beide vom Sturm auf den Pasly, seiner verzweifelten Verteidigung, dem Volltreffer in den Bunker des Regimentsstabes und Willys erstem Schreibversuch.

„liebemaria", erzählt Willy, „war das erste Wort, das ich damals tippte. Alles klein und zusammen. Max wollte mir gerade zeigen, wie zwischen Groß- und Kleinbuchstaben umgeschaltet wird, da griffen uns die Franzosen an. Die kamen durch, bis in unseren Graben. Ich hoch, eine Brechstange gegriffen und von oben auf die Franzosen eingedroschen", berichtet Willy. Max ergänzt: „Wie ein Teufel ist Willy dann in den Graben und hat den nächsten Franzmann aufgespießt. Der wollte gerade eine Handgranate werfen. Die ist unter ihm explodiert. Willy lag als Schalldämpfer obenauf. Total eingesaut von Blut und Gedärm." Die Männer lachen.

„Das war noch ehrlicher Kampf. Doch das, was heute abgeht …", Karl schüttelt sich, nimmt das ´Berliner Tageblatt´ vom Tisch: "Hört euch das an:

`… *in der Holzmarktstraße 61 wurde ein Mann von über 60 Jahren namens Abrahamson ohne weiteres im Hof erschossen, weil er bei einer Haussuchung Waffen, die er besaß, nicht angegeben hatte. Der alte, schwächliche Mann leistete keinerlei Widerstand. Der Offizier vom Freikorps Lützow sagte, er sei berechtigt, jeden zu erschießen, der Waffen verheimliche* … .´"

Karl wirft die Zeitung zurück auf den Tisch: „Auf harmlose Zivilisten schießen, das ist doch feige."

„Das war sicher ein Spartakist. Die tun harmlos, reden von Sozialisierung, wollen die Fabriken zu Gemeingut machen. In Wahrheit plündern und bestehlen sie rechtschaffende Bürger", verteidigt Willy die Handlung der Soldaten.

„Aber einen alten Mann einfach erschießen?", Karl gibt nicht auf.

„Das ist Standrecht, das ist so befohlen", weiß Willy. „Ich habe den Befehl vom Befehlshaber Noske selbst gelesen und für die Kommandeure abgeschrieben. Noske hat befohlen:

*´Jede Person, die mit der Waffe in der Hand gegen die Regierungstruppen kämpfend angetroffen wird, ist sofort zu erschießen.´* "

„Aber der Alte hatte die Waffe doch gar nicht in der Hand", verteidigt sich Karl.

„Hört auf mit dem Gerede, ich will schlafen. Der Sinn des Befehls ist, alle zu erschießen, die sich uns entgegenstellen. Egal ob Spartakisten oder Tattergreise. Wir haben wieder Krieg, da rollen eben Köpfe. Gute Nacht.", ruft Willy eins vom Bett und dreht sich zur Seite.

„Wo pennst du heute?", fragt Willy Max.

„Ist beschissen. Wahrscheinlich im Pokerraum vom Zooeck. Mein Alter hat ´nen Schlafburschen angeschleppt. Der pennt jetzt in meinem Bett. Der hat sogar Flöhe. Ne, in die Wohnkaserne in Stralau gehe ich freiwillig nicht zurück."

„Ich dachte, dein Alter ist Küster und hat in der Andreaskirche eine richtige Wohnung?", fragt Willy.

„Ne, für ´nen einfachen Kirchendiener ist da kein Platz. Wir wohnen gleich um die Ecke in der Andreasstraße, dritter Hinterhof. Haben nur ´ne Küche und übern Gang ein Zimmer, wo alle pennen. Das Scheißhaus ist auf´m zweiten Innenhof, in der Küche ´ne Feuerstelle und ´ne Gasuhr, wo du immer ´nen Zehner reinstecken musst, wenn der Kocher brennen soll."

„Ist bei uns in Keula auch nicht besser. Wir haben nicht einmal Gas und Wasser nur von der Pumpe", tröstet ihn Willy.

Die Freunde verabschieden sich. Die Stimmung auf der Soldatenstube ist mies. Niemand hat Lust, sich zu unterhalten. Karl sagt trocken „Nacht" und schaltet das Licht aus.

**16. März 1919.** Die letzten Arbeiterviertel im Osten und Norden von Berlin sind befriedet. Die Division meldet Friedrich Ebert, dass beim Einsatz von 32.000 Soldaten 1.200 Zivilisten zu Tode kamen. Die Truppe hatte 75 Verluste.

# Komplott

**Dienstag, 01.04.1919**. Es ist drei Uhr am Nachmittag. Im Salon von Olga Löwenherz sitzen zwei Männer, Kapitänleutnant Wilhelm Canaris und Kriegsgerichtsrat Paul Jorns in tiefen Sesseln vor dem Kamin. Sie blicken in die züngelnden Flammen, nehmen die in den Raum drängende warme Luft auf.

„Du hast Waldemar Pabst, Fritz Grabowsky und den Vorsitzenden unseres Kriegsgerichtes, Kriegsgerichtsrat Fritz Ehrhardt, auch hierher gebeten?", fragt Jorns.

„Ja Paul, du musst mit der Anklageschrift am fünfzehnten April fertig sein. Bis dahin muss endlich klar sein, dass alle entscheidenden Aussagen der Voruntersuchungen den Tathergang so darstellen, wie es unseren Vorstellungen entspricht. Ich sehe da noch viele Ungereimtheiten".

„Du kennst die Protokolle meiner Vernehmungen?", der Kriegsgerichtsrat gibt sich verwundert. „Naja, unser Grabowsky hat davon wohl genug Durchschläge schreiben lassen. Ich wusste nicht, dass du auf dem Verteiler stehst."

„Pabst ist froh, wenn ich alles durchsehe und seine Entscheidungen vorbereite, natürlich nur für den Prozess, ansonsten verbietet er sich jede Einmischung. Seinen Befehl zur Waffensuche und Befriedung der Proletarierviertel vom zehnten März kennst du ja. Ich hätte den Text, sagen wir, etwas eleganter formuliert. Doch Pabst ist und bleibt Preuße, hart und immer frei heraus."

Die Männer rauchen bedächtig. Canaris zaubert runde graue Kringel in die Luft. Dann legt er seine Zigarette in die kleine Schale, sorgfältig drückt er die Glut aus.

„Die Hauptgefahr für den Prozessverlauf sind unpassende Zeugenaussagen. Wenn unser Kriegsgerichtsrat Ehrhardt als Verhandlungsführer die Zeugen ins Verhör nimmt, können Aussagen zustande kommen, die unsere Absichten enthüllen. Das wäre bestes Futter für die Presse. Deshalb: Der Auftritt jedes unmittelbaren Tatzeugens muss von uns vorbereitet sein."

„Mein lieber Wilhelm. Was du da sagst, ist nichts für meine Ohren. Das wäre Prozessbetrug größten Ausmaßes. Wenn ich das mittrage, bin ich mein Richteramt los. Ich stehe moralisch voll zu dir, doch gewisse Spielregeln muss ich beachten. Nimm die Hinrichtung von Liebknecht. Da muss ich auf Mord plädieren, da habe ich gar keine andere Wahl. Wenn sich das Gericht dann anders entscheidet, werde ich das akzeptieren. Aber von vornherein?"

Canaris nickt, zeigt Mitgefühl und denkt: ´du alter Fuchs, du weißt, dass du mitmachen musst, scheust aber davor zurück, dir den Pelz nass zu machen´. Dann räuspert er sich, malt mit der erloschenen Zigarettenkippe Linien in die Asche.

„Ich spreche mit dir als Verbündeten gegen den Bolschewismus. Deine Möglichkeiten, sehr geehrter Herr Kriegsgerichtsrat, uns zu unterstützen, sind erheblich. Ohne dein aktives Mittun kann der Prozess nicht erfolgreich enden. Ohne deine Mitarbeit besteht die Gefahr, dass wir als politische Verschwörer gebrandmarkt werden und höchste Offiziersehre beschmutzt wird. Das träfe auch dich, den nach dem General höchsten Vertreter unserer Divisionsgerichtsbarkeit.

Reichswehrminister Gustav Noske ist uns zugetan. Er hat mir in einem persönlichen Gespräch befohlen, alles Erdenkliche für einen sauber ablaufenden Prozess zu tun. Deshalb, auch auf seinen Wunsch, biete ich dir zu allem, was wir tun, Informationen. Inoffiziell, mündlich, nicht dokumentiert. So kannst du die Anklageschrift und das Plädoyer zu unser aller Gunsten formulieren, selbstverständlich ohne offiziell von unseren Absprachen Kenntnis zu haben. Wenn ich nachher mit meinen Gästen, die du alle kennst, Einzelheiten bespreche, bist du nicht mehr da, für unsere Freunde bist du auch nie hier gewesen."

Der Kapitänleutnant blickt freundlich auf Jorns. Canaris fühlt, dass er diesen Mann führen kann. Dem Kriegsgerichtsrat bleibt nur, seine Position als Anklagevertreter stark zu machen. Deshalb fragt er Canaris: „Du glaubst, dass Vogel den Mord freiwillig auf sich nimmt? Da habe ich die größten Bedenken."

„Wieso Mord? Nur, dass er einen Kopfschuss auf die Luxemburg abgegeben hat. Wer sagt uns denn, dass sie da nicht bereits tot war? Tote kann man bekanntlich nicht erschießen. Selbst Körperverletzung trifft dann kaum zu, eher Leichenschändung – doch war sie bereits eine Leiche?"

„Ihr wollt, dass ich dem beschränkten Runge den Mord anhänge?"

„Auch dem nicht. Du wirst aus den Zeugenaussagen nur konstatieren, dass er die Luxemburg mit seinem Kolben niedergeschlagen hat. Auch hier bleibt offen, ob sie davon zu Tode gekommen ist. Wie heißt es doch bei euch Juristen: ´In dubio pro reo´, im Zweifel für den Angeklagten."

Jorns muss lachen: „Dann führe ich also Anklage in einen Mordprozess bei dem es eine Tote, einen klaren Tathergang aber keinen Mörder gibt. Teufel Canaris, hast du auf deinem U-Boot heimlich Jura studiert?"

Wilhelm Canaris lacht, fühlt, dass der Jurist seine Überlegenheit akzeptiert: „Wir sind uns einig, verstehen uns. Einige von dir bereits vernommenen Zeugen werden ihre Aussagen widerrufen und ergänzen. Das besprechen wir nachher. Ich sage dir, auf welche Aussagen du in den künftigen Vernehmungsprotokollen besonders achten musst. Und", Canaris beugt sich vor, legt seine rechte Hand auf die Linke des Kriegsgerichtsrats, „ich verspreche dir, unsere Zeugen werden dir alles völlig freiwillig offenbaren. Ich glaube nicht, dass du dazu Druck aufbauen musst. Fritz Ehrhardt ist unser Mann. Er weiß, worum es geht. Lass ihn seine Rolle spielen. Für ihn bist du stets der streng um konsequente Aufklärung ringende Ankläger."

Jorns ist beeindruckt. Die phantasievollen Ideen von Canaris zur Prozessführung finden seine Hochachtung. Er spürt, dass dem stets freundlichen Kapitänleutnant die engen Kontakte zu Reichswehrminister Noske Macht verleihen.

´Den Mann mache ich zum Beisitzer´, nimmt sich Jorns vor. ´Dann habe ich ihn an der Seite, wenn etwas schief läuft und er hat dabei ein Päckchen mitzutragen.´

Wilhelm Canaris begleitet seinen Gast zur Salontür, führt ihn zum großen Treppenhaus des Aufgangs für herrschaftliche Besucher.

Zurückgekehrt, wird Canaris von einer strahlenden Olga empfangen. Die umarmt ihn, drückt ihm einen zarten Kuss auf die Wange. „Wilhelm, komm´ zu mir. Lisa lüftet den Salon, legt Holz nach und empfängt deine Gäste. Ich habe uns einen guten Kaffee gebrüht." Beide verschwinden in Olgas Privaträumen.

Hauptmann Pabst kommt, der Vertraulichkeit des Treffens angepasst, in Zivil. Mit ihm treffen auch Dr. Grabowsky und Kriegsgerichtsrat Erhardt ein. Das Hausmädchen Lisa begrüßt alle freundlich, führt sie in den Salon und bietet ihnen Olgas wohlschmeckenden Aperitif an.

„Na, unser Charmeur wartet immer ein wenig mit seinem Auftritt", frotzelt Grabowsky, während sich die Männer Zigaretten anzünden, ihre Hände am Kamin wärmen. Es klopft. Beide Flügel der Tür öffnen sich. Canaris erscheint. Zart, ihren Unterarm leicht stützend, führt er führt die Dame des Hauses in den Salon.

„Liebste Olga, Sie werden immer schöner, welch große Freude Sie zu sehen", ruft Dr. Grabowsky. Er geht auf Olga zu, greift ihre Hand, führt sie zu einem angedeuteten Handkuss und geleitet die Frau des Hauses zum Kamin.

„Das ist unsere Gastgeberin, die schönste Frau von Berlin", präsentiert der Pressechef Olga. Dann stellt er ihr die Anwesenden vor: „Dieser Herr", Grabowsky weist auf den kleinen, ohne Uniform unscheinbar wirkenden Pabst, „ist unser aller Chef, Hauptmann im Generalstab Waldemar Pabst. Er führt unsere große Division. Er hat dafür gesorgt, dass in Berlin wieder Ordnung und Gesetz einziehen konnten."

Mit einem leichten Kopfnicken bedankt sich Pabst für Olgas Lächeln: „Liebste Frau, ihre Salonabende sind Legende. Leider versagte es mir mein Dienst in diesen wilden Zeiten ihr Gast zu sein. Doch ich hoffe auf bessere Zeiten." Alle lachen, Dr. Grabowsky lenkt Olgas Aufmerksamkeit auf den Kriegsgerichtsrat: „Darf ich Ihnen vorstellen: Herr Fritz Erhardt, ein sehr rühriger Richter. Er wird in den nächsten Wochen kaum Zeit haben, leider, er führt einen großen Prozess, von dem Sie sicher hören. Für seine tadellosen Dienste musste ich ihm versprechen, von Ihnen, liebste Olga, eine Einladung zum Frühsommersalon im Mai zu erbitten." Olga lächelt. Ein aktiver Richter passt gut in den Kreis ihrer Solongäste.

„Sie sind uns willkommen, lieber Herr Kriegsgerichtsrat. Bitte hinterlassen Sie mir ihre Visitenkarte. Wenn Sie uns mit weiblicher Begleitung beehren, seien Sie so lieb, notieren Sie deren Namen auf ihrer Karte. Nur für meine Dispositionen, bei uns geht alles sehr diskret zu", sagt Olga und blickt dabei zu Canaris. Der nickt. Für Olga auch das Zeichen, die Konversation zu beenden, ihren Salon den Gästen zu überlassen.

„Sehr geehrter Herr Hauptmann, meine Herren der Justiz, wir werden heute Abend festlegen, wie der Luxemburg-Prozess abzulaufen hat. Wir konnten“, Canaris weist mit einem kurzen Kopfnicken zu Dr. Grabowsky, „die vielen bisherigen Zeugenaussagen sichten. Einen kleinen Erfolg können wir bereits verbuchen: Es sind mehrere Akten mit Protokollen gefüllt. In ihnen sind Wichtiges mit Unwichtigem, Tatsachen mit puren Vermutungen vermischt. Viele Protokollnotizen zeugen vom Fleiß der Vernehmer, doch sie verwirren eher, als dass sich ein roter Faden erkennen lässt.“

„Exakt so, wie vor Wochen besprochen. Das Geschehen vernebeln, die Öffentlichkeit verwirren, so formulierten Sie es doch, lieber Canaris“, sagt Dr. Grabowsky.

„Wenn wir den Schleier wegziehen, wird sichtbar, welche Aussagen wir im Prozess zu erwarten haben. Sie, sehr verehrter Herr Kriegsgerichtsrat, müssen als Verhandlungsleiter das Geschehen so gestalten, dass auf Leutnant Souchon, der unseren klaren Befehl ausführte, kein Schatten eines Verdachtes fällt “, sagt Canaris.

„Kaleu, ich bitte Sie, hier nicht herum zu schwafeln. Ich erwarte ihre Vorstellungen, wie Sie bis zum Prozessbeginn am 8. Mai folgendes garantieren“, Pabst macht eine Pause, holt Luft, fährt konzentriert fort: „Erstens, dass Leutnant Souchon im Prozessverlauf keine Rolle spielt, zweitens, das Vogel beichtet, den Schuss abgegeben zu haben, drittens, der Jäger Runge aussagt, aus eigenem Antrieb gehandelt zu haben.“ Sichtbar ungehalten endet Hauptmann Pabst.

„Danke, Herr Hauptmann. Ich beginne sofort mit meinem Vortrag, doch lassen Sie uns zuvor Platz nehmen.“ Wilhelm Canaris bemüht sich, die Wirkung der scharfen Worte des Generalstabsoffiziers abzumildern.

Die Männer setzen sich um den kleinen Tisch. Canaris holt von der Kommode ein zierliches Tablett, stellt es in die Mitte und füllt in die darauf stehenden Weingläser aus einer rubinfarben leuchtenden Kristallkaraffe dunklen Rotwein. „Bitte, ein herzlicher Gruß unserer Gastgeberin“, sagt er. Die Männer greifen zu den Gläsern, kosten den Wein, sind zufrieden.

Canaris fühlt, dass die Männer bereit sind, seinen Worten zu folgen.

„Alle wichtigen Zeugen des Geschehens ab Beginn der Fahrt des Autos vom Eden Hotel sind ermittelt und vernommen:

Oberleutnant Vogel als Transportführer, die hinten rechts und links neben der Luxemburg sitzenden Begleitsoldaten Weber und Poppe, auch die vorn sitzenden Zivilisten Janschkow als Fahrer und Hall als Beifahrer. Dank der geduldigen, um nicht zu sagen, suggestiven Fragestellung seitens Dr. Ortmann und Kriegsgerichtsrat Jorns ergibt sich aus den Aussagen der Begleitsoldaten Weber und Poppe bei oberflächlicher Kenntnisnahme eine halbwegs akzeptierbare Darstellung des Tatgeschehens.

Ich unterstelle, dass diese Aussagen einer gerichtlichen Vernehmung, gar einem Kreuzverhör, nicht standhalten. Ich möchte Sie nicht mit Einzelheiten belästigen. Nur ein Beispiel: Jäger Weber saß rechts von der Luxemburg, Jäger Poppe links. Beide haben zweifelsfrei aus nächster Nähe bemerkt, wer von wo und wie den Kopfschuss auf die Luxemburg ausgeführt hat. Einer dieser Soldaten, Max Weber, kannte sogar den Namen von Leutnant Souchon und brüstet sich, Herrn Souchon persönlich zu kennen.

Beide Soldaten haben sich bei ihren Vernehmungen wie die Würmer gewunden. Sie wollten keine konkreten Aussagen zum Tathergang machen. Offenbar haben sie Angst, die ja durchaus berechtigt ist, selbst als Tatbeteiligte verurteilt zu werden. Ich bin mir sicher, dass diese beiden Soldaten unter Eid kaum in der Lage und bereit sind, unsere Tatversion glaubhaft darzustellen und ihren damaligen Vorgesetzten eindeutig als Todesschütze zu denunzieren.

Deshalb mein Vorschlag: Wir vergrößern den Kreis der Tatzeugen um eine Person. Um eine Person, die bereit ist, für uns unter Eid zu lügen. Sie muss in der Lage sein, das Gericht, vor allem aber die Öffentlichkeit im Saal, mit exakten Angaben und vielen Details zum Tathergang so zu beeindrucken, das die schwammigen Darstellungen der anderen Zeugen, auch die von Vogel selbst, in den Hintergrund treten und die Hinterfragung zu den dort vorhandenen Widersprüchen unnötig erscheint.“

Stille. Krass wirkt die Aufforderung von Wilhelm Canaris, einen Prozess durch die Lügendarstellung einer unbeteiligten Person als Kronzeugen zu manipulieren. Hauptmann Pabst fasst sich zuerst: „Canaris, wie werden Sie das zuwege bringen, Grabowsky, was meinen Sie?“

Dr. Fritz Grabowsky hebt sein Glas, erbittet damit Aufmerksamkeit: „Ich teile den Vorschlag unseres lieben Canaris. Er ist riskant. Wenn der Kronzeuge wegbricht, scheitert alles. Doch es ist die einzige Chance, das von uns erwünschte Geschehen nach außen deutlich, klar und sichtbar darzustellen. `Reserveoffizier Vogel erschoss Rosa Luxemburg´, das muss auf den Titelseiten der Zeitungen stehen."

„Kaleu Canaris, welches Kaninchen ziehen Sie dafür aus dem Zylinder?", mischt sich Kriegsgerichtsrat Ehrhardt ein. „Als Ankläger muss ich dem Mann eine Menge Fragen stellen. Und was, wenn sein Tatwissen offensichtliche Lücken hat? Ich sehe schon vor mir, wie sich unser werter Grünspach, der die Verteidigung übernehmen wird, die Hände reibt und ihrem Kronzeugen Stück für Stück das Fell abzieht, bis auf die Knochen."

„Unser Kronzeuge ist ein Tarzan: Außen groß, kräftig, stolz, innen eher bescheiden, ohne Skrupel, stets seinem Herren hörig. Sein Herr ist die preußische Armee, unsere Division", entgegnet der Kapitänleutnant.

„Na, mein lieber Canaris, bei ihrem Ritt durch Argentinien hat Ihnen wohl ein Tarzan die Feinde aus dem Weg geräumt? Ich dachte, Sie lesen nur in Vorschriften der Kaiserlichen Marine?", scherzt Ehrhardt. „Also, wen darf ich als Zeugen des Geschehens im Prozess unter Eid unbesorgt befragen?"

Wilhelm Canaris lacht: „Ich sehe, auch den erlauchten Kreisen der Militärjustiz bleiben meine Reisen durch ferne Länder nicht verborgen. Und Tarzans Schwünge durch den Affenwald haben auch Sie begeistert." Dann blickt der Kapitänleutnant zu Hauptmann Pabst, dessen Miene immer finsterer wird.

„Herr Hauptmann, wir haben in die Schreibstube unserer Pressestelle einen Soldaten kommandiert, der für solch eine Rolle geeignet ist. Dr. Grabowsky hat ihn von seinen Leuten gründlich durchleuchten lassen. Der Mann ist uns treu ergeben und", dabei lächelt Canaris dem Kriegsgerichtsrat zu, „durchaus ein wenig naiv."

Hauptmann Pabst erhebt sich: "Meine Herren, ich sehe, Sie verstehen sich aufs Konspirieren. Das ist nicht mein Ding. Doch ich gebe Ihnen meinen Segen. Sorgen Sie dafür, dass die Offiziersehre der Souchons unbefleckt bleibt. Meine Ordonanz Pflugk Harttung steht wie bisher zur engen Zusammenarbeit zur Verfügung. Und mir weisen Sie bitte keine Rolle zu!"

Canaris begleitet den Generalstabsoffizier zur Tür. Olga erscheint. Mit einem kurzen Kopfschütteln lehnt er ihren Wunsch, sich von diesem kleinen Mann persönlich zu verabschieden, ab.

Zurückgekehrt, sieht Canaris, dass sich Dr. Grabowsky und Kriegsgerichtsrat Erhardt bereits intensiv zu Einzelheiten der notwendigen Aussagen des künftigen Kronzeugen und seinem Auftreten während der Verhandlung austauschen.

„Na, ihr beiden Fritzen," Canaris freut sich, für beide Herren eine gleichermaßen lockere Anrede gefunden zu haben, „den Segen des Alten haben wir, jetzt schreiten wir zur Tat!"

**Montag, 7. April 1919**, 11 Uhr im Eden Hotel, Dienstzimmer von Dr. Fritz Grabowsky:

„Setzen, Jäger Ranke", Grabowsky weist auf einen der Stühle am Fenster. Willy setzt sich, hat sich Knopf über mich beschwert?, denkt Willy. Er legt seine Hände auf den kleinen Tisch, dann nimmt er sie herunter, legt sie auf die Oberschenkel.

„Unteroffizier Knopf hat mir berichtet, dass Sie fleißig üben. Können Sie schon blind schreiben?", fragt Dr. Grabowsky und setzt sich Willy gegenüber.

„Ja, ´Suleika sei leise, löse die Seile‘; der Anschlag mit den kleinen Fingern klappt noch nicht so recht."

„Wer ist Suleika, wessen Seile soll sie lösen?" fragt Grabowsky interessiert.

„Die gibt es gar nicht. Der Satz steht im Übungsbuch für die Finger, mit denen ich schon blind schreiben kann", sagt Willy. Seine Anspannung löst sich. Er hebt beide Hände über eine unsichtbare Tastatur auf der Tischplatte und zeigt, mit welchen Fingern er den Suleikasatz blind schreibt. Bei jedem Fingerdruck sagt er den Buchstaben:

„S u l e i k a". Das wirkt komisch. Beide Männer müssen lachen.

„Na Ranke, geben Sie nur acht, dass Sie kein Haremswächter werden. Sie wissen ja, da wird unten was durchgeschnitten", scherzt Grabowsky. Willy lacht, legt erschrocken seine Hände in den Schoß. Der spricht mit mir wie mit einem Freund, denkt Willy.

Dann legt er seine Hände wieder auf den Tisch und blickt den Chef der Pressestelle erwartungsvoll an.

„Jäger Willy Ranke, ihr Vorname ist doch Willy?", Willy nickt. „Sie haben uns schon mehrfach geholfen, Herrn Borno in Zossen bei der Aufklärung von Heeresdiebstahl, im Feld durch ihre Meldung zur Desertation ihres Zielbeobachters Konzak und uns mit dem vorbildlichen Einsatz ihres Freundes Max Weber zur

Täuschung der KPD-Leute der Roten Fahne. Dafür danke ich Ihnen." Dr. Grabowsky steht auf, geht um den kleinen Tisch auf Willy zu. Willy springt auf, steht stramm, nimmt mit strahlendem Gesicht den Händedruck von Dr. Grabowsky entgegen.

„Willy, wissen Sie, wer wir sind?", fragt Grabowsky den noch immer stramm vor ihm stehenden Willy. Der schüttelt den Kopf. „Wir sind die Patrioten, die im Geheimen dafür sorgen, dass die Feinde Deutschlands entdeckt und ihrer gerechten Strafe zugeführt werden. Uns gibt es überall. Bei der Feldpolizei, an der Front, selbst hier, im Divisionsstab."

Grabowsky geht wieder an seinen Platz, setzt sich, blickt Willy an und fragt: „Jäger Willy Ranke, sind Sie bereit, uns bei einer streng geheimen Mission zu unterstützen? Sind Sie bereit, durch ihre Tat dazu beizutragen, die Ehre höchster Offiziere zu schützen?"

Willy schweigt, kann nicht antworten. Es fällt ihm schwer, zu begreifen, dass ihm, einem einfachen Soldaten, eine geheime Aufgabe übertragen werden soll, von deren Erfüllung die Ehre hoher Offiziere abhängt! Willy räuspert sich, sagt mit ungewohnt trockener Stimme: „Herr Doktor Grabowsky, die Ehre der Offiziere unseres Deutschen Heeres ist mir heilig. Ich bin bereit, dafür alles zu tun, koste es auch mein Leben!"

Mit unbeweglicher Mine nimmt Dr. Grabowsky diese von Willy voller Ernst und Überzeugung ausgesprochenen Worte entgegen. Du bist genau der Tarzan, den wir brauchen, geht es ihm durch den Kopf.

„Sie wissen, dass Kriegsgerichtsrat Jorns und Staatsanwalt Ortmann alle Personen vernommen haben, die etwas zum Tod von Karl Liebknecht und Rosa Luxemburg aussagen können?"

„Ja, Herr Grabowsky. Herr Jorns hat mich schon zweimal vernommen, obwohl ich gar nichts Genaues sagen konnte, ich war doch auf Streife, als das geschah."

„Ihr Freund, der kleine Hochstapler Weber, ist auch vernommen worden. Was hat er Ihnen darüber erzählt?"

„Er hat versucht, unsere Offiziere, ich meine den Oberleutnant Vogel und Leutnant zur See Souchon, nicht zu belasten. Deshalb hat er nur wenig gesagt. Max hat auch Angst vor dem Prozess. Auch dem Poppe, dem anderen Transportbegleiter, geht das so. Beide befürchten, als Mittäter verurteilt zu werden."

„Mittäter, was haben Sie denn getan?", fragt Grabowsky.

„Na, weil sie die verletzte Luxemburg sehr grob ins Auto gezogen und sie dann in den Kanal geworfen haben."

„Jäger Ranke, Sie haben das Problem erkannt. Die Bolschewistin sollte ordentlich, nach Standesrecht, erschossen werden. Das hat Sie doch verdient?", Grabowsky blickt zu Willy. Der nickt heftig.

„Jäger Runge hat das mit seinen Kolbenschlägen verhindert und Oberleutnant Vogel schaffte es nicht, die Tote ordnungsgemäß im Leichenschauhaus abzuliefern. Er hat den unsinnigen Befehl an die Transportbegleiter gegeben, sie in den Kanal zu kippen. Nächsten Monat findet dazu der Prozess statt. Mit Weber und Poppe wird der Staatsanwalt ein leichtes Spiel haben. Die werden doch alles sagen, um ihre Haut zu retten?" Willy nickt wieder.

„Für uns ist die Sache klar. Der Oberleutnant der Reserve Vogel hat versagt. Er hat die Jäger Weber und Poppe zu Mittätern gemacht. Leutnant zur See Souchon, dessen Auftrag es war, das Standgericht zu vollziehen, steht jetzt als Mörder da, weil Runge die Luxemburg bereits niedergeschlagen hat." Nach einer kurzen Pause spricht Grabowsky weiter:

„Jäger Willy Ranke, ich vertraue Ihnen. Sind Sie bereit, für uns in die Haut eines Transportbegleiters zu schlüpfen und dann vor Gericht genau das auszusagen, was wir Ihnen vorgeben? Wir, Sie wissen noch, wen ich meine?", Grabowsky blickt zu Willy, der kaum hörbar sagt: „Die Geheimen."

„Sind Sie auf unserer Seite gegen die Roten?"

„Jawohl!", antwortet Willy. „Was soll ich tun?", setzt er entschlossen nach.

„Dazu ist alles vorbereitet. Wenn Sie sich strikt an unsere Weisungen halten, wird der Prozess exakt so, wie wir es wollen, verlaufen. Und Ihnen, lieber Willy, das verspreche ich, wird nicht ein Haar gekrümmt. Mit einer großen Einschränkung", Willy blickt zu Grabowsky auf, „in unserer geheimen Organisation gibt es keine Verräter. Sie wissen, was das bedeutet? Treue wird bei uns groß geschrieben. Wer uns treu bleibt, der wird auch belohnt, wird nicht vergessen, auch wenn seine aktive Zeit im Heer beendet ist. Machen Sie mit, endgültig?"

„Endgültig", echot Willy.

Noch lange, weit über die Mittagsstunden, erklärt Dr. Grabowsky, wie sich Willy in Zukunft zu verhalten hat, was er bei den kommenden Verhören aussagen muss. Als Willy wieder in der Schreibstube ankommt und unkonzentriert seine Schreibarbeiten beginnt, wird er zu Unteroffizier Knopf gerufen: „Hier, ein Umschlag für Sie. Bis morgen früh haben Sie frei. Abmarsch!" Willy gibt seine Schriftstücke zurück, geht ins Eden Café, bestellt ein Bier, überdenkt er das Erlebte.

Erst jetzt, ganz langsam, wird ihm sein Auftrag bewusst. Er soll vor Gericht lügen. Er soll behaupten, dass er als Transportbegleiter links neben Rosa Luxemburg saß und Oberleutnant Vogel vom linken Trittbrett aus mit seiner Pistole die Luxemburg erschossen hat. Doch was wird aus Poppe, dessen Platz er einnimmt? Dr. Grabowsky hat gesagt, dass Poppe aussagen soll, dass er während der ganzen Fahrt auf dem linken Trittbrett stand. Und Max? Wenn er unter Eid befragt wird? Seinen Traumneffen, Leutnant Souchon, wird er sicher schützen, doch schafft er es, einen Offizier, den Oberleutnant Vogel, als Todesschützen zu benennen? Und was, wenn sie alle drei ins Kreuzverhör genommen werden, wenn Fragen auf sie niederprasseln, die Fallen sind?

Willy ist ratlos. Sind die Geheimen wirklich überall? Sind sie so mächtig, dass alle vor ihnen kuschen? Grabowsky hat ihm versichert, dass der Verhandlungsführer nur Fragen stellen wird, auf die Willy, wie vorher besprochen und eingeübt, antworten kann. Nur vor dem Verteidiger, dem Rechtsanwalt Grünspach, soll er sich in Acht nehmen. Der wird versuchen, die Unschuld Vogels zu beweisen. Keiner verbietet ihnen, zu sagen, dass sie sich nicht erinnern, hat ihm Grabowsky als Antwort zu Fragen eingeschärft, die Willy nicht beantworten kann.

In der Soldatenstube öffnet Willy den von Knopf erhaltenen Umschlag und zieht zwei Zeitungen vom 10. März heraus.

*´Das Standrecht über Berlin verhängt´* schreibt die ´Vossische Zeitung´ in breiten Lettern.

*´Der Lichtenberger Gefangenenmord´* lautet die Überschrift auf der ersten Seite des ´Vorwärts´ von der SPD. Willy ist neugierig. Warum hat Knopf ihm die Zeitungen mitgegeben? Die wenigen Seiten des ´Vorwärts´ sind rasch durchblättert. Interessant erscheint Willy nur der große Beitrag auf der ersten Seite vom Gefangenenmord. Er liest: *´die Feder sträubt sich, wenn sie die grauenerregenden Handlungen nochmals beschreiben soll, die hier von spartakistischen*

*Haufen an wehrlosen Gefangenen verübt worden sind. Sechzig Polizeibeamte und einige Dutzend Regierungssoldaten sind wie Tiere abgeschlachtet worden, wegen keinem anderen Verbrechen, als dass sie ihre eidlich gelobte Pflicht taten.´*

Willy will mehr wissen, liest aufmerksam den langen Artikel. Dort steht, dass beim Sturm auf das Lichtenberger Polizeipräsidium durch Spartakisten alle dort anwesenden Polizisten misshandelt und erschossen wurden. Zur selben Zeit hätten andere Spartakisten die Regierungssoldaten eines Lebensmitteltransports überfallen und erschossen. Es wird anschaulich beschrieben, wie zwei Spartakisten einen Verpflegungssoldaten von hinten umklammern und ihm mit einem großen Messer die Kehle durchschneiden.

Die ´Vossische Zeitung´ berichtet über ähnliche Taten blutrünstiger Spartakisten. Ein Augenzeuge beschreibt die Spartakisten als kaum 18-jährige verkommene Jugendliche, von denen viele ehemalige Zuchthäusler und frühere Verbrecher seien. Diese hätten dutzende Noske-Soldaten und die in Lichtenberg gefangen genommene Polizisten beim Besteigen von offenen Verpflegungswagen in der Warschauer Straße so erschossen, dass diese tot in den Wagen fallen, der erst, wenn die Ladefläche mit Leichen überhäuft ist, weggefahren wird.

Willy schaudert beim Lesen der Artikel und denkt: ´Gegen solche Verbrecher muss mit aller Gewalt und dem Standrecht vorgegangen werden. Da muss ich mitmachen, auch wenn lügen vor Gericht schlecht ist. Doch dann stehe ich auf der Seite der Mächtigen und Geheimen, die mich schützen.

Nacheinander treffen Willy eins, Anton und Karl ein. Jeder packt ´Erbeutetes´ auf den Tisch, gemeinsam wird gegessen. Karl interessiert sich für die noch auf dem Tisch liegenden Zeitungen, rasch entdeckt er den Artikel über die Ermordung der 60 Lichtenberger Polizisten.

„Mensch, das ist die größte Ente, die ich je gelesen habe! Vorgestern stand in der ´Berliner Zeitung´, dass es beim Sturm der Spartakisten auf das Polizeipräsidium nur einen toten und einen verletzten Polizisten gegeben hat. Das hat der Bürgermeister von Lichtenberg, Herr Ziethen, sogar selbst geschrieben!“, regt sich Karl auf und zittert heftig.

„Bleib ruhig. Die Sozischreiberlinge vom Vorwärts haben nur

ein Ziel: Ihre politischen Feinde, die Spartakisten, schlecht zu machen. Deshalb werden solche Gräuelmärchen erfunden“, versucht Willy eins Karl zu beruhigen.

Willy gefällt diese Diskussion nicht. Kann es Lüge sein, wenn es doch schwarz auf weiß in der Zeitung steht?

„Hört mal her. Hier, gleich am Anfang des Artikels steht in der Vossischen: *´Meldung des Wolffschen Telegrafenbüros´*! Die Geschichte stammt also nicht aus der Feder eines durchgeknallten Sozis, sie ist die offizielle Mitteilungen des Nachrichtenbüros der Regierung.“ Stolz über sein Wissen setzt Willy dazu: „Auch unsere Division gibt ihre Meldungen für die Zeitungen an dieses Büro.“

Anton lacht: „Mensch Willy, du hast wirklich keine Ahnung. Wenn die Spartakisten Mist bauen, bauschen wir das mächtig auf und wenn wir“, Anton macht eine kleine Pause und sucht nach passenden Worten, “mal zu kräftig anfassen, stellen wir das viel harmloser dar oder schieben es anderen in die Schuhe. Dazu haben wir doch die Presseabteilung mit ´nem Doktor als Chef, der Herr weiß genau, wie man solche Dinge schreibt!“

Willy verdreht die Augen. Er weiß nicht, ob er dazu etwas sagen soll. Darf er verraten, wie gut er Dr. Grabowsky kennt und wie sehr er ihn achtet?

Willy eins grämt sich, dass sein Verdacht zur Herkunft der Polizistenmordgeschichte falsch ist. Deshalb sagt er: „Willy zwo, denk doch an die blöde Pressemeldung unserer Division zur Ermordung von Liebknecht und der Luxemburg. Von wegen Volksmassen, die das Auto mit der Luxemburg gestürmt haben und die Leiche klauten. Du weist doch selber, wie das wirklich war, darüber habt ihr doch auf der Wache die ganze Nacht gequatscht!“

„Ihr habt doch keine Ahnung! Bei dieser Sache geht es um was ganz anderes. Aber dazu sage ich nichts!“, verärgert beendet Willy die Diskussion. Karl beißt in einen Wurstzipfel, will etwas sagen, winkt ab, bevor er es ausspricht. Anton sieht das, fasst den noch immer leicht Zitternden um die Schultern: „Lass man, Politik ist halt Scheiße. Soldaten handeln auf Befehl und damit ist es gut.“ Jetzt kann Karl sogar lachen. Er zaubert eine Flasche ohne Etikett auf den Tisch. Alle trinken, sind froh, nicht mehr über die Welt außerhalb der Armee, die ihnen schon fremd geworden ist, reden zu müssen.

Willy schläft bald ein. Ein wilder Traum quält ihn: Er sieht sich auf einem harten Soldatenschemel inmitten eines hohen Gerichtssaals sitzen. Von allen Seiten starren ihn Gesichter an. Ein großer Mann in schwarzer Robe ist über ihn gebeugt und brüllt: ´Sagen Sie die Wahrheit, wer hat geschossen?´ Doch Willy bringt kein Wort heraus. Dann brüllt der Mann wieder: ´Wer hat geschossen?´ Willy kann nicht sprechen. Plötzlich ein gewaltiges Donnern. Die große Tür des Gerichtssaals wird aufgestoßen. Ein Panzer, der die Türfüllung mitreißt schiebt sich in den Raum. Die Eisenplatten seiner Ketten schlagen hart auf den Boden, kommen direkt auf Willy zu. Dann ist der Panzer über Willy. Eine Stimme schreit ihn an: ´Weg hier!´, Willy wirft sich zur Seite, rennt zum Fenster, springt durch die splitternden Scheiben hinaus. Eine MG-Salve fegt über ihn hinweg.

**Donnerstag, 10. April 1919**, 09 Uhr im Eden Hotel. Militärisch exakt meldet sich Willy bei Kriegsgerichtsrat Jorns zur Zeugenvernehmung. Er darf sich an einen großen Tisch setzen. Ihm gegenüber sitzt Jorns, einen Platz weiter der Protokollant, an der hinteren Stirnseite ein Mann, von dem Willy aus der vorherigen Vernehmung weiß, dass er ein Staatsanwalt ist.

„Jäger Ranke, ich befrage Sie heute noch einmal ausführlich zu ihrer Beteiligung am Geschehen um den Tod der Frau Luxemburg in den späten Nachtstunden des 15. Januar. Ich habe Grund zur Annahme, dass Sie uns bisher einiges verschwiegen haben“, beginnt Jorns die Vernehmung. Willy weiß, dass er nun die Darstellung zum Geschehen geben muss, die ihm Dr. Grabowsky eingeschärft hat. Doch wie beginnen? Einfach sagen, Herr Kriegsgerichtsrat, ich, der Freund ihres gefallenen Sohnes, habe ihnen zweimal frech ins Gesicht gelogen?

Jorns spürt Willys zunehmende Unsicherheit. Dem Jungen helfe ich auf die Sprünge, denkt er, greift eine Akte und sagt: „Ich lese Ihnen jetzt einige Sätze der Aussage ihres Kameraden Poppe vom 7. April vor. Vielleicht möchten Sie dazu etwas sagen.“ Jorns blättert eine dicke Akte auf, liest Willy daraus langsam vor:

*„Dann wurde Frau Luxemburg von ein paar Soldaten gepackt und in den Wagen geworfen. ... Frau Luxemburg wurde von einigen auf den Hintersitz in der Mitte gelegt, ihr Kopf hing hinten über das Verdeck. Rechts von Frau L. saß, wie ich mich wieder erinnere, der Jäger Weber, links*

*der Jäger* Ranke*",*

Jorns blätterte eine Seite um, suchte wieder eine markierte Stelle, liest vor:

*"dann nahm Oberleutnant Vogel seinen Revolver aus dem Futteral und hielt ihn Frau L. an den Kopf in die Schläfengegend",*

Jorns überspringt einige Zeilen der Zeugenaussage,

*„und hat aus einer Entfernung von höchstens 1 cm vom Kopf abgeschossen."*

„Jäger Ranke, das ist eine klare Aussage. Sie saßen links neben Rosa Luxemburg. Sie haben also gesehen, wie Sie von Oberleutnant Vogel erschossen wurde. Was haben Sie dazu zu sagen?"

Wild wirbeln die Gedanken durch Willys Kopf: ´Poppe hat genau das ausgesagt, was Dr. Grabowsky auch ihm eingetrichtert hat. Das der Todesschütze Oberleutnant Vogel, nicht Leutnant Souchon ist und dass er, Willy, als Transportbegleiter neben Rosa Luxemburg links neben Rosa Luxemburg saß`.

„Haben Sie nachgedacht, wollen Sie uns endlich die Wahrheit sagen?", fragt Jorns ein wenig ungeduldig. Willy gibt sich einen Ruck:

*„Ich habe damals die Unwahrheit gesagt. Ich habe aus Angst vor Bestrafung die Wahrheit nicht angegeben. Ich war mit einem anderen Jäger, an den ich mich nicht mehr erinnere, damals auf Patrouille an der Nürnberger Straße, als der Oberleutnant, der das Monokel trug und später den Transport der Rosa L. führte, kam und drei Leute für den Transport verlangte. Darauf wurden vom Wachtmeister Gorkow Weber, Poppe und ich bestimmt."*

Kurz schildert Willy, wie Rosa Luxemburg von Runge mit zwei Kolbenschlägen niedergeschlagen wurde. Er schildert das Geschehen so, wie es am Morgen nach der Tat Runge in der Wachstube allen berichtet hat. Dass Runge von einem Offizier für Geld dazu aufgestachelt wurde, sagt er nicht. Jetzt fällt es ihm leicht, das weitere Geschehen so zu schildern, wie es Dr. Grabowsky verlangt:

*„Frau L. wurde von einigen in das Auto gehoben und auf den Mittelsitz gelegt, als ich schon an der linken Seite Platz genommen hatte. An die rechte Seite setzte sich Weber. ... Auf dem linken Trittbrett standen Poppe und mehr nach vorn der Oberleutnant mit dem Monokel, der den Transport führte. ... Als wir schon über der Nürnberger Straße hinaus waren, nahm der den Transport führende Oberleutnant seinen Revolver, beugte sich etwas in den Wagen hinein und wollte auf Frau L. schießen. Da der Revolver aber gesichert war, ging der Schuss nicht los. ... Der Oberleutnant drückte*

*ein 2. Mal nach dem Kopf der Rosa L. ab. Der Schuss traf zwischen Auge und Ohr in die rechte Schläfe, wie ich mich überzeugt habe."*

Ausführlich berichtet Willy, dass Frau Luxemburg nach dem Schuss noch einmal zuckte, dass sie schließlich von Weber und Poppe, sowie einer weiteren unbekannten Person aus dem Wagen gehoben und in den Landwehrkanal geworfen wurde. Er, Willy, habe sich daran nicht beteiligt, sei im Wagen sitzen geblieben.

Der Kriegsgerichtsrat ist mit Willys neuer Aussage zufrieden. Er fragt kaum nach. „Jäger Ranke, Sie haben sich heute vorbildlich verhalten. Sie haben offen gesagt, was Sie erlebt haben. Ich kann Ihnen schon jetzt sagen, dass Sie keine strafbaren Handlungen begangen haben. Also, fürchten Sie sich nicht vor ihrer Befragung als Zeuge beim Prozess." Dann erhebt sich Jorns, Willy springt auf, wird vom Kriegsgerichtsrat mit einem freundlich Nicken verabschiedet. Dann unterschreibt Willy beim Sekretär das Protokoll und geht. Auch Jorns und der Gerichtssekretär unterschreiben die Mitschrift des Verhörs, dann kommt das Papier in eine Mappe zur Anfertigung von Abschriften, die Unteroffizier Knopf erhält.

# Prozess

**Montag, 21.04.1919**, 07 Uhr im Schreibzimmer der Pressestelle des Garde Kavallerie Schützen Korps. Korps ist die neue Bezeichnung der inzwischen 40.000 Soldaten zählenden Division.

„Jäger Ranke zu mir!“, ruft Unteroffizier Knopf ins Schreibzimmer. Willy ist verwundert. Vor wenigen Minuten erst hat er seine Mappe für Schreibarbeiten empfangen. Es sind ausgeschnittene Zeitungsartikel, zu denen Dr. Grabowsky Kommentare geschrieben hat und einige mehrfach abzuschreibende Befehle.

„Ranke, Sie haben da wohl einiges verbockt. Herr Kriegsgerichtsrat Jorns hat Ihnen schwedische Gardinen verordnet. Hier steht“, der Unteroffizier verweist auf einen Schein, „dass Sie sich morgen früh, pünktlich um 08 Uhr im Moabiter Untersuchungsgefängnis zu melden haben. In sauberer Uniform und kleinem Gepäck. Zahnbürste, Seife und Handtuch dürften reichen.“

Willy erblasst. Erst gestern hat Karl aus der Berliner Zeitung vorgelesen, dass in Moabit über dreitausend Häftlinge unter entsetzlichen Bedingungen in völlig verlausten, unsäglich nach Fäkalien stinkenden Zellen eingesperrt sind. Täglich soll es unter den Häftlingen Mord und Totschlag geben. Die Wachmannschaften gehen mit äußerster Härte vor. Oft wird gemeldet, dass Häftlinge bei Fluchtversuchen erschossen wurden. Was wird ihm passieren, wenn er unter blutrünstige Spartakisten oder Mörder gerät und die erfahren, dass er zur Wache des Korpsstabes im Eden Hotel gehört?

Unteroffizier Knopf grinst. Er hat erkannt, welche fürchterlichen Gedanken Willy plagen.

„Ranke, Sie haben Schwein, Sie ziehen nicht im großen Stern, sondern hinten ein. Dort ist die Offizierskompanie unseres Regiments Reinhard einquartiert und“, der Unteroffizier spricht jetzt so leise, dass nur Willy ihn versteht, „unsere Offiziere, die den Liebknecht und die Luxemburg erledigt haben. Kopf hoch Ranke, dort sind Sie Sicherheit.“

Willy nimmt den Marschbefehl entgegen, steckt ihn ein, geht in den Keller, legt sich auf sein Bett. Beunruhigende Gedanken lassen ihn nicht zur Ruhe kommen. Schaffe ich es überhaupt, einem Richter frech ins Gesicht zu lügen? Ich muss doch einen Eid ablegen, in dem es heißt: Vor Gott und der Welt die Wahrheit, nichts als die reine Wahrheit zu sagen! Was geschieht wenn der Richter merkt, dass ich lüge? Was geschieht, wenn Poppe und Weber, die beiden Kraftfahrer und der Oberleutnant Vogel aussagen, dass er, Willy Ranke, gar nicht mitgefahren ist? Kommt er dann ins richtige Gefängnis, unter den Mob, unter Mörder und Banditen?

Haben die Geheimen, von denen er nur Oberwachtmeister Borno und Dr. Grabowsky kennt, wirklich die Macht, alles so zu regeln, dass er, der Jäger Willy Ranke, nicht zwischen die Mahlsteine der Justiz gerät? Ob Kriegsgerichtsrat Jorns auch zu den Geheimen gehört? Wird er sein Versprechen halten, dass Willy, wenn er vor Gericht genau das erzählt, was in der letzten Vernehmung notiert wurde, keine Strafe erhält?

Schluss! Willy setzt sich auf, geht zum Waschbecken im Gang, lässt kaltes Wasser über seinen Kopf fließen, trocknet sich ab, setzt die Mütze auf und geht zurück ins Schreibzimmer.

„Herr Unteroffizier, ich bin mit den Abschriften der Zeitungsmeldungen noch nicht fertig. Das schaffe ich bis zum Abend!" Knopf stutzt, hat nicht erwartet, dass sich Willy vor seinem Gefängnisgang noch einmal zum Dienst meldet.

„Ihre Übungsstunden sind ja jetzt vorbei, von wegen ´Suleika löse die Seile´. Die Herren vom Kriegsgericht haben sich köstlich über ihren Spruch amüsiert. Dr. Grabowsky kam sogar zu mir und wollte wissen, ob es so einen Übungstext tatsächlich gibt. Das habe ich ihm bestätigt. Ranke, Sie haben bei den Herren da oben einen Stein im Brett! Und wenn Sie jetzt noch ihre Arbeit schaffen ... ."

Willy kommt es vor, dass Knopf befürchtet, ihm zu viel gesagt zu haben. Willy schnappt seine Mappe, geht an seinen Platz. Verbissen konzentriert er sich auf seine Arbeit. Spät am Abend ist er fertig. 24 Schreibmaschinenseiten liefert er im verschlossenen Umschlag beim Diensthabenden ab. Dabei durchzuckt ihn der Gedanke: „Wenn Knopf den Umschlag morgen früh abholt, bin ich schon im Knast."

**Dienstag, 22.04.1919**, 08 Uhr, Zellengefängnis Berlin Moabit, Eingang Lehrter Straße. Nach langem Fußmarsch durch Berlin, Willy marschiert vom Eden Hotel über den Landwehrkanal, entlang der Lichtensteinallee bis zur Siegessäule. Dann überquert er die Spree auf der prunkvollen Lutherbrücke, um über die Lüneburger Straße rechts in die Straße Alt Moabit abzubiegen. Dann biegt er in die Invalidenstraße ein, läuft bis zur Einmündung der Lehrter Straße, erreicht das große Gefängnis. Am Eingang zur Rathenowstraße zeigt Willy einem Soldaten seinen Marschbefehl.

„Mann, da kommt ener alleen, um sich einknasten zu lassen. Hier, in det Teufelsloch! Det globt mir doch keen Mensch!", ruft er und schüttelt den Kopf.

„Dann kannste och alleene hier stehenbleiben, bis ick dir anjemeldet hab."

Der Soldat nimmt Willys Marschbefehl, geht zu einer Pforte, gibt dort das Papier ab.

„Jetzt biste jemeldet, wenn de wegrennst, kallts", berlinert der Posten. Willy betrachtet den Posten, der eine dreckverschmierte und ausgebeulte Landseruniform trägt. Um den rechten Arm windet sich eine fleckige weiße Binde. ´R1919´ entziffert Willy darauf.

„Jäger, haste mal ne Lunte?", fragt der Posten und hebt zwei schmutzige Finger. Willy greift in seinen Mantel, schnipst eine Juno aus der Packung und reicht sie dem Wachmann. Der riecht, ist zufrieden, legt die Zigarette in eine Schachtel und verstaut alles in seiner Uniform.

„Jäger Ranke zu mir!", ruft eine Stimme von der Pforte. Willy befördert mit einem Ruck seinen Tornister in die richtige Stellung und eilt zum Rufer, ein Kapitänleutnant in tadellos sitzender Marineuniform. Der Mann passt nicht hierher, denkt Willy und erkennt ihn im selben Moment. Es ist der kleine, weißhaarige Marineoffizier, den er mehrfach im Büro von Dr. Grabowsky und im Vorzimmer von Hauptmann Pabst gesehen hat. Offenbar gehört er zur Divisions-, jetzt Korpsführung. Willy ´baut Männchen´. Der Offizier sagt lobend: „Pünktlich wie ein Schweizer Uhrwerk", und befiehlt, ihm zu folgen.

Das Innere des Gefängnisses ist verwinkelt und unübersichtlich. Mauern versperren die Sicht. In der Mitte steht ein Turm, der Ausblick für die Gefängnisaufseher. Von seinem Fuß gehen sternförmig fünf lange Zellengebäude aus. Sie haben nur kleine vergitterte, oft abgedeckte Fenster. Willy glaubt überall dumpfe Stimmen zu hören. In einer Ecke, zwischen zwei Mauern, die winzige Freiflächen untereinander abgrenzen, liegen Lumpenbündel. Im Vorbeigehen glaubt Willy, darunter den nackten Körper eines Menschen entdeckt zu haben. Willy schaudert, Angst schnürt ihm Angst die Kehle zu.

Endlich ist der Innenhof durchquert. An dessen Rückseite, gegenüber dem Haupteingang, stehen kleine Häuser. Vor den Eingängen wachen Posten. Auch deren Armbinden sind mit ´R1919´ beschriftet. Der Posten vor der Tür, die mit Quarantäne beschriftet ist, kennt den kleinen Marineoffizier. Er grüßt ihn, öffnet sofort die Tür und geht zur Seite, damit Kapitänleutnant Canaris und nach ihm Willy eintreten können. Sie gelangen in einen kurzen Gang. Rechts und links sind Zellentüren. Fast alle stehen offen. Moderne elektrische Lampen erhellen den Gang.

Canaris steuert eine geschlossene Zellentür an. Er blickt kurz durch den Türspion, dann klopft er an und geht hinein. Willy folgt und erschrickt. Am großen Tisch in der Raummitte sitzt Hauptmann von Pflugk Harttung, die Ordonanz von Hauptmann Pabst, dem wichtigsten Stabsoffizier im Eden Hotel. Neben ihm ein junger Leutnant zur See. Die Offiziere begrüßen sich, sind offenbar gut miteinander bekannt.

„Meine Herren, ich bringe Ihnen unseren Kronzeugen, Jäger Willy Ranke“, sagt Canaris und weist auf Willy, der stramm an der Tür steht.

„Ranke, kommen Sie her“, befiehlt der am Tisch sitzende Hauptmann. „Wir kennen uns, Sie sind der Neue aus der Schreibstube von Dr. Fritz Grabowsky. Sie sind der Mann, der was mit einer Suleika hat“, scherzt er. Willy ist erleichtert. Er fühlt, dass diese Offiziere ihm wohlgesonnen sind.

„Herr Hauptmann, das mit der Suleika ...“, Willy will sich entschuldigen. Doch der Leutnant unterbricht ihn, steht auf und streckt ihm seine Hand entgegen. Willy durchzuckt es. Ihm, einen einfachen Soldaten, reicht ein Offizier die Hand! Willy greift zu, drückt die Hand, möchte sie nicht mehr loslassen.

„Mann, Sie haben ja einen festen Griff“, lobt der Leutnant, „wo kommt der her?“ Willy berichtet, dass er aus der Lausitz stammt und in der Keulahütte vier Jahre Handformer gelernt hat.

„Wer jeden Tag Sand in Formen stampft, muss Kraft in den Armen haben, kräftig zupacken können und das immer mit Gefühl“, sagt Willy und wundert sich, dass er es wagt, mit einem Offizier so unmilitärisch zu sprechen.

„Heinz“, der Leutnant scheint den Hauptmann auch persönlich zu kennen, „so ein kräftiger Mann ist doch in Grabowskys Schreibstube gar nicht richtig ausgelastet, kommandiere ihn für ein paar Wochen zu uns nach Zossen. Unser Sturmbataillion Schmidt braucht dringend ein paar starke Leute."

„Kennen Sie unser Ausbildungslager?", wendet sich der Leutnant an den noch immer stramm dastehenden Willy.

„Sehr gut, Herr Leutnant, ich war dort Rekrut, im Frühling 1918, als die neuen Turnhallen gerade fertig wurden. Uns wurde da ganz schön Dampf gemacht, doch wer stark ist ...", Willy bricht unsicher ab.

„Ich bin dort Sportoffizier. Sie würden einen prima Vorturner, dazu einen mit Fronterfahrung, abgegeben. Und einen mit viel Gefühl für eine Suleika", scherzt der unbekannte Leutnant, die Männer lachen. Willy darf sich an den Tisch setzen.

Canaris blickt in die Runde, dann sagt er feierlich: „Jäger Ranke, das ist Leutnant zur See Hermann Souchon, der Neffe des Vizeadmirals Wilhelm Souchon. Das ist der Mann, dessen Leben Sie retten müssen." Willy sieht zum Leutnant, spürt noch dessen Händedruck: „Herr Leutnant, ich tue für Sie alles", sagt Willy und spürt im Innern, das ihm dieses Versprechen sehr ernst ist.

Bis zum Prozessende am 15. Mai 1919 sitzt Willy im Zellengefängnis Moabit ein. In einer kleinen sauberen Einzelzelle, die nie verschlossen ist. Willy versteht es rasch, sich nützlich und beliebt zu machen. Schon bald wird das Essen, das die Ordonanzen für ihre Offiziere ins Gefängnis bringen, in seiner Zelle abgegeben. Willy bereitet daraus kleine Gerichte zu, die dann in einer der großen Gemeinschaftszellen von den Offizieren verzehrt werden. Willy spielt gern den Mundschenk, Wein, vor allem kräftiger Rotwein, ist stets vorhanden. Niemand kommt auf die Idee, Willy zu untersagen, sich vom Offiziersessen etwas abzuzweigen.

An ruhigen Tagen, wenn keiner der Offiziere Besuch von Kameraden oder jungen Frauen haben, üben sie mit Willy, welche Aussagen er im Prozess zum Geschehen um den Schuss auf Rosa Luxemburg machen muss.

Oft kommt Kapitänleutnant Canaris dazu. Er regt an, dass Willy möglichst viele Einzelheiten zur Abgabe des Schusses durch Oberleutnant Vogel vor Gericht erzählen soll.

„Das macht ihre Darstellung glaubhaft", begründet er diese

Forderung. Kurz vor dem Prozess fragt Willy den Kapitänleutnant, was andere Zeugen, vor allem sein Freund Max Weber und der entlassene Jäger Poppe; die als Zivilisten in einem anderen Gefängnis einsitzen, zum Tathergang aussagen werden.

„Keine Bange, alles wird wie geplant verlaufen", beruhigt ihn Canaris.

**Donnerstag, 8.Mai 1919**. Das Kriminalgericht Berlin-Moabit ist weiträumig von Soldaten des Regiments Reinhard abgesperrt. Nur angemeldete Pressevertreter und Besucher, die im Eden Hotel eine Eintrittskarte gekauft haben, lassen die Soldaten passieren.

Auf der Hinweistafel am Haupteingang steht:

*'Hauptverhandlung in der Strafsache wegen Ermordung von Dr. Karl Liebknecht und Rosa Luxemburg vor dem Feldkriegsgericht des Garde-Kavallerie-(Schützen)-Korps am 8., 9., 10, 12, 13. und 14. Mai 1919 im großen Schwurgerichtssaal des Kriminalgerichts zu Berlin'*

Kurz vor 9 Uhr erscheinen die fünf Richter. Kriegsgerichtsrat Ehrhardt übernimmt den Vorsitz. Kriegsgerichtsrat Paul Jorns vertritt die Anklage, Rechtsanwalt Grünspach die Verteidigung. Die des Mordes angeklagten Offiziere und Jäger Runge werden zu ihren Plätzen geführt. Jorns verliest die Anklageschrift, Zeugen werden hereingerufen und vereidigt.

Im Mittelpunkt der Verhöre steht Jäger Runge. Ihm gilt auch das Hauptinteresse der Zeitungsleute. Er wird ausführlich zu seinem bisherigen Leben und seinen Geisteserkrankungen befragt. Dem Publikum wird vorgespielt, dass Runge ein unberechenbarer, impulsiv handelnder Mensch ist, der aus ihm selbst unklaren persönlichen Beweggründen mit seinem Gewehrkolben auf Karl Liebknecht und Rosa Luxemburg eingeschlagen hat. Dazu im Widerspruch stehende Aussagen werden weder vom Verhandlungsführer Ehrhard noch von Verteidiger Grünspach beachtet.

Die des Mordes an Liebknecht angeklagten Offiziere sitzen auf ihren Plätzen, unterhalten sich, lesen demonstrativ Zeitung, ein Offizier frühstückt sogar. Bei ihren Verhören zum Tathergang geben sie patzig die vereinbarten Antworten, betonen unaufgefordert ihre patriotische Gesinnung.

Willy ist an diesem Tag nicht vor Gericht geladen. Er staunt, dass die Offiziere nach ihrer Rückkehr am frühen Abend kaum über den bisherigen Prozessverlauf sprechen. Sie sind ihres Freispruchs sicher. Eine Stunde später trifft Kapitänleutnant Canaris ein. Er instruiert die Männer für ihr Auftreten in den kommenden Prozesstagen.

Heftig wird über die am Vortag bekannt gewordenen Bedingungen des Friedensvertrags von Versailles diskutiert. Die Begrenzung der künftigen deutschen Armee auf 100.000 Soldaten und maximal 4.000 Offizieren ist für jeden Berufsoffizier existenzbedrohend.

**Sonnabend, 10. Mai 1919.** Heute ist Willys erster Tag vor Gericht. Er wird vom Verhandlungsleiter, Kriegsgerichtsrat Ehrhardt, Richter Meyer und Verteidiger Grünspach vernommen. Willy ist froh, der Kriegsgerichtsrat hat ihn zwar zur Wahrheit ermahnt, aber nicht vereidigt. Erhardt fragt:

*'Nun erzählen Sie einmal. Was wissen Sie vom Fall Dr. Liebknecht und vom Fall Rosa Luxemburg?'.*

*'Vom Fall Liebknecht weis ich nichts. Ich bin bloß beim Transport von Frau Luxemburg mit gewesen.'*

*'Erzählen Sie mal!'*

*'Vom Wachtmeister Gorkow sind wir kommandiert.'*

*'wer 'wir'?*

*'Drei Mann, Poppe und Weber.'*

Dann schildert Willy, dass Frau Luxemburg zwei Kolbenschläge von Runge erhielt und ins Auto gezogen wurde. Wie das genau geschah, wird nicht erfragt. Dann fragt Ehrhardt weiter:

*'Wie saßen sie da'?'*

*'ich saß links, hier war Frau Luxemburg, hier saß Weber, vorn stand noch einer, den habe ich nicht gekannt. Der war dahin kommandiert. Poppe stand auf dem Trittbrett und der Oberleutnant ...'*

*'Wo war der Oberleutnant Vogel'?'*

*'Der stand auf dem Trittbrett'*

*'Von wem wurde im Auto geschossen?'*

*'Vom Trittbrett aus, von Oberleutnant'*

*'Von Oberleutnant Vogel? Erkennen Sie den Angeklagten Oberleutnant Vogel Sehen Sie sich ihn auf der Anklagebank an!'*

Jetzt fragt ihn Vogels Verteidiger Grünspach:

*'Welcher ist es denn?'*

*'Der der hinter Runge sitzt'.*

Dann fragt wieder Erhardt:

*'Erzählen sie einmal, wie das im einzelnen war.'*

*'Der Herr Oberleutnant nahm seinen Revolver rum und wollte schießen. Da ging der nicht ab, weil gesichert war. Da ist im Auto gesagt worden, er soll nicht schießen. Da nahm Herr Oberleutnant den Revolver noch einmal und entsicherte ihn und schoss.'*
*'Wo schoss er hin?'*
*'Hier oben, die linke Seite.'*
Willy deutet mit dem Zeigefinger an die Schläfe.
*'Wie weit hielt er die Waffe an den Kopf?'*
Auf diese Frage ist Willy nicht vorbereitet.
*'Das weis ich nicht.'*
*'Hielt er sie nah oder etwas weit?'*
*'Das kann ich nicht* sagen.*'*
*'Haben Sie die Wirkung des Schusses verfolgt?'*
*'Nein'*
*'Haben Sie hingesehen oder sich umgedreht?'*
*'Nein, ich habe nicht hingesehen'*
*'Nun weiter, - Oberleutnant Vogel schoss auf die Luxemburg?'*
*'Jawohl'*
*'Sie saßen doch ganz nah an der Frau Luxemburg? Trat eine Veränderung mit dem Körper ein?'*
*'Sie zuckte nur noch einmal zusammen'*
*'Ist das Blut geströmt?'*
*'Nein, ich habe nichts gesehen von Blut.'*
Kriegsgerichtsrat Jorns fragt dazwischen:
*'Früher hatten Sie das behauptet'*
Kriminalgerichtsrat Erhardt setzt nach:
*'Sie haben früher behauptet, sie hätte etwas Blut über das Gesicht gehabt.'*
Willy fühlt sich unwohl:
*'Nein, vom Schuss.'*
Niemand fragt nach. Dann muss Willy noch einmal zeigen und erklären, dass der Schuss in die linke Schläfe eingedrungen ist. Die Richter sind damit zufrieden. Sie nehmen an, dass Willy sich bei seinem Verhör vor dem Prozess geirrt hat, wo er angab, dass der Schuss die rechte Schläfe traf.

Stunden später, für Willy unerwartet, wird er zum weiteren Ablauf des Geschehens verhört. Willy muss mauern. Er gibt an, nichts gesehen und nichts von Gesprächen gehört zu haben.
Wieder mischt sich Vogels Verteidiger Grünspach ein:
*'Also kann der Zeuge sagen, der Oberleutnant, der auf dem Trittbrett gestanden hat, ist der Oberleutnant Vogel?'*

*'Ich habe gesagt, dass es ein Oberleutnant war, der auf dem Trittbrett ...'*
*'Wieso wissen Sie, dass es ein Oberleutnant war? Trug der Betreffende denn die Offiziersabzeichen?'*
*'Jawohl, das habe ich gesehen.'*

Erhardt will Grünspach von weiteren Fragen dazu ablenken, fragt deshalb:
*'Trug er auch ein Monokel?'*

Erleichtert, denn das war ihm als besonderes Kennzeichen zu Vogel gesagt worden, kann Willy antworten:
*'Jawohl'*

Dann fragt Ehrhardt weiter:
*'Trug er Mütze; Schirmmütze, eine Schildmütze oder Stahlhelm?'*

Willy wird blass. Dazu hat ihm niemand etwas gesagt.
*'Das weis ich nicht. Ich glaube, eine Mütze'*

Erhardt erkennt die Gefahr. Er will verhindern, dass Grünspach einhakt. Um weitere gefährliche Fragen zur Bekleidung abzuwenden, fragt er abschließend:
*'Erkennen Sie sein Gesicht heute wieder?'*
*'Ja'*, antwortet Willy erleichtert.

Grünspach fühlt die Unsicherheit von Willy. Deshalb sagt er:
*'Dessen scheint sich aber der Zeuge genau zu entsinnen, dass dieser Mann, der auf dem Trittbrett stand, Offiziersachselstücke getragen hat. Das ist sicher.'*

Erhardt ergänzt die Frage;
*'Ist Ihnen das noch sicher in Erinnerung?'*

Willy ist ratlos. Was soll er nur sagen? Deshalb laviert er:
*'Wenn er einen Mantel angehabt hat, kann ich es nicht sagen. Nur habe ich gesehen, dass er Achselstücke hatte.'*

Erhardt hofft auf eine richtige Antwort:
*'Hatte er einen Mantel an?'*

Willy:
*'ich glaube, er hatte keinen Mantel an. Ich weiß nicht, ob er einen Mantel hatte, oder ob er auf dem Mantel Achselstücke hatte. Ich weiß nur, dass er auf dem Rock Achselstücke hatte.'*

Ironisch wirft Verteidiger Grünspach ein;
*'da er sich nicht ausgezogen hat.'*

Willy schweigt, blickt hilflos zu Canaris. Der stößt den neben ihm sitzenden Erhardt mit dem Fuß an. Der versteht und sagt:
*'Wir wollen uns doch das viele Fragen sparen.'*

Erhardt nutzt seine Position als Verhandlungsführer und versucht dem Verteidiger das Wort abzuschneiden. Er weiß, wenn weitere Fragen zur Bekleidung von Vogel von Willy nicht beantwortet werden können, wird offensichtlich, dass Willy nicht mitgefahren ist, seine Aussagen zur Schussabgabe durch Vogel Lügen sind.

Deshalb beginnt der Ankläger mit einem neuen, für Willy scheinbar ungefährlichen, Fragekomplex. Er will von Willy wissen, weshalb er bei den Vorvernehmungen angab, in der Tatzeit auf Streife gewesen zu sein. Die Antwort legt er Willy in den Mund:

*´Sie haben Angst gehabt, vor Gericht vernommen und in den Prozess verwickelt zu werden?´*

*´Jawohl´,* mehr bringt Willy aus Angst, erneut in Widersprüche verwickelt zu werden, nicht heraus.

Verteidiger Grünspach sieht eine Chance, Willy unglaubwürdig zu machen:

*´Nun, wie kam es, dass der Zeuge anderen Sinnes geworden ist?´*

Mit einem frechen Blick auf Jorns fügt er hinzu:

*´Und wie kam es, dass er noch einmal vernommen wurde?´*

Willy kann nicht antworten. Er hatte doch schon gesagt, dass er aus Angst vor dem Prozess anfangs gelogen hat. Warum er noch einmal vernommen wurden? Darauf weis er überhaupt nichts zu sagen. Um Willys Schweigen zu beenden, fragt Erhardt:

*`Sind Sie damals vom Untersuchungsführer in die Enge getrieben worden?´*

Willy fühlt höchste Gefahr. Ein klares *´Nein´* schießt aus ihm heraus. Listig fasst Grünspach nach:

*´Stand er mit irgendjemanden vor dieser letzten Aussage in Verbindung? Sind Leute an Sie herangetreten?´*

Willy weiß, wenn er jetzt die Wahrheit sagt, platzt das ganze Komplott, dann wird Vogels Verteidiger Grünspach den Leutnant Souchon als Täter entdecken und Willys Aussagen gegen Vogel werden als Lügen erkannt.

*´Nein, ich bin mit Niemanden zusammengekommen´,* sagt er mit fester Stimme.

Dann nimmt Jorns das Wort. Er erklärt, dass er erst bei dem Verhör von Poppe erfahren habe, dass Ranke mitgefahren ist. Deshalb sei es zu dem dritten Verhör gekommen, wo Ranke auf Vorhalt, indem er ihn mit den Aussagen von Poppe konfrontiert habe, endlich die Wahrheit gesagt habe. Mit vielen zitternden ´Jawohl´ beantwortet Willy die dazu von Jorns an ihn gestellten

Fragen. Jorns bietet dem Gericht an, als Beweis für die Richtigkeit des Ablaufs der dritten Vernehmung den damals anwesenden Staatsanwalt Orthmann zu vernehmen.

Vogels Verteidiger unternimmt noch einen dritten Versuch, Willy unglaubwürdig zu machen. Er befragt den jetzt völlig Verängstigten, wo und wie oft er den Oberleutnant im Eden Hotel vor der Tat gesehen hat, ab welchem Zeitpunkt er wusste, dass dieser Offizier Vogel heißt.

Willy gibt, da er es tatsächlich nicht mehr weiß, ausweichende Antworten, er versteht Sinn und das Ziel dieser Fragen nicht. Unerwartet baut ihm ein beisitzender Richter, Kriegsgerichtsrat Mayer, eine Brücke. Er fragt:

*'Wussten Sie damals schon, als Sie das Auto bestiegen, wo Frau Luxemburg drin war und ein Offizier dabei war, der Offizier ist der Oberleutnant Vogel, den ich erkenne? Hatten Sie ihn damals schon gesehen, und zwar mit dem Bewußtsein, dass es der Oberleutnant Vogel sei?'*

Jetzt erkennt Willy den Sinn der Fragerei:

*'Jawohl, gesehen habe ich ihn. Dass er der Oberleutnant Vogel war, wusste ich nicht, das wusste ich auch auf dem Transport nicht.'*

Meyer hilft weiter:

*'Sie kannten ihn, wussten aber seinen Namen nicht?'*

Kriegsgerichtsrat Erhardt ergänzt:

*'Sie wussten, dass es ein Oberleutnant war'*

Beleidigt antwortet Willy:

*'Ich kann einen Leutnant und einen Hauptmann unterscheiden.'* ...

Meyer fragt weiter:

*'Und trotzdem sagten sie vorhin, sie hätten ihn damals wieder erkannt, als denjenigen, der den Schuss abgegeben hat. Können Sie das jetzt noch sagen?'*

*'Jawohl'*, antwortet Willy. Jetzt erst hat er erkannt, dass die Fragesteller klären wollen, ob seine Angaben in der dritten Vernehmung am 7. April, wo er wie vereinbart Vogel als Transportleiter und Todesschütze mit Namen und Dienstgrad bezeichnete, der Wahrheit entsprechen. Um seine Kenntnis des Namens zu erklären, sagt Willy:

*'Der Weber hat sich erkundigt, wie der Oberleutnant hieß, als wir zurück kamen.'*

Immer wieder versucht der Verteidiger, Willy der Lüge zu überführen. Er wird befragt, ob Vogel zur Tatzeit einen Schnurrbart und ein Monokel getragen hat. Willy ist erschöpft, gibt ausweichende Antworten, sagt oft, dass er sich nicht erinnern kann.

Das Gericht beschließt, Willys Angaben am Montag, dem nächsten Verhandlungstag, durch Befragen der Zeugen Weber und Poppe zu überprüfen.

Verteidiger Grünspach protestiert gegen diese Verschiebung. Oberleutnant Vogel, der die Aussagen von Willy mit empörter Mine verfolgt, protestiert und lacht laut, als Kriegsgerichtsrat Erhardt zu Willy, der inzwischen wieder auf der Zeugenbank sitzt, sagt:
*´Ich gebe Ihnen die dienstliche Anweisung, jeden Verkehr mit anderen Zeugen bis Dienstag zu vermeiden.´*

**Sonntag, 11.Mai 1919**. Im ´Quarantäneblock´ des Zellengefängnisses Moabit. Willy räumt in der großen Gemeinschaftszelle den Frühstückstisch der Offiziere ab. Die haben, dank zahlreicher Liebesgaben ihrer Familien, gut gespeist. Über das Prozessgeschehen vom Sonnabend reden sie kaum. Hauptmann von Pflugk Harttung liest in der Vossischen Zeitung, die seit Tagen über die Friedensbedingungen für Deutschland berichtet. Auf einer Karte sind die Gebiete verzeichnet, die Deutschland verliert.

„Das trifft unser Herz, die Montanwirtschaft. Hier steht, dass wir nahezu 80 % unserer Eisenerzvorkommen, 40 % unserer Hochöfen und 30 % der Steinkohle verlieren. Wofür haben wir nur Krieg geführt?“, sagt er zu seinem Bruder.

Gegen Mittag kommen Kapitänleutnant Canaris, Dr. Grabowsky und Leutnant Souchon. Canaris verschwindet mit Heinz und Horst Harttung in einer Zelle, nimmt auch die auf dem Tisch liegenden Zeitungen mit. Grabowsky geht mit Leutnant Souchon in Willys Zelle.

„Jäger Ranke, Sie haben sich gestern sehr bemüht, in unserem gemeinsamen Interesse auszusagen. Der Grünspach hat Sie arg bedrängt. Wir biegen das mit den Achselstücken und dem Mantel wieder hin. Ich sage Ihnen, wie Sie sich am Montag verhalten müssen.“

Dr. Grabowsky schärft Willy ein, bei folgenden Vernehmungen stets stur auszusagen, dass der Schuss von dem auf dem linken Trittbrett stehenden Oberleutnant Vogel kam. Fragen zu einer Person in Marineuniform soll er abwiegeln.

„Sagen Sie, dass Sie diese Person nicht angesehen haben und

diese auch nicht beschreiben können!", befiehlt ihm Grabowsky.

„Zu Vogel sagen Sie weiterhin, dass Sie ihm am Gesicht erkannt haben, weil Sie dieses Gesicht vor und nach der Tat auch im Eden gesehen haben. Wann, daran können Sie sich nicht erinnern. Der Weber wird bei seiner Vernehmung aussagen, dass er Ihnen nach der Fahrt den Namen des Oberleutnants nannte."

Leutnant Souchon hört aufmerksam zu, wie Grabowsky Willy instruiert. Er ist sich bewusst, dass von der Aussage des Jägers abhängt, ob er, als der bisher ´unbekannte Marineoffizier´ enttarnt und des Mordes bezichtigt wird. Zuvor hat ihm Canaris versichert, dass Oberleutnant Vogel keinerlei ihn belastende Angaben machen wird. „Ich habe ihm dafür versprochen, dass er, egal wie das Urteil ausfällt, nicht in Haft gehen wird. Außerdem unterstützen wir seine Familie", erklärt der Kapitänleutnant.

Am Sonntag-Nachmittag haben alle Offiziere von Verwandten und Freunden Besuch. Willy muss in seiner Zelle bleiben. Dr. Grabowsky hat ihm das Buch „Der Rote Kampfflieger" mitgebracht. Willy ist begeistert, welche Erfolge Freiherr Manfred von Richthofen im Luftkampf erzielt, wie es ihm immer wieder gelingt, seine Gegner zu täuschen, sie aus der Sonne heraus anzugreifen und abzuschießen. Das Buch hilft Willy, die ruhigen Stunden allein in seiner Zelle zu überstehen. Es nimmt ihm sogar ein wenig die Angst vor den kommenden Vernehmungen.

**Montag, 12. Mai 1919,** Kriminalgericht Berlin Moabit. Willy wird noch einmal zum Tathergang befragt. Wie mit Grabowsky abgesprochen, erklärt Willy immer wieder, dass er Vogel am Gesicht erkannt hat und nicht mehr genau weiß, ob dieser einen Mantel mit oder ohne Achselstücke getragen hat. Ebenso fest erklärt er, zu der ominösen Person in Marineuniform nichts sagen zu können.

Dann wird sein Freund Max Weber in den Zeugenstand gerufen. Ehrhardt fragt ihn, wo welche Personen im Auto saßen:
*´In der Mitte Frau Luxemburg, und wer saß links?´*
*´Mir war damals, als ob da Poppe gesessen hätte, aber ich habe gehört, dass es der Zeuge Ranke gewesen sein soll.´*
*´Damals haben Sie nach dem Protokoll ausgesagt, links hätte Poppe gesessen´*

*'Jawohl'*

Erhardt fragt Weber noch einmal:

*'Wissen Sie genau, das Poppe da gesessen hat?'*

Max zögert mit der Antwort. Ehrhardt will die Vernehmung abbrechen, Verteidiger Grünspach protestiert. Ehrhardt sagt:

*'Nun weiter'*

*'Bei meiner ersten Aussage ist mir gar nicht eingefallen, dass der Zeuge Ranke im Auto gesessen hat'*

*'Was ist nach Ihrer heutigen Erinnerung der Fall?'*

*'Das da Ranke gesessen hat',*

*'Woraus schließen Sie das heute?'*

*'Das ist mir jetzt so eingekommen'*, antwortet Max frech.

*'Haben Sie mit jemanden gesprochen oder haben Sie das aus Zeitungsberichten?'*

*'Ich habe auch Zeitungen gelesen, jawohl, daraus habe ich das.'*

Kriegsgerichtsrat Ehrhardt erkennt, dass Webers Aussagen gefährlich werden. Deshalb fragt er:

*'Nun war noch Oberleutnant Vogel im Wagen oder auf dem Wagen?'*

*'Auf dem Wagen''*

*'Wo denn auf dem Wagen?'*

*'Auf dem linken Trittbrett.'*

Erhardt ist erleichtert. Die folgenden Fragen zum Tathergang beantwortet Max so, wie es auch Willy dem Gericht dargestellt hat. Dann fragt Ehrhardt:

*'Erkennen Sie heute in den Angeklagten Oberleutnant Vogel denjenigen wieder, der den Schuss abgegeben hat?'*

Max Weber schweigt. Er kann sich nicht entschließen, dem wenige Meter entfernt sitzenden Vogel ins Gesicht zu sagen, dass er geschossen hat. Auf Drängen von Ehrhardt sagt er schließlich:

*'Ich glaube bestimmt, dass es Oberleutnant Vogel ist.'*

Ehrhardt will genauer wissen, was Max während der Abgabe des Schusses gesehen hat. Max kneift, will sich nicht erinnern können. Mehrfach wiederholt er, dass die Person, die auf dem Trittbrett stand, auch geschossen hat.

Dann wird Hermann Poppe verhört. Ehrhardt sagt zu Beginn:

*'Sagen Sie einmal, was Sie über den Sachverhalt bekunden können!'*

Poppe holt tief Luft, muss sich zum Reden zwingen:

*'Ich muss vorausschicken, wenn ich jetzt etwas überlege, was ich für wahr erklären will, dass ich darüber im selben Moment wieder im Zweifel bin.'*

Leise, kaum verständlich, setzt er hinzu:

*´Ich weiß nicht, seit dem Tage ist über mich solche Unruhe gekommen, dass ich nie etwas direkt behaupten kann und immer Zweifel dahinter setze.´*

Erhardt fordert den ängstlich dastehenden Poppe energisch auf, die Wahrheit zu sagen:
*´Jede´Abweichung von der Wahrheit wird als Meineid bestraft ...´*, droht er. Doch Poppe bleibt dabei, aus innerer Unsicherheit nichts Konkretes aussagen zu können:
*´Nein, ich kann mir gar nicht mehr die Größe des Autos vorstellen und kann mir die Sache gar nicht mehr recht konstruieren.´*

Allen weiteren Fragen von Erhardt, wie Frau Luxemburg erschossen wurde, beantwortet Poppe ausweichend. Der Kriegsgerichtsrat merkt, dass eine weitere Befragung zum Tathergang keine Ergebnisse bringt. Deshalb liest er die Aussagen von Poppe in der Vorvernehmung durch Jorns vom 7. April vor:
*´... nahm Oberleutnant Vogel seinen Revolver aus dem Futteral und hielt ihn Frau L. an die Schläfengegend ... und hat in einer Entfernung von höchstens einem Zentimeter vom Kopf abgeschossen. Nach dem Schuss spritzte das Blut stark aus der Wunde ...´*

Poppe sagt dazu:
*´Ja, ich wurde so gefragt, dass ich alles so sagen musste.´*

Verhandlungsführer Ehrhardt wird ungehalten:
*´Wollen sie damit sagen, daß Sie nach irgend einer Seite bei Ihrer Vernehmung beeinflusst worden sind?´*

Matt antwortet Poppe:
*´Da war ich so willenschwach.´*

Entnervt bricht Kriegsgerichtsrat Ehrhardt die Vernehmung ab.

Willy muss noch einmal in den Zeugenstand. Klar verneint er, seine Aussagen mit Weber oder Poppe abgesprochen zu haben. Dann muss er den Gerichtssaal verlassen. Im Gefängnis lenkt er sich durch Lesen ab. Ihn begeistern die mutigen Gefechte des ´Roten Barons´, dessen sportliche Einstellung zum Luftkampf.

Die Vernehmungen des Kraftfahrers Hall und des Beifahrers Janschkow erlebt Willy nicht. Kriegsgerichtsrat Erhardt und Vogels Verteidiger Grünspach bemühen sich, beide Personen als zweifelhafte und unsichere Zeugen darzustellen. Janschkow behauptet, dass Vogel nicht geschossen haben kann, da er für ihn spürbar auf der Rücklehne der Fahrersitze saß. Auch habe er mit ihm im Moment des Schusses aus ganz geringer Entfernung gesprochen.

Jorns und Ehrhardt erkennen sofort die Gefährlichkeit dieser Aussage. Erhardt bricht die Vernehmung von Janschkow ab, auch Verteidiger Grünspach hakt, obwohl diese Aussagen seinen Mandanten entlasten, nicht nach. Ausführlich wird ein Zeuge vernommen, der behauptet, Janschkow hätte versucht, für viel Geld die Mordgeschichte mit Oberleutnant Vogel als Todesschützen, an eine Zeitung zu verkaufen. Das gibt Janschkow auch zu. Deshalb wertet das Gericht die von ihm zuvor gemachten Angaben als unglaubhaft. Damit ist die Gefahr, dass Willys Aussagen als Lügen entlarvt werden, gebannt.

**Mittwoch, 14. Mai 1919.** Das Offiziersgericht verkündet die Urteile: Die des Mordes an Dr. Karl Liebknecht angeklagten Offiziere werden freigesprochen. Jäger Runge wird wegen versuchten Todschlags und gefährlicher Körperverletzung zu zwei Jahren Gefängnis sowie Entfernung aus dem Heer verurteilt. Oberleutnant Vogel wird wegen Beiseiteschaffung einer Leiche und Missbrauch seiner Dienstgewalt zu zwei Jahren und vier Monaten Haft sowie sofortiger Entlassung aus dem Heer verurteilt.

Das Publikum feiert den Freispruch der angeklagten Offiziere mit langem Beifall. Die Offiziere, außer Oberleutnant Vogel, kehren in ihre Einheiten zurück. Hauptmann von Pflugk Harttung nimmt seinen durch die Inhaftierung unterbrochenen Dienst als Ordonanz und Büroleiter von Hauptmann Pabst wieder auf. Leutnant zur See Souchon, der im Prozess als Zeuge aussagte, das zum Ablauf des Transports von Karl Liebknecht keine Absprachen unter den Offizieren erfolgten, wird als Sportoffizier in das Ausbildungslager Zossen versetzt.

Willy erhält als Dank für seine Aussagen eine Prämie von Dr. Grabowsky, der sie ihm mit den Worten „Wir vergessen ihre Taten nicht“, überreicht. Unteroffizier Knopf gibt Willy nun auch vertrauliche Papiere zum Abschreiben.

Wie im Versailler Vertrag gefordert, werden alle Freikorps, auch das Garde Kavallerie Schützen Korps, zur Jahresmitte aufgelöst. Einige ausgedünnte Schwadronen des Jägerregimentes 2 werden in die neue Reichswehr übernommen. Der große Korpsstab im Eden Hotel zerfällt.

**5. Juli 1919.** Willy übergibt seine letzten Abschriften an Unteroffizier Knopf. Der reicht ihm einen Karton und einen verschlossenen grauen Umschlag: „Eine Liebesgabe von Dr. Grabowsky, damit Sie nicht in der Gosse landen". Im Umschlag findet Willy die Adresse des Kriminalgerichts, Eingang Turmstraße, mit einer Zimmernummer.

Im Karton liegt Zivilkleidung: Eine Hose und Jacke, mehrere helle Hemden, ganz unten ein Paar schwarze Lederschuhe. In der Soldatenstube betrachtet Willy die Geschenke. Es ist kaum erkennbar, dass die Hose und die Jacke geschickt umgearbeitete Offiziersuniformen sind. Die Schuhe passen. An der grauen Jacke ist mit einer Stecknadel ein kleiner Zettel befestigt. Mit steiler Schrift steht darauf.

´Für Ihren Start ins Leben, danke, H. S.´ Darunter ist viel kleiner mit einem Bleistift gekritzelt: ´Gruß von Maria´.

Willy ist aufgeregt. Ein Gruß von Maria, seiner Maria aus der Schneiderstube des Ausbildungslagers? Doch wer ist H. S.? Leutnant Souchon? Oder ist der Absender Feldwebel Schmidt, sein Spieß aus der Rekrutenzeit?

Vor allem, weshalb soll er sich beim Kriminalgericht melden? Der Prozess ist doch beendet. Gibt es trotzdem noch Fragen?

Irgendwie fühlt Willy, dass ihn seine Gedanken immer wieder auf einen Punkt führen. Darauf, dass ihm eine unsichtbare Kraft einen festen Platz im Leben mit klaren Aufgaben und Regeln gibt. Er ist sich sicher, dass es ´die Geheimen´ sind, die ihn schützen. Ihnen, ihrer Macht und Stärke, vertraut Willy. Wie damals, im Ausbildungslager, dann im Krieg und zuletzt für den Sieg der Offiziere im Luxemburgprozess.

Ende Teil I

# Personen

| Name | Rolle / Funktion 1919 |
| --- | --- |
| Canaris, Wilhelm | Verbindungsoffz. Regierung - Militär |
| Dippe, Leutnant | Zugführer Jägerregiment 2 |
| Ebert, Friedrich | SPD-Vorsitzender, Reichskanzler |
| Grabowsky, Fritz | Presseoffizier GKSD |
| Grantke, Willy | Soldat, Kronzeuge im Mordprozess |
| Grünspach, Fritz | Rechtsanwalt, Verteidiger |
| Jogiches, Leo | KPD-Vorsitzender |
| Jorns, Friedrich | Untersuchungsrichter GKSD |
| Kessel, Eugen von | Offz. GKSD und Sicherheitspolizei |
| Noske, Gustav | Reichswehrminister, SPD |
| Pabst, Waldemar | Generalstabsoffizier GKSD |
| Pflugk-Harttung, Horst | Stoßtruppführer eines Marinekorps |
| Pflugk-Harttung, Heinz | Ordonanzoffizier von Pabst |
| Poppe, Hermann | Soldat, Zeuge Mord R. Luxemburg |
| Runge, Otto | Soldat GKSD |
| Schön, Albert | Kommandeur Jägerregiment 2 |
| Souchon, Hermann | Offz. Mörder von Rosa Luxemburg |
| Vogel, Kurt | Offz. GKSD, Transportführer |
| Weber, Max | Soldat, Zeuge Mord R. Luxemburg |

GKSD = Garde-Kavallerie-Schützen-Division
Jäger= Soldatenbezeichnung im Jägerregiment

# Nachwort

Die im Roman genannten Orte an denen sich Willy aufhielt, die dort stattgefundenen Ereignisse und die dazu angegebenen Zeiten sind real. Ebenso die Anwesenheit der von mir erwähnten Personen der Zeitgeschichte.

Willys Freunde und Feinde sind erfunden. Ich bemühte mich, sie so zu gestalten, dass sie denen, die in Willys Leben bedeutsam waren, nahe kommen. In einigen Fällen, wo mein Wissen über diese Personen belegt ist, verwendete ich auch deren wirkliche Namen. Willy Grantke wird im Roman als Willy Ranke lebendig.

Verbürgte Zitate (z.B. aus den Gerichtsakten und Zeitungen) sind kursiv dargestellt. In den Zitaten ist Willy Grantke von mir als „Ranke“ bezeichnet.

Weitere Angaben zu den erwähnten realen Personen können Sie im Internet recherchieren

Ich bedanke mich für Ihre Hinweise, besonders zur Konkretisierung des Geschehens. Bitte schreiben Sie an: **rudak@gmx.de**

Printed in Poland
by Amazon Fulfillment
Poland Sp. z o.o., Wrocław